Martina Riemer

Bluewell University - The Pain You Give

Vorwort

Um allen das bestmögliche Lesererlebnis zu ermöglichen, informiere ich euch in diesem Vorwort über Inhalte des Buches, die womöglich triggern. Es ergeben sich Spoiler für die Handlung.

Folgende Themen werden in diesem Roman behandelt und manchmal auch nur angedeutet: Hassverbrechen, Schwulenfeindlichkeit, schwulenfeindliche Sprache, Schlaganfall (erwähnt), Drogen (erwähnt), Trauma, Ghosting, Gewalt, Schaukämpfe mit Geldeinsatz, emotionale Erpressung durch Vater, unverblümte Sprache, Verlust, Trauer, Geldsorgen, Alkoholkonsum, Sucht, Blut, Übelkeit und Erbrechen, verletztes Tier, Sex (einvernehmlich).

Bitte gebt beim Lesen auf euch acht und meldet euch bei Novel Arc unter cn@novelarc.de, wenn ihr Inhalte im Text entdeckt, die in der Liste fehlen.

Playlist:

1. Kapitel: One Republic – Runaway
2. Kapitel: Imagine Dragons – Demons
3. Kapitel: Justin Jesso – Getting Closer
4. Kapitel: Shawn Mendes – Nervous
5. Kapitel: Alle Farben & James Blunt – Walk Away
6. Kapitel: Birdy & Rhodes – Let It All Got
7. Kapitel: Tom Gregory – Fingertips
8. Kapitel: Ed Sheeran – Castle On The Hill
9. Kapitel: Dermot Kennedy – Kiss Me
10. Kapitel: Kings of Leon – Use Somebody
11. Kapitel: Dermot Kennedy – Power Over Me
12. Kapitel: Jonas Brothers – Sucker
13. Kapitel: Avicii – SOS ft. Aloe Blacc
14. Kapitel: Simon Lewis – All I am
15. Kapitel: James Bay – Us
16. Kapitel: Welshyl Arms – Learn To Let Go
17. Kapitel: Lewis Capaldi – Someone You Loved
18. Kapitel: Harry Styles – Falling
19. Kapitel: The Kid Laroi – Without You
20. Kapitel: James Arthur – Blindside
21. Kapitel: Marshmello ft. Khalid – Silence
22. Kapitel: P!ink – Trustfall

Für alle, die anders sind und sich manchmal
ganz weit weg auf einen fremden Planeten wünschen.
Auch eure Zeit wird kommen – hier, bei uns. ♥

1. Es roch nach Freiheit

Riley

»Seid ihr schon da, Riley?«

Mums Stimme drang aus dem Handy, das ich lauter gestellt hatte, damit meine Schwester mithören konnte. Bevor ich zu einer Antwort kam, brüllte Grace neben mir vom Fahrersitz aus: »Nein, Mum. Wir brauchen noch mindestens eine Dreiviertelstunde!«

»Ist das Antwort genug? Habt ihr sie gehört, Mum? Dad?«

»Wie wäre das auch zu überhören gewesen? Grace hatte schon immer ein lautes Stimmchen«, gab mein Dad, der dicht neben Mum stehen musste, mit einem hörbaren Schmunzeln zurück. Die beiden waren ein eingeschworenes Team, und gemeinsame Telefonate gehörten zu ihrem Standardrepertoire.

Obwohl mich unsere Eltern nicht sehen konnten, rubbelte ich übertrieben mein Ohr. »Was soll ich sagen? Ich sitze direkt neben Grace und bin jetzt taub. Danke auch, Schwesterherz. Ist ja nicht so, als wäre ich nicht bereits ramponiert genug.«

Aus dem Handy ertönte Dads warmes Lachen, gleichzeitig boxte mir Grace gegen den Oberarm. Sie bedeutete mir, schneller zu machen und das Gespräch zu beenden. »Mum, Dad, wir müssen uns wieder auf den Verkehr konzentrieren. Ihr wisst schon, der Sicherheit wegen. Wir melden uns später.«

Mums besorgte Stimme drang an mein Ohr. »Gut, gut. Ihr habt recht. Fahrt vorsichtig und ruft an, sobald ihr da seid.«

»Machen wir«, versicherte ich ihr und verabschiedete mich schnell. Seufzend legte ich das Handy in die Mittelkonsole und wischte über mein Gesicht, um die Müdigkeit zu vertreiben, den Stress und die Anspannung der letzten Wochen wegzufegen. Sie waren großartige Eltern, ich liebte sie abgöttisch. Mir war bewusst, wie gesegnet Grace und ich mit ihnen waren und dass andere Eltern sich eine Scheibe von ihnen abschneiden könnten. Nur manchmal übertrieben sie es eben mit ihrer Liebe und Fürsorge.

Grace und ich waren bereits seit Stunden unterwegs, und die Sonne knallte unbarmherzig auf unseren alten Ford Mustang, bei dem die Klimaanlage vor Monaten den Geist aufgegeben hatte. Der dunkelrote Wagen hatte schon unserem Dad zu seiner Unizeit gehört. Leider hatten wir es vor meinem Auszug nicht mehr geschafft, ihn in die Werkstatt zu bringen. Das war mir jedoch alles egal, denn wir waren auf dem Weg zu unserer neuen Bleibe und der Fahrtwind brachte den frischen Duft der umliegenden Berge herein. Den Highway hatten wir bereits vor längerer Zeit verlassen, und gerade fuhr Grace durch eine Allee aus hohen Ahornbäumen.

Der kühle Luftzug spielte mit meinen dunklen Haaren im Nacken. Das Oberhaar hatte ich zu einem Man Bun hochgenommen, damit mir nicht ständig Strähnen in die Augen flatterten oder ich an einer erstickte. Eine äußerst nervige Angelegenheit. Dennoch würde ich nie im Leben auf die Idee kommen, meine etwas länger als kinnlangen Haare abzuschneiden, egal wie oft sie mich zum Blinzeln oder Husten brachten. Ein Mann hatte schließlich seine Prinzipien.

Vorfreudig lümmelte ich in meinem Sitz und wippte mit den Beinen, die ich überkreuzt auf das Armaturenbrett gelegt hatte, zum Takt der Bee Gees. All Time Classics, wie Dad sie nannte. Das Radio spielte Gute-Laune-Musik, und ich konnte nicht aufhören zu lächeln. Ich war wirklich von zu Hause ausgezogen und startete mit dem nächsten Abschnitt meines Lebens, wenn auch etwas später als geplant. Es roch nach Freiheit. Endlich.

Einen Ellbogen am Fenster abgestützt, trank ich einen Schluck aus der Cola-Dose. Mir entschlüpfte ein Rülpser. »Sorry, der war nicht gewollt«, wandte ich mich an meine Schwester. Diese boxte mir sofort gegen das Knie.

»Das kann jeder behaupten, du Ferkel. Du bist wie jeder andere Typ. Und dabei dachte ich, mit einem homosexuellen Bruder würde ich von Käsefüßen, Rülpsern und verschwitzten Achselhaaren verschont bleiben.«

Ich erkannte ihr freches Grinsen, das die scharfen Worte Lügen strafte. Hätte sie ihre Hände jetzt nicht am Lenkrad, würde ich wetten, dass sie versucht hätte, meine Haare zu zerwühlen. Einfach, um mich zu ärgern. Das taten Geschwister eben. Ständig. Deswegen trank ich einen langen Schluck und rülpste noch lauter. »Der war gewollt, liebste Schwester, für diese grottenschlechten Klischees. Und sorry, ich bin nicht so ein Bruder.«

Grace tätschelte lächelnd meine Brust, während sich das Blätterwerk der Allee über uns verdichtete und wir in Schatten gehüllt wurden. »Ich weiß, Riley. Du bist der beste Bruder. Aber ich bin genauso die beste Schwester. Pass auf.«

Mit einem breiten Grinsen bog Grace von der Straße ab und passierte ein offen stehendes schmiedeeisernes Tor, über dem ich gerade noch einen Blick auf ein Schild erhaschen konnte, auf dem »Campus – Bluewell University« stand. Vorfreude prickelte durch meinen Körper. Wir waren da. Von wegen noch eine Dreiviertelstunde. Damit hatte sie uns nur etwas Zeit erkauft, bevor wir uns erneut bei unseren Eltern melden mussten.

Über eine gewundene Straße zwischen perfekt angelegtem Rasen und uralten Bäumen näherten wir uns einem mehrstöckigen roten Backsteingebäude. Es ähnelte den Gebäuden, die links und rechts davon zu sehen waren und ebenfalls Studentenwohnheime sein mussten. Direkt vor dem Eingang, der über mehrere Stufen zu erreichen war, säumten links und rechts alte Weiden und Zypressen die Wiesenfläche, wodurch die Szenerie malerisch und zeitlos wirkte. Als wären wir nur eine kleine Randnotiz im Zyklus dieser Bäume. Der Gedanke gefiel mir. Er nahm die Wichtigkeit aus den kleinen Belanglosigkeiten, die man unnötig zu groß bemaß. Hier konnte ich mir meinen Neubeginn vorstellen. Die Entscheidung, woanders und nicht zu Hause zu studieren, war die richtige gewesen. In dieser Stadt kannte mich niemand. Nur meine Schwester und ihre Freundin Emma wussten über mich Bescheid. Oder über das, was mir passiert war. Gut so. Ich wollte nicht auf diese eine Sache reduziert werden.

Mit dem Blick folgte ich den Wegen durch den parkähnlichen Campus und zu den Bergspitzen im Hintergrund. Auf den Gipfeln konnte ich sogar jetzt im September schon weiße Schneetupfer erkennen. Der Wahnsinn. Und hier sollte ich künftig wohnen? Mir blieb die Spucke weg. Meine Schwester hatte nicht übertrieben, wie sie es sonst gerne tat. Die Universität und der Campus waren der Wahnsinn.

»Wir sind daaaa!«, trällerte sie und stellte den Wagen auf dem Parkplatz ab, direkt vor den Stufen, die zur weißen Eingangstür führten. Wir stiegen aus dem Ford, und ich drehte mich im Kreis, um das Gebäude und das Gelände zu bewundern. Zwischen den hohen Bäumen standen Büsche in voller Blüte. Bunte Tupfer aus Rot, Lila und Gelb. Wie sollte ich in dieser Idylle lernen? Ich würde den ganzen Tag auf den Stufen hocken und dieses Bilderbuchpanorama anstarren. Vielleicht ging es mir aber nur so, weil

Grace und ich aus Texas kamen. Dort war es jeden Tag heiß und trocken, und es gab nicht so viel Grün wie hier. Dieser Ort schrie nach Erblühen, nach Leben. Genau das, was ich brauchte.

Ich verschränkte die Arme im Nacken und drückte den Rücken durch. Meine Wirbelsäule knackste nach der langen Fahrt protestierend, und mein Unterleib zog unangenehm bei der Bewegung. Eine kleine, unwillkommene Erinnerung daran, warum ich ein ganzes Jahr zu spät meine Zelte an der Uni aufschlug.

»Hey Kleiner, Mund zu. Dir läuft schon der Sabber aus dem Mundwinkel, und ich will doch, dass du einen guten ersten Eindruck machst.«

»Besagter kleiner Bruder ist genau genommen zehn Zentimeter größer als du und nur ein paar Monate jünger, also lass stecken. Außerdem würde ich nicht so sprachlos in die Gegend gucken, wenn du mir ein verdammtes Foto vom Campus, anstatt von den ganzen Partys, gezeigt hättest. Das ist der Wahnsinn, Grace! Ich kann kaum glauben, dass wir hier sind. Das Jahr wird klasse!«, freute ich mich lautstark, ohne etwas dagegen tun zu können.

Andere wären vielleicht nicht so aus dem Häuschen, ab sofort büffeln zu dürfen. Aber zu lange hatte ich dafür gekämpft, ebenfalls an der Bluewell zu studieren, weg von zu Hause, und nicht bei meinen Eltern zu bleiben. Obwohl ich sie liebte, musste ich einfach raus, wieder Luft holen und frei atmen. In den letzten Monaten hatten sie mich nicht aus den Augen gelassen und mich wie ein rohes Ei behütet. Davon brauchte ich eine Pause. Es war keine Option für mich, zu Hause zu studieren und weiterhin unter ihrem Dach zu wohnen. Ich wollte ein normales Leben führen. An einem Ort, an dem man mich nicht aus den Lokalnachrichten kannte. Vielleicht konnte ich hier zum alten, unbeschwerten Riley zurückfinden – zumindest ein bisschen.

Neu motiviert, rieb ich mir die Handflächen und drehte mich zu meiner Schwester um. Grace griff nach meinen Fingern und freute sich mit mir, sodass wir uns wie zwei Grinsekatzen anstrahlten und lachend im Kreis hüpften. Dabei rutschten einige Strähnen aus meinem Bun, die sich prompt in meinen Bartstoppeln verfingen und die ich mir japsend aus dem Gesicht blies, was Grace nur noch mehr zum Lachen brachte. »Du siehst aus wie ein Frosch!«

Nach dieser Unbeschwertheit hatte ich lange Zeit gesucht. Glücklich hauchte ich ein »Danke, für das hier!«, das Grace nickend annahm. Wir verstanden uns oft blind. Grace war nicht nur meine um wenige Monate ältere Schwester, sondern meine beste Freundin.

Sicher, ich hatte auch in der Schule Freunde gehabt, aber wenn etwas wirklich Wichtiges in meinem Leben passiert war, hatte ich es zuerst Grace erzählt. Beim ersten verlorenen Zahn war ich in ihr Bett geschlichen, und sie hatte mit einem High Five und einem »Cool!« mit mir abgeschlagen. An meinen ersten Schultagen hatte ich ihre Kleiderwahl getragen. Kurz darauf war mir bereits in der Grundschule klar geworden, dass mich Jungs mehr reizten als Mädchen, was ich nie zu einem Geheimnis in meiner Familie gemacht hatte. Grace hatte zuerst von meinem ersten Schwarm, meinem ersten Kuss, meinem ersten Date erfahren. Und Grace hatte mich nach der schmerzhaften Trennung wieder aufgepäppelt.

Ihre blauen Augen hatten mich besorgt gemustert, als ich mit einem Verband um den Kopf, mit Schrammen im Gesicht und am Körper, die Lider blinzelnd im Krankenhaus geöffnet hatte. Diese Zeit war vorüber, ich wollte nach vorne schauen, und sie wusste, wie wichtig mir das war. Daher hatte sie nicht lange gezögert und alles in die Wege geleitet, damit ich, sobald ich nach Virginia an die Bluewell University kam, mit ihr in einem Wohnheim leben konnte.

Zuerst war ich nicht begeistert gewesen, schließlich hatte sie mich überzeugt. Immerhin würden wir kein Zimmer teilen, sondern nur das gleiche Studentenheim. Daher setzte ich darauf, mir selbständig ein Unileben und einen Freundeskreis aufzubauen, ohne der jüngere Bruder zu sein. Ansonsten würden mich alle als genau das sehen: der kleine Anhang von Grace. Drauf geschissen. Also hatte ich bei der Sache eingewilligt und in den sauren Apfel gebissen. Wobei dieser mit jeder Minute süßer schmeckte, je länger ich das weitläufige Gelände und die altehrwürdigen Gebäude betrachtete. Jup, hier ließ es sich leben.

Mitten in unserer Freudentirade brachte uns eine kratzig-tiefe, jedoch amüsiert klingende Stimme aus dem Konzept. »Was wird das hier, das nächste Cheerleader-Treffen? Soll ich schnell die Pompons holen? Dann können wir so richtig abfeiern.«

Abrupt drehte ich mich um. Ein Typ in schwarzer Jeans und enganliegendem, dunkelgrauem Shirt, dessen Ärmel um seine Oberarme spannten, sprang von dem Ast einer Eiche. In der Hand hielt er einen Block, einen Bleistift steckte er sich hinter das Ohr unter sandfarbenem Haar. Mir fielen keine anderen Worte ein, als ihn als schön oder umwerfend zu bezeichnen.

Vermutlich nicht das, was Männer hören wollten, schon gar nicht, wenn sie hetero waren. Die standen eher auf Beschreibungen wie heiß, muskulös, sexy und vieles mehr, doch schön mit rauen Kanten beschrieb ihn am besten. Mit einem Hauch Verwegenheit durch seinen leichten Dreitagebart und das schiefe Grinsen. In den letzten Monaten hatte ich befürchtet, mein Körper hätte den Männern abgeschworen, doch bei seinem Anblick regte sich etwas in mir und er schaltete wieder auf Vollbetrieb. Plötzlich fühlte sich die Luft wärmer an als noch vor einer Sekunde. Das musste eindeutig an unserem Freudentanz liegen und nicht an dem sexy schrägen Lächeln dieses Typen.

Also sah er doch nicht nur gut aus, sondern war genauso sexy. Gut zu wissen.

Trotzdem schrillten in meinem Kopf alle Alarmglocken, und mein Instinkt schrie mich an, dass der Kerl eindeutig nicht auf meiner Welle schwamm. Was eine Schande war. Lässig winkte ich ihm zu – »Hey, Alter, was geht?« – und beschränkte meine Faszination auf ein reguläres Maß. Nicht jeder Kerl fühlte sich wohl dabei, von einem Typen angeglotzt zu werden.

Grace schien von seinem charmanten Lächeln keineswegs so geblendet wie ich. Stattdessen verspannte sie sich und legte mir eine Hand auf die Schulter. »Halt die Klappe. Das ist mein kleiner Bruder Riley, und du wirst dich von ihm fernhalten, verstanden?«

Scheiße, das hatte sie nicht ernsthaft gesagt. Was sollte das denn? Zuerst »kleiner Bruder« und »von ihm fernhalten« – ging es noch schlimmer? Ich fühlte mich wie im falschen Film und konnte den Typen nur anstarren wie ein Reh im Scheinwerferlicht, oder kotzen. Kotzen wäre ebenfalls ein toller erster Eindruck und passte zur Situation.

Bei Grace' Worten bemerkte ich eine Veränderung in seiner Körperspannung, da ich die Augen nicht von ihm lassen konnte. Während er vorhin noch offen und mit einem Scherz auf den Lippen auf uns zugekommen war, verschloss er sich, genau wie seine Miene, die nun beinahe finster wirkte. Sogar seine cognacfarbenen Augen verloren das amüsierte Funkeln.

Seine Stimme nahm einen scharfen Unterton an. »Keine Angst, Grace. Ich lass den Kleinen schon in Ruhe. Wusste nicht, dass Emma einen Kindergarten eröffnet. Rosige Aussichten.«

»Verschwinde einfach, Jenkins!«, blaffte Grace zurück, und der Typ, Jason, hob beschwichtigend die Arme, während er sich rückwärts dem Haus näherte. »Kein Ding. Ich gehe schon. Mach's gut, kleiner Riley.«

Na klasse, genau das, was ich gebraucht hatte. Vom schärfsten Typen im Umkreis von zwanzig Meilen als »kleiner Riley« bezeichnet zu werden. Konnte mich bitte jemand erschießen oder von hier wegbeamen, am besten auf einen anderen Stern, wenn möglich? Dagobah aus Star Wars wäre sicher für mich frei. Ich hatte keine Ahnung, wie ich zwischen diese zwei Fronten geraten war, ohne auch nur ein Wort gesagt zu haben.

Ich räusperte mich heiser. »Was sollte dieser Scheiß?« Dann dämmerte es mir schlagartig, und ich blickte zur Eingangstür und anschließend in das Gesicht meiner Schwester. »O mein Gott, du hast mit ihm geschlafen!«

Grace riss die Augen auf. »Was? Spinnst du! Wie kommst du denn darauf?«

Okay, sie stritt es nicht ab. Ich sah mich schon dabei, einen Typen attraktiv zu finden, der etwas mit meiner Schwester gehabt hatte. Was krank war. Oder er hatte meine Schwester verletzt, was noch schlimmer war. Bei uns gab es keinen Bro Code, denn wir Geschwister hielten noch viel stärker zusammen, als irgendwelche Männer es je könnten. Außerdem wollte ich im Moment gar keinen Typen anmachen und erst recht keine Beziehung eingehen. Was ich brauchte, war Zeit, um den Kopf freizubekommen. Doch ich war nicht blind, und dieser Jason war definitiv ein außerordentlicher Augenschmaus – zumindest aus der Ferne betrachtet.

»Weil man die Spannung zwischen euch beiden eindeutig spüren kann. Sie war so intensiv, ich dachte, sie explodiert gleich in einer Supernova. Also, erzähl, ich will alle Einzelheiten hören!«, forderte ich sie auf und wackelte vielsagend mit den Augenbrauen, um ihr zu zeigen, dass es keine große Sache für mich war. Nur weil ich Pech gehabt hatte, wünschte ich mir für andere nicht das gleiche enthaltsame Leben. Ich war neugierig – wobei ich es vielleicht bereuen würde, jede Einzelheit über den Sex mit diesem Typen zu hören. Mir reichte sein Anblick, da musste ich nicht wissen, wie er sich anfühlte. Vor allem nicht, falls er meiner Schwester das Herz gebrochen hatte. Dann wäre mein Zorn schlimmer als jener von Anakin, der bekanntlich zu Darth Vader geworden war.

Mit angewidertem Gesicht schüttelte Grace den Kopf. »Auf keinen Fall. Ich würde diesen Typen nicht einmal mit der Kneifzange anfassen, aus Angst vor irgendwelchen ansteckenden Krankheiten. Nein, ich traue diesem Jason nicht. Geh ihm bitte aus dem Weg.«

»Keine Sorge. Männer – und Frauen, wie du weißt – stehen im kommenden Semester nicht auf meiner Agenda. Genau genommen werde ich sogar das Leben eines Mönchs führen und nur hin und wieder einen Porno gucken, falls dich das beruhigt«, scherzte ich, obwohl ein Hauch bitterer Wahrheit mitschwang.

»Danke, aber zu viel Information. Der Rest ist Mist, und das weißt du. Du sollst dich nur nicht zu schnell auf einen Typen einlassen, aber geh auf Dates und probiere dich aus. Dafür ist diese Zeit da.«

In ihrem ernsten Tonfall lag ein Lächeln, denn sie sprach aus Erfahrung. In der Vergangenheit hatte sie ziemlich schräge Dates gehabt. Dabei war ein Typ, der keine Zeit zum Umziehen gefunden hatte und zu ihrem Date als verkleidete Krabbe aufgetaucht war, nicht einmal das Schlimmste. Grace hatte verstopfte Toiletten in der Wohnung eines Kerls erlebt oder einen getroffen, der gleich vier Bernhardiner zu Hause gehabt hatte. Einmal war sie mit einem Bastelfanatiker ausgegangen. In seinem Zimmer war alles mit Spielzeugflugzeugen und Panzern im halbfertigen Zustand belegt gewesen. Sie hatte nicht einmal genügend Platz gehabt, um sich hinzusetzen. Nein, alles musste ich ihr wirklich nicht nachmachen, obwohl ich sonst zu ihr aufsah. Sie hatte ihr Leben im Griff, so wie ich früher.

»Okay, mein Jedi-Meister, ich werde auf deinen Rat hören. Keine schrägen Typen, dafür Dates mit den netten. Aber ich kann dir nichts versprechen.«

»Ich weiß, mein Padawan, ich weiß.« Grace grinste und schnappte sich ihre Taschen aus dem Wagen. Ich tat es ihr gleich und dachte, damit wäre das Thema erledigt. Irrtum. Bevor wir auf die Stufen hinauf zum Haus traten, stoppte sie mich, mit einer Hand an meinem Ellbogen, ihre Stimme leise und eindringlich. »Im Ernst, Riley. Jason ist nicht gut für dich, oder für irgendjemanden …«

Zwar hörte ich ungern auf Tratsch, da ich selbst Thema dessen gewesen war. Jetzt packte mich jedoch die Neugierde. »Echt jetzt, du wiederholst dich, Grace. Was ist mit ihm?«

»Emma will nicht, dass darüber geredet wird, und sie hält unnachgiebig zu ihm – warum, ist mir schleierhaft –, aber er ist ein Schläger. Voriges Jahr, als ich angefangen habe, ist er nur wenige Wochen auf der Uni gewesen«, erzählte sie, und ich hing an ihren Lippen, »und ich habe Gerüchte gehört, dass er –«

Plötzlich wurde sie von einem freudigen Jauchzen aus Richtung Tür unterbrochen. Klasse. Aus dem Haus stürmte eine kleine, quirlige Afroamerikanerin mit dunklen Locken. Ohne auf mich zu achten, hüpfte sie die Stufen hinab und warf sich auf Grace. Sprichwörtlich, denn die beiden gingen vor mir rittlings zu Boden und lachten sich schlapp. Erst nach einer Minute japste meine Schwester: »Emma, runter von mir! Ich krieg keine Luft mehr.«

»Das liegt aber nicht an meinem Gewicht, ich habe kein Gramm zugenommen, ich schwör's. Wenn, bin ich nur muskulöser geworden, damit wir es den anderen Mannschaften diese Saison so richtig zeigen und ihnen den Arsch aufreißen«, versprach die Teamkameradin meiner Schwester. Nett.

Grace stand grinsend auf und streckte den Arm nach Emmas Hand aus, um ihr hochzuhelfen. »Ich erwarte nichts anderes von dir, Emma Harman. Und jetzt lass mich dir meinen Bruder vorstellen. Das hier ist Riley.«

»Hey, schön, dich kennenzulernen, Emma. Danke, dass du für mich ein Zimmer organisiert hast.« Zur Begrüßung streckte ich ihr meine Hand entgegen. Im nächsten Moment warf sie sich in meine Arme und drückte mich an ihre Brust, als wären wir verlorene Verwandte. Interessant. Ein Lachen rumpelte durch meine Brust. »Du magst also neue Leute.«

»Und wie! Aber ich mag fast alle Leute. Freut mich ebenfalls. Endlich treffe ich Grace' bessere Hälfte. Schön, dich hier zu haben. Fühl dich wie zu Hause. Wenn du irgendetwas brauchst, nimm es dir einfach. Falls dir das unangenehm ist, frag mich, obwohl ich sowieso zu allem Ja sage. So, und jetzt kommt. Ich muss dich den anderen vorstellen und dir das Haus und dein Zimmer zeigen. Es liegt ganz oben im fünften Stock. Keine Angst, wir haben einen Aufzug.«

Überrumpelt warf ich einen Blick über meine Schulter zu Grace, die mir grinsend zuzwinkerte, wie um zu sagen: »Ich habe dich vor Emma gewarnt.« Hatte sie, aber Emma stellte sich als noch lebendiger und redseliger als in meiner Vorstellung heraus. Sie vibrierte regelrecht vor Energie, die Hand um meine geschlossen, um mich ins Haus zu zerren. Ein Lächeln zeichnete sich auf meinen Lippen ab, ein echtes. Mit meiner Schwester und Emma war ich mir sicher, ein aufregendes Semester vor mir zu haben.

2. Spaß oder Albtraum

Jason

Was war das für ein beschissenes Willkommenskomitee? Da kam ich nach einem Dreivierteljahr Auszeit zurück an den Campus und wurde sofort von Grace angeblafft. Zumindest Riley schien ein netter Typ zu sein. Er trug einen hippen Man Bun, was nicht jedem stand. Ihm schon, mit seiner hochgewachsenen, sportlichen Figur und dem breiten Lächeln mit Grübchen. Ein Grinsen, das ansteckend war.

Mit einem Mal wurde das kommende Jahr interessanter, dank des neuen Hausbewohners. Obwohl jede Studentenbude für zwei Leute ausgestattet war, konnte ich mir vorstellen, wie Emma uns alle zwang, im Gemeinschaftsraum abzuhängen. Sie hatte dafür gesorgt, dass ihre Freunde zusammen unterkamen. Es hatte eben Vorteile, wenn man zur Gründungsfamilie der Universität gehörte. In einer der größeren Unis wäre das selbst dann unmöglich, doch das Bluewell war klein und bot nur für etwa neunhundert Studierende Platz.

Sean, einer meiner besten Freunde, war ihr Cousin, und wir hätten uns ein Zimmer teilen sollen, aber er hatte kurzfristig beschlossen, dieses Studienjahr eine Auszeit zu nehmen und zu reisen. Dennoch hatte Emma darauf bestanden, dass ich im Cleveland House blieb, obwohl wir nur wegen Sean befreundet waren. Vermutlich wollte sie verhindern, dass ich mich komplett abkapselte. Die meisten Leute gingen mir auf den Sack, besonders jene, die Tratsch weitererzählten. Ich wollte gar nicht wissen, welche verfluchten Gerüchte über mich an der Uni kursierten. Vermutlich hatte es mit einem Aufenthalt im Knast oder Ähnlichem zu tun. Grace hatte sogar ihren Bruder vor mir gewarnt, mit mir abzuhängen. Sicherlich hatte sie noch keine Ahnung, mit wem ihr süßer, unschuldiger Bruder sein Zimmer teilte. Das würde ein Spaß. Einer, der so willkommen war wie ein Schlag in die Rippen.

Missmutig verzog ich die Lippen. Verdammt, das neue Semester fing ja klasse an. Ohne einen Blick zurück, durchquerte ich die Wohnraumküche der Studentenwohnung und stürmte in mein Zimmer. Dort verbarrikadierte ich mich und griff zur Beruhigung nach meinem Block und einem schwarzen Stift. Die Welt draußen konnte mir gestohlen bleiben, während ich schnell Striche auf den weißen Untergrund zeichnete.

In diesem Moment klingelte mein Handy. Das hätte ich normalerweise in meiner derzeitigen Stimmung ignoriert, würde ich mir keine Sorgen machen, erneut einen speziellen Anruf zu bekommen. Grandpas Name erschien auf dem Display. Automatisch beschleunigte sich mein Herzschlag, so wie es mir jedes Mal seit dem vergangenen Jahr erging, wenn er anrief. Irgendwie erwartete ich ständig einen Notruf. Oder von jemand anderem zu hören, dass ihm etwas passiert war. Echt ätzend. Ich unterdrückte ein Schaudern und hob ab.

»Hey, Grandpa. Alles klar? Geht es dir gut?«, fragte ich, bevor ich es mir verkneifen konnte. Er lachte kurz auf, wobei ich im Geiste sein wettergegerbtes Gesicht vor mir sah, das von weißen Haaren umrahmt war, die meist unter einer alten Mütze hervorblitzten. Er behauptete, dass er sie trug, weil so was jetzt trendy sei, aber ich ahnte, dass er damit sein schütter werdendes Haar verstecken wollte. Mein fünfundsechzigjähriger Grandpa war ein wenig eitel. Besonders, da er bei Frauen immer gut angekommen war.

Seine Stimme drang an mein Ohr. »Junge, warum fragst du mich das immer, wenn ich mich melde? Natürlich geht es mir gut. Ich will wissen, wie es dir geht und ob du gut angekommen bist.«

»Nur so. Und ja, ich bin vor einer Stunde in mein neues Zimmer gekommen. Passt gut.«

»Wie ist dein Mitbewohner, habt ihr euch schon kennengelernt?«

»Ja, kurz. Scheint ein netter Typ zu sein.«

»Wahnsinn, Junge. Du sprudelst heute wieder über vor Informationen. Bitte, nicht so viele Details auf einmal.«

Bei seinem Scherz musste ich schließlich doch grinsen. »Schon gut. Es ist großartig, ich werde klarkommen und nicht wieder Ärger machen. Du musst dir deswegen keine Sorgen machen. Pass auf dich auf und gib Bescheid, wenn du was brauchst, dann komme ich vorbei, egal was ist.«

Grandpa wohnte drei Stunden entfernt, und ich würde mein Versprechen sofort wahr machen. Egal welche Vorlesung ich hatte oder welches Problem anstand.

»Na, na, na. Ich bin zwar alt, aber ich kann noch gut für mich selbst sorgen, danke.«

»So habe ich das nicht gemeint. Ich weiß, dass du das kannst. Du bist zäh wie ein Bär. Wie so ein alter Grizzly, der nicht zu bändigen ist und vor dem sich alle fürchten.«

Erneut lachte Grandpa. »So klingt das schon viel besser. Recht hast du«, pflichtete er mir amüsiert bei. »Gut, gut. Noch etwas. Melde dich, wenn du etwas brauchst. Das mit Sunny und dem Studienplatz ist alles geklärt. Aber wenn es Probleme gibt, sag

Bescheid, verstanden, Junge? Ich bin genauso immer für dich da. Ach, und melde dich bei deinem Bruder. Gib ihm Bescheid, dass du angekommen bist.«

Mein Herz wurde mir schwer. »Das mache ich, und ja, weiß ich. Danke, Grandpa.«

Und wie ich das wusste. Manchmal hatte ich das Gefühl, dass er neben meinem Bruder Mike der Einzige war, der immer für mich da war, der mich richtig kannte. Umso schlimmer war die Angst, dass unsere gemeinsamen Augenblicke schneller verstrichen, als ich es wahrhaben wollte. Als lebte er nur noch auf geborgter Zeit, und bald würde der Mann, der mich statt meiner Eltern großgezogen hatte, zu einem farblosen Schatten verblassen. Sollte das passieren, wäre ich für ihn da. Zuvor musste ich jedoch mein Studium beenden, und zwar so schnell wie möglich. Zwar hatte ich viele Credit Points von meiner Ausbildung für mein Studium anrechnen lassen können, da ich dank Grandpa spezielle Förderprogramme für Tiermedizin besucht hatte. Dennoch dauerte es seine Zeit, bis ich mein Studium tatsächlich abschließen und Geld verdienen würde.

Seufzend warf ich das Handy auf den Block, der auf dem Schreibtisch lag, und schnappte mir stattdessen ein Lehrbuch über Kleintieranatomie. Mit dem dicken Schätzchen hatte ich vor, die nächsten Stunden zu verbringen. Erneut hatte mein Handy einen anderen Plan. Dieses Mal war es Emma, die mich bat, auf einen Sprung nach unten zu kommen. Verflucht. Seufzend erhob ich mich und ergab mich meinem Schicksal.

Riley

Das Wohnheim war so großzügig gebaut, wie es von außen vermuten ließ. Vom großen Eingangsbereich führte rechts eine Treppe nach oben zu den anderen Stockwerken. Links befand sich ein kleiner Aufzug für zwei Personen. Die Böden waren mit altem, dunklem Parkett ausgestattet, die Wände cremeweiß gestrichen, und ein großer, offener Aufenthaltsraum auf der linken Seite lud zum Verweilen ein.

Hohe Regale voller Bücher säumten eine Wand. Neben der Bibliothek standen diverse Musikinstrumente, eine schwarze Ledercouch und zwei bequeme Sessel mit passendem Couchtisch aus dunklem Glas. Dazwischen lagen mehrere farbige Sandsäcke auf einem dunkelgrauen Teppich. An den Decken waren gut sichtbar drei Kameras platziert, die jeden abschrecken würden, der auf die Idee kam, etwas zu klauen.

»Nett«, murmelte ich mit einem anerkennenden Pfiff. Ich hatte noch nicht einmal mein Zimmer gesehen, schon liebte ich dieses Haus. Ich würde sogar im Eingangsbereich schlafen oder unter der Treppe hausen, nur um hierzubleiben.

»Du bist im fünften Stock untergebracht, Grace und ich wohnen im zweiten. Das Erdgeschoss sowie Stockwerk eins und zwei sind für die Mädchen. In drei, vier und fünf sind die Jungs untergebracht. Wir haben nicht viele Regeln, aber Jungs und Mädchen müssen getrennt wohnen. Totaler Humbug, oder?«

Zustimmend nickte ich, obwohl mir ziemlich schnuppe war, wer mit wem ein Zimmer teilte. Generell kam ich mit allen ganz gut zurecht, egal welchen Geschlechts. »Danke, dass ich hier pennen darf. Es ist echt unglaublich.«

»Papperlapapp, du bist Grace' Bruder, und damit gehörst du zur Familie«, beschwichtigte mich Emma.

Nach nur wenigen Minuten blieben wir auf unserer Tour durch das Untergeschoss im Gemeinschaftsraum hängen. Dort trafen wir auf einige von Grace' und Emmas Freunden vom Fußball oder aus der Band. Die Uni hatte einen Naturwissenschafts-, Sport- und Kunstschwerpunkt. Was ich wirklich cool fand, wenngleich ich in keine dieser Schubladen passte. Ich machte keine Musik, ich gehörte nicht zu den Sportlern – nicht mehr. Im Moment war ich sozusagen schubladenlos, bis auf meine sexuelle Orientierung. Und auf diese wollte ich mich nicht reduzieren lassen.

Während Emma mir einige Leute vorstellte, eilte Jason die Treppe nach unten. Ich versuchte nicht in seine Richtung zu blinzeln und mich stattdessen auf Emmas Erzählung zu konzentrieren, aber es fiel mir schwer. Schlechtes Gewissen und Neugierde kämpften um die Oberhand. Bei uns angelangt, schlug Jason mit der Faust gegen die eines Kollegen, die anderen begrüßte er mit einem Nicken. Kurz darauf lümmelte er auf einem breiten Sessel, die Beine lässig über eine Lehne gelegt, und kritzelte in einem Block herum.

»Das ist Jason«, sagte Emma. Bei der Erwähnung seines Namens nickte er gelangweilt, als wäre es ihm schnurzpiepegal, wer hier zukünftig ein- und ausging. Auch gut, dann wurde ich eben ignoriert. Ich musste mich nicht mit jedem verstehen, obwohl es das Zusammenleben leichter gemacht hätte.

Ich hoffte, dass ich mir ein Zimmer mit einem der Sportler teilte. Die wirkten gesprächiger als Jason, und Gespräche waren mir definitiv lieber als starres Schweigen. Lange genug hatte in meinem Kopf Schwärze und Stille geherrscht. Ich wollte Trubel, Ablenkung und das aufregende Gefühl des Neuanfangs. Genau wie es die vielen Studenten hervorriefen, die bei der Haustür hin- und herliefen, um ihren Krempel hereinzuschleppen. Ich war gespannt, was mein Leben hier für mich bereithalten, welche Freunde ich finden würde, aber zuerst musste ich mich in meinem Zimmer einrichten. Die stundenlange Fahrt, bei der wir uns hinterm Steuer abgewechselt hatten, forderte seinen Tribut. Ich konnte das Gähnen beim besten Jedi-Willen nicht mehr zurückhalten, was Grace natürlich bemerkte.

»Na los, ich zeig dir mal dein Zimmer, wir packen aus und gönnen uns eine Pause. In wenigen Tagen ist dein erster Tag an der Bluewell, das ist aufregend.«

Wir verabschiedeten uns von den anderen und betraten mit unseren Taschen bewaffnet den Aufzug, in den wir mit unserem Zeug gerade so reinpassten. Zuerst hielten wir im zweiten Stockwerk, wo ich meine beiden Taschen und einen Karton im Flur abstellte, um Grace' Gepäck aus ihren Fingern zu befreien.

Protestierend schnaubte sie. »Du musst meine Sachen nicht tragen, ich bin eine selbstständige Frau.«

»Was hat das eine mit dem anderen zu tun? Mir ist schon klar, dass du deine Taschen selbst tragen kannst, genauso kann ich dir aber helfen, weil ich kein Arschloch, sondern dein Bruder bin. Außerdem habe ich nur eine auf den Kopf bekommen und nicht mein Rückgrat oder meine Muckis verloren«, scherzte ich, um ihre Anspannung zu lösen. Ich schulterte die Taschen und bedeutete ihr, mir den Weg zu zeigen. »Na los, wo ist dein Zimmer?«

Unzufrieden seufzte sie, ging jedoch voran. Grace war schon immer eine beschützende große Schwester gewesen, was sich verschlimmert hatte, als ich mich in der Highschool geoutet hatte. Doch seit dem Unfall im Frühling meines Abschlussjahres ähnelte sie beinahe einer Löwenmutter. Ein Verhalten, das irgendwie süß und gleichzeitig furchtbar nervig war.

Ein breiter Gang mit dunklem Holzboden führte zu den einzelnen Zimmern. Grace' und Emmas Zimmer trug die Nummer 2A und lag auf der linken Seite. Sobald sie aufgesperrt hatte, traten wir ein, und ich stellte ihre Taschen auf den Küchentresen. Grace stand neben mir und ließ den Blick schweifen, bevor sie sich mir zuwandte. »So, da wären wir. Das ist mein Reich! Geh jetzt in Ruhe auspacken, du hast 5C. Wir sehen uns später. Einverstanden?«

»Danke, ich weiß. Steht auf dem Schlüsselanhänger«, antwortete ich und trat auf den Flur hinaus. »Wir können uns hier treffen und gemeinsam zu Abend essen. Ich pack nur schnell aus. Und ich werde Mum Bescheid geben, dass wir hier sind.«

So schön die gewonnene Freiheit war, ich hatte ein schlechtes Gewissen, sie warten zu lassen. Grace stöhnte an den Türrahmen gelehnt: »O ja, bitte. Mach du das, ich habe jetzt keine Nerven dafür. Danke, ich schulde dir was.«

»Wie immer.« Grinsend drehte ich mich um und marschierte zum Aufzug.

Bevor sich dessen Türen öffneten, rief mir meine Schwester hinterher: »Ach, und Riley: Häng im Zimmer ja nicht diese Dinger auf.«

Nachdenklich zog ich die Augenbrauen zusammen und stellte mich unwissend. »Keine Ahnung, wovon du redest.«

Sie taxierte mich mit einem strengen Blick, der etwas Schelmisches hatte. »Unverbesserlich. Tu, was du nicht lassen kannst.«

Zustimmend hob ich den Daumen. »Und ob ich das werde. Du kennst mich ja«, meinte ich, um ihr zu verstehen zu geben, dass ich in meinem Zimmer machen würde, was ich wollte. Mein Reich, meine Regeln. Sie grinste breiter.

Immerhin war es ein Schritt zum alten Riley. Dem Riley mit unzerstörbarem Selbstvertrauen und dem es vollkommen egal war, was andere Leute über ihn dachten. Leben und leben lassen, das war meine Devise gewesen. Solange, bis jemand ein Problem mit meiner Lebensweise gehabt und es eindrucksvoll gezeigt hatte. Angewidert biss ich mir auf die Lippen, bis ich Blut schmeckte, um die Schatten zu vertreiben, die auf mich zukrochen und mich verschlingen wollten. Aber davon hatte ich genug.

Kopfschüttelnd ging ich weiter und fuhr nach oben in mein Zimmer. Wie das restliche Heim, waren unser Wohnbereich und mein Einzelzimmer mit dunklem Holz ausgestattet und die Wände hellgrau gestrichen. Hellgrüne Vorhänge hingen an den Fenstern, und ein blaues, großes Sofa stand in der Wohnraumküche gegenüber der Eingangstür, an deren linken Seite sich die Küche öffnete. Beim Fenster, wo das Sofa stand, war bereits ein Fernseher. Ich stellte meinen Karton daneben, um später die Playstation anzuschließen. Zwar hatte ich nicht vor, allzu viel zu zocken, aber ohne meine Konsole wäre ich auf keinen Fall ausgezogen. Wenn schon kein echtes Fußballspielen mehr möglich war, dann zumindest virtuelles. Das würde ich mir nicht nehmen lassen.

Anschließend schleppte ich die vollgestopften Taschen in mein Zimmer. Ich wusste nur, dass das andere schon belegt war, weil mein zukünftiger Mitbewohner eine altmodische Krawatte an der Türklinke befestigt hatte. Komisch, tat man das nicht, wenn man nicht gestört werden wollte, weil man Sport in der Horizontalen ausübte? Amüsiert drehte ich mich um und verstaute meine Sachen im Kühlschrank, um anschließend mein Zimmer in Beschlag zu nehmen. Es war klein, aber fein. Ein Fenster, unter dem ein Schreibtisch mit Leselampe und Stuhl stand. Rechts neben der Tür ein Einzelbett und links ein Kleiderschrank. Außerdem stand an der rechten Wand, zwischen Bett und Schreibtisch, eine Kommode. Mehr als ausreichend Platz, um alles unterzubekommen.

Zuerst zog ich die Vorhänge beiseite und öffnete das Fenster. Beim Ausblick blieb mir die Spucke weg. Von hier aus konnte ich einen großen Teil des Campus, die anderen Wohnheime und die Universitätsgebäude überblicken. Am beeindruckendsten waren die alten, ehrwürdigen Gemäuer, die rund um den parkähnlichen Campus angeordnet lagen. Hohe Bäume warfen Schatten auf die grüne Rasenfläche und die gepflasterten Gehwege darunter. In weiterer Entfernung konnte ich sogar die Sporthallen, den Fußball- und den Footballplatz erkennen.

Nach meinem Rundblick räumte ich meine Taschen aus: die Klamotten in den Kleiderschrank, Lehrbücher gestapelt links auf den Tisch mit dem Plan der Uni und den Schreibsachen. DVDs und die Star-Wars-Bücher auf der rechten Seite des Tisches, um vom Bett aus schnelleren Zugang zu ihnen zu haben. Vermutlich hätte ich mir nicht so viele Romane mitnehmen sollen, da die Kurse in Chemie und Physik genügend Zeit fressen würden, aber ich hatte beim Packen nicht widerstehen können. Immerhin fühlte ich mich dadurch wohler. Womit wir zu den nächsten Dingen kamen, die ich aus den Taschen fischte. Ich entrollte die zwei Han-Solo-Poster. Das erste Bild hängte ich auf den linken Flügel des Kleiderschranks, das Han Solo in Karbonit von vorne zeigte. Seine eingefrorene Hinterseite befestigte ich am rechten Flügel. Die Bilder rangen mir immer ein Lächeln ab.

Anschließend starrte ich unschlüssig auf die beiden Schwerter. Sollte ich sie aufhängen oder lieber in einer Schublade verstecken? Nein, ich wollte mich nicht verstecken, sondern sein, wer ich nun mal war.

Demonstrativ stellte ich meinen Darth-Vader-Helm auf die Kommode. Gut sichtbar. Sofort fühlte ich mich besser und drängte die Schatten der Vergangenheit zurück. Fehlten nur noch zwei Dinge. Ich schnappte mir die beiden Laserschwerter und erweckte mit einem Knopfdruck eines von ihnen surrend und rot leuchtend zum Leben. Den Blick auf das Licht geheftet, folgte ich den Bewegungen, die ich schnell ausführte, während ich so tat, als hätte ich Ahnung davon. Egal wie ich damit aussah, ich fühlte mich gut dabei. Die Bewegungen gaben mir die Sicherheit und den Glauben, die wichtigen Dinge selbst in der Hand zu haben.

Schließlich schaltete ich das Laserschwert aus und hängte beide an die Wand über dem Bett. Es würde sowieso niemand außer Grace in mein Zimmer kommen. Mit dem Handy hockte ich mich auf das Bett und wählte die Nummer unserer Eltern.

3. Fernsehen hat noch niemandem geschadet

Riley

Nachdem ich ausgepackt hatte, traf ich mich mit Grace und Emma, um eine Kleinigkeit zu essen. Wir holten uns Sandwiches von einem Bistro am Campus, die wir im Gemeinschaftsraum des Wohnheimes verdrückten. Während wir dort rumhingen, gesellten sich vereinzelt andere zu uns, bis der Abend damit endete, dass die Band an den Instrumenten stand und gemeinsam jammte. Andere saßen rund um das Sofa auf den Sitzpolstern und unterhielten sich angeregt. Nach der Session machten es sich Emma und Grace auf der Couch bequem und tauschten sich über den Sommer aus. Die Stimmung war gut, trotzdem fühlte ich mich fehl am Platz. Das hier waren Leute, die bereits im zweiten oder dritten Jahr gemeinsam studierten. Die sich kannten und eine Clique waren. Sie waren cool, keine Frage. Aber sie waren nun einmal nicht meine Freunde. Ich wollte neue Bekannte, neue Freunde kennenlernen, nicht von Grace' Gruppe adoptiert werden. Mit diesem Gedanken verabschiedete ich mich, ohne zu wissen, wie ich das anstellen sollte.

Trotz meines Vorhabens verliefen auch die nächsten zwei Abende ähnlich. Ich war zwar Teil der Gruppe, aber gehörte nicht richtig dazu. Egal, ob es mein erster Tag war oder ich inzwischen drei Tage am Campus verbracht hatte, um mich auf das Studium vorzubereiten und Lehrbücher durchzugehen. Eine innere Unruhe hielt mich davon ab, mich wirklich zu öffnen, mich auf die anderen einzulassen oder auf neue Leute zuzugehen. Anscheinend war bei mir mehr kaputtgegangen als nur mein Kopf. In den letzten Nächten hatte ich wie so oft schlecht geschlafen, und meinen neuen Zimmerkollegen hatte ich nach wie vor nicht angetroffen. Entweder schlief er gar nicht in unserer Wohneinheit oder er kam und ging, wenn ich pennte. Er blieb ein Rätsel für mich.

Um für meinen ersten Unitag morgen fit zu sein, hatte ich mich heute früher ins Bett fallen lassen. Leider hatten mein Körper und mein Geist andere Pläne, und ich lag Stunden später noch immer hellwach im Bett. Vor einer Stunde hatte ich gehört, wie mein Mitbewohner heimgekommen war, aber gesehen hatte ich ihn erneut nicht. Klasse. Ein unsozialer Zimmerkollege und nun eine schlaflose Nacht. Ein toller Start in mein neues Leben. Wobei das nicht ungewöhnlich war. Bereits seit einigen Monaten schlief ich schwer ein oder wachte nachts auf. Manchmal schweißnass und mit rasendem Herzen. Ich hatte gehofft, der Tapetenwechsel würde mir bei meinem Schlafproblem helfen. Anscheinend hatte ich mich geirrt.

»So eine beschissene Kacke, Mist«, murmelte ich mürrisch. Mein Blick auf die Uhr des Handys bestätigte es – zehn nach zwölf. Na ausgezeichnet.

Eine gefühlte halbe Stunde wälzte ich mich hin und her, dann gab ich frustriert auf, da ich ohne Hilfe sowieso nicht einschlafen würde. Leise ächzend erhob ich mich und schlich barfuß in die Küche. Meine Therapeutin zu Hause hatte mir diesen Tipp unter Vorbehalt gegeben, nachdem ich mich vehement geweigert hatte, mir Tabletten gegen Schlafstörungen verschreiben zu lassen. Ich war davon überzeugt gewesen, mein Schlafproblem auf natürliche Weise zu lösen. Das war Monate her, und langsam beschlichen mich Zweifel.

Ich schüttelte die Gedanken ab und strich meine Haare zurück. Entschlossen öffnete ich den Kühlschrank, auf der Suche nach dem gewünschten Objekt.

»Kannst auch nicht schlafen, was?«, fragte mich plötzlich eine kratzige, tiefe Stimme aus der Dunkelheit. Erschrocken wirbelte ich herum, kniff die Augen zusammen und spähte in die Schatten. Ich hatte mir nicht die Mühe gemacht, das Licht einzuschalten, was ich bereute. Mein Herz klopfte so heftig gegen meine Brust, dass ich beinahe das Blut durch meinen Körper pulsieren spürte, bis sich meine Augen an die Dunkelheit gewöhnt hatten und ich Jason auf der Couch erkannte. Tja, damit hätte sich das Rätsel um meinen Mitbewohner gelöst. Fast hätte ich gelacht. So wenig, wie er sich in der Wohnung blicken ließ, musste sich Grace keine Sorgen machen.

Ein Glas Milch stand vor ihm auf dem Couchtisch. Auch wenn ich ihm aus dem Weg gehen sollte, entkrampfte sich mein Körper bei seinem Anblick etwas. Und sei es nur deshalb, weil ich nun wusste, woher die Stimme gekommen war und mit wem ich mir die Unterkunft teilte. Ein anderes Interesse hatte ich nicht an ihm. Nicht, wenn mir meine Knochen lieb waren.

Wie so oft hielt sich mein Körper an andere Regeln als mein Kopf. Denn obwohl Jason am anderen Ende des Zimmers hockte und voll bekleidet war, fühlte ich mich allein durch seine Anwesenheit, seine tiefe, raue Stimme, aufgekratzt. Ich musste mich regelrecht dazu zwingen, mich nicht zu bewegen. Außerdem betete ich im Stillen, meinen Schwanz ebenfalls in Schach zu halten, da er sich manchmal in den unpassendsten Momenten regte. Einer davon hatte mich fast zwei Monate ins Koma befördert. Jetzt eine verräterische Beule unter den engen Boxershorts zu bekommen, würde sicherlich keinen guten Eindruck machen.

Schnell dachte ich an unerotische Sachen, wie Autounfälle oder herumtollende Babykatzen, die mich wiederum an die miauenden Katzenbilder von Professor Umbridge aus Harry Potter erinnerten. Die war echt gruselig. Besonders ihr rosa Büro. Dieser Gedanke ließ mich erschauern und lenkte mich vollends von Jason und meinem Schwanzproblem ab.

Jason

Verdammt, ich hatte ihn wirklich nicht erschrecken wollen, aber was hätte ich sonst sagen sollen? »Hallo« oder »Schönen Abend« wäre nicht viel besser gewesen, wenn man sich mitten in der Nacht in einem dunklen Raum über den Weg lief. Anscheinend hatten wir beide den anderen nicht wecken wollen, indem wir das Licht einschalteten.

Als Zimmerkollegen hatten wir uns noch nicht offiziell vorgestellt, da ich die letzten Tage ständig arbeiten gewesen war und Schichten von anderen übernommen hatte, um mein Geldpolster aufzubessern. Sobald die harte Unizeit und die ersten Prüfungswochen anstanden, würde ich kürzertreten müssen. Die restliche Zeit hatte ich mit meinem besten Kumpel Denver verbracht. Eine Nacht war ich auf seiner Couch eingepennt, die andere hatte ich bei Sunny geschlafen, weil ich zu müde gewesen war, um hierherzukommen. Die Uni hatte noch nicht einmal angefangen, und ich fühlte mich bereits verausgabt. Vielleicht, weil ich mir nie eine Pause gönnte, nie die Sorgen von mir wegschieben konnte.

Nun wartete das nächste Problem auf mich, in dem Wohnheim, in dem ich zur Ruhe kommen und mich erholen sollte. Warum auch nicht? Seine Schwester hin oder her, ich biss die Zähne zusammen und ging mit meinem Glas und der Milchpackung rüber zur Küchenzeile, wo ich mich auf einen Barhocker fallen ließ.

»Hey, was geht? Sorry, dass wir uns erst jetzt richtig treffen. Habe die letzten Nächte bei Freunden geschlafen. Tja, sieht aus, als wären wir Mitbewohner. Überraschung.«

»Jep, sieht so aus. Meine Schwester wird einen Freudentanz vollführen. Falls sie zu Besuch kommt, räume ich vorsorglich alle Messer weg.«

Ich konnte nicht anders, als zu grinsen. Er sah das anscheinend entspannter als Grace. Prüfend musterte ich ihn, ob er die Sache tatsächlich so locker nahm. Dabei sah ich im Moment mehr als nötig, wurde fast geblendet. Zum einen wegen des grellen Lichts aus dem Kühlschrank, nachdem ich eine Stunde im Dunklen gehockt hatte, und zum anderen von Riley, der mit kinnlangen schwarzen Haaren und einem lockeren, langen Achselshirt davorstand. Er trug enge Boxershorts. Der Stoff spannte um seinen festen Arsch. Der kleine Riley war definitiv alles andere als klein oder unscheinbar gebaut. Stattdessen war er groß und hatte sehnige Muskeln unter khakifarbener Haut. Unverwechselbar waren die, im Gegensatz zu seiner dunklen Erscheinung, tiefblauen Augen, die beinahe hypnotisch wirkten. Riley hatte etwas Anziehendes an sich und … verflucht, eigentlich sollte ich wegschauen, anstatt seine Anatomie zu zerlegen. Außerdem war er zu jung und unschuldig, egal wie gut er aussah.

Irritiert runzelte ich die Stirn. Scheiße. Woher kamen diese Gedanken? Ein Kerl sollte einen anderen nicht so genau mustern. Hitze kroch mir den Nacken hoch, und ich kam mir sofort verdammt schäbig vor. Außerdem würde mir Grace die Augen auskratzen, wenn sie wüsste, dass ich einen Blick in die Richtung ihres geheiligten Bruders riskierte. Vermutlich hatte er zu Hause eine süße kleine blonde Freundin. Er sah zumindest so aus, als würden Blondinen zu ihm passen. Ich stand auf Blondinen, genauso wie auf Schwarz-, Braun- oder Rothaarige – ich war da nicht wählerisch. Wie sagte man so schön: offen für alles oder für jeden Spaß zu haben. Zumindest war ich das früher gewesen. Wie es mir vorkam, in einem anderen Leben.

Ich sollte endlich aufhören zu gaffen und etwas sagen.

Meine Stimme klang selbst in meinen Ohren rau. »Wenn du die Milch suchst, die steht hier bei mir.« Da ich meine wenigen Manieren wiedergefunden hatte, machte ich damit gleich weiter. »Willst du ein Glas? Wir haben auch Honig da«, bot ich an, schob alles über den Tresen in seine Richtung und schaltete das Licht an, damit er es sehen konnte und wir nicht länger im Dunkeln hockten.

Blinzelnd blickte er zum Deckenlicht empor, dann rieb er sich die Augen und über das Gesicht, als würde er nicht verstehen, was er hier mitten in der Nacht wollte. Lustiger Kerl. Ich unterdrückte ein Kichern, immerhin war ich ja der böse Typ in dieser Szenerie, von dem er sich laut seiner Schwester fernhalten sollte. In der Zwischenzeit schien ihm eingefallen zu sein, was er in der Küche gewollt hatte. Suchend drehte er sich nach den Oberschränken um. Vermutlich ein Glas.

»Erste Tür links. Oberes Fach.«

»Danke.« Sofort öffnete er den richtigen Schrank und griff nach oben. Dabei rutschte sein Shirt höher und gab den Blick auf seinen Hintern frei. Und ich hatte natürlich nichts Besseres zu tun und schaute erneut darauf. Es war wie bei einem beschissenen Autounfall. Man sollte eigentlich nicht hinsehen, konnte aber nicht damit aufhören. Feste Muskeln formten seinen Arsch, über dem sich dünner Stoff spannte, der aus – Moment mal. Auf den Shorts prangten Star-Wars-Bilder im Manga-Stil. Das war mal neu. Ich verkniff mir ein Lachen. Wer bitte trug Star-Wars-Unterwäsche?

»Wie bitte?«, fragte er, und ich stellte fest, dass ich die Frage vor Verblüffung laut gestellt hatte. Überrumpelt ließ ich mich auf dem Barhocker nach hinten sinken. Dabei bemerkte ich ein Buch, das auf dem Küchenblock lag und definitiv nicht mir gehörte.

»Du bist also Star-Wars-Fan?«, wiederholte ich mich und deutete zu meiner Rettung schnell auf das Buch. Nachdenklich schoss sein Blick auf seine nackten Beine, dann hoch zum Küchentresen, als überlegte er zweifelnd, ob ich ihm auf den Hintern gestarrt oder was das zu bedeuten hatte. Mann, da waren wir schon zwei.

»Nur weil ich ein Buch lese, heißt das noch lange nicht, dass ich ein Fan bin.« Herausfordernd reckte Riley das Kinn, auf dem sich ein dunkler Bartschatten zeigte.

Erneut beäugte ich demonstrativ das Buch, anstatt an seine Shorts zu denken. Scheiße, zu spät. Ich räusperte mich. »Das ist aber der sechzehnte Band. Was bedeutet, dass du die Vorgänger wahrscheinlich gelesen hast. Man muss eine Geschichte schon verdammt mögen, um so viele Teile zu lesen. Immerhin sind diese Bücher ziemlich dick, wenn du mich fragst. Die Filme sind okay, aber lesen würde ich das alles nicht. So viel Zeit investieren die wenigsten.«

Verblüfft öffnete er den Mund und schloss ihn wieder, ohne ein Wort zu sagen. Es sah lustig aus, in etwa wie ein Fisch auf dem Trockenen.

Um das Thema zu wechseln, deutete ich auf die Milchpackung. »Willst du jetzt was von der Milch abhaben?«

»Nein, danke. Ich bin wegen etwas anderem rausgekommen.«

Riley öffnete erneut den Kühlschrank und holte eine Flasche Weißwein heraus. Wie bitte, was? Ich musste blinzeln, um mich zu vergewissern, dass ich richtig gesehen hatte. Ja, eine beschissene Flasche Weißwein.

Ich räusperte mich, bevor er einen Schluck aus der Flasche nehmen oder sich ein Glas einschenken konnte. »Ähm, sollte ich mir Sorgen machen? Ich will dir nichts unterstellen, aber könnte es irgendwann mal vorkommen, dass ich dich in deinem Erbrochenen neben der Kloschüssel wiederfinde?«

Bei dieser Erinnerung aus meinen Kindheitstagen kehrte die wohlbekannte Übelkeit zurück. Nicht das beste Gefühl, wenn man an seinen Dad dachte. Da ich auf alle Fälle verhindern wollte, dass Riley oder sonst jemand nach Rauschmitteln griff, hatte ich vermutlich strenger geklungen, als nötig gewesen wäre.

Demonstrativ hob Riley die Flasche an den Mund und nahm einen großzügigen Schluck. Damit hatte er seinen Standpunkt klargemacht: seine Sache, die mich nichts anging. Dabei hasste ich es selbst, wenn sich jemand in meine verdammten Angelegenheiten einmischte.

»Nein. Keine Angst. Ich werde nicht besoffen im Zimmer oder im WC herumliegen. Ich bin kein Alkoholiker und trinke nicht heimlich. Ich kann nur manchmal nicht schlafen, und die Sache mit den zwei Schlucken Wein hat mir meine Th– ähm, eine Bekannte vorgeschlagen, um einschlafen zu können. Der Alkohol soll in geringen Mengen ein Schlafhormon begünstigen und somit besser helfen als Milch mit Honig.«

Klang irgendwie logisch, trotzdem kannte ich die andere Seite dieses Teufelszeugs und wusste, wie schnell Alkohol abhängig machte. Es konnte so viel Mist anrichten, Leben zerstören und alles kaputtmachen. Damit sollte man nicht so leichtfertig umgehen. Genau das sagte ich ihm und fügte hinzu: »Wie alt bist du, darfst du denn überhaupt schon trinken?«

Meine Worte brachten Riley dazu, seinen Körper zu seiner kompletten Größe wie ein Kampfhahn in Angriffslaune aufzurichten. Warum hielt ich nicht einfach die Klappe?

»Alt genug, um zu wissen, was ich tue. Ich bin hier in der Küche, niemand sieht mich. Ist ja nicht so, als würde ich draußen im Park hocken und öffentlich Unruhe stiften.«

»Ich bin also ein Niemand?«, antwortete ich trocken.

»So habe ich das nicht gemeint.« Er schüttelte den Kopf, wobei ihm schwarze Strähnen in die Augen fielen, die er sofort zurückstrich. Diese langen Haare hätten mich schon längst irregemacht.

Um mich von diesem Gedanken abzulenken, blieb ich beim heikleren Thema. »Du kannst also nicht schlafen, und das ist dein Trick dagegen?«

»Ja, sozusagen. Hast du wirklich so ein Problem damit?« Daran, wie er seinen Oberkörper anspannte, erkannte ich, wie er sich gegen ein Vorurteil wappnete. Er hatte recht, mir sollte es egal sein, was er tat, solange er nicht die Bude vollkotzte. Dennoch konnte ich nichts gegen meinen inneren Drang tun, ihn von diesem verdammten Suchtmittel fernzuhalten. Ich würde alles tun, um anderen das zu ersparen, was ich deswegen durchlebt hatte.

Ich musste mir schleunigst etwas einfallen lassen. Mein Hirn ratterte, auf der Suche nach einer Lösung, als mir eine Idee kam. Zwar eine blöde, aber immerhin irgendeine. »Nein, mach ruhig. Ich frag mich nur, warum du nicht zur – sprichwörtlich – erstbesten Lösung greifst, um Anspannung abzubauen. Das ist alles.«

Kurz sah ich seiner Miene an, wie er meine Worte in Gedanken sortierte, bis ihn die Erkenntnis traf. Seine Augen blitzten auf. »Du meinst, ich soll mir zum Einschlafen einen runterholen?«

»Bingo. Kling nicht so schockiert. Geht schnell, entspannt und kostet nichts.«

Er beäugte mich kritisch von oben bis unten. Obwohl ich komplett bekleidet in schwarzer Jeans und dunkelgrauem T-Shirt war, fühlte ich mich plötzlich nackt, als könnte er durch meine Fassade blicken. Seine Stimme klang eine Spur tiefer. »Ist es das, was du ständig tust? Kommen davon deine ganzen Muckis?«

Eigentlich sollte ich auf diese Worte hin beleidigt sein, aber in seinen Augen lauerte der Schalk. Aus diesem Grund zuckte ich die Schultern und verschränkte die Arme vor der Brust. »Nicht nötig. Ich schlafe immer gut ein. Trotzdem vernachlässige ich mein bestes Teil nicht.«

»Tja, schön für dich, Mann«, murmelte Riley langgezogen, wobei er sich die Haare nach hinten strich. Bei der Bewegung wölbte sich sein Bizeps. Ohne den Grund zu kennen, verfolgte ich das Muskelspiel.

Abgelenkt stellte ich die nächste Frage: »Und, wirst du es ausprobieren?«

»Stellst du mir wirklich die Frage, ob ich jetzt in mein Zimmer gehe und mir einen runterhole, während du genau weißt, was ich da drinnen tue? Nope, das wäre selbst mir zu schräg.«

Mit seinen Worten klang das tatsächlich etwas eigenartig. Lachend schüttelte ich den Kopf. »Stimmt womöglich.«

Grinsend sahen wir uns an, und für einen Moment kam es mir so vor, als würden wir uns schon ewig kennen, anstatt uns gerade zum ersten Mal richtig unterhalten zu haben. Anderseits, Gespräche über Alkohol und Sex schweißten eben zusammen. Dieser Gedanke brachte mich auf eine abwegige, aber auch witzige Idee. Vielleicht war die Sorge wegen des Alkohols oder meine Übermüdung schuld, was mich aber nicht stoppte.

Zielstrebig marschierte ich zur Couch. Dort ließ ich mich auf eine Seite fallen und schaltete den Fernseher an, um durch die Programme zu zappen. Um diese Zeit würde ich bestimmt fündig. Im Augenwinkel bemerkte ich, wie Riley erneut die Flasche anhob, statt mir zu folgen. Vermutlich um einen weiteren unschuldigen Schluck Alkohol zu nehmen. Aber Alkohol war nie unschuldig, und egal was er sich vormachte, diese kleinen Schlucke zum Einschlafen konnten zu einer richtigen Abhängigkeit führen. Dad war das perfekte abschreckende Beispiel.

Deswegen stoppte ich ihn mitten in der Bewegung und rief ihm zu: »Warte. Lass den Scheiß! Ernsthaft, stell die verdammte Flasche weg und komm her.«

Ein widerstrebendes Seufzen erklang, gefolgt von dem tapsenden Geräusch nackter Füße auf Parkett, nachdem er die Flasche im Kühlschrank verstaut hatte. »Alter, danke. Aber ich glaube nicht, dass mir Fernsehen beim Einschlafen hilft. Habe ich schon probiert. Genauso wie Lesen.«

»Halt einfach die Klappe. Wir schauen nicht irgendwas.«

Missmutig plumpste er auf die rechte Seite der Couch, und ich grinste ihn an, um meine Erleichterung über die zurückgestellte Flasche zu verbergen. »Bist wohl keine Nachteule?«

»Dafür aber ein Morgenmuffel«, erwiderte er trocken, bevor er ein schiefes Grinsen zeigte.

Glucksend zappte ich weiter, bis ich etwas Interessantes fand. Dann legte ich die Fernbedienung weg. Im Fernsehen knieten zwei spärlich bekleidete Männer über einer nackten Frau. Einer bearbeitete ihre Brüste, der andere leckte sie zwischen den Beinen, wobei sie gekonnt stöhnte und sich hin und her wand. Auf einem Tisch lag eine ungeöffnete Pizzaschachtel. Neben der

Couch, auf der die Action stattfand, lagen verstreut Klamotten, die eindeutig darauf hinwiesen, dass es sich bei den beiden Typen um Pizzalieferanten handelte. Anstelle der Pizza wurde von den beiden vielmehr die Frau verschlungen. Bei einem Porno durfte man nicht zu viel von der Handlung erwarten. Wo in diesem Fall aber die Logik blieb und warum zwei Typen einen einzelnen Pizzakarton brachten, erschloss sich mir nicht. Diese Frage stellte ich geistesabwesend Riley, während ich beobachtete, wie sich die Männer gerade die Shorts abstreiften.

»Ist die Frage ernst gemeint?«

»Sicher. Wieso?«

»Wow, Alter. Weil ich gerade erst dabei bin zu verarbeiten, dass du jetzt ernsthaft gemeinsam einen Porno schauen willst. Du kennst mich gar nicht. Über die fehlende Logik des Films zu reden, macht es noch skurriler.«

»Hast du noch nie mit einem Kumpel einen Porno geguckt? Oder bist du prüde?«, hakte ich nach, da er stocksteif neben mir saß, während die Action im Fernsehen interessanter wurde.

»Bin ich nicht. Aber wir kennen uns ja nicht einmal.«

Irgendetwas in seiner Stimme ließ mich daran zweifeln, dass es wirklich nur daran lag. Als verheimlichte er eine Sache. Oder bildete ich mir das nur ein? Sein Einwand war nicht ganz unberechtigt, es war ein schräger Abend, eine schräge Unterhaltung, und ich selbst fühlte mich auch nicht wie ich selbst. Eigenartig. Aufgekratzt.

Gerade als ich diese ganze Aktion abbrechen wollte, warf Riley ein: »Also schön, ich mach mit. Das ist die Uni, dafür ist sie da. Schräge Dinge tun und so, richtig?«

Mein Lächeln kehrte zurück, als ich seines sah. »Klar, für nichts anderes. Außer nebenbei ein bisschen lernen.«

Wir kicherten beide, die Stimmung nun viel gelöster als vor wenigen Sekunden. Also folgte ich der inneren, unbekannten

Neugierde, die mich zu dem hier anstachelte, und machte weiter. Zwar hatte es damit angefangen, ihn von der Flasche wegzulocken, aber nun stellte ich fest, dass es Spaß machte, mit ihm zu scherzen. Ich mich in seiner Nähe wohlfühlte, da er einen ruhigen, gelassenen Vibe ausstrahlte.

»Wir sind für das kommende Jahr Mitbewohner und teilen uns ein Badezimmer. Wir werden uns bald ganz gut kennenlernen, glaub mir. Außerdem sind wir Männer und alle gleich. Also keine falsche Scham, mach dich locker.«

»Jup, ich bin locker. Alles easy.«

Wir wandten unsere Aufmerksamkeit wieder dem Fernseher zu, wo jetzt alle drei Akteure nackt waren und die Männer sich im Stehen vorne und hinten an die Frau pressten. Es sah aus wie eine enge Umarmung. Dabei strichen die starken Finger der Männer genauso über den festen Hintern und die Hüften des jeweils anderen Typen, während die Frau zwischen ihnen zappelte, um sich an ihren Schwänzen zu reiben. Mein bereits steifer Schwanz zuckte ebenfalls und drückte gegen den Jeansstoff. Wenn ich nicht bald was unternahm, würde ich noch platzen. Ich veränderte meine Sitzposition, wobei ich die Hose richtete und meinen eingesperrten Schwanz streifte. Ohne es verhindern zu können, stieß ich die Luft aus und zischte ein: »Scheiße.«

»Alles klar dort drüben, oder tut's wo weh?«, fragte Riley, der amüsiert klang, obwohl es ihm nicht besser ging als mir, wie die Beule unter seinen Shorts bewies. Was mich zum Lachen brachte.

»Mann, wir sitzen leidend wie zwei Idioten mit einem Steifen da und rühren uns kein Stück. Wie bescheuert ist das denn?«

Riley stimmte in mein Lachen ein, und mit einem Mal schien alle Anspannung von ihm zu fallen, was auch mich noch lockerer machte. »Hey, das war deine beschissene Idee. Schon vergessen? Ich bin unschuldig an dem ganzen Schlamassel.«

»Nein, aber ich bin auch nicht dafür bekannt, gute Ideen zu haben.« Erneut richtete ich meine Hose und strich mit der Hand über meinen Schritt. Es fühlte sich gut an. Und, so krank es war, irgendwie geiler, beinahe verrucht, weil ich spüren konnte, wie Riley meiner Bewegung mit dem Blick gefolgt war.

Nun war er es, der auf seinem Platz vor Erregung zuckte, was mich weiter antrieb, etwas vollkommen Verrücktes zu tun, obwohl ich selbst nicht wusste, was mich dazu anregte. Schon lange ging es mir nicht mehr darum, ihn vom Alkohol abzulenken oder Spaß zu haben. Es war ein anderer Drang, der unterschwellig unter meiner Haut brodelte und über den ich im Moment nicht näher nachdenken wollte. Normalerweise war ich reserviert, gar skeptisch gegenüber Fremden, hielt mich zurück. Doch Riley hatte diese entwaffnete Wirkung auf mich, die eine anderes Seite von mir hervorkitzelte. Eine, die spielen wollte und gleichzeitig gefährlich war.

»Drauf geschissen«, murmelte ich und holte tief Luft, wie vor einem Sprung ins kalte Wasser, denn genauso fühlte es sich an. Als würde sich damit etwas Grundlegendes ändern, ohne dass ich den Finger darauflegen konnte. »Hast du ein Problem, wenn ich ihn raushole? Ich halte diesen Druck keine Sekunde länger aus.«

»Nein, keines«, gab Riley knapp, eine Spur heiser, zurück.

Diese belegte Stimme reizte mich und spornte mich zusätzlich an. Erwartungsvoll hielt ich den Atem an. Dann öffnete ich die Knöpfe meiner Jeans und legte endlich die Hand auf meine nackte Haut. Wer brauchte schon Unterhosen? Mit einem Stöhnen entließ ich die angehaltene Luft in einem langen Atemzug, während ich drei Mal schnell auf- und abfuhr. Einfach, weil es sich verdammt gut anfühlte und ich lange genug darauf gewartet hatte. Erst danach wurde ich langsamer und streichelte gemächlicher über die feuchte Spitze bis ganz hinunter zum Schaft.

Mein Blick heftete sich auf den Fernseher. Im Porno vögelten die Männer die Frau gleichzeitig liegend und hinter ihr stehend am Rand eines großen Bettes. Obwohl ich in Richtung des Bildschirms sah, bemerkte ich Rileys durchdringenden Blick auf mir. Er bewegte sich nicht. Seine ungeteilte Aufmerksamkeit auf mir, wie ich mich selbst bearbeitete, fühlte sich wie ein Rausch an, der durch meine erhitzten Adern flutete. Anders, als ich es früher erlebt hatte.

Ich hatte ihn vorher nicht angelogen: Ich hatte mir schon mit meinen besten Freunden Denver und Sean Pornos angesehen, während wir uns neben dem anderen einen runtergeholt hatten. Das war zwar nur einmal passiert, und damals waren wir erst fünfzehn gewesen – dermaßen mit Hormonen vollgestopft, dass wir gefühlt ständig die Hände in der Hose gehabt hatten –, bisher hatte ich mir dabei jedoch nichts gedacht. So was taten Freunde miteinander, so wie gemeinsames Saufen oder sich zusammen in eine Prügelei stürzen.

Das hier war nicht wie damals. Meine Haut prickelte, und mein Kopf fühlte sich leicht und berauscht an. Ich war kopflos, vollkommen kopflos. Zwar wusste ich nicht, wieso, aber plötzlich wollte ich unbedingt, dass er sich ebenfalls anfasste.

»Willst du nicht mitmachen? Nur da zu hocken und untätig auf den Fernseher zu glotzen, wird dich dem Einschlafen nicht näherbringen.«

Genau, als ob es mir darum ging, ihm mit seinem Schlafproblem zu helfen. Ich musste seinen Schwanz sehen, sofort. Was das über mich aussagte, wollte ich hingegen nicht wissen, und ich sperrte den Gedanken in die dunkle Kammer in meinem Kopf, wo alle unschönen Dinge hineinkamen. Als ich keine Antwort bekam, blickte ich zu ihm rüber. Das war meine schlechteste und gleichzeitig beste Idee, wie der gesamte Abend. Besonders, weil sich mein Blut längst nicht mehr in meinem Schädel befand, was sich nicht besserte, da Rileys Hand gerade in seine Shorts glitt. Mir stockte der Atem, obwohl das Herz in meiner Brust immer schneller wummerte. Bumm. Bumm. Bumm.

In der nächsten Sekunde holte er seinen Penis raus, der zwar schmäler, aber länger als meiner war. Seine Spitze glänzte, und ich hörte unser gemeinsames Stöhnen, als er die Hand um sich schloss und in einer stetigen Bewegung pumpte. Auf und ab. Bald schon hatte ich mich seinem Rhythmus angepasst, und mein ganzer Körper kribbelte und war von Schweiß überzogen. Verdammt, fühlte es sich sonst auch so gut an, wenn ich mir einen runterholte? Dabei achtete ich nicht einmal mehr auf den Fernseher, sondern beobachtete aus dem Augenwinkel Rileys Bewegungen.

Ob ich es zugeben wollte oder nicht, diese ganze Situation machte mich unglaublich an. Vermutlich hatte ich meinen Schwanz in der letzten Zeit zu sehr vernachlässigt, das musste der Grund für das hier sein. Meine Verwirrung hinderte mich nicht daran, schneller zu werden und die Hand fester um mich zu legen. Dieses Mal passte sich Riley an meine Geschwindigkeit an und stöhnte dabei wie die Pornostars im Fernsehen. Bei dem Gedanken an die Geräuschkulisse in unserem Wohnzimmer verkniff ich mir ein Kichern. Dann drückte ich fester zu, und mein ganzer Körper spannte sich an, als sich ein Prickeln mein Rückgrat hinaufschlängelte und der Orgasmus mich überschwemmte. Während ich kam, stieß ich mehrere Flüche aus und hörte Riley neben mir ebenfalls zwischen zusammengebissenen Zähnen keuchen. Verflucht, das war verdammt gut gewesen.

Als es vorbei war, ließ ich träge den Kopf zurück auf das Sofa fallen und schloss die Augen. Wartete, bis sich die Nachbeben gelegt und sich meine Atmung beruhigt hatte. Neben mir hörte ich ein Rascheln und schlug die Lider auf. Auf dem Sofa zwischen Riley und mir lag eine Küchenrolle, die ich anstarrte. Hatte die schon dort gelegen? Hatte Riley sie aus der Küche mitgenommen, oder wo hatte er sie hergezaubert?

Unterdessen hatte sich Riley bereits gesäubert und das Shirt über seinen Bauch gezogen, während ich noch immer grübelte und mich keinen Zentimeter bewegt hatte. Nach einem Orgasmus brauchte ich meistens etwas länger, um wieder in die Gänge zu kommen.

»Alter, mach keine mathematische Berechnung draus. Das ist eine Küchenrolle. Weißt schon, um sich trocken zu wischen.«

»Haha, danke für den Hinweis. Ist mir klar.«

Langsam griff ich nach einem Küchenpapier und säuberte mich ebenfalls. Vollkommen damit zufrieden, einfache Tätigkeiten auszuführen, nicht zu denken, sondern einfach nachzuspüren. Bevor ich alles sauber gemacht und verpackt hatte, hüpfte Riley bereits auf und griff nach der Küchenrolle, um sie wieder zurück an ihren angestammten Platz zu bringen.

»Die hast du also aus der Küche mitgenommen«, stellte ich das Offensichtlich fest und grinste ein wenig. Er war doch nicht so unvorbereitet und naiv zum Sofa gekommen, wie es zuvor den Anschein gemacht hatte. Riley hatte genau gewusst, wohin diese Sache führen würde. Kluges Kerlchen.

»Sieht so aus. Einer meiner Vorzüge ist es, vorausschauend zu denken.« Ein kleines Grinsen blitzte auf, als er zu mir blickte. Dann legte er die Stirn in Falten. »Zumindest meistens.«

Bei den letzten genuschelten Worten verdüsterte sich seine Miene zusehends. Plötzlich schüttelte er den Kopf, dann sah er auf. Dabei lag ein überraschter Ausdruck auf Rileys Gesicht, als fragte er sich, wie er in dieser Situation gelandet war.

»Ich sollte nicht hier sein«, flüsterte er mehr zu sich selbst als zu mir. Unruhig huschten Rileys Augen zu seiner Schlafzimmertür.

Vermutlich hegte er den Wunsch, von hier zu verschwinden. Ich konnte es ihm nicht verdenken, jetzt nachdem sich die erhitzte Situation wieder abgekühlt hatte. War es ihm plötzlich peinlich? War ich ihm unheimlich? Ein ungutes Gefühl wand sich durch meinen Magen. Ich hätte es besser wissen müssen, als mich auf mein Bauchgefühl zu verlassen. Es war nicht das erste Mal, dass es mich enttäuschte.

Seit dem Vorfall vor einigen Monaten mieden mich ein paar Kommilitonen, als hätten sie Angst, ich könnte sie einfach so verprügeln oder andere schlimme Dinge anstellen. Hin und wieder näherten sich mir die mutigen Verbindungspüppchen, die mich auf den Willkommenspartys anzumachen versuchten, als wäre es eine Mutprobe, den Bad Boy zu zähmen. So ein Schwachsinn. Sofort rasselte meine bereits bescheidene Grundstimmung, die dank Riley für einen Moment aufgehellt worden war, in den Keller. Ich musste ins Bett, versuchen ein wenig Schlaf zu bekommen. Außerdem wollte ich das, was hier gerade passiert war, nicht besprechen oder länger darüber nachdenken. Es war eine einmalige Sache gewesen, um den Kopf freizubekommen, und hatte nichts zu bedeuten. Rein gar nichts.

»Na schön, wie du meinst. Ich muss mich auch aufs Ohr hauen. Hoffe, du kannst nach all dem besser einschlafen.«

Den Blick in seine Richtung meidend, stand ich auf, räumte mein Glas in die Spüle und flüchtete in mein Zimmer. Ob ich nach all dem wirklich schneller in den Schlaf fände, bezweifelte ich aufrichtig.

4. Limonaden können heimtückisch sein

Riley

Die gestrige Nacht nach dem Intermezzo vor dem Fernseher hatte meiner miesen Stimmung kein bisschen geholfen. Ich hatte – Überraschung – nach der Sache mit Jason fast nicht geschlafen. Ständig war mir die Szene, die wir auf der Couch erlebt hatten, in Slow Motion durch den Kopf gegangen, wie bei einem bescheuerten Film. Dabei hatte keiner den anderen berührt, wir hatten mit zwei Metern Abstand zueinander gesessen und vermeintlich auf den verdammten Fernseher geglotzt.

Jason hatte so zufrieden mit sich und zugleich auch schuldbewusst ausgesehen, während er mich zu etwas überredet hatte, das unter anderen Umständen kein Problem für mich gewesen wäre. Doch er hatte keine Ahnung, dass ich schwul war. Vermutlich war es für ihn ein Gag oder ein netter Zeitvertreib unter Kumpeln gewesen. Dabei hatte ich mich an seinem Schwanz gar nicht sattsehen oder genug von seinem tiefen Stöhnen bekommen können. Für mich war dieser nette kleine Zeitvertreib etwas ganz anderes als für ihn gewesen.

Das schlechte Gewissen plagte mich erneut, und ich hätte am liebsten den Kopf gegen die Wand neben der Tür des Hörsaals geknallt, durch die immer mehr Studierende in den Vorlesungssaal marschierten. Allein, zu zweit oder in größeren Grüppchen.

Durch jene Tür, die ich ebenfalls endlich passieren sollte, um meiner ersten Vorlesung beizuwohnen. Scheiße.

Beruhigend atmete ich tief durch, schüttelte die negativen Gedanken ab. Dennoch pochte mein Herz wie verrückt, und Schweiß bildete sich in meinen Handflächen, die ich rasch an meiner Jeans abwischte. Genervt von mir selbst holte ich mehrmals tief Luft und fuhr mir durch die Haare, nur um an meinem schwarzen Haarband hängen zu bleiben.

Es war ein Überbleibsel aus meiner glamourösen und viel zu kurzen Fußballerkarriere auf der Highschool, angelehnt an die früheren Stars wie David Beckham oder Sergio Ramos. Fluchend nahm ich das Band ab und wickelte mir die Haare zu einem schnellen Bun zusammen. Es half ja doch nichts, daran festzuhalten, dieser Weg war für alle Zeit vorbei. Vermutlich wäre ich sowieso nie so erfolgreich wie die beiden Fußballer geworden, aber ich hatte Potential gehabt.

Dieses Wissen machte mich manchmal fertig, besonders an Tagen wie diesen, an dem ein neuer Abschnitt meines Lebens begann. Unter anderem. An meinem ersten Unitag war es nur ein Teil dessen, was mich bedrückte. Es war unter anderem die Gewissheit, wäre diese eine Nacht nicht passiert, würde ich ein Mitglied des Fußballteams sein und mit meinen neuen Teamkameraden abhängen. Ein Teil einer Mannschaft. Nun gehörte ich keiner Gruppe an, sondern musste nach und nach neue Leute kennenlernen. Versuchen, ihnen zu vertrauen, was mir nach allem, was passiert war, schwerfiel.

Um nicht länger untätig rumzustehen, schüttelte ich meine Befangenheit ab, konzentrierte mich auf meine Vorfreude und schlüpfte hinter zwei Kommilitonen in den Hörsaal, um in mein erstes Semester an der Uni zu starten. Es war so weit. Anderen würden sich vielleicht die Haare bei dem Gedanken sträuben, die nächsten zwei Stunden in einer Lehrveranstaltung über allgemeine Chemie zu hocken. Ich jedoch fand es aufregend.

Wenn schon nicht Fußball, dann das. Chemie und Physik hatten mich seit jeher fasziniert. Ersteres wegen meinem Vater, der Apotheker war und sein eigenes Geschäft hatte, in dem ich schon als Kind herumgelungert hatte, um ihm beim zusammenrühren von Tinkturen oder Cremen zuzusehen. Letzteres vermutlich wegen Star Wars und der Sache an sich. Alles ließ sich mit Physik erklären und brachte Fortschritt. Die Menschheit war zwar noch nicht so weit, bald auf Entdeckungstour in die Galaxien hinauszufliegen, aber wir schickten immerhin Roboter zum Mars. Das war doch was! Keine Ahnung, wo ich am Ende meines Studiums sein oder welchen Beruf ich ausüben würde, aber ich wollte einen kleinen Teil zum großen Ganzen beisteuern. Auf die eine oder andere Art. Das war mein neues Lebensziel, mein Plan B, nachdem Plan A brutal ausradiert worden war.

Die nächsten zwei Stunden vergingen wie im Flug, und ich kam gut mit der Mitschrift am Laptop zurecht. Die paar Monate Auszeit aus dem normalen Leben hatten mir einen klaren Vorteil gebracht. Ich hatte diese Zeit genutzt, um neben der Krankengymnastik diverse Fachliteratur zu büffeln. Ich war schon immer, ohne viel dafür tun zu müssen, gut in der Schule gewesen. Seit ich nicht mehr auf dem Rasen spielte und mich in meinem Zimmer verkroch, um dort zu trainieren und zu büffeln, kam ich mir immer mehr wie ein Stubenhocker vor, der nicht allzu oft vor die Tür kam. Das musste sich ändern. Ich sollte den Ratschlag meiner Schwester befolgen und die Zeit nutzen, um neue Erfahrungen zu machen.

Deswegen sagte ich unser gemeinsames Mittagessen im Cleveland House ab und wandte mich nach meiner zweiten Vorlesung zu Biochemie Richtung Mensa. Der Lärm und der

Geruch nach Essen führten mich unverkennbar dorthin. Mein Herz schlug einige Takte schneller als vor der ersten Unterrichtsstunde. Überall tummelten sich Gruppen von Studenten, steckten die Köpfe zusammen, plauderten über dieses und jenes, lachten gemeinsam oder flüsterten heimlich. Sie alle gehörten zu irgendwem. Zu alten Freunden, neu kennengelernten Studienkollegen, Sport- oder Musikkameraden. Ich gehörte – so traurig es auch klang – zu niemandem. Zum Teil war ich selbst schuld, da ich in den zwei Kursen niemanden angesprochen und alle bisherigen Veranstaltungen für Erstsemester gemieden hatte. Jedes Mal, wenn ich mir vornahm, eine zu besuchen, hatten mich die Schatten der Vergangenheit – die Angst vor Ablehnung oder erneuten Schmerz – eingeholt, und ich war lieber mit einem Buch in meinem Zimmer geblieben. Armselig, aber ich konnte nicht aus meiner Haut, was mich wurmte. Früher war ich nicht so gewesen.

Sehnsüchtig wanderte mein Blick zu einem Tisch mit einer Gruppe von Studenten, die im Fußballteam spielten, was an ihren einheitlichen Sweatjacken mit aufgedrucktem Logo zu erkennen war. Dort hätte ich hingehört, an genau dieser Stelle wäre mein Platz gewesen. Bittere Übelkeit kroch meinen Magen empor, ich riss den Blick los und sah mich weiter in der Mensa um. Vom ersten Kurs erkannte ich eine rothaarige Studentin, die mich blöde von der Seite angequatscht hatte, der Platz neben ihr sei schon besetzt. Also war ich ohne Kommentar weitergegangen, zwei Reihen hinter ihr. Stattdessen hatte mich ein blondes Mädchen mit langen, fransigen Haaren, in die grüne Strähnen geflochten waren, im Kurs angegrinst, sobald ich mich einen Platz von ihr entfernt hingesetzt hatte.

Nachdem ich mein Essen ausgewählt und bezahlt hatte, sah ich mich in der Mensa um, auf der Suche nach einem guten

Platz. Mein Blick huschte über die Reihen, auf der Suche nach einem weiteren vertrauten oder zumindest einem sympathischen Gesicht. Auf einmal erblickte ich grüne Haarsträhnen und sah das Mädchen aus meinem ersten Kurs, das allein am Ende eines langen Tisches saß und in einer Zeitschrift las. Entschlossen steuerte ich auf sie zu.

»Hey, ist hier noch Platz?«, fragte ich und schenkte ihr ein freundliches Lächeln. Ich hoffte zumindest, dass es freundlich aussah.

»Klar doch. Freies Land, freier Platz und so weiter.« Ihr Lächeln war schelmisch und sicherlich um einiges offener als meines. Ihre Augen waren eine Wucht und strahlten in einem so hellen Himmelblau, dass sie beinahe eisig wirkten. In lässiger Manier hatte sie ein Bein angewinkelt auf die Sitzfläche gestellt und ihren Ellbogen um das Knie geschlungen. Sie trug ein buntes, langes Shirt, das ebenso gut ein Kleid sein könnte, über einer zerrissenen Jeansleggings. Und wenn ich zerrissen sagte, meinte ich das so. Es waren beinahe mehr Haut und Fransen als Jeansstoff zu sehen. In ihren Ohrläppchen erkannte ich statt Ohrringen pinke und neongrüne Tunnel. Ihre bunte Erscheinung gefiel mir, denn sie strahlte unbändige Lebensfreude aus. Etwas, das ich wiedererlangen wollte.

Ich setzte mich ihr gegenüber und legte das Buch, das ich aus meinem Rucksack geholt hatte, neben das Tablett, auf dem ein Hühnersandwich und eine Limo standen, während sie sich ihrem Magazin widmete. Nach einem weiteren Blick auf das Buch und anschließend auf sie fasste ich mir ein Herz.

»Hey. Ich bin Riley. Das ist mein erster Tag hier«, versuchte ich den Einstieg. »War ein interessanter Kursbeginn in Chemie. Ich mag den Professor. Er hat den trockenen Stoff mit mehr Pepp vorgetragen als erwartet, oder?«

Mein Gegenüber steckte den Kuli in ihre blonden und grünen Strähnen und grinste mich an. »Hi, Riley. Ich bin Suzzi. Weiß nicht. Bin im zweiten Jahr und Chemie muss ich wiederholen.« Sie verzog das Gesicht, und sofort hätte ich mir gegen die Stirn klatschen können. Klar, wer sonst mochte Chemie so gern wie ich? Die wenigsten. Mist.

»Tut mir leid. Ich hatte schon immer einen Faible für diese Fächer. Muss wohl veranlagt sein. Mein Dad ist Apotheker«, erklärte ich mich.

Suzzi grinste wieder. »Dann kannst du mir ja Nachhilfe geben. Vielleicht kapiere ich das Zeug dann irgendwann.«

Sofort nickte ich. »Wäre kein Problem. Habe ich früher auf der Highschool gemacht.«

Erneut zeigte sie ein breites Lächeln. »Klasse. Ich komme darauf zurück. Wahrscheinlich eher früher als später.«

Einen Moment lächelten wir uns an, dann widmete sie sich wieder dem Sudoku in ihrer Zeitschrift. Mit neuer Motivation schlug ich mein Buch auf und begann das Sandwich zu essen. Das war gut gelaufen. Ich konnte mich also noch mit anderen Menschen normal unterhalten und war nicht komplett verkorkst.

Bei der Hälfte meines Sandwiches wurde ich wiederholt aus dem Text gerissen, weil eine Gruppe Studentinnen am Nachbartisch aufgeregter miteinander quasselte. Ignorieren unmöglich.

»Oh, seht mal. Dort kommt er. Er sieht dieses Jahr noch heißer aus als in den letzten beiden. Irgendwie härter, findet ihr nicht? Habt ihr ihn dieses Semester schon gesehen?«, fragte eine von ihnen aufgeregt.

Eine andere Stimme antwortete: »Ja, er saß heute Morgen in meinem Kurs. Ich habe fast nichts mitbekommen, weil ich ihn nur angestarrt habe. Ich wette, er hat die letzten Monate ausschließlich mit Training verbracht.«

»Claire, ich glaube, der hat nicht nur Gewichte gestemmt, um sich fit zu halten, wenn ihr versteht, was ich meine.«

Gekicher folgte, dann ging es sofort wieder los.

»Du musst es ja wissen, Maya«, meinte eine neue Stimme, in die sich eine Spur Neid mischte. Verkrampft starrte ich auf mein Buch und kämpfte gegen die Neugierde an.

»Er war der Hammer. Ihr wisst schon, wie ein Presslufthammer«, lachte die Erste, und weitere Stimmen stiegen mit ein. Danach folgten einige Details zum Bumsabend mit diesem Typen – anders war es nicht zu bezeichnen. Selbst Suzzi warf mir ein schiefes Grinsen zu, da die Gruppe nicht zu überhören war. Warum hatte man nie Ohrstöpsel dabei, wenn man welche brauchte? Wahrscheinlich würde mein Darth-Vader-Helm helfen, um das Gespräch auszublenden.

Nach den schmutzigen Geschichten widmeten sie sich vorerst einem anderen Thema. Diese Pause nutzte ich, um mich für einen Moment zu ihnen umzudrehen. Die Neugierde war stärker als mein Jedi-Wille. Immerhin war ich nur ein Mensch. Wie erwartet saßen fünf junge Frauen beisammen, die allesamt umwerfend aussahen.

Nette Runde, dachte ich und konzentrierte mich auf mein Buch. In diesem Moment hörte ich wieder ihr Flüstern.

»Hey, seht mal, er schaut in unsere Richtung.«

Rascheln folgte, und ich konnte mir vorstellen, wie alle die Hälse in die entsprechende Richtung reckten. Sogar ich hätte fast aufgesehen, blieb dieses Mal aber standhaft. Das ging mich nichts an, und nach dem Getratsche von vorhin zu urteilen, war dieser Typ definitiv nicht mein Fall. Nicht in meinem Team. Die Stimmen hinter mir wurden aufgeregter.

»Er kommt hier rüber.«

»Meinst du, er kommt zu dir und will dich wiedersehen?«, fragte die Studentin, das vorhin neidisch geklungen hatte und dies nun kaum noch verbergen konnte. Ich verdrehte die Augen. Solche Freunde konnten mir gestohlen bleiben. Wahrscheinlich ein Grund, warum ich im Moment keine hatte.

»Ich weiß nicht, kann sein. Wie sehe ich aus?«, fragte besagte Frau.

»Du siehst umwerfend aus, wie immer, Maya.«

»Scheiße, er ist gleich da«, zischte diese und maulte die anderen an: »Schnell, tut ganz normal.«

Klar, alles ganz normal. Ich unterdrückte das Glucksen, in das Suzzi einen Moment miteinstimmte. Doch dann bemerkte ich, wie sie sich hektisch aufsetzte. Ihr Blick war auf etwas hinter mir gerichtet, und sie sah überrascht aus. Mehr als das, immerhin stand ihr Mund offen. Wenn sie so weitermachte, würde bald Spucke auf ihr Kinn tropfen. Oder eine Mücke in ihren Mund fliegen.

Langsam gewann die Neugierde die Oberhand, doch ich riss mich am Riemen. Mein Wille war stark und die Macht mit mir. Hoffte ich zumindest. Stur stemmte ich die Ellbogen auf den Tisch, vergrub den Kopf zwischen meinen Händen, wobei die Handflächen auf meinen Ohren lagen, um die Außenwelt auszublenden. Ich las die nächste Seite im Buch, als ich glaubte, jemanden hinter mir zu spüren. Sofort stellten sich die Härchen in meinem Nacken auf.

All meine Albträume hatten meistens damit zu, dass sich jemand von hinten aus den Schatten an mich heranschlich. Man musste kein Genie sein, um zu wissen, woher diese kamen. Ich hatte das, was mir passiert war, längst nicht verarbeitet.

Der ängstliche Stich kam also nicht unerwartet. Dieses unangenehme Kribbeln, das tief zwischen Brust und Bauchraum lag und welches ich am liebsten aus mir herausgekratzt hätte. Im nächsten Moment spürte ich eine Berührung an der rechten Schulter, und mein Körper tickte vollends aus. Wie eine aufgescheuchte Katze sprang ich hoch, verhakte mich im Stuhlbein und stürzte zurück auf die Sitzfläche. Mit der Wucht meines Sturzes hatte ich den Tisch in meine Richtung gekippt und die Limo umgeworfen. Der dunkle Inhalt ergoss sich nun in aller Herrlichkeit über mein weißes Shirt mit buntem »Guardians of the Galaxy«-Aufdruck. Klassisch.

Überrumpelt sah ich mich um. Verwunderte Gesichter blickten mir entgegen, die einen stumm, die anderen laut lachend. Hinter mir hörte ich einen derben Fluch, dann stand Jason neben mir. Vollkommen fassungslos rang er die Hände. »Verdammt. Hey, Mann, Riley. Ich wollte dich nicht erschrecken.«

»Hast du nicht …«, kam es mir automatisch über die Lippen, was in Anbetracht der Umstände lächerlich war. Wegen gestern Abend, aufgrund der Situation eben.

Im selben Wissen sah er mich jetzt an, verkniff sich ein Lächeln und musterte mich mit seinen cognacfarbenen Augen. »Ach so, dann hast du dir die Limo aus reinem Spaß über die Klamotten gekippt? Wusste nicht, dass heute ein Wet-T-Shirt-Contest in der Mensa stattfindet. Dachte, das ist nur was für Frauen.«

Während ich ein Taschentuch zutage förderte, zwinkerte er mir zu, meinte es im Scherz. Hinter mir kicherte jedoch die Gruppe von vorhin, und eine unangenehme Hitze kroch über mein Gesicht. Wie war das noch mal mit meinem Vorhaben, keine Aufmerksamkeit auf mich zu ziehen und den Leuten langsam Schritt für Schritt zu begegnen? Wenn ich mich jetzt umsah, hatte ich die Aufmerksamkeit der ganzen Mensa. Mist. Es fühlte sich an wie nach dem Krankenhausaufenthalt, als mich alle in unserer Kleinstadt angestarrt hatten, weil sie in den Lokalnachrichten über meinen ‚Fall' gelesen hatten.

Wo ist der beschissene Millennium Falke, wenn man ihn braucht, damit er mich in Lichtgeschwindigkeit von hier wegbringt?

Jasons Miene verfinsterte sich, und er blickte böse zu den Mädels am Nebentisch. Sobald er zu mir sah, verschwand dieser Ausdruck wieder, und er fügte schnell hinzu: »Besser, wir verschwinden, bevor die Mädels bei deinem feuchten Anblick noch in Ohnmacht fallen und dir an die Wäsche gehen.«

Okay, war das ein Kompliment oder wollte er mich verarschen? Was sollte ich darauf antworten?

»Was? Wohin?«

Warum, zum lieben Yoda, sollte ich mit ihm gehen, wenn ich nicht einmal wusste, warum er zu mir gekommen war? Wollte er mich wegen gestern verarschen, war das seine Nummer? Skeptisch beäugte ich ihn, mit einem Taschentuch immer noch über mein nasses Shirt wischend, das unangenehm an meiner Haut klebte.

»Na, dann los, komm schon«, forderte Jason mich auf. Entschlossen schnappte er sich meinen Rucksack, dann marschierte er an den verwunderten Gesichtern vorbei zum Ausgang. Ich war nicht weniger verwundert als meine Studiengenossen, die uns beobachteten. Was sollte der Mist? Hastig verabschiedete ich mich von Suzzi, schnappte mein restliches Zeug und lief ihm schlecht gelaunt hinterher. Hauptsächlich, weil er meinen Rucksack als Geisel hielt, und ein kleines bisschen, weil ich trotz meines Misstrauens neugierig war, was er vorhatte.

Von der Mensa aus gingen wir den kühlen, grau und grün gehaltenen Korridor entlang, in dem im Moment nur wenige Studenten herumliefen. Nach einigen Schritten öffnete Jason eine Tür, schubste mich hinein, knipste das Licht an und schloss uns beide ein. Angst versetzte mir einen Stich, den ich ignorierte und mich stattdessen auf das Nächstbeste konzentrierte. »Scheiße, willst du dir schon wieder gemeinsam einen runterholen? Zur Info, es hat meinem Schlafproblem nicht geholfen.«

Er lachte kurz auf, schwieg ansonsten aber und schaute mich nur an. Langsam wurde mir immer mulmiger zumute. Wir waren in einem Lagerraum. An drei Wänden reihten sich deckenhohe graue Regale mit verschiedensten Utensilien darin. Die rechte Seite bot einem langen Tisch Platz, auf dem Globen, Projektoren oder andere sperrige Gegenstände standen. In einer Ecke erkannte ich auf Stangen gefädelte Skelettmodelle, die mit ihren Augenhöhlen gespenstisch zu uns herüberblickten.

»Im Ernst, was soll das werden?«, verlangte ich zu wissen und sah ihn aus großen Augen an. Ich konnte kaum verbergen, wie das Adrenalin durch meinen Körper schoss und mich in Alarmbereitschaft versetzte. Zu ähnlich waren die dunklen Schatten jenen aus meinen Albträumen, die der Realität entsprungen waren. Und obwohl ich mich trotz Grace' Warnung bisher in Jasons Anwesenheit sicher, sogar richtig wohl gefühlt hatte, traf das auf die derzeitige Situation nicht zu.

»Hey … hey, alles in Ordnung«, versicherte mir Jason, kam einen Schritt näher, entschied sich dann aber dagegen und trat zurück.

Um mir Raum zu geben, lehnte er sich an das Wandregal mir gegenüber und stellte unsere Rucksäcke zwischen uns auf den Boden. Es war wie eine Barriere, und dieser kleine, sichere Abstand beruhigte meine beschleunigte Atmung. Sein Blick glitt zu den Rucksäcken, dann zu mir. »Keine Sorge. Ich wollte dich nicht überfallen.«

Bei seiner Erklärung verzog ich das Gesicht. Da war es, das verfluchte Wort, das er meinte, wenngleich er es nicht ausgesprochen hatte: Angst. Ja, ich hatte Angst verspürt, obwohl ich es abstreiten und ignorieren wollte. Ich war so was von kaputt. Ich wollte nicht mehr so sein, ich wollte mich wie früher fühlen. Unbeschwert. Frei. Manchmal kopflos. So wunderbar naiv.

Seufzend ließ ich den Kopf sinken und verschränkte die Finger. »Tut mir leid. Ich habe überreagiert.«

»Du musst dich nicht entschuldigen.« Ich hörte ein Rascheln, als wäre er erneut auf mich zugegangen, um sich danach anders zu entscheiden und dann doch Abstand zu halten. »Wenn, dann muss ich mich entschuldigen. Ich wollte eben nur Hallo sagen. Es tut mir leid, dass ich dich erschreckt habe und du jetzt komplett nass bist.«

Bei seiner Entschuldigung spürte ich die kalte, feuchte Kleidung auf meiner Haut kleben und sah die Gänsehaut auf den Armen. Angst war so eine Sache. Sie aktivierte zwar die Überlebensinstinkte, blendete aber andere Dinge einfach aus. Wie die Kälte. Nun spürte ich sie wieder. Fühlte die kühle Luft aus den Lüftungsschlitzen, die über meine nassen Klamotten strich. Klasse, ich musste in die Studentenwohnung und mich umziehen gehen. Dann würde ich aber zu spät zu meinem nächsten Kurs kommen, der in wenigen Minuten anfing, und das an meinem ersten Tag. Ein Klassiker.

»So ein Mist«, murmelte ich mit dem Blick auf mein nasses Shirt.

»Deshalb habe ich dich hier reingelotst. Du brauchst andere Klamotten, wenn du nicht nach Hause gehen willst. Oder hast du bald aus?«, erkundigte Jason sich, und ich schüttelte den Kopf.

»Nein, ich habe noch Kurse bis fünf Uhr.«

Er seufzte. »Dachte ich mir. Also dann …«

Ohne weitere Ankündigung griff Jason in seinen Nacken und zog sein enganliegendes, grau-meliertes Shirt mit dem »Kings of Leon«-Logo über den Kopf. Im nächsten Moment stand er halbnackt vor mir. Nur in schwarze Jeans gekleidet, die ihm tief auf den Hüften hing. So tief, dass ich erahnen konnte, dass er keine Boxershorts trug. Ausgeprägte, schräg liegende Muskeln bildeten eine V-Leiste, von der ich dachte, solche gäbe es nur bei Männern in retuschierten Filmen. Ich war zwar ebenfalls trainiert und konnte einen Sixpack vorweisen, aber dieses Muskelspiel, das Jason unter seinem Shirt verbarg, war nicht von dieser Welt. Er hatte wunderbar definierte Bauchmuskeln, und das war nicht alles. Sein gesamter Oberkörper war stämmig und muskelbepackt, zeugte von körperlicher Anstrengung und weckte explizite Fantasien, die nicht jugendfrei waren. Auch ohne unsere gestrige Eskapade, an die ich mich detailgetreu erinnerte, hätte mein Körper auf seinen Anblick reagiert. Dabei war Jason nicht aufgeblasen bullig wie Typen, die Anabolika einschmissen und Stunden im Fitnessstudio herumhingen. Es lag eine zähe Geschmeidigkeit in seinen Proportionen, die eher denen eines Panthers als einer Bulldogge glichen. Ich schluckte schwer. Mein Schwanz zuckte genauso wie meine Hände, die ihn berühren wollten. Zumindest über die hatte ich genug Gewalt, um sie davon abzuhalten und in meine Hosentaschen zu stopfen.

»Eigentlich wollte ich dir mein Shirt geben, damit du dich umziehen kannst, aber wenn du ein paar Minuten gucken und dir was abschauen willst, kann ich mich in Pose schmeißen. Kann dir ein paar Trainingstipps geben. Wie du möchtest«, zog er mich mit heiterer Stimme und in übertriebener Popeye-Manier auf.

Sein Gehabe brachte mich zum Lächeln und nahm die prickelnde Anspannung aus dem Raum, die wohl nur ich fühlte. »Danke, habe ich alles schon gesehen, im Fitnesscenter um die Ecke. Ich steh mehr auf raffinierte Stärke. Tu, was du nicht lassen kannst, und weck mich, wenn du mit deiner Einlage fertig bist.«

Ich blickte ihm demonstrativ in die Augen, täuschte ein Gähnen vor und versuchte seinen begnadeten Körper lässig zu ignorieren. Er war kräftiger gebaut als die anderen Typen, und ich war mir sicher, ich wäre Jason weit mehr ausgeliefert als ihnen.

Dennoch empfand ich keine Angst mehr. Kein bisschen. Nicht bei ihm. Ich fühlte mich normal, wie der Riley von früher. Bis auf diese Hitze, die sich in mir aufstaute und prickelnd über meine Wirbelsäule kroch. Dieses Mal aus den richtigen Gründen, wie jeder Mensch, wenn er diese kleine Privatvorführung bekäme. Hitze im Nacken, trockener Mund, schneller Puls, ein Kribbeln im Magen, ein pulsierendes Pochen zwischen den Beinen – unverkennbares, sexuelles Interesse. Die kleine Normalität an der Situation ließ mich breiter grinsen. Mein Ex hatte mich doch nicht komplett zerstört.

Nachdem Jason noch einmal links und rechts seine Oberarme gezeigt hatte, grinste er schief. »Also, wie sieht es aus? Willst du es dir ausborgen?«

Ein zweites Mal reichte er mir das graue Shirt, und langsam wurde die Zeit knapp. Ich konnte mit feuchtem Shirt herumlaufen und mir eine Erkältung holen oder in einem geliehenen zur nächsten Stunde gehen. Ein Shirt, das vermutlich nach Jason roch. O Mann. Besser einen brutalen Ständer für die nächsten Stunden als eine Erkältung in den kommenden Tagen.

»Klar, danke. Hast was gut bei mir.« Ich streckte meinen Arm aus, um danach zu greifen. »Was willst du machen? Du kannst schlecht halbnackt in den Kursen sitzen.«

Unbeeindruckt zuckte Jason mit den Schultern. »Wer sagt, dass ich das nicht kann?«

»Im Ernst. Hast du Wechselklamotten im Spind, oder gehst du bald nach Hause?«, fragte ich in der Hoffnung auf ein Ja.

»Nein.« Okay, dann eben nicht. Mist.

»Dann kann ich es nicht annehmen.« Mit dem Shirt in der Hand näherte ich mich ihm unbewusst, um es ihm zurückzugeben. Dabei trat er gleichzeitig einen Schritt nach vorne und legte die Hand um meine, die den Stoff zwischen den Fingern hielt.

Diese Berührung sandte einen Schauer durch meinen Körper. Scheiße. Bitte, Schwanz, zeig jetzt keine zu deutliche Regung, sonst sind wir erledigt.

»Dir ist kalt, zieh es an.« Sein Blick huschte über die Gänsehaut an meinen Armen. »Ich habe keinen Kurs mehr, ich gehe direkt zu Sunny. Dort habe ich Reserveklamotten herumliegen. Alles kein Ding.«

Er war auf dem Weg zu einer Sunny? Mein Magen zog sich zu einem Klumpen zusammen. Während ich mit einem Halbsteifen vor ihm stand, freute er sich auf seine Freundin. Mir war klar gewesen, dass er für das andere Team spielte, nichtsdestotrotz verursachte es mir Übelkeit, diese Tatsache so deutlich aus seinem Mund zu hören. Die Bilder von unserem gemeinsamen Abend auf der Couch musste ich schnellstens aus meinem Hirn verbannen, bevor ich mir Ärger einhandelte.

»Bist du dir sicher?«

»Vollkommen.« Das konnte ich mir vorstellen. Jason wirkte wie ein Typ, der sich bei jeder Sache, die er tat, vollkommen sicher war. Ich beneidete ihn darum.

»Danke«, flüsterte ich erneut und ergriff den Saum meines Shirts. Nachdem ich es mir über den Kopf gezogen hatte, sah ich hoch. Jason glotzte mich an, als wäre ich eine Fata Morgana, und genauso fühlte ich mich gerade. Noch vor einem Tag hätte ich mir nicht vorstellen können, in nächster Zeit überhaupt Interesse an einem Typen zu zeigen. Vor einer Stunde nicht, mit einem allein in einer Kammer zu landen. Und vor zehn Minuten nicht, dass ich ausgerechnet ungeschützt vor Jason stehen und Erregung anstelle von Angst empfinden würde.

»Was für ein verrücktes Mittagessen«, flüsterte ich zu mir selbst.

Meine Worte rissen Jason aus dem Gaffen. »Wem sagst du das?!«

Erst jetzt realisierte ich, weshalb er mich eigentlich anstarrte. Er musste die Narben über meinem Bauch gesehen haben. Rasch zog ich den noch warmen Stoff seines Shirts über den Kopf. Wie erwartet schlug damit auch Jasons Duft über mir zusammen. Um nicht darauf zu reagieren, versuchte ich angestrengt, durch den Mund zu atmen.

»Mann, ich habe heute Morgen geduscht. Das Shirt kann nicht stinken, außer nach meinem Duschgel.« Zur Unterstreichung seiner Worte schnupperte er übertrieben an sich. »Wie ich sagte, nur irischer Frühlingsduft.«

Seine Worte brachten mich trotz allem zum Lachen. Der Geruch war nicht negativ, ganz im Gegenteil, das konnte ich ihm aber schwer sagen. Vermutlich sollte ich mich einfach outen und diesen Eiertanz beenden.

Stattdessen kam etwas anderes über meine Lippen. »Ich rieche es. Hätte mir bei dir etwas Herberes, Maskulineres vorgestellt. Aber irischer Frühlingsduft ist okay, erinnert mich an kleine Feen, die im Wald tanzen. Tolles Kopfkino, um damit die Vorlesungen durchzustehen. Danke.«

»Ich bin Manns genug, um nach tanzenden Feen zu riechen. Gern geschehen.« Er grinste und zwinkerte mir zu, was ich kopfschüttelnd mit einem Schnauben quittierte.

»Dich kann echt nichts aus der Ruhe bringen, was?«

»Nicht viel. Es gibt auch selten einen Grund dazu.«

»Hörst du dir manchmal selbst zu? Hast du als Baby von deiner Mutter Selbstvertrauen statt Muttermilch bekommen, oder was?«

Früher war ich genauso gewesen, hatte gelebt, geliebt, gelacht und herumgealbert. Ich beneidete ihn darum, gleichzeitig gestand ich mir ein, dass ich mich nicht nur zu ihm hingezogen, sondern mich in seiner Nähe viel zu wohl fühlte. Obgleich ich ihn damit aufzog, bewunderte ich sein selbstsicheres Auftreten, seine felsenfeste Ausstrahlung. Die sich jedoch gerade von gut gelaunt zu angepisst bis hin zu düster veränderte.

Ich hätte mir selbst in den Arsch treten können, als ich ihn sagen hörte: »Meine Mutter war nie da.«

Jason

Keine Ahnung, was ich hier tat. Noch weniger, wie ich mit Riley in diesem Raum gelandet war. Dabei hatte ich mir gestern geschworen, meinem Mitbewohner aus dem Weg zu gehen.

Dann hatte ich ihn beim Mittagessen gesehen und ihn kurz mit den Worten ‚kleiner Riley' ärgern wollen. Mehr nicht. Okay, verdammt, das war gelogen. Ich hatte mit ihm sprechen, dieses schelmische Glitzern in seinen Augen sehen wollen. Und dabei herausfinden, wie wir nach gestern Nacht zueinander standen. Ob er es cool sah oder sich deswegen schämte, denn genau genommen war nichts passiert.

Dass ich nun halbnackt mit Riley im Lagerraum stand, war sicher nicht geplant gewesen. Oder dass ich ihm Angst gemacht hatte. Und dann passierte etwas komplett Unvorhergesehenes – ich starrte ihn an. Zuerst seine wulstige Narbe über dem Bauchnabel, dann den Rest seines Oberkörpers, der drahtig und athletisch wirkte, wie der eines Ausdauersportlers. Geschmeidig. Bevor ich mich versah, musste ich meine zu enge Jeans im Schritt richten, während ich Scheißkerl den Blick weiter über seine goldgebräunte Haut wandern ließ.

Durch das Überstreifen meines Shirts hingen ihm einige schwarze Strähnen in die Augen, die mich mit ihrer dunkelblauen Intensität gefangen hielten. Er war unbestreitbar schön, jedoch hatte ich schon einige hübsche Typen gesehen, ohne dass dies irgendetwas bei mir ausgelöst hatte. Lag es an seinem stählernen Körper oder an diesen verdammten, intensiven Augen, die trotz der lässigen Fassade eine Zerbrechlichkeit ausstrahlten?

Mir kam ein absurder Gedanke: In einem Film wäre ich der klassische Bad Boy mit schwarzen Haaren, Tattoos und einem fetten Motorrad. Und Riley wäre der gutbürgerliche Kerl, den alle mochten und der jede Minute seines Lebens im Glück badete. Sein Blick und seine vorherige Angst bewiesen das Gegenteil solcher Klischees, genau wie meine fehlenden Tattoos oder das Fahrrad, das ich stattdessen fuhr. Das Leben war eine Farce, und ich musste von hier weg, bevor ich etwas Dummes tat.

Und dann sagte Riley etwas über meine Mutter. Trauer und Wut, über meine Mutter, die ich nie richtig gekannt hatte, überschwemmten mich. Dieses Mal war ich beinahe dankbar dafür, da es mich von Riley ablenkte. Ich klammerte mich an das Gefühl des Verlustes und den damit einhergehenden Zorn

»Meine Mutter war nie da.«

Riley wurde leichenblass und sah aus, als wollte er in einem Loch verschwinden. Klasse, zuerst machte ich ihm Angst, und jetzt flößte ich ihm ein schlechtes Gewissen ein. Heute war ich anscheinend in Höchstform. Verdammter Dreckskerl.

Ihm den Rücken zugewandt, bückte ich mich nach meinem Rucksack, schob mich seitlich an ihm vorbei und legte die Hand auf den Türgriff. »Also dann, sorry noch mal für die Sache mit der Limo. Das Shirt kannst du behalten oder mir zurückgeben, wie du möchtest.«

»Warte …«, hielt er mich zurück.

Drück den Griff nach unten, drück einfach den verfluchten Griff nach unten und hau ab, riet mir meine innere Stimme der Vernunft. Selten hörte ich auf sie. »Was?«

»Tut mir leid wegen deiner Mum. Und danke für das Shirt. Es war nicht deine Schuld. Ich bin nur … in letzter Zeit etwas schreckhaft«, gestand er. »Ich werde es waschen und dir gebügelt zurückgeben. Das ist das mindeste.«

»Musst du nicht.«

»Will ich aber.«

Na perfekt, wie edel von ihm. Könnte ich mich jetzt einfach verpissen, bevor die Sache hier noch eigenartiger wurde?

»Schön«, murmelte ich und krallte die Finger um den Griff.

»Schön.« Riley bewegte sich neben mir, und plötzlich lag seine Hand auf meinem Unterarm. Rasch zog er sie wieder weg, als wunderte er sich selbst über die Berührung. Umständlich räusperte er sich. »Habe ich etwas Falsches gesagt? Bist du jetzt angepisst?«

»Scheiße, nein«, stieß ich aus und drehte mich um. Ein Fehler. Sorge schimmerte in seinen Augen. Augen, in denen ich in dieser kurzen Zeit bereits so viele Emotionen gelesen hatte. Die mich fesselten und mir das Gefühl gaben, tief in einen See zu tauchen. Riley war mir so nahe, ich roch den herben Duft seines Shampoos, konnte ihn beinahe auf der Zunge schmecken. Mein Denken setzte aus, mein Körper übernahm die Führung.

Ich streckte den Arm aus und zupfte am unteren Saum des Shirts, da es schief auf seinen Schultern hing. Er schnappte hörbar nach Luft, was mich weiter antrieb, weil ich ein verfluchtes Arschloch war und diesen Laut noch einmal hören wollte. Riley machte etwas mit mir, das ich nicht erklären konnte, wonach ich mich aber sehnte.

Angezogen von ihm wie eine Motte vom Licht, beugte ich mich näher und runzelte die Stirn. »Was ist das mit dir? Irgendwas geht hier vor sich, und ich habe keine verdammte Ahnung, was das verflucht noch mal ist.«

Die Frage richtete sich nicht an ihn, sondern an mich selbst, um meine Verwirrung in Worte zu fassen. Seufzend atmete Riley aus, dann kniff er wie in Erwartung eines Schlages die Augen zusammen und antwortete in einem Atemzug viel zu schnell: »Ich bin schwul. Und ich sollte keine Vibes in deine Richtung schicken. Ich hätte es dir vor dem, was gestern passiert ist, sagen sollen. Es tut mir leid.«

Abrupt machte ich einen Schritt zur Seite, als hätte ich mich an seiner Nähe verbrannt. Unangenehme Hitze kroch meinen Nacken empor und brachte vor Scham meine Ohrenspitzen zum Glühen.

»Scheiße … Ich stehe auf Frauen.«

»Ich weiß.«

Irritiert schüttelte ich meinen Kopf. Er hatte keine Ahnung von mir – in den letzten Monaten wusste ich selbst nicht mal mehr, wer Jason Jenkins war. Zuerst wurde ich an meine mutterlose Kindheit erinnert und jetzt das hier. Wütend auf Gott und die Welt funkelte ich ihn an. »Du kennst mich nicht, kein bisschen.«

Mit Schwung öffnete ich die Tür. Halb hindurch, wandte ich mich noch einmal zu ihm um. »Du kannst das Shirt vor meine Tür legen. Und dann solltest du auf deine Schwester hören und dich gefälligst von mir fernhalten.«

Danach verschwand ich, ohne einen Blick zurück. Mit Riley war ich fertig. Er bedeutete Ärger, mehr Ärger, als es wert war.

5. Zwei sind besser als keine

Jason

Die ganze nächste Woche pennte ich entweder bei Denver oder Sunny. In der Wohnung ließ ich mich nur spät in der Nacht blicken, um frische Klamotten zu besorgen. Einerseits war mir bewusst, wie kindisch ich mich benahm, andererseits wollte ich Riley aus dem Weg gehen, bis ich ein paar Dinge klargestellt und meinen Standpunkt deutlich gemacht hatte. Was heute passieren würde.

Neben mir schlenderte Denver halb tanzend durch die Menge der Partygäste, und ich sah mich suchend um. Irgendwo hier im Garten des Delta Psi Beta Verbindungshauses, der zur Privatdisco umfunktioniert worden war, gab es für mich die perfekte Beute.

Denver steuerte zielgenau auf den Tisch mit alkoholischen Getränken zu und holte zwei Becher Bier. Einen bot er mir an, doch ich schüttelte den Kopf. »Nein, danke, Mann. Ich bin heute nicht fürs Trinken hier.«

Irritiert zog er die Stirn kraus, wobei ihm einige dunkelblonde Locken in die Augen fielen, die er umständlich mit dem Unterarm zurückstrich, um sich dabei nicht mit Bier zu bekleckern. »Ist das so? Habe ich etwas verpasst?«

»Nein, ich habe heute einfach keine Lust darauf.«

»Du hast schon sehr lange keine Lust mehr darauf«, bemerkte Denver, bevor er mich angrinste und einen Becher leerte. »Aber gut, ist deine Sache. Bleibt mehr für mich.«

Dennoch betrachtete mich mein bester Freund sorgenvoll und trat näher an mich heran. Noch bevor er den Mund aufmachte, wusste ich, welches Thema er ansprechen würde. Jenes, das ich seit Monaten mied und mir heute noch ein so schlechtes Gewissen machte wie ein Faustschlag mitten in die Magengrube.

»Hey, im Ernst. Alles in Ordnung, oder machst du dir noch immer Vorwürfe wegen Sean? Kumpel, was da passiert ist, dafür kannst du nichts, und ich genauso wenig. Sean weiß das. Er ist nicht auf Asienreise gegangen, um von uns wegzukommen, sondern um sich eine Auszeit vom Studium zu nehmen. Das bedeutet nicht, dass du nie wieder Alkohol trinken darfst, aus Angst, es könnte eskalieren oder jemand zu Schaden kommen, der dir wichtig ist.«

Früher hatten wir fast jedes Wochenende Party gemacht. Dann war die Sache mit Sean passiert, bei der wir alle drei etwas angeheitert gewesen waren, und seitdem ließ ich die Finger von dem Zeug. Ich war überzeugt davon, dass Sean nicht so stark verletzt worden wäre, wenn ich nüchtern gewesen und früher eingeschritten wäre. Schlimm genug, was mit ihm passiert war, fungierte das Erlebnis genauso als mein persönlicher Weckruf. Ich musste wegkommen vom Alkohol, um nicht wie mein Dad zu enden. Zwar hatte ich meinem Körper bisher nur Getränke zugemutet, aber nach einer Sucht konnte bald die nächste kommen, bis einen die Abhängigkeit voll im Griff hatte.

Bilder von zerstoßenen weißen Tabletten oder Spritzen mitten auf der Couch im hellen Tageslicht, während ich auf dem dreckigen Linoleumboden mit einem Traktor gespielt hatte, schwemmten durch meine Erinnerung. Fest biss ich den Kiefer zusammen, um die Bilder zu verscheuchen. Das war lange her, in einem anderen Leben.

»Ich weiß, danke«, gab ich knapp zurück. »Es ist alles okay.«

»Siehst aber nicht so aus.« Sein nachdenklicher Blick aus grünen Augen musterte mich weiterhin, dann stieß er einen Seufzer aus. »Na schön, ich dränge niemanden. Wenn du darüber reden willst, weiß du, wo du mich findest.«

Gerade als er sich umdrehen wollte, um den leeren Becher zu entsorgen, hielt ich ihn am Oberarm zurück. »Warte, Denver. Danke. Das weiß ich zu schätzen. Ich komme darauf zurück, versprochen.«

»Das hoffe ich.« Er nickte mir zu, dann verschwand er in der Menge. Die nächste Stunde unterhielt ich mich mit ein paar Bekannten, drehte eine Runde im Garten und wippte zur Musik.

Plötzlich quatschte mich eine Studentin mit langen, dunkelroten Haaren von der Seite an, die mir vage bekannt vorkam. Meine Erinnerung ließ zu wünschen übrig, dafür schien sie mich bestens zu kennen. Bevor ich mehr als ein »Oh, hi« über die wummernde Musik hinweg herausbekam, quasselte sie mich voll, fragte, wie es mir ginge, wie schön es sei mich wiederzusehen und wie oft sie sich an unsere gemeinsame Nacht zurückerinnere.

Zwar verstand ich wegen des Lärms nur die Hälfte, aber zumindest wusste ich jetzt, woher wir uns kannten, was ein Anfang war. Im selben Atemzug schob sie eine blonde Studentin mit hohem Pferdeschwanz zu uns heran und meinte mit einem eindeutig frechen Grinsen: »Das hier ist meine Freundin Claire, und sie ist sehr neugierig gewesen, als ich ihr von unserer Nacht erzählt habe.«

»Es war wahnsinnig spannend, was mir Maya erzählt hat. Ich würde gern noch mehr davon erfahren«, bestätigte Claire lächelnd. Zumindest wusste ich jetzt, wie die Rothaarige hieß und welche Absichten die beiden verfolgten. Somit war meine Suche für heute Abend beendet, und ich konnte zur Tat schreiten.

»Ich verabschiede mich schnell von einem Freund, danach können wir den Abend Revue passieren lassen. Irgendwo, wo wir allein sind und uns auf die Details konzentrieren können.« Grinsend zwinkerte ich ihnen zu, und sie begriffen meine Andeutung, wie die heutige Nacht enden würde, was mir ihr Kichern und die geröteten Wangen bewiesen. »Wartet hier, meine Schönen.«

Es war immer das Gleiche. Mein Ruf eilte mir voraus. Nie musste ich viel tun oder Einsatz zeigen, um jemanden abzuschleppen, was schon fast ein wenig langweilig wurde. Aber ich war ein Mann mit Bedürfnissen, und mein Schwanz hatte eindeutig klarzustellen, dass er wie bisher Freude an Frauen hatte.

Obwohl ich jeden Moment mit zwei heißen Frauen abziehen würde, die mich alles mit sich machen ließen, regte sich zwischen meinen Beinen nur wenig. Verdammter Mist, was war los mit mir? Flüchtig blitzten intensive, dunkelblaue Augen in meinen Gedanken auf. Ich schüttelte den Kopf, um dieses spezielle Augenpaar zu vergessen. Und stieß im selben Moment ausgerechnet mit Denver zusammen. »Hoppla, Entschuldigung. Ich habe dich gesucht und … tada, gefunden.«

»Coole neue Masche. Einfach in die Leute reinlaufen. Was gibt's?«

»Ich hau jetzt ab. Habe gefunden, was ich gesucht habe.« Mit dem Kinn deutete ich auf die zwei Frauen in den Minikleidern.

»Nett, aber gut so. Ich habe mir schon Sorgen gemacht, du hättest neben dem Alkohol auch den Frauen abgeschworen.«

Entrüstet schüttelte ich den Kopf, obwohl er genau ins Schwarze getroffen hatte. In der letzten Zeit musste er mich genauer im Auge behalten haben, als mir bewusst gewesen war. Verdammt.

»Ich habe gar nichts abgeschworen, ich lass es nur ruhiger angehen.«

Abwehrend hob Denver die Arme. »Kein Ding, find ich gut, ist gut so. Wir alle müssen erwachsen werden, früher oder später.«

»Ähm, danke«, erwiderte ich stirnrunzelnd und nickte ihm knapp zu. »Also dann, ich mach die Fliege. Tschüss und ciao.«

»Viel Spaß, und lass es krachen.«

»Werde ich«, kam es aus meinem Mund, und ich marschierte zielstrebig in Richtung der wartenden Mädels. Zwei Worte, in die ich so viel Begeisterung wie möglich legte, meinen Körper erreichte sie jedoch nicht. Vielleicht musste ich einfach weg von den ganzen Leuten, die mich von der Seite beobachteten und hinter vorgehaltener Hand tuschelten.

Während der letzten Stunde hatte ich Satzfragmente aufgeschnappt, in denen es hieß, ich hätte einen Schwarzen erstochen, eine Jungfrau geschändet oder eine Oma überfahren, weshalb ich die letzten Monate im Kittchen gesessen hatte. Wow, die Leute wurden ja richtig kreativ, um sich meine Auszeit im zweiten Studienjahr zu erklären. Ich hatte keine Ahnung, ob ich mich dadurch gekränkt oder geschmeichelt fühlen sollte, das Unigespräch zu sein. Auf alle Fälle wäre es mir lieber, ignoriert zu werden.

Schlecht gelaunt kam ich bei den Frauen an, legte die Arme um ihre dürren Schultern und lächelte breit, um meine Stimmung zu überspielen. »Na dann, lasst uns mal los und sehen, wie gut wir die Nacht von damals nachstellen können.«

Riley

Die ganze letzte Woche hatte ich schlecht geschlafen oder war schweißgebadet aus wiederkehrenden Träumen aufgewacht. Jedes Mal, wenn ich mir mit einem Schluck Wein helfen wollte, erinnerte ich mich an Jasons eindringliche Warnung, wie aus einem harmlosen Schluck schnell eine Abhängigkeit werden konnte. Ich hatte schon genug Scheiß zu bewältigen, da brauchte ich nicht noch eine Sucht im Nacken. Nein, danke. Zwar war mir das schon zuvor bewusst gewesen, aber Jason hatte mir noch so richtig die Augen geöffnet. Mein Versuch, mir zur Erleichterung einen runterzuholen, klappte seit unserer gemeinsamen Eskapade auf der Couch genauso schlecht. Es fühlte sich schmutzig an, beim Wichsen an einen Typen zu denken, der vor Schreck, dass ich schwul war, leichenblass geworden war und mir fast auf die Schuhe gekotzt hatte.

Blieb mir nur noch, mich in den Weiten der Galaxie zu verlieren, und dadurch hatte ich in den letzten Nächten beinahe sechshundert Seiten gelesen. Wenigstens etwas.

Frustriert hob ich den Blick von meinem Star-Wars-Taschenbuch auf das Handy neben mir, um festzustellen, dass es bereits Mitternacht und keine Müdigkeit in Sicht war. Fluchend drehte ich mich auf den Rücken und starrte auf die nackte helle Zimmerdecke über mir. Vielleicht sollte ich dort ein Star-Wars-Poster aufhängen, oder eines vom Weltall, dann hätte ich zumindest eine bessere Aussicht.

In diesem Moment hörte ich das Schloss der Wohnungstür, und sofort prickelte mein Nacken, was absolut bescheuert war. Erstens war mit Jason nichts passiert und zweitens ging er mir seitdem aus dem Weg, als hätte ich die Cholera oder die Pest. Nach meinem Geständnis hatten wir uns zwei Mal kurz am

Morgen gesehen und stumm zugenickt, wenn ich zur Uni geeilt war und er auf dem Sofa ein Müsli gegessen hatte. Manchmal hörte ich ihn, wenn er zum Umziehen herkam, er schlief jedoch selten in der Wohnung.

Es sollte mir keinen solchen Stich in der Brust versetzen, dennoch war es beschissen, dass er wegen meiner sexuellen Orientierung nicht einmal hier schlafen wollte. Hin und wieder schrieb er zumindest auf einen Post-it eine Info, er schliefe bei Denver oder Sunny, oder es stand etwas betreffend unserer Bude drauf. Mehr nicht. Es kränkte mich und erinnerte mich an damals, an die Sache mit meinem Ex Wes. Als würde etwas mit mir nicht stimmen, als müsste ich mich ändern, was mich wütend machte, aber auch verletzte. Ich hätte Jason nach unseren ersten Begegnungen nicht so eingeschätzt, aber vielleicht war an den Gerüchten mehr dran, als ich mir hatte eingestehen wollen. Ich musste endlich aufhören, mit meinem Penis statt mit meinem Hirn zu denken.

Nun, vermutlich sollte ich froh sein, zu wissen, dass er noch lebte, und wahrscheinlich würden die Zettel die einzige Kommunikation mit meinem Mitbewohner bleiben.

Statt wie üblich lautlos in sein Zimmer zu schleichen, hörte ich Gepolter, einen derben Fluch, gefolgt von weiblichem Kichern. Na klasse, Jason hatte eine Frau mitgenommen. Die Schritte näherten sich langsam der Couch, und ich konnte mir denken, warum es derart schleichend voranging. Vor meinem geistigen Auge sah ich Jason, wie er seine Spielgefährtin Richtung Couch schob, ohne den Mund oder die forschenden Finger von ihr zu nehmen. Für mich war klar, dass er nur mit siedend heißer Leidenschaft bei der Sache wäre. Dinge wie ein sicherer Weg durch eine Wohnung waren Nebensache. Unbewusst war ich näher an die Wand gerückt, um besser hören zu können. Was ich erst bemerkte, als ich die kalte Wand an meiner Ohrmuschel spürte. Mist, nein!

Sofort rutschte ich wieder weg. Ganz bestimmt würde ich nicht hier sitzen und Jason beim Sex belauschen. Scheiße, warum nahm er überhaupt jemanden mit in unser Wohnzimmer? Konnte er das nicht in seinem Zimmer erledigen? Erneut polterte es, und Jasons Stimme war zu hören, tief und kratzig: »Vorsichtig, die Wohnung brauche ich noch. Seid ein bisschen leiser, Mädels, mein Mitbewohner schläft schon.«

»Von wegen leise, es wird bald ziemlich laut werden«, antwortete eine weibliche Stimme, und eine zweite bestätigte: »Das hoffe ich doch.«

Der brennende Stich in meiner Brust, gemischt mit bitterer Übelkeit, die ich seit jenem Nachmittag beim Gedanken an Jason verspürte, verwandelten sich in einen glühend heißen Schürhaken mitten in meiner Magengrube. Er hatte nicht nur eine Frau dabei, um sie auf unserer Couch flachzulegen, sondern zwei. Deutlicher hätte er seine Orientierung nicht präsentieren können.

Danke dafür, du Arschloch, dachte ich im ersten Moment, im zweiten schimpfte ich mich selbst: Reiß dich zusammen, du Heulsuse. Das ist ein freies Land, er kann machen, was er will.

Grimmig schaltete ich meine Schreibtischlampe aus und drehte mich auf den Bauch. Dadurch hörte ich die Geräuschkulisse der drei noch besser. Schmatzende Küsse, rauchiges Gestöhne, verhaltene Flüche und zwischendurch erregtes Wimmern, das von kurzen Kicheranfällen durchbrochen wurde, als könnten sie es nicht glauben. Jip, mir ging es ähnlich. Das hier fühlte sich beschissen falsch an, und ich konnte nichts dagegen unternehmen. Ich schnappte mir mein Kissen, um es mir auf den Kopf zu legen, im selben Moment hörte ich Jason sagen: »Los, kommt, verlegen wir das in mein Zimmer.«

Also hatte er doch eine Spur Anstand. Nachdem ich seine Tür ins Schloss fallen gehört hatte, herrschte glückselige Ruhe. Fühlte ich mich dadurch besser? Scheiße, nein, kein bisschen. Denn ich wusste ganz genau, was die drei dort drinnen trieben, und diese Tatsache rumorte in meinem Magen.

»Warst du gestern auf einer Party und hast mich nicht mitgenommen? Oder siehst du morgens immer so aus?«, fragte mich Suzzi von der Seite, ohne von ihrem Lachs-Bagel aufzusehen, den sie genüsslich verschlang. Trotz beschissener Nächte hatte ich zumindest Suzzi besser kennengelernt, und in der Zwischenzeit waren wir zu Freunden geworden. In der Chemievorlesung saßen wir immer nebeneinander, und auch in der Mensa teilten wir einen Tisch. Deshalb hatte ich sie vor wenigen Tagen zu einem Frühstückspicknick mit meiner Schwester eingeladen.

»Du siehst mich normalerweise schon um acht Uhr, also eine Stunde früher als jetzt. Ich sehe aus wie immer.«

»Genau genommen hat sie recht, du siehst zerknautscht aus«, meldete sich Grace mir gegenüber zu Wort.

»Danke für deine Unterstützung, Lieblingsschwester.«

»Gern geschehen.« Sie grinste, dann häufte sie sich Essen aus befüllten Tupperdosen auf ihren Plastikteller. Neben ihr stand ein Thermobecher mit Kaffee, aus dem sie einen Schluck nahm und den sie danach vorsichtig zurück auf die Picknickdecke stellte. Wir hatten es uns mit der Decke und dem Korb mitten auf einem weitläufigen Rasen zwischen meterhohen Buchen und Eichen bequem gemacht. Die Sonne schien bereits, Vögel zwitscherten und das Gemurmel anderer Studenten rund um uns herum drang zu uns. Die einen lasen, andere spielten einen Football hin und her, während manche die gleiche Idee wie wir mit dem mitgebrachten Essen gehabt hatten.

Ich selbst trank von meinem schwarzen Kaffee und schüttelte den Kopf in Suzzis Richtung. »Nein, keine Party, zumindest nicht für mich. Habe bloß schlecht geschlafen.«

»Wieso? Einfach nur so, oder hat Jason Krach gemacht?«, wollte Suzzi wissen und biss vom Bagel ab.

»Nein, nur so. Jason schläft ja die meiste Zeit nicht mal in der Wohnung.«

Ich bemerkte Grace' Blick auf mir, den ich ignorierte. Als sie erfahren hatte, dass ausgerechnet Jason mein Mitbewohner war, hatte sie über Emma versucht, die Einteilung zu ändern, was nachträglich natürlich nicht möglich gewesen war. Danach hatte sie geschimpft wie ein Rohrspatz, bis sie sich wieder eingekriegt hatte. Zumindest ein wenig. Sorgen machte sie sich dennoch weiter. Dabei hätte sich das hier, in der fremden Stadt, fort von zu Hause, ändern sollen.

Nachdem Suzzi hinuntergeschluckt hatte, beäugte sie mich neugierig. »Okay, schön, dachte nur, er hätte dir wieder aufgelauert und dir Limo drüber gekippt. Manche Leute sind bei so etwas Wiederholungstäter und stehen drauf, weißt du. Das ist ein richtiger Fetisch. Einmal, in Europa –«, erzählte Suzzi, wurde aber von meiner Schwester unterbrochen, die ihren Kaffeebecher erneut sinken ließ.

»Wie meinst du das? Was für eine Limo, und welcher Wiederholungstäter? Riley, was ist passiert?«

Mist, genau deshalb hatte ich Grace nichts von dem Unfall erzählt. Seufzend rieb ich mir über die Stirn. »Es war alles ganz harmlos. Jason hat vor einer Woche in der Mensa Hallo gesagt, und ich habe mir die Limo über das Shirt gekippt. Suzzi, erzähl ihr die Geschichte.«

Mir war klar, dass Grace eine Bestätigung meiner Worte haben wollte, damit sie wieder runterkam. Begeistert klatschte Suzzi in die Hände. »Gern. Also, einmal, in Europa, haben wir in Rom in einem Hochhaus gewohnt. Und unser Nachbar gegenüber stand irgendwie auf meine Mum. Ob ihr es glaubt oder nicht, er hat ihr drei Mal einen Kübel Wasser über den Oberkörper geschüttet, als sie von der Arbeit nach Hause gekommen ist. Beim dritten Mal hat es meinem Dad gereicht, und er hat sich extra einen Schlauch gekauft. Ihr hättet das Gesicht des Nachbarn sehen sollen, als der Typ erneut mit einem Kübel in der Hand aufgetaucht ist und mein Dad ihn volle Kanne mit dem Schlauch abgespritzt hat. Damals hatte ich leider noch kein Handy, um es zu filmen. Zu schade.«

Sie hatte einen verträumten Blick aufgesetzt, dann steckte sie sich den Rest des Bagels in den Mund. Blinzelnd starrten Grace und ich Suzzi an, bevor ich mich schüttelte, um das Lachen zurückzuhalten. »Grandiose Geschichte. Was ist danach passiert?«

»Wir wurden aus der Wohnung geschmissen. Sie meinten, Leute, die andere mit einem Wasserschlauch attackieren, wären dort nicht erwünscht.«

»Scheiße, das tut mir leid.«

»Muss es nicht. Meine Eltern sind Botschafter, und Dad hatte bereits die Order bekommen, dass er in Oslo benötigt wurde. Zwei Tage später haben wir eine neue Wohnung bezogen.«

»Wow, du bist echt schon herumgekommen.«

Suzzi zuckte mit den Schultern. »Kann sein, aber es ist überall das Gleiche, wenn man es genau nimmt.«

Gerade wollte ich weiterfragen, als Grace mit den Fingern auf ihren Becher trommelte. »Seid ihr dann mit eurem Plausch fertig? Ich würde gern zurück zu Jason kommen.«

Mist, ich hatte gehofft, eine von Suzzis vielen Geschichten würde Grace ablenken. Zu früh gefreut.

»Da gibt es nichts mehr, das war alles.«

Seufzend blies sich Grace einige blonde Strähnen aus den Augen, die sich aus ihrem Pferdeschwanz gelöst hatten. »Ach, Riley, ich habe dich vor Jason gewarnt. Und ich bin immer noch der Meinung, dass so wenig Kontakt wie möglich am besten ist. Weiß er … weiß er von deiner Orientierung?«

Mein Nacken prickelte unangenehm. Nicht, weil ich Angst hatte, es könnte jemand hören, sondern weil ausgerechnet Grace jetzt ein Thema daraus machte. Sie war die Erste, die es erfahren und immer hinter mir gestanden hatte.

Langsam nickte ich, abwartend. »Ja, wieso? Du weißt, ich mache kein Geheimnis daraus, wenn es zur Sprache kommt.«

»Mist, Mist, Doppelmist«, fluchte Grace, brauchte eine Minute, um sich zu beruhigen. Ich verbiss mir den Kommentar, dass es genau genommen ‚Dreifachmist' heißen müsste. Das wäre vermutlich nicht hilfreich.

»Riley. Ich muss dir etwas erzählen, und ich möchte, dass du mich aussprechen lässt.«

Eindringlich legte sie mir eine Hand auf den Unterarm. Skeptisch starrte ich sie an und erkannte von der Seite, wie Suzzi verwundert eine Augenbraue hob.

»Ich gebe zu, ich kenne Jason nicht gut, aber ich habe Gerüchte gehört, und einige davon sind schlimm. Er soll auf einer Party einen Schwarzen attackiert haben, weil dieser schwul ist. Anscheinend ist Jason jemand, der Leute verprügelt, weil er ein homophober Rassist und Schläger ist.«

Bei diesen Worten jagte ein Blitz durch meinen Körper, und ich riss mich von Grace los. Obwohl sich mir der Magen umdrehte, regte sich Trotz in mir. Mit verschränkten Armen schaute ich zu ihr hinüber. »Das ist doch Scheiße. Und kompletter Blödsinn. So ist er bestimmt nicht. Wie kommst du darauf? Du gibst doch sonst nichts auf das Gerede von anderen. So was kannst du nicht einfach von jemandem behaupten, den du gar nicht kennst.«

So kannte ich meine ältere Schwester überhaupt nicht, normalerweise war sie die Toleranz in Person. Ohne meine Abwehrhaltung zu beachten, sprach sie weiter: »Die Leute aus der Band haben mir erzählt, warum er das vorige Semester verpasst hat. Er hat einen afroamerikanischen, homosexuellen Studenten verprügelt, bis dieser im Krankenhaus gelandet ist. Deswegen ist Jason mehrere Monate im Gefängnis gewesen und nur durch die Hilfe seines Bruders, der Anwalt ist, wieder raus und zurück an die Uni gekommen. Keine Ahnung, wie die das gedreht haben, aber an der Sache ist was faul. Und ich –«

»Nein, Grace«, unterbrach ich sie. »Das glaube ich nicht. Das klingt abwegig, das passt nicht zu Jason.«

Nun wurde auch ihre Miene grimmig. »Ich will dir damit keine Angst machen, aber ich mache mir Sorgen um dich. Wie sonst erklärst du dir seine lange Abwesenheit? Oder dass niemand genau weiß, was wirklich passiert ist? Gerüchte haben meist irgendwo einen wahren Kern.«

»Aber er macht nicht diesen Eindruck. Da muss etwas anderes passiert sein, das hört sich nach Halbgegartem an«, hielt ich dagegen, obwohl sich dank Grace langsam Zweifel in mir regten. Gleichzeitig erinnerte ich mich an die Zeit, als ich aus dem Krankenhaus entlassen worden war. »Außerdem weiß ich, wie es ist, wenn die Wahrheit zu falschen Gerüchten verdreht wird. Du weißt selbst, was für schwachsinnige Geschichten über mich kursiert sind, du bist deswegen fuchsteufelswild gewesen.«

Mein Bauchgefühl sagte mir, dass etwas anderes bei der Sache mit Jason passiert sein musste. Oder wollte ich es einfach nicht glauben, weil mich Jason mehr faszinierte, als er sollte? Verflucht. Ich wusste überhaupt nicht mehr, was ich denken sollte.

Hatte ich wegen der Anziehung zu ihm Scheuklappen auf und wollte nicht sehen, wie er tatsächlich war, sollten diese Gerüchte stimmen? Alles in mir wehrte sich dagegen, aber Grace hatte recht: Gerüchte hatten einen wahren Kern. Einer, der mich mit bitterer Galle bereuen ließ, so viel gefrühstückt zu haben.

Bei meinen Worten wurde Grace' Miene weicher, dennoch gab sie nicht klein bei. »Riley, ich will nicht recht haben. Daher sage ich das nur ungern, aber gerade du solltest wissen, dass Menschen manchmal anders sind, als sie sich nach außen hin geben, auch wenn du das Gute in ihnen siehst. Ich will nicht, dass dir wieder etwas passiert. Sei einfach vorsichtig.«

Autsch, damit hatte sie genau meinen wunden Punkt getroffen. Denn auch hier hatte sie recht. Ich war ein Idealist: Ich vergab schnell und glaubte trotz allem doch immer an das Gute im Menschen. Das Problem war nur, dass nicht alle Menschen gut waren. Und nun wusste ich nicht mehr, wozu Jason gehörte, und das machte mir eine Heidenangst.

6. Fußballer unter sich

Riley

»Wow, das war ein interessantes und verrücktes Frühstück«, kommentierte Suzzi, während wir dem Weg aus gepflasterten Steinplatten über den Campus folgten. »Darf ich das nächste Mal wieder dabei sein?«

Zaghaft lächelnd warf ich ihr einen Blick zu. »Das war dir also nicht zu schräg? Dann bist du aufgeschlossener als ich, und ich dachte, ich wäre tolerant.«

»Das war großartiges Theater. Viel Glam und Drama. Ich liebe es.«

Lachend knuffte ich sie in die Seite. »Lass mich raten, wenn du groß bist, willst du Schauspielerin in Seifenopern werden.«

Suzzi verdrehte die Augen. »Natürlich nicht. Wenn, dann Theaterschauspielerin oder Botschafterin, wie meine Eltern.«

Nachdenklich kratzte ich mich am Kinn, als ich mich an unsere erste Unterhaltung über Chemie erinnerte. »Was hast du eigentlich als Hauptfach?«

»Noch nichts Bestimmtes, ich teste alles mal aus, bevor ich mich endgültig entscheide. Nicht jeder hat zwei, drei Masterpläne wie du, die er akribisch verfolgt.«

Ich verzog das Gesicht, wenngleich es stimmte. »So genau habe ich mich noch gar nicht entschieden, ich gehe bloß in eine

Richtung, die mir mehrere Wege eröffnet.«

»Gut gesagt, Mister«, lobte Suzzi und hakte sich bei mir unter.

»Danke, ich tue mein Bestes.«

Wir waren auf dem Weg zur Unibibliothek und genossen die warmen Sonnenstrahlen auf unserer Haut. Links und rechts auf dem Rasen lümmelten auch hier Studenten unter den Schatten der grünen Bäume herum, lachten miteinander, hörten Musik oder lernten auf den Parkbänken. Mein Blick folgte zwei Vögeln, die durch den Himmel sausten. Es sah aus, als würden sie Fangen spielen. Was albern war, dennoch brachte mich der Gedanke zum Grinsen.

Jeder Tag, jeder Augenblick brachte Momente hervor, die einem zeigten, wie besonders das Leben war, erfüllt vom Glück der kleinen Dinge. Zuversicht meldete sich in mir, nach all der dunklen Zeit wieder Licht und das Positive zu sehen. Monate hatte ich damit verbracht, in einem dunklen, stillen Teich zu treiben, umhüllt von Selbstmitleid, Zweifeln und Angst. Körperlich und seelisch verletzt hatte ich mich allein gefühlt.

Zuerst hatte ich mich unbewusst von meinen Freunden aus dem Fußballteam distanziert, damit sie mir und Wes nicht auf die Schliche kamen. Und nachdem die Sache passiert war, hatte ich niemanden sehen, ganz bestimmt nicht zu ihnen zurückkriechen wollen. Besonders, weil ich ihnen zuvor wegen Wes kein guter Freund gewesen war, und danach hatte es keinen Sinn mehr gegeben. Wochenlang hatte ich mich nach der Reha in meinem Zimmer verbarrikadiert, Tag und Nacht von Albträumen gebeutelt, während ich gleichzeitig abgestumpft war. Bis meine Therapeutin mir Schritt für Schritt mit Medikamenten und Gesprächen aus meiner posttraumatischen Störung geholfen hatte.

»Was ist mit dir passiert, dass Grace so eine Glucke ist?«, riss mich Suzzis Frage aus meinen Gedanken.

»Wie bitte?«

»Nun ja, ihre Worte klangen ziemlich deutlich, und ich bin neugierig. Du musst es mir nicht erzählen, auch wenn ich es gern hören würde. Falls du bereit dazu bist, bin ich da.«

Wir kannten uns nicht lange, dennoch hatte ich ein gutes Gefühl bei Suzzi. Dass sie ein aufrichtiger, loyaler Mensch war, dem man vertrauen konnte. Grace' Warnung in meinem Kopf, ich sei zu gutgläubig und hätte eine schlechte Menschenkenntnis, wischte ich beiseite. Suzzi war eine von den Guten, und sie war meine Freundin. Die einzige bisher.

»Ich wurde verprügelt«, gab ich unumwunden zu, und Suzzis Augen weiteten sich. Bevor sie nachhaken konnte, setzte ich mich auf eine freie Bank am Wegrand und sprach schnell weiter, sobald sie neben mir saß. Als würden hastig gesprochene Worte eine Distanz zu dem Geschehenen schaffen und weniger wehtun. Lächerlich. »Von meinem Freund. Nun ja, eigentlich meinem heimlichen Freund, da er sich nicht outen wollte, und er hat mich nicht selbst verprügelt, sondern seine Freunde. Er war ein beliebter Footballspieler auf meiner Highschool, und ich habe ihm Nachhilfe in Chemie gegeben. Dabei hat es zwischen uns gefunkt.«

Bei dem Gedanken an dieses gängige Klischee, wie sich zwei Schüler beim gemeinsamen Lernen ineinander verliebten, verzog ich das Gesicht. Dennoch war es bei uns passiert. Zumindest bei mir. Wie es Wesley ergangen war, wusste ich nicht, und ich hatte aufgegeben, es verstehen zu wollen. Ich hatte gedacht, er würde das Gleiche wie ich fühlen, als aus dem Lernen eine erste Annäherung, dann ein Kuss und später mehr geworden war. Erste Zweifel hätten sich in mir regen sollen, als Wes darauf bestanden hatte, die ganze Geschichte geheim zu halten, bis er selbst damit klarkam. Damals hatte ich es verstanden. Er war einer der beliebtesten Schüler, eine Sportskanone, und hatten diese nicht immer hetero zu sein und Frauen abzuschleppen? Festsitzende Dogmen, die nur schwer zu durchbrechen waren. Daher hatte ich mich darauf eingelassen. Einige Monate war alles perfekt gewesen, bis eines Abends alles den Bach runtergegangen war.

»Wir kamen zusammen, zeigten uns aber in der Öffentlichkeit oder der Schule nie zusammen. Er wollte selbst den Zeitpunkt für sein Coming-out festlegen, und ich war einverstanden. Im Frühjahr waren wir gemeinsam am Wochenende in der nächstgelegenen großen Stadt. Eine, in der es mehrere Schwulenbars gibt. Dort haben wir uns sicher gefühlt.«

Ich zuckte mit den Schultern, während ich an diese Nacht zurückdachte. Beinahe konnte ich die Feuchtigkeit auf der Straße hinter dem Club riechen, als ich nach dem nächtlichen Frühlingsregen zum Parkplatz marschierte, wo Wes auf mich warten wollte.

Durch den Nieselregen und in Gedanken bei den letzten Stunden im Club, achtete ich nicht genau auf meine Umgebung. Schon gar nicht auf die Stimmen um mich herum. Was ein Fehler war, ein gewaltiger. Neben Wes und seinem Auto standen drei weitere Typen, und bevor ich abbremsen, umdrehen oder sonst etwas hätte tun können, rief einer von ihnen: »Hey, ist das Riley Davis, die kleine Schwuchtel? Ist der nicht gerade aus dieser Scheißschwulenbar gekommen?«

Was danach geschehen war, suchte mich manchmal noch heute – Monate danach – in meinen Albträumen heim. Ich schüttelte die Erinnerung ab, was nicht möglich war, da ich sie mit Suzzi teilte, die bei der Schilderung jenes Abends und des daraus resultierenden langen Krankenhausaufenthaltes ein aschfahles Gesicht bekam. Sie sah aus, als müsste sie jeden Moment kotzen. Jup, ich konnte es nachempfinden, so erging es mir ebenfalls in manchen Nächten, wenn ich von den Erinnerungen geplagt aus dem Bett hochschreckte.

»Das tut mir so unendlich leid für dich, Riley. Das ist so scheiße. Gut, ein wenig macht das Verhalten deiner Schwester nun Sinn, obwohl ich es echt krass finde. Los, komm, lass uns einen Kaffee trinken, ich lade dich ein. Kaffee geht und hilft immer. Bei jeder beschissenen Situation.«

Dem konnte ich nicht widersprechen. Schnurstracks zerrte sie mich von der Bank auf einen Kaffeewagen zu, der vor der Bibliothek am Rande des Weges stand und seinen köstlichen Duft verströmte. »Einmal einen Caramel Latte – und für dich?«

»Danke, einen kleinen Schwarzen.«

»Ohne Zucker?«, fragte Suzzi mit erhobener Augenbraue.

»Genau, so entfaltet der Kaffee richtig seine Wirkung.«

Suzzi imitierte ein Würgen, dann beäugte sie mich skeptisch. »Ich habe mal gehört, dass nur Mafiosi oder Serienmörder ihren Kaffee schwarz ohne Zucker trinken. Oh, und Finnen trinken ihn auch so, oder war es, dass sie den meisten Kaffee trinken?«, grübelte sie laut, dann zuckte sie lächelnd mit den Schultern. »Egal, zu welcher Gruppe gehörst du?«

Nur Suzzi hatte die Fähigkeit, mich nach diesen dunklen Erinnerungen innerhalb einer Minute zum Lachen zu bringen. »Danke fürs Zuhören und den Kaffee. Ich werde meine Eltern fragen, ob wir Finnen im Stammbaum haben.«

»Es beruhigt mich ungemein, dass du kein Psychopath bist.«

»Mich auch.«

Grinsend hielt ich meinen Kaffeebecher und roch genüsslich daran, weil ich den Geruch liebte. Das tat ich übrigens auch mit neuen Taschenbüchern. Oder bei dem Geruch von frischem Regen, der in der Luft lag. Ich liebte es, wenn die Küche meiner Mum nach Keksen roch. Zugegeben, ich hatte einen Geruchsfetisch.

Dieser Gedanke ließ mich besser gelaunt weitergehen, während Suzzi neben mir genüsslich ihren Caramel Latte schlürfte. Gemeinsam näherten wir uns der Bibliothek, und ich stieg die Treppe hoch, um Suzzi die Tür aufzuhalten.

Im selben Moment kam ein Kerl herausgerauscht, der beinahe mit mir zusammenstieß, bevor er mit einem »Hopsa, sorry« schwankend in der Tür stehen blieb.

»Hey, kein Problem. Nichts passiert.«

Als er mich direkt ansah, stieß er ein Lachen aus. Ähm, sollte ich mich jetzt geschmeichelt fühlen?

»Hey, du siehst ja fast aus wie der junge Milan Baros. Ist ja ein Ding!«

In meiner aktiven Spielerzeit hatte ich ja schon viele Vergleiche gehört, aber Baros war mir neu.

»Ich meine einen tschechischen Fußballer, der hatte früher auch längere schwarze Haare«, erklärte er.

»Klar, ich kenne Baros, aber bisher haben mich die Leute eher mit Beckham verglichen, wenn er schwarze Haare gehabt hätte. Im Prinzip beides Blödsinn. Ich bin ich. Ehemaliger Fußballer, mehr nicht.«

»Stimmt, deine Augen sind zu blau. Baros hat richtige schwarze Glubscher. Geht mir genauso, spiele auch nicht mehr aktiv, Kumpel.«

Wieder lächelte der Typ breit und war mir damit sofort sympathisch. Er erinnerte mit den blonden ohrenlangen Locken an einen lässigen Surfertypen, und seine offene Art glich jener von Suzzi.

»Warst du in der Unimannschaft? Bin gespannt, wie die Saison laufen wird. Nächste Woche ist das erste Heimspiel, das werde ich mir ansehen.«

Wenngleich ich nicht mehr selbst spielte, wäre es nett, sich weiterhin darüber auszutauschen oder auf der Playstation zu zocken. Für was hatte ich die sonst mitgenommen?

Bevor er antworten konnte, mischte sich Suzzi ein. »Sorry, Jungs. Dauert das hier noch länger? Ich weiß, Typen, Sport und so weiter, kein Ding. Aber wenn, dann geh ich schon mal rein und bilde mich weiter. Ich bin übrigens Suzzi, schön dich kennenzulernen.«

Breit lächelnd streckte sie ihm die Hand entgegen, die er leicht verdattert annahm. »Ähm, keine Ahnung … kann sein. Ich bin Denver.«

»Sehr erfreut. Könntest du, Denver, dann bitte aus dem Weg gehen, damit ich reinkomme? Danke.«

Hastig machte Denver einen Satz zur Seite, und Suzzi schlenderte schnurstracks durch die Tür in das Gebäude. Lachend rief ich ihr hinterher. »Komme gleich nach, Prinzessin.«

Ohne stehen zu bleiben, zeigte sie mir den Stinkefinger, und ich lachte noch lauter.

»Wow, Kumpel, das ist ja mal ein interessantes Persönchen. Deine Freundin?«

»Nein, eine neue gute Freundin. Kenne sie seit dem ersten Unitag. Ich bin Riley.«

»Ah, neu hier. Ich bin im dritten Studienjahr. Warum spielst du nicht mehr? Sind auch ein paar Bänderrisse schuld daran?«

»Nein, Schädelbasisbruch und Gehirnerschütterung«, klärte ich ihn auf, ohne zu erwähnen, dass ich mich nicht beim Sport so schwer verletzt hatte.

»Oha, eine ganz schön drastische Nummer, tut mir leid. Welche Position hast du gespielt?«

»Im Sturm, ich war schon immer schnell und gut im Angriff. Du?«

»Linker Außenflügel. Ich war auch nicht langsam«, kicherte er, und ich schloss mich seinem Lächeln an. Eine Weile plauderten wir über diese und jene Mannschaft und tauschten ein paar Spielerlebnisse aus. Am Ende verabredeten wir uns für irgendwann mal zum Playstation Zocken und für nächste Woche zum Heimspiel.

Positiv gestimmt verabschiedete ich mich von ihm und folgte Suzzi in die Bibliothek. Vielleicht hatte ich nun zwei neue Freunde gefunden, was zwei mehr waren, als ich bei Semesterbeginn erwartet hatte.

Jason

Ächzend ließ ich meine Lehrbücher über Kleintieranatomie aus dem Kurs von Prof. Perkins auf Denvers Couchtisch plumpsen und pflanzte meinen Arsch auf sein durchgelegenes Sofa. Erst dann fiel mir auf, wie zugemüllt der Tisch war, weil ich beinahe keine freie Stelle fand, um meine Pappbox voller Nudeln abzustellen. Normalerweise war Denver für einen einundzwanzigjährigen Typen äußerst reinlich. Mit dem Kinn deutete ich auf den Tisch und öffnete mein Abendessen.

»Soll ich mir Sorgen machen um dich, oder hat dein Mitbewohner gerade eine Krise?«

»Sorry, bin nicht mehr zum Aufräumen gekommen, aber wir können das nächste Mal gern bei dir abhängen anstatt ständig bei mir. Oder noch immer Probleme mit deinem Mitbewohner?«, meinte er und ließ sich gähnend neben mir nieder. »Ich bin gestern zu lange wach gewesen, und die Kurse heute waren ätzend.«

Statt auf meinen Mitbewohner einzugehen, der mir schon oft genug durch den Kopf spukte, konzentrierte ich mich auf Denver.

»Warum, was hast du gemacht?«

Neugierig sah ich zu ihm rüber und schaufelte mir Nudeln in den Mund, da ich am Verhungern war. Die letzten Tage hatte ich zu viel gearbeitet, zu viel trainiert und dennoch zu wenig geschlafen. Jackpot.

»Ach, nur ein bisschen gespielt, um mal wieder Spaß zu haben.«

Mir war gar nicht aufgefallen, dass er jemanden kennengelernt hatte. Grinsend hakte ich nach. »Mit welcher Frau?«

»Mit gar keiner, mit einem Typen.«

»Was?«, rief ich aus und verschluckte mich prompt an einer Nudel. Meine Lunge brannte, und ich hustete mir die Seele aus dem Leib. Davon hatte ich definitiv nichts mitbekommen. »Scheiße, seit wann geht das? Mit wem machst du rum?«

Merklich verwirrt sah er mich an, bis ihm plötzlich ein Licht aufging und er die Bedeutung meiner Worte verstand. »Kumpel, sei nicht so versaut und geh nicht immer von Sex aus. Wir haben Fußball auf der Playstation gespielt!«, klärte Denver mich auf, bevor er in Gelächter ausbrach. »Was dachtest du denn? Das ich auf einmal eine heimliche Affäre habe und dir nichts davon erzähle? Du hättest dein Gesicht sehen soll.«

Denver war ein Freigeist, der gern Sex hatte, wie alle in unserem Alter. Aber er kaufte nur Einzeltickets und sprang nie ein zweites Mal auf denselben Zug auf. Er wäre nicht der Erste, der mich mit einer neuen Lebenseinstellung überraschte. Bei Riley hätte ich genauso wenig damit gerechnet, und sein

Geständnis hatte mich aus den Socken gehauen. Zumindest aus meinem Shirt, wenn man es genau nahm. Eine leise Stimme in meinem Kopf flüsterte mir zu, dass ich an jenem Abend auf der Couch eine Ahnung gehabt hatte, die ich jedoch ignoriert hatte, weil ich zu geil gewesen war. Oder gab es noch einen anderen Grund?

Den Gedanken von mir schiebend, räusperte ich mich. »Haha, sehr witzig. Ich habe gar nichts gedacht. Also hängst du jetzt wieder mit Typen aus der Fußballmannschaft ab? Die sind dir doch voriges Jahr auf den Sack gegangen.«

Denver hatte im ersten Semester im Team angefangen, aber nach mehreren Bänderrissen aufgehört zu spielen, da er sich nicht zum Krüppel machen und sich auf das Studium konzentrieren wollte.

»Die gehen mir jetzt meistens genauso auf den Sack. Reden immer davon, wie grandios sie spielen, wenn sie einmal einen Pass hinbekommen, und wen sie abschleppen. Nein, der Typ ist keiner von denen und ganz okay. Er hat auch mit dem Spielen aufgehört. Außer auf der Playstation, da läuft es nach wie vor blendend für uns beide.«

Ich schabte den Rest der Nudeln aus dem Karton und stellte ihn beiseite. Anschließend griff ich nach einer Serviette und fischte geistesabwesend einen Stift aus meiner Jackentasche, während Denver vom Spieleabend und dem Typen erzählte. Meine Finger bewegten sich selbstständig und zeichneten einen dicken Mann, der vor einem vollen Teller saß. Daneben zeichnete ich denselben Mann, wie er rülpsend nach hinten plumpste, um im dritten Bild schnarchend und sabbernd auf dem Rücken zu liegen. Mit gerunzelter Stirn blickte ich auf die schnell gezeichneten Striche. Anscheinend hatte ich mehr in mich hineingestopft, als mir bewusst gewesen war.

Seufzend faltete ich die Serviette zusammen, steckte sie in meine hintere Hosentasche und lehnte mich zurück auf die Couch. »Klingt gut, scheint nett zu sein. Kenne ich ihn?«

»Glaube ich kaum, er ist ein Erstsemester, wirkt aber älter. Ich treffe ihn heute beim Fußballmatch. Wir gucken uns das Heimspiel an. Du kannst mitkommen, wenn du Zeit hast.«

»Okay, klingt gut, ich bin dabei, wenn es deinem Freund nichts ausmacht. Ich muss nur Sunny absagen.«

Je länger Denver darüber sprach, umso eifriger klang er. Mir wurde bewusst, dass wir längst nicht mehr so viel Zeit wie früher miteinander verbrachten, und das schlechte Gewissen packte mich.

»Riley ist cool, außerdem nimmt er auch eine Freundin mit. Je mehr, desto besser.« Ohne mir etwas anmerken zu lassen, fuhr ein Ruck durch meinen Körper. »Das wird witzig werden, freut mich, dass du mitkommst. Ich pack schon mal das Bier ein.«

Voller Elan sprang Denver von der Couch und schnappte sich seinen Rucksack, mit dem er zum Kühlschrank flitzte. Denvers Begeisterung wäre Grund genug, den Ausschlag aber gab Rileys Name. Ich hatte keine Ahnung, ob es mein Mitbewohner mit den dunkelblauen Augen war, wollte es jedoch herausfinden.

Mir war klar, dass ich normal mit ihm umgehen musste, welche Verwirrung er auch in mir auslöste, wann immer ich ihn morgens durch die Wohnung hasten, in meinem Chemiekurs in der ersten Reihe sitzen oder am Campus in Gespräche mit einer blonden Freundin vertieft sah. Dabei hielt ich bestimmt nicht bewusst Ausschau nach ihm, mein Blick fiel automatisch auf Riley. Beinahe angezogen von seiner besonderen Präsenz, die ich schon gespürt hatte, bevor ich gewusst hatte, dass er auf Typen stand. Eine Tatsache, die gleichzeitig leichte Übelkeit und Erregung in mir auslöste, weshalb ich meinen Kopf am liebsten gegen die Wand geschmettert hätte. Derart zwiegespalten hatte ich mich noch nie gefühlt, und es machte mir eine Scheißangst.

»Jason! Hast du einen Hirnschlag?«, rief Denver zu mir herüber, und ich schüttelte klärend den Kopf.

»Sorry, was hast du gesagt?«

»Nicht viel. Nur, dass du dir eine Pause verdient hast und Sunny dich und deine Gutherzigkeit ausnutzt.«

»Sie bringt mir vieles bei und nutzt mich nicht aus. Ich brauche das Geld. Dringend.«

Da mein Grandpa ein guter Bekannter von Dr. Sunny war, hatte er mir geholfen, einen Job zu bekommen, der besser bezahlt war als jene für andere Studierende im zweiten Jahr. Außerdem war ich gern bei den Tieren, und es erfüllte mich mit Dankbarkeit, zu sehen, wie sie nach Erkrankungen oder Verletzungen heilten. Etwas, das ich auch gern auf andere Aspekte meines Lebens übertragen würde. Auf meinen Grandpa. Insgeheim auch auf meinen Dad.

»Wofür? Du ackerst, als wolltest du dir nach der Uni eine Insel kaufen. Lass es ein wenig lockerer angehen, Kumpel.«

Ich lachte schnaubend und schlug einen lässigen Tonfall an. »Klar, mit eigenem Hafen und Luxusvilla.«

»Genau mein Stil. Ich hoffe, du hast ein Gästezimmer für mich eingeplant. Mit Himmelbett und eigenem Jacuzzi.« Denver schlüpfte in seine Jacke und hängte sich den Rucksack über. »Los geht's, sonst kommen wir zu spät.«

Es war Riley. Der Riley, mit dem ich eine Wohnung teilte und dem ich aus dem Weg ging, weil seine Anwesenheit komische Dinge mit meinem Bauch anstellte. Seine hochgewachsene Gestalt und seine schwarzen Haare stachen aus der Menge hervor, und auch wenn ich gewollt hätte, wäre er nicht zu übersehen gewesen. Neben ihm wippte eine Studentin mit blond-grünen Haaren vor und zurück und ließ wiederholt große Kaugummiblasen platzen. Sie erinnerte mich mit ihrer Erscheinung ein wenig an die junge Gwen Stefani. Zerrissene Jeans, kunterbuntes Shirt mit neongrüner, grobgehäkelter Weste darüber.

Mein bester Freund schlenderte quietschfidel zu ihnen hinüber, schlug Riley freundschaftlich auf den Rücken und begrüßte Suzzi mit einer kurzen Umarmung. In dem Moment, in dem ich sie ebenfalls erreichte, sagte Denver etwas in meine Richtung deutend und Riley drehte sich zu mir um. Eines musste man ihm lassen, er verzog keine Miene, obwohl ich mir vorstellen konnte, dass er über meine Anwesenheit nicht begeistert war. Zwischen uns herrschte dicke Luft, an der ich schuld war und die ich loswerden wollte. Die kommenden Monate würden wir eine Wohnung teilen, und da sollten wir uns verdammt noch mal halbwegs verstehen.

»Hey, Riley, schön dich zu treffen. Wer hätte gedacht, dass wir denselben Freund haben und uns gemeinsam Fußball anschauen werden.« Trotz meines Versuches, unberührt zu klingen, kratzte meine Stimme mehr als gewöhnlich.

»Hallo, Jason. Jup, das kommt überraschend«, kommentierte Riley schlicht, ohne Freude oder Abneigung in seine Stimme zu packen.

Indessen sah Denver verwirrt zwischen Riley und mir hin und her. »Woher kennt ihr euch denn? Habe ich was verpasst? O Mann.«

»Riley ist mein Mitbewohner«, klärte ich Denver auf und drehte mich zu ihm, um ihm eine stille Warnung zu schicken, die Klappe zu halten. Er wusste, irgendetwas war zwischen ihm und mir vorgefallen, ohne Details zu kennen. »Ich hatte keine Ahnung, dass er der Riley ist, von dem du vorhin erzählt hast. Wusste nicht, dass er früher Fußball gespielt hat.«

Ein Lächeln erschien auf Rileys Gesicht, das jedoch nicht seine Augen erreichte. »Tja, du weißt bisher so gut wie gar nichts über mich.«

Treffer versenkt. Damit hatte er recht, obwohl ich zumindest eine wichtige Sache über ihn wusste.

Riley deutete mit dem Kinn auf seine Freundin. »Das ist Suzzi. Du kennst sie von der ersten Woche, als der Limonadenunfall passiert ist.«

Erneut glotzte Denver, als wären uns zwei Köpfe gewachsen, dann warf er die Arme in die Luft. »O Mann. Welches Limonadenmalheur? Ich weiß nichts davon. Ich fühl mich wie dieser Typ aus How I Met Your Mother, bei dem die ganzen coolen Dinge passieren, wenn er heimgeht.«

»Blitz«, murmelte Suzzi zwischen zwei Kaugummiblasen, und Denver schüttelte mit der Frage »Was?« den Kopf, bevor Riley antwortete: »Blitz, sie haben ihn den Blitz genannt.«

Als hätten sie sich abgesprochen, gaben sich Riley und Suzzi einen Fistbump, und ich musste ebenfalls grinsen, während ich Denver auf die Schulter klopfte. »Na los, Großer. Lass uns das Spiel ansehen, bevor es vorbei ist. Ich bin mir sicher, heute wird ebenfalls etwas Episches passieren und du wirst mittendrin sein.«

Neu motiviert lief Denver auf die Tribünen zu. »Das möchte ich auch hoffen, sonst geh ich auf die Barrikaden.«

Es klang ein wenig so, als würde er schmollen, was mich verhalten zum Schmunzeln brachte. »Das wird schon, keine Sorge.«

Nach einem Blick zurück bemerkte ich Riley und Suzzi, die uns folgten. Dabei sah ich, wie mir Riley von der Seite ein verschmitztes Grinsen zuwarf. Ohne den Grund zu kennen, vertiefte sich mein Lächeln.

Das Spiel fing jeden Moment an. Wir erreichten die Tribünen und suchten uns eine Sitzgelegenheit zwischen den anderen Studierenden, die Fähnchen schwenkten und teilweise Pullis der Unimannschaft trugen. Der Geruch nach frischem Popcorn, fettigen Pommes und Bier stieg mir in die Nase, während Tröten die Geräuschkulisse der aufgeregten Menge zusätzlich befeuerten. Rechts in der Mitte fanden wir in der vierten Reihe freie Plätze, auf denen wir uns ausbreiteten. Zuerst saß ich, dann Denver, neben ihm Riley und anschließend Suzzi.

In der ersten Spielhälfte passierte nicht viel, bis auf ein Tor unserer Mannschaft, das Denver richtig abfeierte. Er sprang auf und tanzte wild, womit er uns und die Umstehenden zum Lachen brachte. In der dreißigsten Minute flog der Ball vom Spielfeld in unsere Richtung, und Denver fing ihn aus der Luft. Daraufhin weigerte er sich vehement, ihn wieder rauszurücken.

Nun beim Abpfiff zur Pause grinste er mich breit wie ein Honigkuchenpferd an. »Das war wie Bestimmung, der Ball ist mir direkt in die Arme gefallen! Du hattest recht, ich bin kein ‚Blitz', der Tag ist jetzt schon spitze.«

Um ihm nicht die Freude zu nehmen, erwähnte ich mit keinem Wort, dass er fast zwei Meter in die Höhe gesprungen war, um den Ball zu erwischen. Liebevoll strich er über das Leder des Fußballs und streckte ihn mir entgegen. »Nach dieser Aufregung habe ich Hunger bekommen. Soll ich dir was mitnehmen, wenn du dafür mit deinem Leben auf meine Trophäe aufpasst?«

»Aye, aye, Käpten.« Förmlich salutierte ich. »Und nein, danke. Ich habe alles, was ich brauche.« Ich schwenkte die halbvolle schwarze Thermosflasche, die zwischen meinen Beinen gestanden und in die ich zu Beginn des Spiels eine Bierdose gefüllt hatte. Denver hatte sie mir aufgedrängt. Seitdem hatte ich aus Höflichkeit zwei Schlucke genommen. Mittlerweile musste das Bier bereits abgestanden sein. Egal, ich hatte nicht vor, es zu trinken.

»Guter Junge«, kommentierte Denver und drehte sich zu den anderen. »Kommt von euch jemand mit, oder soll ich was mitbringen?«

Riley blieb mit den Worten »Eine Cola, danke« sitzen, gleichzeitig hüpfte Suzzi auf. »Ich komme mit. Will sehen, was es zu futtern gibt.«

Damit wären Riley und ich allein, neben zig anderen Studenten. Keine große Sache. Dennoch warf er mir einen Blick zu, als würde er nur darauf warten, dass ich nun ebenfalls mitging, als müsste ich vor ihm fliehen. Von wegen. Stattdessen sprang ich über meinen verdammten Schatten und rutschte ein Stück näher, damit wir uns geschützt vor dem Lärm der nun wieder lauteren Studentenmenge unterhalten konnten. Dabei behielt ich Denvers Ball fest in den Händen. Ich wollte keinen Kopf kürzer gemacht werden. »Hey, cooles Spiel bisher. Du hast also früher selbst gespielt. Warst du gut?«

Eine seiner dunklen Augenbrauen hob sich, und sein Blick sagte mehr als tausend Worte: Was verdammt sollte dieser Smalltalk?

Tja, das hatte ich verschissen. Vielleicht sollte ich wieder in das Loch kriechen, aus dem ich gekommen war.

In einem weiteren Versuch, ihn zum Reden zu bringen, schob ich hinterher: »Es tut mir leid, was passiert ist, aber wir können uns ja nicht ewig anschweigen. Also?«

Noch immer kam keine Reaktion von ihm. Grimmig wollte ich zurückrutschen, als er endlich antwortete: »Interessiert dich das wirklich?«

»Natürlich, sonst würde ich nicht fragen.« Ich seufzte und drehte den Ball in meinen Händen. Mit Nachdruck widerholte ich meine Worte: »Ich meine es ernst. Es tut mir wirklich leid, wenn ich ein Arschloch gewesen bin. Ich meine, ich bin ein Arschloch, das weiß ich. Mir ist klar geworden, dass du denken musst, ich hätte ein Problem mit deiner Orientierung, aber so ist es nicht. Das ist deine Sache. Leider hatte ich die letzten Tage viel zu tun und zu klären. Aber wir sind Mitbewohner und sollten zumindest zusammen abhängen können, ohne dass es unbehaglich ist.«

Einen Moment sah mich Riley mit diesen hypnotischen dunkelblauen Augen an, eine Farbe, die an Bluejeans erinnerte. Ein Augenblick, der sich länger anfühlte, als er vermutlich war, da er mich abzumessen, zu sezieren schien.

»Was denkst du denn, natürlich war ich gut.«

Ich runzelte die Stirn. »Wie bitte?«

»Du hast gefragt, ob ich ein guter Spieler gewesen bin. Und ja, ich war Stürmer und Torschützenjäger mit dem zweitbesten Ergebnis in der Highschool-Liga unseres Bundesstaats.«

»Und so schön bescheiden, wie ich sehe.« Ein Lachen gluckste über meine Lippen, weil er mich mit dieser Seite komplett überrascht hatte.

Er grinste mich ebenfalls an und wackelte mit den Augenbrauen. »Immer doch.«

Nun wusste ich nicht nur, dass er ein wenig eingebildet sein konnte, sondern auch, dass er den Leuten schnell verzieh, obwohl ihm etwas passiert sein musste, was nicht hätte passieren sollen. So viel hatte ich aus seinem Verhalten in der Besenkammer gelesen. Da hatte er mir einiges voraus.

Bisher hatte ich bei Riley immer an einen attraktiven Star-Wars- und Marvel-Nerd mit kranker Faszination für Chemie gedacht, was aus seinen herumliegenden Lehrskripten, Büchern und verschiedenen Shirts zu erkennen war. Auch heute trug er ein graues Shirt mit buntem »Guardians of the Galaxy«-Logo unter einem schwarz-grün karierten Hemd, dessen Ärmel er hochgekrempelt hatte. Dazu blaue Jeans, in der Farbe seiner Augen, und dunkelgrüne Chucks. Im Gegenzug kam ich mir mit meinen Klamotten in Schwarz und Dunkelgrau sowie der kakifarbenen Jacke, die neben mir lag, beinahe langweilig und farblos vor.

»Danke hierfür«, murmelte ich in seine Richtung, ohne zu wissen, ob er mich gehört hatte.

»Kein Ding.« Er verstand meine Entschuldigung also.

Eine Weile unterhielten wir uns über Fußball, und ich streute alles ein, was ich von dem Sport wusste. Es war nicht viel. Je länger wir redeten, desto entspannter wurde ich. Mehr als das. Ich fühlte mich in seiner Nähe vollkommen wohl. Sei es nun wegen seiner angenehmen Stimme, seiner offenen Art, dem schiefen Grinsen oder diesen verständnisvollen Augen, die tief in mich blickten, es mir leichter als üblich machten, von mir zu erzählen.

Riley wusste bald, dass ich in der Highschool Quarterback gewesen, wegen Zeitmangel mit dem Footballspielen aufgehört hatte und Denver und ich schon seit Kindheitstagen befreundet waren. Im Gegenzug erzählte er mir, ohne auf Details einzugehen, von seiner Schädelverletzung und seinem geplatzten Traum einer Spielerkarriere. Er war so gut gewesen, dass er ein volles Sportstipendium bekommen und Chancen auf einen guten Club gehabt hatte. Die Wehmut, die bei diesen Worten von ihm ausging, war körperlich spürbar. Mein Arm zuckte zum Trost beinahe in seine Richtung, der Ball zwischen meinen Händen hielt mich zum Glück davon ab.

»Das ist so was von scheiße, verdammt.« Keine Ahnung, wie wir so schnell auf so ernste Themen zu sprechen gekommen waren. Es fühlte sich normal an, auch diese mit ihm zu bereden. »Tut mir leid um diese mögliche Zukunft und dein Stipendium.«

Auf das Spielfeld blickend, zuckte er mit den Schultern. »Danke, es ist, wie es ist. Zum Glück hatte ich gute Noten und bekam trotzdem ein Stipendium. Ansonsten hätten meine Eltern alles bezahlt. Ihnen ist unsere Ausbildung wichtig.«

Seine Stimme klang dabei nicht überheblich, sondern fast ehrfürchtig, als wüsste er, dass solch ein Elternhaus keine Selbstverständlichkeit war. Das konnte ich bestätigen.

»Das ist mir bewusst, und ich bin jeden Tag dankbar für meine Familie«, fuhr Riley fort. Erst in diesem Moment wurde mir klar, dass ich den Gedanken laut gemurmelt haben musste. »Nicht jeder hat Eltern, die einen unterstützen können oder wollen.«

»Wenn man überhaupt welche hat«, stimmte ich ihm düster zu. Rileys blaue Augen blickten mich mitfühlend und aufmerksam an, statt meinen beschissenen Kommentar wie viele andere zu ignorieren. Ich hatte ihm gegenüber schon einmal erwähnt, dass ich ohne Mutter aufgewachsen war, nun hatte ich noch einen draufgelegt.

»Sind deine Eltern gestorben?«, flüsterte er und lehnte sich näher, damit es die anderen Studenten nicht hörten. Dabei streifte sein Atem mein Ohr, und eine Gänsehaut rieselte über meinen Nacken. Bei dieser Frage sollte ich mir seiner Nähe eigentlich nicht derart bewusst sein. War ich mir aber. Ich räusperte mich, konzentrierte mich auf die Frage und verdrängte das Gefühl des Verlustes.

»Meine Mutter starb, als ich klein war … Hirnaneurysma. Ich kann mich nicht mehr an viel von ihr erinnern. Da ist nur so ein vager Duft … nach Lavendel.«

Dieser Gedanke schmerzte laut ausgesprochen mehr, als ich vermutet hatte. Lavendel. So ein normaler Duft, der so viel

Schmerz und Geborgenheit in mir hervorrief, als wäre ich wieder ein Kleinkind, in die Decke einer mütterlichen Umarmung gehüllt.

»Ah, Lavendel. Den Geruch verbinde ich auch mit meinen Eltern, vor allem mit Mum. Sie hat ständig einen Aromadiffusor mit verschiedenen Ölen eingeschaltet«, erzählte Riley lächelnd, um mir eine Erinnerung zu schenken, die wir teilten. »An was erinnerst du dich noch?«

Mitfühlend und interessiert, als wäre ihm die Antwort darauf wirklich wichtig, hing er an meinen Lippen. Die Intensität seiner blauen Augen brachte mich dazu, ernsthaft darüber nachzudenken und genauso ehrlich darauf zu antworten, anstatt abzulenken, wie ich es sonst tat. »An Gesang. An Lieder. An eine glockenhelle Stimme. Ich glaube, meine Mum hat immer das Radio an gehabt und aus Leibeskräften mitgesungen. Müsste meinen Bruder danach fragen.«

Schulterzuckend tat ich das Thema als belanglos ab, um den Kloß in meinem Hals zu ersticken. Aber er war da, eng und fest, wie immer, wenn ich an Mum, an Dad oder meine zerrüttete Familie dachte. Wie oft hatte ich mir als Kind ein liebevolles Elternhaus gewünscht, in dem sich jeder auf den anderen verlassen konnte und sich sicher fühlte. Eines, so perfekt wie in all den Fernsehserien oder bei den Familien von Freunden. Wenn andere Mütter ihnen ein Glas Milch eingeschenkt und Kekse gebacken oder ihre Kniewunden liebevoll mit einem Pflaster beklebt hatten.

Das alles hatte ich nie gehabt, und bei jeder dieser Situationen, in der meine Mum nicht da gewesen war, hatte sich ein Loch immer tiefer in meinen Magen gegraben. Mit den Jahren hatte ich gelernt, dass nichts perfekt war und nicht jeder Glück verdient hatte. Und darüber zu reden, änderte nichts und zeigte mir nur, wie kindisch meine Gefühle waren.

Erneut überraschte mich Riley mit einem aufmunternden Lächeln. »Das solltest du tun. Es ist wichtig, über Vergangenes zu sprechen, denn es formt unsere Gegenwart und Zukunft. Und sie klingt nach einer warmherzigen, lebensfrohen Mum, so kurz du sie auch bei dir gehabt hast.«

Sein aufrichtiges, warmes Lächeln machte es mir leichter, darüber zu reden. Ich fühlte mich nicht mehr kindisch, sondern sonderbar ernst genommen. »Danke.« Ich lächelte ihn verlegen an. »Das … ähm, das bedeutet mir viel.«

Fest die Lippen zusammengepresst, starrte ich nachdenklich das Leder in meinen Händen an. Warum fühlte ich mich so furchtbar und gleichzeitig besser dabei, über das Traurigste in meinem Leben zu sprechen? Was war das nur mit ihm?

»Und dein Dad?«

»Mein Dad. Puh.« Ich seufzte schwer. »Nun, mein Dad, der taugt nichts, weil –« Plötzlich sah ich Maya suchend durch die Reihen gehen, unterbrach mich und fluchte: »Scheiße!«

Ruckartig zog ich den Kopf ein und duckte mich, um unentdeckt zu bleiben. Sobald sie weg war, setzte ich mich auf, und Riley hob eine Augenbraue, als wüsste er, was los war, und wäre irgendwie enttäuscht davon. Dennoch fragte er: »Eine besondere Freundin von dir?«

Bei seinen Worten wurde mir bewusst, dass ich nach Stunden, die ich gemeinsam mit Maya verbracht hatte, nicht mehr als ihren Namen und den Klang ihres Stöhnens kannte, wenn sie kam. Von Riley wusste ich nach kürzerer Zeit weit mehr, und ich wurde dadurch bloß neugieriger auf ihn.

»Eine Freundin würde ich sie nicht nennen. Wir sind … Bekannte.«

Neben uns tauchte Denver auf und rettete mich vor einer lahmen Erklärung. Er schnappte sich den Ball und pflanzte seinen Hintern zwischen Riley und mich.

»Ah, da seid ihr ja wieder!«, stellte Riley fest und wirkte beinahe erleichtert.

»Glaubst du etwa, ich Sportskanone will eine Minute vom Spiel verpassen? Nein, nein.« Denver grinste ihn an und sprach mit vollem Mund. »Was haben wir verpasst?«

Ich wollte schon mit »Nichts« antworten, da kam mir Riley zuvor. »Eigentlich habe ich gerade überlegt, ob du Sportskanone mit zum Klettern kommen möchtest?« Er holte sein Handy hervor und wischte darauf herum. »Ich habe ein interessantes Indoor-Kletterstudio gefunden und wollte es mal ausprobieren. Wie wäre es Mittwochnachmittag?«

Mit einem großen Schluck Limo spülte Denver sein Essen hinunter und blickte neugierig auf das Handydisplay. Sein übliches Grinsen erschien, wie immer, wenn ihm etwas gefiel. »Schaut gut aus. Können wir machen. Ich war zwar noch nie klettern, aber so schwer kann das nicht sein.«

Tja, wenn er sich da mal nicht täuschte. Bei dem Gedanken machte sich ein dumpfes Gefühl in mir breit. Es klang ganz danach, als wollte Riley nur Denver zum Klettern mitnehmen. Natürlich spürte ich den Stich der Enttäuschung nur, weil ich sehen wollte, wie Denver von der Wand baumelte, und nicht, um mehr Zeit mit Riley zu verbringen.

»Ich bin mir sicher, dass es verschiedene Schwierigkeitsgrade gibt, die du durchprobieren kannst«, versicherte ihm Riley mit einem Lächeln. »Ich war schon oft klettern, und in jeder Kletterhalle gibt es Boulderwände zum Ausprobieren.«

»Und wie wollen wir dort hinfahren? Alle gemeinsam oder teilen wir uns auf zwei Wagen auf?«, fragte Denver und biss von seinem Hotdog ab. Für diese Frage und die simple Feststellung, dass wir alle gemeinsam gingen, hätte ich ihn knutschen können. Vermutlich hätte ich selbst nie gefragt. So gab er mir einen perfekte Vorlage, um mitzugehen, ohne zu eifrig zu wirken.

Mit einem nach oben gereckten Daumen mischte sich Suzzi ein. »Klar, zu viert passen wir locker in einen Wagen. Alles andere wäre reine Umweltverschmutzung.«

Blinzelnd sah Riley kurz zu mir, als wollte er stumm abklären, ob das okay für mich wäre. Eigentlich hatte ich keine Zeit, da ich nach der Uni meistens arbeiten war. Dieses eine Mal wollte ich jedoch eine Ausnahme machen und die Stunden später nacharbeiten. Immerhin teilten Riley und ich eine Wohnung, da sollten wir zumindest Kumpel sein. Ja, genau, das war der einzige Grund, warum ich mit dabei sein wollte. Bestimmt.

Nach einem kurzen Nicken meinerseits, bei dem bereits die Vorfreude in meinem Blut vibrierte, wandte sich Riley wieder an die anderen. »Jup, wir können alle mit meinem Wagen fahren.«

»Klasse, Kumpel, das ist nett von dir«, freute sich Denver. »Sag eigentlich mal, du netter Kerl, hast du eine Freundin zu Hause zurückgelassen? Ich sehe dich nie mit dem Handy herumfuchteln, wie es viele Erstsemester machen, die ihren Anhang auf anderen Unis haben und diese Kiste mit der Fernbeziehung versuchen.«

Für einen Moment schwieg Riley, und ich spürte mein Herz doppelt so schnell schlagen, gespannt, wie er darauf reagieren würde. »Muss dich enttäuschen, da wartet kein Mädel auf mich, was vermutlich daran liegt, dass ich auf Männer stehe.«

»Oh, wie unser bester Freund Sean.« Denver lächelte komplett unbeeindruckt und zwinkerte mir zu. »Okay, cool. Also hast du einen Freund zu Hause, der auf dich wartet?«

»Nein, auch hier muss ich passen. Ich bin freund- und freundinnenlos.«

Freundschaftlich klopfte er Riley auf die Schulter. »Mach dir nichts daraus, dann paddelst du eben wie wir im Single-Boot.

Das ist auch nicht schlecht, und die Gesellschaft ist phänomenal.«

Grinsend schloss er mich mit ein, und ich zuckte die Schultern in Rileys Richtung, was ihn ebenfalls zum Lächeln brachte. Wir drei, gemeinsam mit Suzzi, waren schon ein interessantes Single-Gespann. Erneut war ich dankbar dafür, einen so guten und positiv eingestellten Freund wie Denver zu haben. Dieser schlug mir, nachdem die Sache um Rileys Orientierung gegessen war, begeistert auf die Schulter. »Also dann, zurück zum Kletterausflug für uns Singles. Natürlich haben wir Zeit dafür.«

7. Das Hochgefühl kommt vor dem Fall

Riley

Vor uns ragten mehrere hohe, graue Wände auf, die mit bunten Farbklecksen versehen waren. Unzählige Griffe, um sich an ihnen hochzuhangeln. Allein der Anblick ließ das Adrenalin durch meinen Körper rasen und eine klirrende Erwartung in mir hochkommen. Einige Sportarten oder andere gefährliche Dinge durfte ich aus gesundheitlichen Gründen nicht mehr machen. Das hier gehörte zum Glück nicht dazu und bescherte einem, wenn man ganz nach oben kam und die Glocke anstupste, den gleichen Kick, als würde man ein Tor schießen und die Menge in den Rängen vor Jubel durchdrehen.

»Ganz schön hoch«, kommentierte Suzzi neben mir und musste den Kopf in den Nacken legen, um das Ende der Kletterwand sehen zu können. An der Spitze baumelte ein Typ mit türkisem, enganliegendem Achselshirt und kurzer, schwarzer Sporthose. Bei der Anstrengung die letzten Meter hinauf wölbten sich die Muskeln an seinem Rücken. Die präzisen Bewegungen bewiesen, dass es nicht sein erster Aufstieg war.

Denver stand neben Suzzi und deutete auf die Wände weiter links. »Wenn du willst, probieren wir zuerst gern eine kleinere Wand. Ich bin nämlich ein Gentleman und mache das gern für dich.«

»Klar, einer, der sich selbst in die Hosen macht«, kommentierte Jason feixend, woraufhin er einen Ellbogenstoß von seinem Freund kassierte. »Was denn, ist doch wahr. Will nur nicht, dass du dann dort oben hängst und nicht mehr weiterweißt, weil du Höhenangst hast. Ich kann dort nämlich nicht so einfach wie damals auf den Baum steigen und dir helfen runterzukommen.«

Alarmiert drehte ich mich zu den beiden um. »Du hast Höhenangst? Warum bist du dann mitgekommen? Denver, du musst da nicht rauf.«

»Ich weiß, aber ich will gern neue Sachen ausprobieren. Und ich habe nur ein wenig Höhenangst.« Mit dem Zeigefinger und dem Daumen deutete er einen Abstand von zwei Zentimetern an. Beruhigt war ich deshalb noch lange nicht.

»Warum schaut ihr nicht einfach eine Weile zu oder testet im Boulderraum die Griffe? Später könnt ihr es immer noch hier versuchen?«, schlug ich vor.

Statt auf den zweiten Vorschlag einzugehen, setzten sich Suzzi und Denver wie aufs Stichwort auf den Boden, der mit weichen Plastikmatten ausgelegt war. Okay, das war eindeutig. Ich lachte. »Na schön, das nächste Mal darf sich einer von euch einen Ausflug aussuchen, bei dem ihr auch wirklich mitmachen wollt.«

»Klasse«, freute sich Suzzi und lehnte sich zufrieden auf ihre Unterarme zurück.

»Das heißt, es sind nur noch wir zwei übrig. Welche Wand nehmen wir?« Ich drehte mich zu Jason, der sich gerade den Helm aufsetzte. Ein sicheres Zeichen, dass er ebenfalls hochwollte. Mit dem Kinn deutete er auf die höchste, an der sich der Typ mit dem türkisfarbenen Shirt nach dem Anstoßen der Glocke nun von ganz oben abseilte.

Es überraschte mich nicht, dass Jason sich gleich für die steilste Wand entschieden hatte. Irgendetwas sagte mir, dass er sich immer für die schwierigste Option entscheiden würde. Wie hieß es so schön: »No pain, no gain.« Vielleicht hatte er das sogar an einer Stelle tätowiert, die nicht jeder zu sehen bekam. Okay, das war jetzt nicht der richtige Zeitpunkt, um über seinen stählernen Körper nachzudenken.

Räuspernd nickte ich ihm zu. »Geht klar, wie du willst.«

Vor uns erhob sich eine breite Kletterwand, die mit Überhang ganz nach oben führte und so breit war, dass vier Leute nebeneinander an ihr hochklettern konnten. Dementsprechend war sie am oberen Ende mit vier Glocken, die in einigem Abstand zueinander hingen, ausgestattet. An der rechten Seite der Wand kletterten soeben eine Frau und ein Mann hinauf. Die Mitte war frei, und links seilte sich der Typ mit dem türkisen Shirt ab. Sobald er am Boden war, hätten wir genügend Platz, um die Kletterwand zu zweit zu erklimmen. Wir sahen ihm abwartend zu, die Sicherungsseile bereits in unseren Hüftgurten verhakt.

Federnd kam der Typ neben uns auf. Aus der Nähe sah er jünger aus, als ich vermutet hatte. Ungefähr in unserem Alter mit rötlichem Haar, dass er oben länger trug und an den Seiten raspelkurz abrasiert war. Dadurch wirkte das längere Haar in der Mitte beinahe wie eine Mähne, passend zu dem Bart, den er sich stehen ließ. Auf den ersten Blick rau wie ein Holzfäller, wurde dieser Eindruck von den schelmisch grünen Augen abgemildert, die Jason und mir freundlich zuzwinkerten. »He, Jenkins, wie geht's? Wusste gar nicht, dass du auch kletterst.«

»Hey, Rockster. Danke, gut. Ich versuch es mal wieder, ist schon etwas her.«

Nachdem sich die beiden abgeklatscht hatten, winkte er Denver zu, der ihn ebenfalls salopp begrüßte.

Mit einem Nicken deutete Jason auf mich. »Das ist Riley, mein Mitbewohner. Er hat uns hierhergeschleppt. Und neben Denver sitzt Suzzi, Rileys Freundin. Das ist Brian Rockestern, aber alle nennen ihn Rockster. Er studiert ebenfalls an der Bluewell.«

»Ein Jahr über dir, Dude«, mischte sich Rockster ein und lächelte mir zu, bevor er sein Sicherungsseil aushakte.

»Aber nur, weil ich ein Dreivierteljahr ausgesetzt habe. Ansonsten würdest du mich weiterhin nach den Mitschriften in Biochemie fragen.«

»Touché.«

Suzzi winkte ihm von ihrem Platz vom Boden aus zu. »Hi. Warum heißt du Rockster? Ist das ein Spitzname, weil du so gut gebaut bist und aussiehst wie einer aus der Vikings Serie? Ach, und übrigens, ich bin Rileys beste Freundin und nicht die Freundin.«

»Ansonsten wärst du meine erste Wahl«, meinte ich scherzhaft.

»Gut zu wissen, sehr interessant«, antwortete Rockster mit einem wissenden Lächeln in meine Richtung. »Aber sehe ich aus wie ein Brian? Da passt Rockster einfach besser.«

Zur Verdeutlichung drehte er sich einmal im Kreis, zeigte ausgeformte Muskeln, die tatsächlich besser zu seinem Spitznamen passten. Lachend klatschte Denver in die Hände. »Klasse Show, Kumpel, und so bescheiden. Meine Eltern wussten ja schon, als ich zur Welt kam, dass sie mir einen speziellen Namen geben müssen. Denver heißt nicht jeder.«

Von Suzzi kam leise: »Genau, überaus bescheiden«, während nun Jason an der Reihe war zu lachen. »Mein Freund, du heißt Denver, weil das die Stadt ist, in der sie dich gezeugt haben. Das hat mir deine Mum schon auf der Feier zu deinem sechsten Geburtstag erzählt.«

Denver riss die Augen auf und hob die Arme, die Handflächen nach oben gedreht. »Na, sag ich doch, Jason! Ich bin von Anfang an etwas Besonderes gewesen. Sie sind dafür extra in eine andere

Stadt mit einem D gefahren, damit es zu Davenport passt – Denver Davenport. Das müssen deine Eltern erst mal überbieten.«

Tja, das würden sie wahrscheinlich nicht schaffen, nach allem, was mir Jason über seine Eltern erzählt hatte. Und ich hatte recht. Jason schluckte schwer, und Denver wurde blass um die Nase, als ihm die Bedeutung seiner Worte klar wurde.

Um für Ablenkung zu sorgen, plapperte ich drauflos. »Unsere Namen klingen alle speziell, wenn ihr mich fragt. Ich finde sie alle großartig und besonders. Es kann zum Beispiel auch nur einen Han Solo oder Yoda oder Anakin geben.« Ich bekräftigte meine Ansage mit einem Nicken, da nun alle mich anstatt Jason ansahen.

»Kann es sein, dass du ein klein wenig auf Star Wars stehst?«, fragte Denver grinsend, um die Ablenkung aufzugreifen.

Suzzi lachte. »Das ist dir mit den ganzen Star-Wars-Shirts noch nicht aufgefallen?«

Demonstrativ besah er sich mein dunkelblaues, lockeres Achselshirt, an dessen linker Brust ein tanzender Yoda mit Rastazöpfen Pfeife rauchte. Vielleicht musste man bei dieser Verkleidung zweimal hinsehen, um Yoda zu erkennen.

»Glaubst du, ich gucke so genau, was Riley anhat? Nö, mich interessiert mehr, was er so quasselt oder wie er auf der Playstation Fußball spielt.«

»Um meinen Senf dazu abzugeben: Ich mag Star Wars auch. Fast so sehr wie Star Trek«, mischte sich Rockster ein, und in meinen Ohren klingelte es. Ich musste mich verhört haben. Wie konnte man Star Trek nur Star Wars vorziehen? Fassungslos sah ich ihn an.

Bevor ich Star Wars bis aufs Blut verteidigen konnte, stellte sich Jason plötzlich dichter an mich heran, genau zwischen Rockster und mich, der näher getreten war. »Wie sieht's aus, Riley. Wollen wir da heute noch hoch?«

Ich folgte seinem Blick zur Wand, die ich kurz vergessen hatte. »Klar, lass uns loslegen.«

»Viel Glück bis ganz nach oben«, wünschte uns Rockster, der eine Spur enttäuscht wirkte.

Beide griffen wir nach den Ausbuchtungen für Hände und Füße und zogen uns hoch. Meter für Meter erklommen wir die Wand, einen Griff nach dem anderen. Es fühlte sich gut an, die raue Oberfläche unter den Händen zu spüren, sich einzubilden, Macht über die Erdanziehung zu besitzen. Ihr zu trotzen. Nicht länger ausgeliefert zu sein. Es vermittelte grenzenlose Freiheit.

»Du bist ganz schön schnell«, keuchte Jason nach einiger Zeit, der links von mir etwa einen Meter weiter unten kletterte. In Gedanken versunken und von dem Hochgefühl abgelenkt, hatte ich nicht bemerkt, wie wir bereits die Hälfte hinter uns gebracht hatten. Ich verlangsamte mein Tempo, damit wir nebeneinander hinaufsteigen konnten.

»Hab Erfahrung. Du machst dich auch nicht schlecht. Dachte, du wärst erst wenige Male geklettert?«

»Bin ich auch.«

»Dann bist du ein Naturtalent.«

»Scheint so«, antwortete er mit einem breiten Lächeln, das seine cognacfarbenen Augen erreichte, während er zu mir hochblickte. Einen Moment vergaß ich zu atmen. Er war einfach perfekt. Weiße, gerade Zähne in einem sonnengebräunten, attraktiv rauen Gesicht, das von hellbraunen Haaren umrandet wurde. Aber diese Augen, sie waren mein Untergang, nicht sein durchtrainierter Körper. Obwohl ich den auch nicht von der Bettkante schubsen würde.

»Riley?«, fragte er, offensichtlich besorgt. Mist, was hatte er gesagt?

»Sorry, hab dich nicht gehört. Wegen dem Helm.«

Verwirrt zuckte sein Blick zu meinem Helm, mit dem ich ihn zuvor auch ohne Probleme verstanden hatte. Dann sah er zum Boden, der viele Meter unter uns lag.

»Du meintest, Fußball spielen wäre wegen deiner Kopfverletzung gefährlich. Ist das Klettern nicht ein genauso hohes Risiko?«

Wieso interessierte ihn das plötzlich? War das seiner medizinischen Ausbildung geschuldet, oder gab es dafür einen anderen Grund? Auf keinen Fall wollte ich zu viel hineininterpretieren.

»Machst du dir etwa Sorgen um mich?«, meinte ich feixend und zwinkerte ihm aus Spaß anzüglich zu.

»Was? Nein, ich … ich wollte es nur wissen.«

»Ich habe den Helm auf und bin mit den Seilen gesichert, sollte ich fallen. Habe ich alles mit den Ärzten abgecheckt.«

»Gut. Das ist gut zu wissen«, hüstelte Jason, und seine Wangen färbten sich dunkler.

»Keine Angst, das mit den Sorgen war ein Scherz. Ich baggere nicht einfach so andere Typen an, die mit Frauen verkehren. Das habe ich hinter mir. Ich steh nicht auf Heteros.«

Eine fette Lüge, und das nicht nur wegen Wes. Ich stand so was von auf Jason Jenkins, dass es bereits wehtat. Fast jeden Morgen hatte ich beim Aufwachen blaue Eier. Noch schlimmer war die Erregung, wenn ich mit dem Wissen im Badezimmer stand, dass er Minuten zuvor nackt darin gewesen war.

Vorher hatte mich nur Jasons Äußeres angezogen, aber je mehr Zeit wir wegen Denver gemeinsam verbrachten, umso schlimmer wurde das Bedürfnis, meine Hände nach ihm auszustrecken. Zu erfahren, wie sich seine Haut über den harten Muskeln anfühlte, wie er schmecken würde, wenn ich mit der Zunge darüber leckte.

Seufzend wandte ich mich ab und zog mich an den nächsten Griffen weiter. Bald hatte ich Jason hinter mir gelassen. Hoffentlich nicht nur körperlich, sondern auch in meinem Kopf.

Jason

‚Keine Angst, war ein Scherz … Ich steh nicht auf Heteros', rauschte mir durch die Ohren. Worte, die Riley eindeutig gesagt hatte, um mich zu beruhigen, die aber einen anderen Effekt bei mir auslösten: Enttäuschung. Obwohl es genau das war, was ich hören wollte, richtig? Mir schwirrte der Schädel.

Während ich versucht hatte, schlau daraus zu werden, war Riley mit zügigen, zielsicheren Bewegungen vorausgeklettert. Selbst als die Wand einen Überhang bildete und man quasi wie Spiderman kopfüber daran klettern musste, erklomm er das Hindernis, ohne langsamer zu werden.Für mich selbst war an dieser Stelle Schluss, und ich musste mich geschlagen geben, als ich an dem Vorsprung mit den Händen abrutschte. Was mich wurmte, denn es war nicht meine Art, bei körperlichen Herausforderungen aufzugeben.

Langsam seilte ich mich ab, bis ich den Boden unter mir spürte, dann sah ich die Wand empor. Riley hatte das oberste Ende beinahe erreicht, es fehlte vielleicht noch ein Meter. Von hier unten sah der Parcours beeindruckend aus, und nachdem ich selbst einen großen Teil erklommen hatte, wusste ich, wie fordernd der Aufstieg war. Mir tat jeder Muskel weh und meine Finger pulsierten. Schon jetzt war mir klar, dass ich wiederkommen würde. Solange, bis ich diese verdammte Wand gebändigt hatte.

»Fitter Typ. Das war ein beeindruckender Aufstieg«, stellte Rockster neben mir fest, den Blick auf Riley geheftet. »Scheint ein netter Kerl zu sein.«

War das eine Frage?

»Ähm, klar, ist er.«

Irgendwie gefiel mir der begierige Ausdruck auf Rocksters Gesicht nicht, obwohl es keinen Grund dafür gab. Bisher war er immer freundlich gewesen, wenn wir uns in der Uni oder im Gym über den Weg gelaufen waren. Aber heute nervte mich seine Anwesenheit. Es war wie ein Jucken auf der Haut, das man nicht vertreiben konnte. Um das Gefühl loszuwerden, versuchte ich mich an einem Scherz. »Hätte es sicher schlechter mit meinem Mitbewohner treffen können. Er lässt keine schmutzige Wäsche herumliegen.«

Ich erinnerte mich noch genau daran, wie es gewesen war, mit Sean zusammenzuleben. Ständig hatte er seinen Scheiß rumliegen lassen, oder das schmutzige Geschirr hatte sich in der Spüle gestapelt.

Ohne den Blick von Riley abzuwenden, strich sich Rockster den Bart glatt. »Es sind nicht seine Socken, für die ich mich interessiere.«

Mit diesen Worten grinste er mir zu und ließ mich stehen, während ein unangenehmer, heißer Ruck durch meinen Körper ging. Bisher waren mir Rocksters sexuelle Vorlieben egal gewesen, doch sein Interesse an Riley irritierte mich. Woher wusste er überhaupt davon? Riley war vorhin sehr vage gewesen. Oder hatte er ihm Signale gesandt und stand ebenfalls auf Rockster? Bei dem Gedanken rumorte mein Magen, als hätte ich eine verdorbene Packung Milch getrunken. Verdammt, Riley war mein Mitbewohner, Rockster sollte seine verfluchten Finger von ihm lassen.

Innerlich grummelnd stapfte ich zu Denvers Platz in der Nähe der Getränketheke und setzte mich auf den Barhocker, den Suzzi soeben frei machte, um zu Riley zu gehen, der sich abseilte. Ohne ein Wort zu sagen, schnappte ich mir eine Serviette und einen Stift und kritzelte darauf herum. Eine Zeichnung von einem Typen mit loderndem Feuer auf dem Kopf entstand, der sich über die Klippen fallen ließ. Mitten in eine todbringende Schlucht. Stirnrunzelnd sah ich auf. Suzzi stand bei der Wand und jubelte zu Riley empor. Seine strahlend blauen Augen und sein stolzes breites Grinsen blendeten mich selbst aus dieser Entfernung. Eines, von dem man sich am liebsten anstecken lassen wollte.

»Warum guckst du so, als wüsstest du nicht, ob du grinsen oder brummen sollst? Schaut irgendwie witzig aus. Wie so ein böser Bär, der gerade brüllen wollte und dann einen leckeren Honigkuchen entdeckt.«

»Bitte … was?«, fragte ich verwirrt. »Mann, du schaust zu viele Comics.«

»Sagt genau der Richtige.« Vielsagend blickte Denver auf den gezeichneten Sketch in meinen Händen. Da hatte er auch wieder recht. Schnell faltete ich die Serviette zusammen und steckte sie in meine Hosentasche. Egal was ich kritzelte, so klein und unbedeutend es auch war, ich konnte mich nicht davon trennen. Alle Schnipsel, losen Zettel oder Servietten landeten in einer braunen Ledermappe in meinem Zimmer. Ich brauchte keinen Seelenklempner, um zu erraten, was unbewusst der Grund dafür war. Mir war bereits zu viel genommen worden, daher klammerte ich mich an die Dinge, bei denen ich selbst entscheiden konnte, sie zu behalten. Wenn die Menschen gingen, starben oder mich verließen, hatte ich immer noch meine Zeichnungen. Mist, das klang irgendwie trostlos.

In der Zwischenzeit hatte Riley den Boden erreicht und stand nun mit Suzzi und Rockster zusammen, die sich unterhielten und immer wieder lachten. Okay, das störte mich überhaupt nicht. Abgelenkt strich ich über meine Brust, um dieses irritierende Jucken auf der Haut zu vertreiben.

»Denver, wusstest du, dass Rockster auf Kerle steht?«

»Echt? Das war mir neu.«

Sein Blick wanderte zu Rockster, und er runzelte nachdenklich die Stirn. »Aber wenn ich so darüber nachdenke, habe ich ihn bisher nie mit einer Frau rummachen sehen. Jeder, wie er will. Wieso? Hat er dich angemacht?«, fragte mein bester Freund und wackelte mit den Augenbrauen.

»Quatsch, nein. Er hat so eine Andeutung wegen Riley gemacht. Deshalb habe ich mich gefragt, wie er wissen kann, dass Riley schwul ist. Ich meine, wie erkennt man es, ob jemand auf Männer steht? Bei Rockster war es mir egal. Und wenn Riley nichts gesagt hätte, wüsste ich es nicht. Es ist einfach … Weiß nicht, sollte man das nicht merken?«

»Du meinst, ob wir Männer einen Schwulendetektor eingebaut haben oder homosexuelle Männer diesbezüglich Signale aussenden, die man sofort erkennt?«

So ausgesprochen klang das verdammt blöd und klischeehaft, aber ja, im Grund hatte ich danach gefragt. Seufzend rieb ich mir über die Stirn. Im Prinzip war es mir egal, wer mit wem was hinter verschlossenen Türen trieb. »Weiß nicht. Vielleicht. Bei Seans Orientierung war es nie ein Thema, da wir immer davon wussten, schon als wir selbst noch Kinder waren.«

Bei der Erinnerung lachte Denver auf und klopfte sich auf die Knie. »Stimmt. Kannst du dich noch erinnern, wie du damals immer Betsy an den Haaren gezupft hast, Sean stattdessen Marc Crosby getriezt hat und ich beiden auf den Nerv gegangen bin? Wie alt waren wir damals? Sieben oder acht. Das war schon eine witzige Zeit.«

Grinsend nickte ich, froh, dass Denver mich immer wieder zum Lachen brachte. »Nur, dass Sean bei Marc in der Highschool tatsächlich gelandet und Betsy in einen anderen Bundesstaat umgezogen ist. Ich fürchte, in diesem Fall haben wir beide kläglich versagt.«

»Bei dir klingt das so, als hätte sie wegen uns den Staat gewechselt.« Denver klang beinahe empört, und ich unterdrückte ein Lachen.

»Wer sagt dir, dass es anders war?«

Beide kicherten wir wie zwei Teenager.

»Hey, Leute. Was ist so lustig?«, fragte uns Suzzi, als sie zu uns kam.

Wir antworteten gleichzeitig: »Erinnerungen.«

Denver lachte auf, und ich klatschte mit ihm ab, als ich bemerkte, dass Suzzi allein war. Mein suchender Blick fiel auf Riley und Rockster, die miteinander sprachen und ihre Handys in den Händen hielten. Der Anblick gefiel mir nicht im Geringsten, und meine gute Laune verpuffte schlagartig. Was zur Hölle? Demonstrativ sah ich auf die Uhr an der Theke. »Wir sollten langsam wieder aufbrechen. Ich muss heute noch arbeiten.«

Mitfühlend seufzte Denver und schlug mir auf die Schulter, während Suzzi sich Richtung Riley abwandte. »Ich geb Riley Bescheid. Er muss nur schnell sein Date mit Mr Viking checken.«

Ein Date? Verdammt, das ging aber schnell. Ein fahler Geschmack machte sich in meinem Mund breit, und die Übelkeit von vorhin war mit einem gewaltigen Schlag zurück.

Mein bester Freund hüpfte indessen gut gelaunt vom Hocker. »Sieht so aus, als würde sich vielleicht bald jemand zu unserer elitären Runde hinzugesellen.«

»Sieht verdammt noch mal so aus«, kommentierte ich langsam, wobei es eher einem leisen Knurren glich, das er zum Glück nicht hörte. Denn ich hatte keine Ahnung, was ich ihm hätte antworten sollen, falls er nach dem Grund meiner schlechten Laune fragte.

8. Seinen Horizont erweitern

Riley

Nachdem Jason und ich beim Fußballmatch die Dinge geklärt und uns beim Klettern ebenfalls gut verstanden hatten, kehrte der Alltag ein. Die Kurse gaben mir einen eigenen Rhythmus vor, und genauso verhielt es sich in unserer Wohnung mit Jason. Er kam, wenn ich bereits schlief, und stand später auf, während ich bereits loshastete. Wenn wir uns begegneten war es nicht länger komisch, sondern wir wechselten wie zwei normale Erwachsene ein paar Worte. Langsam gewöhnte ich mich an das neue Leben an der Bluewell. Die Kurse waren okay, manche interessanter, andere langweiliger. Zu Mittag aß ich entweder mit Grace und Emma oder mit Suzzi, ich traf mich mit Denver zum Playstation Spielen und manchmal aßen wir gemeinsam mit Jason.

Und hin und wieder textete ich mit Rockster, der mich zwei, drei Mal offen nach einem Date gefragt hatte. Getroffen hatten wir uns seit dem Klettern nicht mehr, da ich es nicht eilig hatte. Es kribbelte nicht in meinem Bauch, wenn ich an ihn dachte. Mehr als freundschaftliches Interesse verspürte ich im Moment noch nicht. Vermutlich brauchte ich einfach Zeit, bevor ich mich wieder mit einem Typen traf.

Neben Denver, oder Grace und Emma, machte ich meistens etwas mit Suzzi, oder sie war mit von der Partie. Wie heute. Wir saßen mittags mit meiner Schwester und ihrer besten Freundin in der Mensa. Nachdem Suzzi über das Essen auf die Gilmore Girls gekommen war, besprachen die Mädels gerade den Ausgang der letzten Staffel.

»Ich hoffe wirklich, dass das nicht das Ende gewesen ist. Ich meine, ernsthaft? Rorys letzte Worte gehen gar nicht als Abschluss. Das ist, als würde man zum Mond fliegen und auf halber Strecke zurückkommen«, beschwerte sich Emma, und einheitliches Nicken kam von den anderen beiden. Ich stimmte schnell ein, obwohl ich nur mit halbem Ohr dabei war, da ich an heute Abend dachte.

Rockster hatte Suzzi und mich zu einer Studentenparty eingeladen, worüber sie sich mehr gefreut hatte als ich. Ich konnte mir vorstellen, dort ebenfalls meinem Mitbewohner zu begegnen. Eigentlich sollte mich der Gedanke an Rockster aufgeregter machen als die Möglichkeit, dort auch Jason zu erblicken. Ich wusste, dass ich ihn mir aus dem Kopf schlagen musste, aber es war so furchtbar schwer, die Reaktionen meines Körpers auf ihn im Keim zu ersticken.

Jason und ich waren in der Zwischenzeit zwar keine Freunde, aber gute Bekannte geworden. Worüber ich froh war. Das hieß aber nicht, dass ich ihm gegenüber blind geworden war oder seinem herb männlichen Geruch vermischt mit irischem Frühlingsduft widerstand. Jason sah nach wie vor zum Sündigen gut aus und roch zum Abschlecken. Zu gern hätte ich meine Nase in seine Jacke gesteckt. Am schlimmsten war es, nach ihm in die Dusche zu gehen. Wenn ich an seinen nackten Körper unter dem Wasserstrahl dachte, musste ich jedes Mal selbst Hand an mich legen. Vermutlich würde ich von nun an immer einen Ständer bekommen, wenn ich sein Duschgel roch oder an tanzende Feen dachte, je nachdem. Mist.

Ich konzentrierte mich auf die Gegenwart und das Gespräch. Emma steckte sich eine Pommes von Grace' Teller in den Mund, und meine Schwester schob ihr den Rest ihres Essens hin. »Die Leute würden auch eine weitere Staffel gucken.«

Ah, wir waren noch immer bei den Gilmore Girls. Gut, somit hatte ich nichts verpasst.

»Ganz deiner Meinung, Emma«, meinte Grace und lehnte sich in ihrem Stuhl zurück.

Suzzi nickte wie ich minder interessiert, jedoch im Rhythmus eines Wackeldackels, als hörte sie ein imaginäres Lied. Vor ihr lag ein Sudoku, und ihre Finger spielten abwesend mit dem Kuli. »Sehe ich genauso, Leute. Ach, und Riley, hast du dich endlich entschieden, ob du am Wochenende auf die Beta Chi Delta Verbindungsparty gehen willst? Rockster möchte wissen, ob wir kommen, und wir könnten ein wenig Spaß gebrauchen. Jugendfreien Spaß«, fügte sie schnell mit einem Grinsen zu Grace hinzu, um jeglichen Widerspruch im Keim zu ersticken.

Emma mischte sich mit vollem Mund ein. »Rockster hat euch eingeladen? Nett von ihm.«

Zustimmend nickte Suzzi. »Ja, daher sollten wir auch hingehen.«

»Wie kommst du auf die Party, wenn wir gerade von den Gilmore Girls reden?«, fragte ich stattdessen ernsthaft interessiert. Manchmal machte Suzzi Gedankensprünge, ohne dass irgendjemand ihnen folgen konnte. Ich fand es absolut fantastisch.

»Das liegt auf der Hand«, erwiderte sie. »Bei den Gilmore Girls gibt es doch diesen Typen mit der Gitarre, der an der Ecke steht und Musik macht. Auf Partys gibt es auch Musik. Daher ist mir die Einladung eingefallen, und da eigentlich du eingeladen bist, musst du hingehen, damit ich dich begleiten kann. Ganz einfach.«

Genau, ganz einfach. Ich lachte, und Grace schüttelte amüsiert den Kopf. Dann warf sie mir einen Blick zu. »Willst du hingehen? Du kannst auch später mal auf eine Party mit uns gehen, du hast keinen Stress. Es werden lauter Verbindungstypen dort sein. Viele Verbindungstypen.«

Sollte das jetzt eine Warnung oder ein Anreiz sein? Früher wäre es eindeutig Zweiteres gewesen, heute sah die Sache anders aus. Denn ich wusste, was sie wirklich damit meinte: womöglich gefährliche Typen, Kerle, die einen bedrängten oder zusammenschlugen. Besonders wenn Alkohol im Spiel war. Andererseits waren die ersten Wochen bereits vorüber, und ich war auf keiner einzigen Party gewesen.

Suzzi sah mich erwartungsvoll mit ihren hellen Augen an. »Bitte«, säuselte sie und spitzte die Lippen zu einem Schmollmund.

»Ja, bin dabei. Lassen wir es krachen.«

»Hurra«, quietschte sie.

Grace musterte Suzzi skeptisch, als befürchtete sie, Suzzi könnte mich auf der Party abfüllen und mich dort vergessen. Wie ein zurückgelassenes Kind im Supermarkt. Ich warf meiner Schwester einen Blick zu, in dem sie lesen konnte, dass sie sich keine Sorgen machen brauchte. Zur Antwort nickte Grace und schluckte ihre Widerworte hinunter. Manchmal übertrieb sie es mit ihrer Fürsorge echt.

Außerdem hatte ich vorgesorgt und Suzzi und mich zu einem Selbstverteidigungskurs für Studenten angemeldet, der von einem Fitnesscenter neben dem Campus angeboten wurde. Dieser startete in wenigen Tagen, worauf ich mich freute. Auf einen Sandsack einzudreschen, wäre sicherlich hilfreicher, als allein in meinem Zimmer die Laserschwerter zu schwingen.

Am Samstagabend erreichten Suzzi und ich in dem alten Ford Mustang unser Ziel. Vermutlich hatte mir Grace den Wagen hauptsächlich deshalb überlassen, damit ich selbst fahren musste und nichts trinken konnte. Sobald ich in den Reihen der anderen Wagen geparkt hatte und ausgestiegen war, schlug die Musik mit hitzigem Beat über die Wiese. Auf dem Rasen verstreut tummelten sich gut gelaunte Studenten, redeten und lachten miteinander. Das Studentenverbindungshaus war zweistöckig und hell erleuchtet.

Ich ergriff Suzzis Hand und übernahm die Führung. Geschickt lotste ich uns durch einen überfüllten Flur, ein Wohnzimmer und einen offenen Küchenbereich weiter in den Garten hinaus. Rockster hatte mir eine SMS gesendet, er sei beim Pool zu finden. Im beleuchteten Wasser kühlten sich bereits die ersten erhitzten Körper ab. Auf einer Seite des riesigen Gartens standen Tische mit Snacks und Getränken. Dort füllten wir uns was zu trinken in Becher, Suzzi eine Rum Cola und ich einen Eistee. In einer Ecke stand ein DJ, der Leuchtarmbänder zu einem Kreis zusammengebunden und sich wie eine Krone aufgesetzt hatte. Er tanzte so wild mit der Musik von Robin Schulz mit, dass ich Angst hatte, er würde bald die gesamte Anlage umreißen. Lustiges Kerlchen. Zumindest sah man, dass er liebte, was er tat.

Keine Minute später erspähte ich Denver, der mit einer Frau quatschte. Als er uns sah, bekam er große Augen und hastete auf uns zu. Er trug eine kurze beige Hose und ein türkises Hawaiihemd. Solche Klamotten konnte nur er anziehen und dabei lässig aussehen. Es passte zu seinem schiefen Grinsen, den hellgrünen Augen und den längeren blonden Surferlocken. Statt eines

Lächelns wirkte er heute Abend ernst, als er bei uns ankam. »Hey, Leute. Was macht ihr denn hier?«

Okay, Freude klang anders. Komisch. Außerdem war es sonderbar, dass er die Party mit keinem Wort erwähnt hatte, obwohl wir uns gestern zum Fußball Zocken getroffen hatten. »Hi. Rockster hat uns eingeladen. Wieso, ist die Party nur für Verbindungstypen oder ältere Semester?«

»Tja, nein, vielleicht so was in der Art. Weiß nicht«, stammelte er und kratzte sich unschlüssig am Kinn. »Es sind hauptsächlich Ältere da. Ähm, glaube schon?«

War das jetzt eine Frage oder der Grund, warum wir nicht hier sein sollten? Bevor ich nachfragen konnte, warum er sich so eigenartig verhielt, trank er einen Schluck aus seinem Becher und zeigte uns schließlich sein bekanntes breites Grinsen. »Alles gut. Willkommen, willkommen, möget ihr Spaß haben.«

Mit ausgestreckten Armen drehte er sich im Kreis und verschüttete prompt die Hälfte. »Hoppla, das war wohl zu viel des Guten. Aber ich muss sowieso los. Wir, tja, sehen uns«, verabschiedete sich Denver eilig.

Keine zwei Sekunden später erschien Rockster bei uns, in Jeans und engem grünem Shirt, das gut zu seinem Haar und den Augen passte. »Hey, da seid ihr ja. Freut mich, dass ihr Zeit hattet.«

Rockster beugte sich vor und drückte Suzzi einen Kuss auf die Wange. Dann näherte er sich mir und klopfte mir bei einer halben Männerumarmung auf die Schulter, wobei er den Kopf drehte und mit der Nase meine Wange streifte. Vermutlich pure Absicht, was für Außenstehende wie ein Versehen aussehen musste, würde er nicht an meinem Ohr verharren. »Schön dich zu sehen.«

Erneut wartete ich bei seiner Nähe und dem Gefühl seines warmen Atems an meiner Wange auf ein aufgeregtes Kribbeln im Magen. Auf Vorfreude, auf mehr und die Hoffnung, er käme noch näher, würde mich berühren oder küssen. Aber es blieb aus, obwohl ich es wollte. Rockster war ein freundlicher Kerl, die Leute mochten ihn und er bedeutete Sicherheit. Jedoch war es nicht seine Sicherheit, die mich reizte. Daher trat ich nach der Begrüßung wieder zurück.

Er tat so, als hätte er es nicht bemerkt. »Warum seid ihr erst jetzt gekommen? Die Party hat um zehn angefangen.«

Es war fast Mitternacht. »Wir haben uns eine Band angehört.«

Neben mir wippte Suzzi zur Musik und nickte begeistert. »Sie waren richtig gut!«

»Klingt cool«, antwortete Rockster. »Welche denn?«

»Meine Schwester spielt mit Emma in einer Band. Wir haben uns nach ihrem Auftritt auf den Weg gemacht.« Um mich besser zu verstehen, lehnte sich Rockster in meine Richtung, und während mir der Geruch seines Parfums in die Nase stieg, ließ ich den Blick im Getümmel umherschweifen. Ich sollte es besser wissen, konnte jedoch nicht anders, als nach Jason Ausschau zu halten. Wenn Denver hier war, dann war er es vermutlich auch. Diese Aussicht sollte nicht diese freudige Erwartung in mir auslösen, besonders nicht, wenn ich mich hier auf ein Gespräch mit einem anderen Typen konzentrieren sollte, der nett war und offenes Interesse an mir zeigte.

Bei meiner Inspektion fiel mir auf, dass tatsächlich hauptsächlich ältere Studenten anwesend waren. Meines Wissens erkannte ich kein anderes Erstsemester, also fragte ich Rockster danach und fügte hinzu: »Haben wir eine erwähnenswerte Sache verpasst?«

»Kann sein, dass du der Einzige bist, ist aber schnuppe. Denver soll sich nicht in die Hosen machen. Es wird euch schon keiner blöd anblaffen, und wenn, seid ihr mit mir hier. Kein Problem.« Er zwinkerte mir zu und stieß mich sachte mit dem Ellbogen an. »Und ihr habt nichts verpasst, ihr seid gerade rechtzeitig gekommen. In fünf Minuten geht der Spaß erst richtig los. Ihr werdet Augen machen! Ich hol uns noch schnell was zu trinken. Bis gleich.«

Damit schob sich Rockster zwischen den anderen Studenten hindurch, und Suzzi und ich starrten uns fragend an. »Was war das jetzt, und was hat er damit gemeint?«

Ebenso überfragt schüttelte sie den Kopf. »Keine Ahnung. Bisher war ich auf keiner Studentenparty. Lassen wir es auf uns zukommen.«

Ich hatte das Gefühl, als würde mir das Kommende nicht gefallen. Es war eine Intuition, die mich seufzen ließ. »Werden wir müssen. Es ist, wie es ist.«

Noch während wir grübelten, forderte der DJ die Meute auf, Platz auf der Rasenfläche zu machen. Wie ein eingespieltes Team rückten die Partygäste an die Seite, und ein Kreis bildete sich in der Mitte, in dessen Richtung alle gespannt blickten, also würde jeden Moment eine Show stattfinden.

Suzzi und ich taten es den anderen gleich. Nebenbei leerte ich meinen Becher, warf ihn in einen aufgestellten Müllsack und steckte die Hände in die Hosentasche, da das Gedränge rund um uns zunahm, je mehr Studenten sich am Rand zusammenrotteten. Und wir mittendrin, was mir unangenehme Schweißperlen über den Rücken laufen ließ.

Nachdem der Platz geräumt worden war, spielte die Musik im Hintergrund gedämpfter, während der DJ die Leute begrüßte. Dann bewegte sich die Menge, und von meiner Position weiter hinten konnte ich erkennen, wie sich zwei Typen in den Kreis stellten. Beide trugen eine Hose und ein kurzärmeliges Shirt. Gürtel oder Schuhe fehlten gänzlich. Ein sonderbares Knistern lag in der Luft, eine erwartungsvolle Gier der Zuschauenden. Mit einem Mal wusste ich, was hier vor sich ging, als ich die um die Hände gewickelten Bandagen sah. Einer hatte blaue Boxbandagen mit Flammen darauf, der andere bunte. Übelkeit kroch meinen Magen empor, und bittere Galle sammelte sich in meinem Mund, während meine Hände schwitzten. Die Erinnerung an den Geschmack meines eigenen Blutes ließ mich beinahe würgen. Sogar der Geruch des regennassen Asphalts hing mir in der Nase, die Geräusche der Schläge, das Lachen meiner Schulkollegen klingelte in meinen Ohren, bis mir davon beinahe schwindelig wurde. Vehement biss ich die Kiefer zusammen, um die elende Erinnerung abzuschütteln.

Es war so schwer, sie zurückzudrängen, weil in der Gegenwart dieser verfluchte Kampf längst losgegangen war. Die Leute brüllten, feuerten ihre Favoriten an, während das Klatschen von Fäusten auf Haut durch meinen Schädel knallte und mich jedes einzelne Mal zusammenzucken ließ, als hätte ich sie abbekommen. Nicht vor langer Zeit, sondern jetzt. Wie durch einen Nebel bemerkte ich, wie der DJ nicht mehr nur die Musik auflegte, sondern auch den Kampf moderierte und sogar die Wetten der Studenten annahm. Ein wahres Multitalent.

Ein Raunen ging durch die Menge, und ich wandte meinen flatterhaften Geist wieder den Kämpfern in der Mitte zu, die sich bereits blutig geschlagen hatten. Das ganze erinnerte mich an den Film Fight Club mit Brad Pitt. Außer, dass keine Männer mittleren Alters miteinander kämpften, die mit sich oder ihrem Job unzufrieden waren, sondern junge Studenten, die ihr Leben vor sich hatten. Einer von ihnen torkelte zur Seite, bekam eine Sekunde später das gestreckte Bein seines Gegners gegen den Kopf geschlagen und fiel mit der linken Seite auf den Rasen. Mit der Hand klopfte er auf den Boden, und sofort brachen Jubel und Buhrufe aus, je nachdem, auf welcher Seite man stand.

Stattdessen hätte ich die Leute am liebsten angebrüllt und sie gefragt, was für eine Scheiße sie sich ansahen. Doch dazu hätte meine Stimme nicht gereicht, und so erstarb der Schrei in meinem Schädel, der zerspringen wollte. Alles dröhnte, mein Puls raste, während ich immer schneller nach Luft rang – und dennoch das Gefühl hatte, zu wenig Sauerstoff in meine Lungen zu bekommen.

»Das ist eklig«, bemerkte Suzzi über den Lärm hinweg.

»Vollkommen«, krächzte ich und musste mich räuspern, um meine Stimme wiederzufinden. »Geheime Studentenkämpfe. Ich habe keine Ahnung, was für Typen das sind, die sich freiwillig zusammenschlagen lassen. Das ist krank. Lass uns von hier verschwi-«

Plötzlich stockte mir der Atem. Meine Kehle wurde trocken. Das Herz rutschte mir in die Hose. Mitten im Ring hatten sich zwei weitere Kerle bereit für den Kampf aufgestellt, der soeben losging. Einer von ihnen trug schwarze Boxbandagen mit einem Muster darauf, der zweite schlichte, weiße, die verschlissen aussahen: Jason.

Fäuste flogen, Tritte wurden ausgeteilt, schmerzhaftes Stöhnen wurde ausgestoßen, und mittendrin mein Mitbewohner und heiße Tagtraumfantasie.

Wie die anderen war er barfuß, trug eine schwarze Hose, ein dunkelgraues, enganliegendes Shirt und die weißen Boxbandagen. Es fühlte sich an, als hätte ich selbst einen Schlag in den Magen bekommen, der mir jeglichen Atem raubte, wie jenen, den Jason gerade einsteckte. Dafür revanchierte er sich mit einem Beinkick gegen den Oberkörper seines Gegners. Bei beiden Kontrahenten erkannte man an der Geschmeidigkeit, der Kraft und der Wendigkeit, dass sie Erfahrung hatten. Sie kämpften auf Augenhöhe. Was das zu bedeuteten hatte, konnte ich mir denken und bereitete mir gleichzeitig Sorgen. Ich ahnte, dass Jason nicht so schnell wie der vorige Kämpfer aufgeben und den Kampf beenden würde. Dafür müsste er schon ausgeknockt werden. Verfluchter Sturkopf! Auch wenn mir immer noch übel war, nahm die Angst um mich selbst ab und machte der um Jason Platz. Obwohl ich mir bewusst war, dass ich mir mehr Gedanken wegen der Warnung meiner Schwester – ‚er ist ein Schläger' – machen sollte, hallte nur die Sorge um Jason durch meinen Kopf, er könnte unterliegen und sich ernsthaft verletzen.

Obwohl ich es nicht wollte, musste ich trotzdem zusehen, wie er kämpfte, um mich von seinem Sieg zu überzeugen. Ohne mein bewusstes Zutun trugen mich meine Beine näher an den Kampf heran, und ich schob mich zwischen der sich windenden Zuschauermenge hindurch nach vorne. Dort angelangt stand plötzlich Rockster neben mir, der mir einen Drink anbot, den ich kopfschüttelnd ablehnte. Meine Stimme war im Moment nicht vorhanden. Alles drehte sich in meinem Schädel. Schulterzuckend tat er es ab und kippte das Getränk auf ex hinunter.

Meine Aufmerksamkeit galt nicht ihm, obwohl wir durch die Menge eng aneinandergedrückt wurden. Mein Denken fokussierte sich rein auf die kämpfende Person vor mir, und ich machte wie in Trance zwei weitere Schritte. Direkt am Rand des Rings blieb ich stehen. Wie festgefroren. Denn genau in diesem Moment blickte Jason auf, sah mir in die Augen und erstarrte für eine Sekunde. Sein Kontrahent holte aus und schlug ihm mit der Faust direkt ins Gesicht. Ich zuckte solidarisch zusammen. Beim verfluchten Sith-Lord! Jason taumelte zurück, und ich erwartete jede Sekunde seinen Zusammenbruch.

9. Wenn das Leben dir so richtig eine in die Fresse haut

Jason

Verdammt, verdammt, verdammt! Mein Schädel brummte und meine Sicht war einen Sekundenbruchteil lang verschwommen. Dann schärfte sich mein Blick, der ausgerechnet erneut auf Riley fiel. Neben ihm Rockster, der viel zu nahe neben ihm stand, als es okay gewesen wäre. Was sollte der verdammte Scheiß, verflucht? Rockster flüsterte Riley etwas ins Ohr, ohne eine Regung von ihm zu bekommen. Dieser stand kalkweiß am Rand der Meute, als würde er jeden Moment kotzen, und sah zu, wie ich zusammengeschlagen wurde. Von wegen. Nicht heute, niemals wieder.

Krampfhaft fokussierte ich mich auf den Kampf und parierte im letzten Moment einen weiteren Faustschlag gegen meine Schläfe. Der hätte mich vermutlich wirklich ausgeknockt. Verfluchter Dreck! Ich musste gewinnen, und das nicht nur wegen meines verdammten Egos. Ich brauchte das beschissene Geld. Für das nächste Studiensemester fehlte mir noch die gesamte Summe. Das Geld, das ich für Grandpa auf mein Notfallkonto gespart hatte, würde ich auf keinen Fall anrühren. Ich hatte gesehen, wie schwer es Grandpa nach dem Schlaganfall gehabt hatte, und das war nur ein leichter gewesen. Ich wollte mir gar nicht ausmalen, wie dringend wir das Geld nach einem schweren bräuchten. Weil er dann in Rente ginge und wahrscheinlich in ein teures Pflegeheim müsste.

Und warum zum Teufel war Riley gemeinsam mit Rockster hier und schaute dem Kampf zu, obwohl es ihm sichtlich zu viel war? Ich hatte selbst miterlebt, wie schreckhaft er war. Gewalt war nicht sein Metier, dennoch war er unter der gaffenden Menge. Mit Rockster! Hatten die heute ihr sogenanntes Date, ausgerechnet bei einem Kampf? Solche Abende mit Kämpfen zwischen Studenten waren manchmal gefährlich. Es konnte zu Eskalationen, zu blöden Prügeleien kommen, und dabei konnten genauso Zuschauer verletzt werden. Was sollte der –

Wumms. Erneut traf mich die Faust meines Gegners gegen die Schläfe. Drei weitere harte Schläge knallten gegen meinen Oberkörper, und ich unterdrückte ein schmerzerfülltes Ächzen. Das würde morgen blaue Flecken geben, wenn ich mir nicht sogar eine geprellte Rippe eingefangen hatte.

‚Verflucht, konzentrier dich, Jason!', hörte ich die Stimme meines älteren Bruders Mike in meinem Kopf, gefolgt von den imaginären Zurufen meines Grandpas: ‚Sei kein Schlappschwanz, sondern ein richtiger Mann!' Oder das Brüllen meines Footballtrainers an der Highschool: ‚Lass dich nicht von diesem schwulen Bastard unterkriegen, Jenkins!'

Weitere homofeindliche Beleidigungen, die mich früher hatten anspornen sollen, hallten wie Pistolenschüsse durch meinen Schädel. Ich straffte meine Schultern, spannte meine Muskeln an und sprang katzengleich zur Seite, um einem Angriff auszuweichen. Dabei nutzte ich die Bewegung, um mehr Kraft in meinen linken Ellbogenschlag zu bekommen. Dieser traf haargenau den Kiefer meines Gegners, gefolgt von zwei schnellen Faustschlägen in den Magen, die ihn fast zum Kotzen brachten. Im Anschluss beförderte ich ihn mit einem gut platzierten Kick gegen sein Standbein auf den Boden und verpasste ihm einen Schlag aufs Kinn. Da er kein Signal zum Aufhören gab und als Dankeschön für die aufgeplatzte Lippe und die Kopfschmerzen, holte ich noch einmal aus. Rache war süß.

Endlich schlug er mehrmals mit der Handfläche auf den Rasen, und ich ließ auf der Stelle von ihm ab. Dabei atmete ich schwer wie ein Bulle und hatte alle Mühe, das Dröhnen in meinem Kopf und die pochenden Kopfschmerzen zu ignorieren. Von rundherum kamen Glückwünsche, man klopfte mir auf die Schulter, die Kerle grinsten mich breit an, die Frauen machten mir schöne Augen. Dafür hatte ich keine Zeit.

Ich stahl mich aus der Menge, während bereits der nächste Kampf angekündigt wurde. Die Leute bekamen nicht genug. Verfluchtes Pack.

Obwohl sie mir einen Großteil meines Lebensunterhaltes finanzierte, hasste ich diese erniedrigende Zurschaustellung. Als wären wir Tiere, die für ihre Unterhaltung blutige Hahnenkämpfe aufführten. Von ein paar der Jungs wusste ich, dass sie wegen des Ruhms, der Frauen oder einfach zum Spaß antraten, andere geilten sich daran auf. Und manche brauchten das Geld genauso dringend wie ich.

Ich war schlichtweg gut darin, es hatte als Spaß angefangen, was es schon längst nicht mehr war. Der Sog des Geldes blieb. Denver wusste, wie sehr ich es hasste, und es erging ihm genauso. Spätestens seit der Sache mit Sean. Aber er war jedes Mal dabei, spielte für mich den Wingman und machte ein gut gelauntes Gesicht zum bösen Spiel. Ohne ihn wäre der Mist viel schwerer zu ertragen, Geld hin oder her.

In diesem Moment war ich nicht auf der Suche nach meinem besten Freund, sondern nach meinem Mitbewohner. Wegen ihm hätte ich beinahe verloren, seine Anwesenheit hatte mich überrascht und abgelenkt. Was verflucht noch mal wollte er hier?

Wenig überraschend fand ich beide, Denver und Riley mit Suzzi, zwischen den anderen Studenten. Rockster war zum Glück verschwunden. Ich hatte keine Ahnung, was ich ansonsten zu ihm gesagt hätte.

»Einen Moment«, meinte ich grimmig zu den anderen beiden und packte Riley am Oberarm, um ihn mit mir zu ziehen. »Kommst du kurz mit? Ich muss mit dir reden.«

Ich ließ ihm keine Zeit zu reagieren, sondern schleifte ihn einfach hinter mehr her. Dabei steuerte ich die Gartenhütte ganz hinten im abgelegenen Bereich des Grundstücks an, öffnete die Tür und schubste ihn hinein.

»Hey, Alter, was soll der Mist?«, blaffte mich Riley an.

Zorn durchzuckte mich, und ich trat näher heran. Keine zwanzig Zentimeter von ihm entfernt. Im Garten vorne herrschte lautes Getöse vom derzeitigen Kampf, wodurch uns draußen niemand hören würde. »Dasselbe kann ich dich fragen? Was zum Henker machst du hier? Sag mir nicht, dass Denver so blöd gewesen ist, Suzzi und dich einzuladen. Oder war das dein neuer Freund Rockster?«

»Wir sind Freunde, warum sollte er mich nicht einladen oder ich auf der Party auftauchen?«

»Weil du hier nichts zu suchen hast, verdammt! Schon gar nicht mit Rockster«, blaffte ich ihn an.

Riley versteifte sich und baute sich angriffslustig vor mir auf. »Warum? Das musst du mir erklären. Etwa, weil wir schwul sind, ist es das, was dich stört? Oder weil ich Erstsemester bin?«

»Genau! Erstsemester!«, brüllte ich zurück, obwohl mir das schnurzpiepegal war. Ich wusste nur, dass ich außer mir war. Mein Herz raste, als stünde ich noch immer im Ring. Vielleicht war das hier ein anderer Kampf. Mein Kopf kam nicht zur Ruhe, weil mich die Sorge um Riley fast um den Verstand brachte, und mein Körper spannte unangenehm, als spränge ich jeden Moment aus meiner Haut. Am liebsten hätte ich diese ganze unruhige Energie in mir gepackt und auf eine Wand oder einen Boxsack eingedroschen, um dieses komische, aufbrausende Gefühl in mir zu bändigen.

»Außerdem sind solche Kampfabende gefährlich, verdammt. Was ist mit deinem Kopf, wenn du eine abbekommst?« Meine Stimme wurde zu einem heiseren Flüstern. »Und du magst keine Gewalt.«

»Das stimmt, ich mag sie nicht, aber ich bin nicht so schwach, deswegen die Nerven zu verlieren«, rechtfertigte sich Riley. Schließlich wurde sein Ton nachdenklich. »Warum interessiert dich das überhaupt … wie es mir geht?«

Bei dieser Frage kitzelte eine Gänsehaut über meinen Nacken und noch ein anderes Gefühl, das ich nicht benennen konnte. Schnell senkte ich aus Scham den Blick. Zuvor musste Riley etwas in meiner Miene gelesen haben, denn er stieß ein überraschtes »Oh« aus.

Am liebsten hätte ich mich in ein dunkles Loch vergraben. Obwohl der Kampf längst vorüber war, ging meine Atmung wieder heftiger. Etwas drückte auf meine Brust, als hätte ich soeben einen Schlag abbekommen, und ich presste die Augen zusammen, meine Hände in die Hüften gestützt. So blieb ich mit hängendem Kopf stehen, die Holztür in meinem Rücken.

»Jason …«, flüsterte Riley plötzlich dicht vor mir, seine Stimme dunkler als üblich, und allein dieser Laut ließ mich erschaudern.

»Riley«, intonierte ich ebenfalls und hasste es, wie bedürftig, verwirrt und sehnsuchtsvoll meine Stimme klang. Als wäre sie nicht meine – oder zum ersten Mal die richtige?

Ich zwang mich dazu, die Lider zu öffnen, und war überrascht, wie nahe Riley vor mir stand. Diese verdammten dunkelblauen Augen blickten direkt in meine Seele, und sein Geruch nach kühler Frische und dunklem Sandelholz flutete meine Sinne. Mit einer zitternden Hand zupfte er mein Shirt zurecht. Da ich mich nicht rührte, wurde er mutiger, und seine Finger strichen über den Stoff an meiner Brust hinauf. Riley sah aus wie in Trance und murmelte: »Was passiert hier?«

Ich hatte keine verdammte Ahnung, also schluckte ich und schwieg. Seine Fingerspitzen glitten über die Haut an meinem Nacken, wanderten hinters Ohr und schließlich nach vorne zu meiner Wange. Die ganze Zeit über starrten wir uns in die Augen, und ich unterdrückte den Impuls, mich zu bewegen. Nicht, weil ich überrumpelt war und nicht wusste, was ich tun sollte. Sondern weil es sich so verdammt gut anfühlte und ich nicht wollte, dass er damit aufhörte. Nie wieder. Ich brauche mehr davon.

Vielleicht hatte er den Gedanken in meinen Augen gelesen, denn im nächsten Moment legte er sachte die Hand um meinen Kiefer. Sobald Rileys Daumenspitze meine Unterlippe berührte, war es um mich geschehen. Mein Körper sprengte die Fesseln der Erstarrung. Die Hände fielen von meinen Hüften und legten sich an seine. Im nächsten Moment zog ich ihn harsch an mich und drückte meinen Mund auf seine Lippen. Ein Kuss. Unelegant. Hart. Wie der Rest meines Körpers.

»Scheiße«, stöhnte Riley an meinen Lippen und gab mir damit Zugang. Sofort vertiefte ich den Kuss, ignorierte das Brennen meiner verletzten Unterlippe. Meine Zunge glitt in seinen Mund, um ihn zu erforschen, während sich mein Magen komisch zusammenzog. Riley zu küssen, fühlte sich anders als bei Frauen, gleichzeitig total richtig an. Mit jeder Faser meines Körpers war mir bewusst, wen ich hier küsste. Intensiv küsste, ihn beinahe verschlang. Diese Sache hier könnte ich später nicht auf plötzliche Geilheit schieben. Deutlich spürte ich die Konturen seiner männlichen Lippen, von einem Dreitagebart umgeben, während ich ihn ohne Pause küsste.

Ich ertastete mit den Fingerspitzen die definierten, harten Muskeln seines Oberkörpers. Im Schritt, wo wir uns aneinanderpressten, war ich mir seines Ständers deutlich bewusst, der gegen meinen drückte, sowie seiner Stärke, während er mich gegen die Tür in meinem Rücken drückte. Es war vollkommen anders als mit einer Frau, und ich war kurz davor, aus der Haut zu fahren. Im guten Sinne. So aufgekratzt hatte ich mich nicht mehr gefühlt, seit … Nein, so berauscht hatte ich mich noch nie in meinem Leben gefühlt.

Unsanft wurde ich aus diesem nebelverhangenen Traum gerissen, als ich wiederholt meinen Namen hörte. Erst als ich den Kuss langsam löste und sich Sauerstoff den Weg in mein Hirn bahnte, hörte ich die Stimme von Muffin, dem DJ und Wettmacher. »Jason, Jason? Wo steckst du! Willst du dein Geld nicht abholen? Wir können damit auch gern einen trinken gehen, wenn du es dir nicht holen kommst.«

Auf seine Worte folgten Gelächter und Gejohle der betrunkenen Partytiger im Garten. In demselben Garten, in dem ich wenige Meter entfernt in dieser Hütte stand. In der ich mit einem Typen knutschte, obwohl uns jeden Moment jemand erwischen könnte. Verdammter Dreck. Was hatte ich mir nur dabei gedacht? Augenscheinlich nicht viel, denn meinem Schwanz war es egal gewesen, dass wenige Meter entfernt Hunderte Leute abfeierten.

Bevor ich wusste, was ich tat, schreckte ich zurück, weg von Riley. Der Schmerz, der daraufhin in seine Augen trat, ließ mich beschämt, verwirrt und von mir selbst angeekelt zurück. Ich öffnete den Mund, um mich zu entschuldigen, da hörte ich zwei Worte, die ganz andere Gefühle in mir auslösten.

Riley

Ich war so geil wie noch nie in meinem Leben und glaubte, gleich zu platzen. Zwar hatte ich keinen blassen Schimmer, wie es dazu gekommen war, dass ich ausgerechnet Jason und nicht Rockster an eine Wand nagelte und wir uns besinnungslos küssten, aber es war mir egal. Es war ein Traum, ein Sextraum, anders war es nicht möglich.

Doch es war kein Traum, sondern bittere Realität. Das wurde mir klar, als Jason seinen Namen von draußen hörte. Schlagartig veränderte sich seine Miene, seine komplette Körpersprache, und bevor ich blinzeln konnte, hatte er mich losgelassen und sich von mir entfernt. In seinem Blick spiegelten sich Gefühle, die ich nach so einem ersten Kuss nicht sehen wollte: Reue, Scham, Verwirrung, vielleicht sogar Ekel?

Scheiße, ich hatte es wieder getan. Mich auf einen Hetero eingelassen, der herumexperimentieren wollte. Warum auch nicht? Konnte ja nicht so schwer sein, einen willigen Schwulen zu finden, dem man aus Jux oder Neugierde die Zunge in den Hals steckte. Meine Gefühle waren dabei vollkommen zweitrangig. Jason sah zwar nicht so aus, als würde er gleich auf mich losgehen, aber er empfand eindeutig Angst und Ekel.

Die warnenden Worte meiner Schwester kamen mir in den Sinn. Nachdenklich wiederholte ich nuschelnd Grace' Worte »Homophober Schläger«, um sie auf ihre Wahrheit hin zu testen. Sie klangen falsch, vollkommen. Egal was ich gesehen hatte,

Jason hatte sich kein einziges Mal homofeindlich verhalten. Zu meiner Schande musste er mein Gemurmel gehört haben.

»Wie bitte! Was hast du gesagt?«, blaffte er mich an.

»Ich … nicht … ich«, verteidigte ich mich, sah aber ein, wie lahm das klang, daher straffte ich mich. »Entschuldige, das ist nicht das, was ich über dich denke.«

»Ach nein, was dann?«

»Es sind nur blöde Gerüchte. Dinge, die ich gehört habe, nichts weiter.«

»Von wem – sag schon? Von dem tollen Rockster? Oder deiner Schwester? Hasst sie mich deswegen?«

Ich nickte leicht, verteidigte sie aber. »Grace hasst dich nicht, sie macht sich nur Sorgen um mich.«

Vor mir ging Jason ein paar Schritte auf und ab, als verspürte er den Drang, sich zu bewegen oder auf etwas einzuschlagen. Er wollte sich geradezu in diese Diskussion über die Gerüchte stürzen, anstatt über den Kuss zu reden. Wir waren beide viel zu verwirrt, und das hier war einfacher.

Auf meine Erklärung hin lachte er schnaubend aus. »Ach, wie schön, wie sehr ich Gerüchte liebe. Danke, Grace, und allen anderen. Welche hat sie denn erzählt? Sag schon.«

Unwohl schob ich die Hände in meine Hosentaschen. »Ich denke nicht, dass das eine gute Idee ist.«

Jason blieb stehen und funkelte mich an. Es war, als stünde jetzt ein völlig anderer Typ vor mir als noch vor wenigen Minuten. Der Kuss musste reine Fantasie gewesen sein, oder er war ein Meister darin, komplizierte Dinge zu verdrängen.

»Riley, erzähl es mir, ich will es wissen. Oder hast du Angst, bist du zu feige?«

Das war ein Schlag unter die Gürtellinie, und nach seinem Gesichtsausdruck zu schließen, wusste er es. Er wollte mich wütend machen. Obwohl ich mir dessen bewusst war, funktionierte es, als er fortfuhr: »Na, komm schon, sei kein Schlappschwanz und Manns genug, es mir ins Gesicht zu sagen.«

Dieses Arschloch! Ich wiederholte Grace' Geschichte über die Prügelei, seinen Angriff auf einen homosexuellen Schwarzen und die Sache mit dem Knast und seinem Bruder. Kaum war ich fertig, fühlte ich mich elend, als hätten wir mit Händen gekämpft anstatt mit Worten. Eine Weile sagte er nichts, starrte mich an, mit an der Seite geballten Fäusten.

»Wow, das war … wow. Eine richtige Offenbarung. Das denken die Leute also über mich, das soll passiert sein … wow.«

Erneut marschierte er wenige Schritte auf und ab und glich einem gefangenen Tiger in einem zu engen Käfig, während von draußen die anfeuernden Rufe zu einem neuen Kampf zu uns drangen. »Dabei machen sie sich nicht einmal die Mühe, mich zu fragen. Es interessiert sie nicht, die Wahrheit zu kennen, solange sie falsche Gerüchte verbreiten können. Weißt du, wenn sie mich einfach direkt danach fragen würden, wäre es kein Problem, und vermutlich würde ich es ihnen dann erzählen. Aber hinterm Rücken ist eben alles so viel leichter.«

»Dann erzähl es mir«, mischte ich mich ein und trat einen Schritt auf ihn zu. »Mich interessiert die Wahrheit.«

Jason sah auf und seine Miene verschloss sich. Mist. »Wer sagt, dass ich es dir noch erzählen will? Ich denke, wir haben für heute genug geteilt. Schönen Abend!«

Fluchtartig riss er die Tür auf und knallte sie hinter sich zu. Die Gartenhütte vibrierte beinahe, genauso wie mein verräterisches Herz pochte. Für einen Moment hatte ich etwas in Jason erkannt, für das es wert war, zu kämpfen, nur um es im nächsten Moment aus den Augen zu verlieren.

Nach Jasons Verschwinden wartete ich einige Minuten, falls jemand gesehen hatte, wie er aus der Gartenhütte gestürmt war. Beim Pool in der Nähe der Getränke traf ich auf Denver, der mich zwar neugierig musterte, aber schwieg, bis ich das Wort ergriff. »Hey, Alter. Alles klar? Wo ist Suzzi?«

Suchend drehte ich den Kopf, konnte sie aber nicht entdecken.

»Ja, ja. Alles glasklar. Suzzi ist schon weg, hat ein Uber gerufen. Und bei euch?«

»Ja, warum? Ist sie sauer? Ich wollte sie eigentlich zurück zum Wohnheim bringen.«

Denver schüttelte den Kopf. »Nein, sie hat nur gemeint, dass sie dich morgen anrufen wird. Und nein, ich meinte Jason und dich.«

Oh, jetzt hieß es, aufpassen. Unbeeindruckt zuckte ich die Schultern und tat, als wären die anderen Studenten total interessant. »Ach, nichts. Er wollte nur was wegen der Wohnung besprechen. Putzdienst, du weißt schon.«

Wäre es zu auffällig, wenn ich jetzt auch noch vor- und zurückwippte und dabei vor mich hin pfiff? Jepp, das sollte ich mir verkneifen. Ich drehte mich wieder zu Denver, der nicht viel sagte außer: »Aha.«

Na dann, das war doch gut gelaufen. Mich selbst beglückwünschend holte ich mein Handy hervor und schrieb schnell eine SMS an Rockster, um ihm mitzuteilen, dass ich abhaute. Dann wandte ich mich Richtung Ausgang. »Ich werde abdüsen. Bleibst du noch?«

»Nein, ich fahre auch heim. War ein langer Tag«, antwortete Denver und leerte seinen Becher, den er in den nächsten Mülleimer warf.

Mit gerunzelter Stirn und einem schlechten Gefühl musterte ich ihn. »Du fährst aber nicht mehr selbst, oder?«

Nun zuckte er mit den Schultern. »Eigentlich schon. Warum, ist das ein Angebot, mich nach Hause zu fahren?«

»Klar doch, los«, gab ich zurück und war froh, dass er kein Problem damit hatte, seinen Wagen stehen zu lassen. Ohne genau zu wissen, wie viel er getrunken hatte, war es sicherer für ihn, mit mir zu kommen. Mit großen Schritten folgte er mir zum alten Mustang. Im Inneren des Wagens fuchtelte er am Radio herum, bis er einen passenden Sender fand. Die Klänge von Radiohead plärrten mir in den Ohren, als wir langsam die dunkle Straße entlangfuhren, die von Bäumen gesäumt war.

Gerade als ich die Hand nach dem Lautstärkeregler ausstreckte, huschte in meinem Augenwinkel ein Schatten über die Straße. Ich trat auf die Bremse, aber es war zu spät. Ein Klong ertönte, als ich etwas rammte.

»Oh, scheiße, scheiße, scheiße«, fluchte ich, woraufhin Denver mit einem »Fette Scheiße« zustimmte. Hoffentlich hatte ich niemanden überfahren, niemanden verletzt.

Mein Herz pochte wie verrückt, als ich die Autotür aufriss und zur Vorderseite des Wagens lief. Mitten auf dem Asphalt lag ein mittelgroßer, hellbraun-weißer Colliemischling, der mit traurigem Blick zu mir hochsah. Zumindest kam es mir so vor bei diesen großen, braunen Augen und dem herzerweichenden Gewimmer, das er von sich gab. Langsam ging ich neben ihm auf die Knie und strich ihm vorsichtig und tröstend über den Kopf. Ich traute mich nicht, ihn am Körper zu streicheln, aus Angst, ihm wehzutun. Auch wenn ich kein Blut sah, könnte er innere Verletzungen davongetragen haben. Gleichzeitig suchte ich nach einer Marke mit einer Adresse oder Telefonnummer. Ich fand nichts, also war er vielleicht ein Streuner.

In der Zwischenzeit hatte sich Denver ebenfalls aus dem Wagen gehievt, etwas wackelig auf den Beinen. »O mein Gott, wir haben einen Menschen getötet.«

Er war kalkweiß geworden, und ich antwortete schnell: »Es ist kein Mensch, sondern ein Hund.«

»O mein Gott, wir haben einen Hund getötet.«

Ich seufzte. Zumindest hatte er ‚wir' gesagt, was ich ihm hoch anrechnete. Nichtsdestotrotz war der Hund nicht tot, sondern verletzt, da er liegen blieb und winselte. »Alter, wir müssen ruhig bleiben. Er ist nicht tot, sondern verletzt. Wir müssen ihn zu einem Tierarzt bringen.«

»Stimmt, stimmt, du hast vollkommen recht! Bin schon dabei.« Denver zückte sein Handy und drückte darauf herum.

Keine Ahnung, wie er plötzlich wieder so hellwach war oder wen er anrief, aber ich vertraute ihm. »Danke.«

Unter mir winselte der Hund erneut, und ich redete ihm gut zu, vollkommen auf ihn konzentriert. Behutsam glitten meine Finger durch sein dreckiges Fell, wobei ich darauf achtete, seine verletzte Seite nicht zu berühren. Die Streicheleinheiten entspannten ihn. Sachte legte er den Kopf auf meine Oberschenkel und sabberte meine Jeans voll.

Derart von dem Hund abgelenkt, bemerkte ich nicht, wie eine weitere Person bei uns auftauchte. Erst als derjenige neben mir niederkniete und eine kratzige Stimme dem Hund bedächtig zuflüsterte: »Na, Kleiner, wen haben wir denn hier? Was ist mit dir passiert? Keine Angst, das bekommen wir schon wieder hin. Alles gut. Shhh …«

Bevor ich meinen vor Überraschung geöffneten Mund schließen konnte, hob Jason den Hund vorsichtig auf seine muskulösen Arme und ging zum Beifahrersitz. Denver half ihm in den Wagen und nahm hinten Platz. Ohne den ruhigen Tonfall abzulegen, rief Jason mir zu: »Komm schon, Riley. Du musst fahren. Ich beschreib dir den Weg.«

Verdutzt stand ich auf, tat wie geheißen, obwohl mir Fragen im Kopf herumschwirrten. Was machte Jason hier? Wo wollte er hinfahren? Warum folgte ich seinen Anweisungen und war so froh, ihn zu sehen?

Vermutlich sah Jason mir meine Verwirrung an, denn er murmelte leichthin: »Wir fahren zu einer Tierärztin mit Ambulanz. Ich habe ihr Bescheid gegeben, sie wohnt gleich in der Nähe und macht manchmal Non-Profit-Fälle. Außerdem schuldet sie mir einen Gefallen. Alles wird wieder gut.«

Ich nickte schwach und fuhr weiter, wobei ich nicht wusste, ob der letzte Satz mir oder dem Hund gegolten hatte.

Sobald wir den Zielort erreicht hatten, trug Jason den Hund so achtsam hinein, als könnte das Tier jeden Moment zerspringen. Dabei nuschelte er liebevolle Worte, die selbst mich beruhigten, obwohl ich nicht verletzt, geschweige denn von ihm gehalten wurde. Ich betrachtete Jason mit neuen Augen. Das war eine liebevolle Seite an ihm, die ich bisher nicht gesehen hatte. Er war fürsorglich, tierlieb und sanft – ein kompletter Widerspruch zu dem Jason, den ich erst heute Abend verbissen in einem brutalen Kampf gesehen hatte. Andererseits hatte er mir auch schon zuvor diesen liebevollen, loyalen Wesenszug an ihm gezeigt, bereits in der Nacht, als er mich vom Trinken abgehalten hatte. Er kümmerte sich, ihm waren andere wichtig, ob er es zugeben wollte oder nicht.

Jeder von uns hatte unzählige verschiedene Seiten. Manche trugen wir offen zur Schau, andere tief in uns und vor anderen verborgen. Keine war falsch, keine war richtig, nur die Summe aller machte uns aus. Und, der liebe Yoda sollte mich bewahren, ich wollte alle Seiten von Jason kennenlernen – die offenen und die verborgenen.

Nachdem wir den Hund bei Sunnys Veterinarian Help Institution abgegeben hatten, saßen Denver und ich noch immer im Wartezimmer und hofften auf gute Neuigkeiten. Die letzte halbe Stunde lief wie ein Film vor mir ab, und ich musste trotz allem lächeln. Vor Erleichterung, weil Jason gerade aus dem Behandlungszimmer gekommen war, um uns mitzuteilen, dass der Hund zum Glück nur eine leichte Prellung abbekommen hatte, und wegen meiner eigenen Dummheit: Ich war auf Jasons Job eifersüchtig gewesen.

Während Dr. Sunny und er den Hund untersucht hatten, hatte mir Denver erzählt, dass Jason neben seinem Studium für Tiermedizin hier arbeitete. Immer, wenn er mir geschrieben hatte, dass er bei ‚Sunny' sei, hatte er seinen Praktikantenjob in der Tierarztpraxis gemeint. Hier gab es einen Raum für Angestellte mit Bett und Schrank, wo Jason Shirts deponiert hatte, um dort zu pennen, wie Denver mir anvertraute. Und Sunny – Dr. Alice Sunnyfield – war die Mitinhaberin der Tierambulanz. Sie war um die fünfundvierzig, hatte zwei Kinder im Teenageralter, und ihr Mann arbeitete ebenfalls hier.

Müde, gleichzeitig von einem unbekannten Hochgefühl erfüllt, lehnte ich mich mit verschränkten Armen zurück in den Stuhl, schloss die Augen und lächelte leicht vor mich hin. Trotz Schlägerei und unserem Streit hatte meine erste Studentenparty alles auf den Kopf gestellt. Und obwohl nicht alles davon gut gewesen war, hatte mich Jason geküsst. Er. Hatte. Mich. Geküsst. Aus freien Stücken und mehr als willig. Das musste etwas bedeuten, mehr als reine Geilheit, oder? Zwar regten sich Zweifel in meinem Hinterkopf, dass es nichts änderte, dennoch erblühte ein Funken Hoffnung in meinem Herzen, entzündet von dem kribbeligen Gefühl in meinem Bauch, das einfach nicht abebben wollte, egal wie lange der Kuss her war. Wie von selbst wanderte meine Hand zu meinem Mund, und ich strich mit den Fingerspitzen über die geschwollenen Lippen, von einem Kuss, den ich unbedingt wiederholen wollte.

10. Die Wahrheit erfährst du nur von mir

Jason

Die letzte Nacht war ein Wirrwarr an Emotionen gewesen. Gute, schlechte und vor allem heiße, wie die beeindruckende Härte bewies, die mich geweckt hatte. Ächzend drehte ich mich im Bett herum und unterdrückte bei den Schmerzen an meinen linken Rippen einen lauten Fluch. Gestern nach dem Kampf hatte ich die Prellung beinahe nicht gespürt. Ganz sicher war sie vergessen gewesen, während ich mit Riley in der Hütte –

Nope, daran konnte ich jetzt nicht denken, meine Morgenlatte war schon jetzt schmerzhaft prall. Erneut drehte ich mich herum, und das nervtötende Ziehen und ein Druck an der linken Seite erinnerten mich daran, es heute langsamer angehen zu lassen. Verdammt, genau das hatte ich an einem Sonntag gebraucht. Mein Blick fiel auf die Serviette am Fußboden, auf der ich gestern nach der Sache mit Riley herumgekritzelt hatte. Dabei war ein Auto entstanden, das eine Straße entlangfuhr. Im nächsten Bild rammte das Auto einen Gegenstand und der vordere Teil explodierte in einem Bang und mehreren zackigen Blitzen rund um den Wagen.

Verschlafen griff ich nach der Serviette und dem Stift, der daneben lag, und malte weiter. Die nächste Zeichnung zeigte einen Hund, der von dem Wagen angefahren worden war. Zuerst winselte er, auf dem vierten Bild sprang er hechelnd in die Luft und im letzten hatte sich der Hund in Blumen verwandelt, als hätte jemand einen Strauß in die Höhe geworfen, dessen einzelne Blumen zu Boden fielen. Stirnrunzelnd betrachtete ich die Szenen nacheinander, die zum Teil von letzter Nacht handelten und dennoch keinen Sinn ergaben.

Seufzend steckte ich die Serviette in meine braune Ledermappe, um sie wie gewöhnlich aufzuheben. Jeder hatte eine sentimentale Ader, das war wohl meine. Dann wandte ich mich ab und marschierte Richtung Badezimmer. Die heiße Dusche würde meinen schmerzenden Muskeln guttun. Das gestern war nicht mein erster Kampf gewesen, und ich hatte recht: Danach fühlte ich mich um Längen besser. Mit neuem Elan schlüpfte ich in eine schwarze Jogginghose und rubbelte meine Haare trocken. Ein kühler Luftzug strich über meinen nackten Oberkörper, und ich drehte mich um. Riley stand mit überraschtem Gesichtsausdruck im Türrahmen.

»Oh, ich hab nicht gewusst, dass du im Bad bist. Sorry.« Er griff sich an die Ohren, nahm die In-Ear-Kopfhörer heraus und schaltete die Musik an seinem Smartphone ab, das er in seine hintere Hosentasche stopfte. Nachdenklich blickte er von mir zur Türschnalle und zurück. »Sperrst du normalerweise nicht ab?«

Stimmt, das tat ich normalerweise, musste ich aber unabsichtlich vergessen haben. Die meisten sperrten die Badezimmertür zu, wenn eine fremde Person in der Wohnung war. Aber konnte ich Riley nach gestern Nacht als Fremden oder Bekannten bezeichnen? Bekannte drückten sich nicht aneinander verschlingend an die nächste Wand oder, in unserem Fall, gegen das raue Holz einer Gartenhütte. Bevor Hitze meinen Nacken hinaufsteigen konnte, konzentrierte ich mich auf das Naheliegende. »Eigentlich schon, aber habe nicht darauf geachtet. Keine Ahnung. Es macht nichts. Wolltest du duschen?«

»Nein, habe ich schon heute Morgen. Bin zum Zähneputzen hier.«

»Tu dir keinen Zwang an«, entgegnete ich und trat einen Schritt zur Seite, um ihm Platz zu machen. Kurz zögerte er, dann stellte er sich neben mich und holte seine Sachen hervor. Während er putzte, trocknete ich mich ab und rubbelte über meine Haare. Ich starrte zu Boden, Riley in das Waschbecken. Alles ganz normal, es war überhaupt nichts passiert. Dennoch lag ein ungewöhnliches Knistern in der Luft, das zuvor noch nicht da gewesen war. Oder doch, und ich hatte es einfach ignoriert? Verdammt, ich war völlig von der Rolle. Der Kuss gestern hatte mich komplett verwirrt und mir gleichzeitig unglaublich gut gefallen, aber wollte ich es deshalb noch einmal tun? Ein Teil von mir schrie viel zu begeistert Ja, ein anderer schüttelte verwirrt den Kopf und ich saß dazwischen.

Riley spuckte aus, wischte sich den Mund ab, und als er aufsah, stieß er einen Fluch aus: »Scheiße, das sieht schmerzhaft aus! Wie kannst du dich überhaupt bewegen?«

Sein Blick war auf die blauen Blutergüsse an meiner Seite geheftet. Eine Verletzung, die ich zumindest für die letzten zwei Minuten vergessen hatte. Ich zuckte mit den Schultern, wobei ich einen dumpfen Schmerz verspürte, den ich schnell wegatmete. »Sieht wilder aus, als es ist. Ich hatte schon schlimmere Verletzungen. Kein Ding.«

Bei der Erwähnung, ich wäre bereits schlimmer verletzt worden, huschte ein Schatten über sein Gesicht, als könnte er das nachempfinden. Neugierde brodelte in mir.

Wie lautet deine Geschichte?

»Und wie erklärst du dein angeschlagenes Gesicht in der Uni? Das muss den Professoren doch auffallen«, wollte Riley wissen.

»Natürlich fällt es ihnen auf, aber du solltest eine Sache über die Bluewell wissen: Sie stehen hier auf alte Traditionen. Und die geheimen Studentenkämpfe gibt es schon, seit die Uni gegründet worden ist. Glaub mir, die Professoren wissen davon, und ich wette darauf, einige davon haben früher selbst mitgemacht. Solange niemand ernsthaft Schaden nimmt, passiert nichts. Bisher gab es nur ein paar Verwarnungen, und erst ein Student wurde deswegen der Uni verwiesen.«

»Wow … Und warum machst du es? Du hast nicht ausgesehen, als hättest du Spaß daran.«

Früher hatte ich tatsächlich Spaß daran gehabt. Zu Beginn hatte es sich toll angefühlt, den älteren Studenten zu zeigen, aus welchem Holz ich geschnitzt war. Die Kämpfe waren ein perfektes Ventil, um den Frust über meinen Vater sprichwörtlich rauszuhauen und die Sorgen um die Zukunft zu ersticken. Nun lockte mich nur noch das Geld, das man bei einem Sieg abgriff. Und ich siegte. Ich siegte bei fast jedem Kampf, auch wenn ich es nun hasste, in den Ring zu steigen. Ich hasste es, andere zu verletzen oder ihnen Schmerzen zuzufügen.

»Es hat schon mal mehr Spaß gemacht, stimmt. Aber das Geld, wenn ich gewinne, ist immer noch so viel wert wie beim ersten Mal. Ich brauche es, mit den Jobs allein reicht es nicht.« Nicht, wenn ich mir nebenbei ein Polster für Grandpas Zukunft anlegen wollte.

»Scheiße. Hattest du schon eine Verwarnung?«

»Einmal. Ich muss nur aufpassen, dass es mich kein zweites Mal erwischt.« Unbeeindruckt zuckte ich mit den Schultern. »Außerdem habe ich eine gute Erklärung für die Verletzungen.«

Riley reckte das Kinn nach vorne. Wie immer, wenn ihm eine Sache nicht passte oder er sich für eine Konfrontation wappnete. »Mehr erzählst du mir nicht? Nur diese vage Andeutung?«

»Nein.«

»Mein Gott, du kannst einem echt auf den Sack gehen.«

»Da bist du nicht der Erste, der das sagt. Scheint ein Talent von mir zu sein«, meinte ich lachend.

Für einige Sekunden ließ sich Riley davon anstecken, dann schüttelte er den Kopf. »Im Ernst. Du gibst dich ständig so hart und unnahbar, dabei bist du anders. Das habe ich gestern gesehen, als du den Hund versorgt hast. Ich habe es gespürt, als wir –«

Er räusperte sich, und ich war mir sicher, er hätte beinahe unseren Kuss erwähnt. Danach waren wir in Streit geraten und hatten noch nicht darüber gesprochen oder es absichtlich ausgeklammert. Anscheinend zogen wir beide andere Themen vor, um die schwierigen zu umschiffen.

»Es tut mir leid, wie das gestern gelaufen ist, mit den Gerüchten über dich. Ich glaube das nicht. Das ist nicht meine Meinung über dich. Ich weiß es besser. Wirklich, es tut mir verdammt leid, Jason.«

Okay, dann war nur ich derjenige, der schwierige Themen ignorierte. Gut zu wissen. Nonchalant nahm ich seine Entschuldigung mit einem Nicken an, doch das reichte ihm nicht.

»Ich weiß, wir kennen uns nicht lange, aber da wir jetzt Mitbewohner sind … Nun ja, du kannst mir deine Seite der Geschichte erzählen, wenn du bereit dazu bist. Ich höre dir zu und werde nicht urteilen. Glaub mir, schlimmer als meine kann sie nicht sein.«

Dieses Geständnis brachte mich dazu, mich neugierig umzudrehen. Er hatte sein Haar an der rechten Seite hochgehoben. Zwischen den schwarzen Strähnen erkannte ich eine weiße, dünne Narbe, die sich seinen Kopf entlang zog. Außerdem waren die Haare rund um diese Stelle viel kürzer, als wäre dieser Bereich abrasiert worden. Mir dämmerte, warum er so auf seine längeren Haare stand. Vermutlich brauchte er sie, um sich gesund, stark und unantastbar zu fühlen.

Trocken, als spräche er von jemand anderem, nicht von sich selbst, meinte er: »Schädelhirntrauma. Mehrere Stunden OP und anschließend zwei Wochen Koma, weil ich in eine Schlägerei geraten bin.«

Verdammte Scheiße, das war kein Zuckerschlecken. Mein Mund wurde trocken, und ich schluckte. »Mist, das hört sich schlimm an. Tut mir leid.«

»Jepp, war kein Strandurlaub. Du weißt ja, dass ich es nicht riskieren sollte, mir noch einmal eine Kopfverletzung zu holen. Jedes Ei bricht irgendwann vollständig.«

Mit großen Augen betrachtete ich ihn in einem neuen Licht. Riley war zäher, als ich beim ersten Aufeinandertreffen angenommen hatte. Er war ein Kämpfer, hatte eine schlimme Sache überstanden. Dennoch stand er hier mit seinem freundlichen, sonnigen, hilfsbereiten Gemüt und bot mir sein Gehör, sein Verständnis an, obwohl ich bisher wenig gegeben hatte, um das zu verdienen. Die Narbe an seinem Bauch fiel mir wieder ein, und ich wusste, er würde es verstehen. Statt nach seiner Verletzung zu fragen, öffnete ich den Mund und es kam etwas ganz anderes heraus:

»Sean ist neben Denver mein bester Freund. Deshalb vermutlich dieser Teil des Gerüchts. Es ist nämlich tatsächlich ein homosexueller Afroamerikaner zu Schaden gekommen: und zwar er. Bei einer Party an einer anderen Uni hat er sich angetrunken an einen Hetero rangemacht, und danach ist die Situation eskaliert. Sie haben ihn als Schwuchtel, schwulen Abschaum und was weiß ich alles beschimpft. Denver und ich sind ebenfalls nicht mehr ganz nüchtern gewesen und haben den Tumult zu spät bemerkt.«

Ich holte tief Luft, um Sauerstoff in meine Lunge zu pressen, die sich wie ausgewrungen anfühlte. Bisher hatte ich mit niemandem außer meinem Bruder Mike, Grandpa und Denver darüber geredet.

»Wir gingen zu spät dazwischen. Als wir Sean zu Hilfe kamen, lag er bereits am Boden, Blut sickerte aus seinem Mund und … und ich werde nie den Anblick vergessen. Danach weiß ich nicht mehr viel. Denver und ich sind vollkommen durchgedreht und haben die Kerle verprügelt, die ihm das angetan haben.«

Ich war nicht stolz darauf und würde es heute anders machen. Vielleicht. Aber ich bereute alles andere an diesem Abend. Es hätte nicht passieren sollen. Ich hätte aufmerksamer bleiben müssen.

»Ich weiß nur noch, dass jemand gerufen hat, die Polizei sei jeden Moment da, aber das war egal. Denver hat versucht mich wegzuziehen, aber ich habe ihn fortgestoßen und schließlich ist er abgehauen. Sean ist schwer verletzt ins Krankenhaus gebracht und ich bin mit den anderen Studenten festgenommen worden. Also ja, dieser Teil stimmt vermutlich. Und der Teil mit meinem Bruder. Aber er ist noch kein Anwalt, sondern Anwärter in einer Kanzlei. Einer seiner Chefs hat ihm geholfen, mich aus dem Gefängnis zu bekommen.«

»Und wie geht es Sean heute?«

Typisch Riley, fragte er zuerst nach dem Befinden meines Freundes, anstatt sich nach dem Gefängnis zu erkundigen.

»Zum Glück geht es ihm besser als zuvor.« Ich schmunzelte und dachte an Seans Instagram-Profil und die Postkarten, die Denver und ich manchmal von ihm bekamen. »Hat das Studium auf Eis gelegt und bereist jetzt die Welt. Dabei lädt er ständig Videos und Fotos auf sein Instagram hoch. Zuerst nur für seine Freunde, aber er hat jetzt schon so viele Follower, dass er sogar in Hotels oder Parks eingeladen wird, um dort Fotos zu schießen. Er hat so eine lustige, unbeschwerte Art wie Denver, daher kommt er bei den Leuten gut an. Ist fraglich, ob er sein neues Leben aufgibt und wieder an die Uni kommt.«

Und seit dem Angriff sahen seine Eltern die Dinge nun um einiges lockerer und hatten kein Problem mehr damit, wenn er sein Studium nicht abschloss. Zumindest nicht so bald.

»Kling einmalig. Freut mich, dass er es letztlich gut überwunden hat. Und bei dir, wie lange bist du im Gefängnis gewesen?«

Ich gluckste bei seinem Gesichtsausdruck. Wahrscheinlich ging er von mehreren Wochen oder Monaten aus. »Eine Nacht und einen halben Tag. Der Chef meines Bruders ist gut, und ich hatte bis dahin keine Probleme gemacht. Außerdem war es Selbstverteidigung, gewissermaßen.«

Ohne auf seine nächste Frage zu warten, erzählte ich weiter. »Danach bin ich so lange nicht an der Uni gewesen, weil mein Grandpa wegen der ganzen Aufregung einen Schlaganfall erlitten hat und ich bei ihm geblieben bin, bis es ihm besser gegangen ist. Es hätte sich nicht gelohnt, für die letzten paar Wochen zurück an die Uni zu gehen, besonders da ich die meisten Kurse und Prüfungen einfach online gemacht habe. Vielleicht wollte ich auch etwas länger Abstand von den ganzen Leuten hier. Und dem Gerede. Ich weiß es nicht.«

Vermutlich war das einer der Hauptgründe, warum ich erst dieses Herbstsemester wieder eingestiegen war. Um den Gerüchten und den neugierigen Blicken zu entgehen, oder den Fragen nach Sean und wie das alles hatte passieren können. Nachdenklich drehte ich das Handtuch in meinen Händen.

»Glaubst du das wirklich?«, fragte Riley brüsk, und ich runzelte verständnislos die Stirn. »Dass du schuld daran bist, dass dein Grandpa einen Schlagfanfall gehabt hat. Das ist nämlich vollkommener Quatsch. Du darfst dir für alles Schlechte im Leben nicht selbst die Schuld geben. Das ist einfach nur kaputt.«

Tja, damit hatte er den Nagel auf den Kopf getroffen. Ich war kaputt. Was kein Wunder war bei einem beschissenen Vater und einer Mutter, die gestorben war, bevor sie mich zu einem anständigen Kerl hatte erziehen können. Misstrauisch beäugte ich Riley. Wer war dieser Typ, der in mir las wie in einem offenen Buch, egal wie kühl ich mich gab? Irgendwie nervte das, gleichzeitig glich es einer Befreiung. Ich würde aber den Teufel tun, das zuzugeben.

Als hätte er meine Gedanken gelesen, ließ er das heikle Thema hinter sich. »Hast du es wenigstens eingecremt?«

Seine Frage riss mich aus meinen Gedanken, und ich schüttelte verständnislos den Kopf. »Habe ich … was?«

Mein Gesichtsausdruck musste meine Verwirrung widerspiegeln, denn er seufzte gedehnt, lief an mir vorbei und kramte etwas aus seinem Kulturbeutel hervor. Bevor ich einen Laut von mir geben konnte, hatte er aus einer Tube einen großen Klecks auf seinen Zeigefinger getupft. Zu mir umgedreht starrte er einen Moment auf seinen Finger, dann auf meine Prellung. Nun wirkte er verwirrt und unschlüssig, was mich fast zum Lachen brachte. Anscheinend hatte er vorher nicht richtig darüber nachgedacht. Das war normalerweise mein Spezialgebiet. Damit stand es eins zu eins.

Um ihm aus der Patsche zu helfen, hängte ich das Handtuch auf, mit dem ich meine Haare trocken gerubbelt hatte, und drehte meine verletzte Seite in seine Richtung. »Na los, schmier es einfach drauf, bevor das Zeug auf den Boden tropft.«

Einige Sekunden vergingen. Schließlich löste sich Riley aus seiner Erstarrung und trat an meine verletzte Seite. Die kühle Creme berührte die schmerzende Stelle, doch erst als Riley begann sie einzumassieren und seine Finger mich berührten, zog sich eine Gänsehaut über meinen Rücken. Diese verstärkte sich, während er die Salbe auf meiner Haut verteilte und ich seinen herben Geruch nach Sandelholz und kühler Frische wahrnahm. Mein Magen spannte sich an, mein Mund wurde trocken und noch etwas anderes regte sich in mir. Wurde hart und immer härter. Verdammt.

»Soll ich die Tür schließen, ist dir kalt? Du hast Gänsehaut.«

Ha, als ob ich deswegen Gänsehaut hatte.

»Das ist sicher nicht der Grund«, platzte es aus mir heraus, und ich hätte schwören können, dass sich für eine Sekunde niemand von uns rührte.

Diesmal war es Riley, der sich zuerst bewegte. Er lehnte sich vor, den Blick auf meine Lippen geheftet, die Hände auf meinen nackten Hüften, sein Atem auf meiner Haut. Immer näher, als würde er von mir angezogen wie ein verfluchter Magnet. Vielleicht waren wir beide das auch, ohne zu wissen, wie es dazu gekommen war. Ich wusste nur eines, ich würde ihn nicht aufhalten, ich brauchte das – dieses berauschende, lebendige Gefühl von gestern, das er in mir ausgelöst hatte. Ich wollte ihn küssen, erneut seine Zunge an meiner spüren und meinen Körper gegen seine harten Konturen pressen. Ein erwartungsvolles Prickeln wanderte meine Wirbelsäule hinauf und verband sich mit dem Kribbeln, das sich meinen Magen entlangschlängelte. Verheißungsvolle Funken sprühten zwischen uns, bis Riley mich endlich küsste. In diesem Moment wusste ich, dass es um mich geschehen war.

Riley

Mist, Mist, Mist, was war nur los mit mir? Ich war einfach unverbesserlich, das war los! Denn ich tat es schon wieder! Ich küsste Jason, und es scherte mich einen Dreck, welche Konsequenzen es für mich oder andere haben würde. Später, wenn er wieder zu sich käme, über sein Handeln nachdachte und ihm einfiele, wem er seine Zunge in den Hals gesteckt hatte. Im Moment war mir das alles egal. Anscheinend war ich nicht nur unbelehrbar, sondern auch ein Masochist, weil Schmerzen unweigerlich folgen würden. Es zählte nur das Hier und Jetzt.

Jasons heißer Atem traf auf meine Haut, der stoßweise kam und mich beinahe versengte. Meine Finger wanderten an seinen Hüften hinauf bis über seinen Rücken. Okay, ich würde mich gleich wieder einkriegen. Nur ein kleiner Kuss, eine kurze Kostprobe, mehr nicht. Also drückte ich meine Lippen entschieden auf seine, und ein Seufzen drang aus Jasons Mund, das mir direkt in die Lenden schoss. Scheiße, das machte es mir nicht leichter, mich von ihm zu lösen, aber ich musste es tun. Einer von uns sollte einen kühlen Kopf bewahren, und ich war in dieser Sache der Erfahrenere von uns beiden. Was bedeutete, dass ich die Sache beenden musste, bevor Jason etwas tat, das er später bereute.

»Warte … warte, Jason«, murmelte ich an seinem feuchten Mund, um noch einen Kuss darauf zu hauchen. Dann riss ich mich los und trat einen Schritt zurück. Okay, es war mehr ein Wanken, aber wer wollte so kleinlich sein?

Jason hatte es sicherlich nicht bemerkt, denn er schaute verwirrt auf. »Verdammt … was?«

»Wir sollten nicht …«, entgegnete ich und deutete mit dem Zeigefinger zwischen uns hin und her. »Du weißt schon. Weitermachen. Ich will dich nicht ausnutzen.«

Meine Erklärung schien witzig zu sein, denn plötzlich fing er heiser polternd zu lachen an und musste sich sogar vornüberbeugen, als hätte er einen Lachkrampf. Ich hingegen stand belämmert mit dem Hintern an das Waschbecken gelehnt da und beobachtete ihn. Hatte ich einen Witz verpasst, oder machte er sich über mich lustig? Scheiße, dabei hieß es immer, Frauen würden unverständliche Signale senden. Mit Kerlen war es nicht leichter. Was vielleicht daran lag, dass es egal war, ob man Frauen oder Männer zu verstehen versuchte, wenn man dabei war, Gefühle zu entwickeln. Sobald die Hormone verrücktspielten, versank alles im Chaos. Bitte, was? Nein, ich war nicht dabei, mich zu verlieben? Nein, nein, nein, dieses Spiel hatte ich hinter mir, oder? Mist, ich steckte in der Klemme!

Das wurde mir umso mehr bewusst, als Jason sich aufrichtete und jeder Spott aus seinem Gesicht verschwunden war. Gemächlich machte er einen Schritt auf mich zu, näherte sich mir, bis er beide Arme am Waschbecken links und rechts von mir abstützte.

»Du willst mich nicht ausnutzen? Sehe ich deiner Meinung nach überrumpelt aus? Oder so, als wüsste ich nicht, mit wem ich hier was tue?«

Nope, das tat er definitiv nicht. »Nein, so würde ich das nicht formulieren.«

»Sehr gut, wir verstehen uns. Können wir also dort weitermachen, wo du uns eben unterbrochen hast?«

Mein Körper schrie Ja, vor allem mein Schwanz zuckte gierig. Halt den Rand, blaffte ich ihn gedanklich an, laut sagte ich: »Du hast es selbst gesagt, du stehst auf Frauen. Was soll das deiner Meinung nach? Ich habe das hinter mir.«

Ich ließ aus, wie sehr es mich emotional und körperlich verletzt hatte, in einer einseitigen Beziehung festzusitzen. Jason musste trotzdem einen Funken der Wahrheit in meinen Augen gesehen haben, denn er seufzte schwer. »Warum müssen wir unbedingt ein Label darauf kleben? Ich weiß nicht, was ich bin, und die ganze Sache verwirrt mich genauso, denn ich bin nicht vollkommen schwul. Glaub mir, ich habe bei Frauen keinen einzigen verdammten Orgasmus vorgetäuscht, und ich hatte viele.«

Okay, sollte mich diese Erklärung jetzt irgendwie beruhigen? Nein, das tat sie nicht. Gab es nicht vielleicht irgendwo ein schwarzes Wurmloch, in das ich springen konnte, um in entfernte Galaxien zu flüchten?

»Schön für dich«, murmelte ich. »Klingt aufregend. Woohoo. Go, Jason, go.«

Bei meinen Worten wackelte ich mit meinen Fingern, als würde ich ihn anfeuern, wobei ich unabsichtlich seine nackte Brust streifte. Sofort verschränkte ich die Arme, um ihn nicht weiter zu reizen, gleichzeitig zog Jason scharf die Luft ein. Ich hob den Blick, um von seiner Brust in seine cognacfarbenen Augen zu sehen. Sie waren dunkler als sonst und voller Erregung, genau wie seine Stimme, die eine Nuance tiefer klang.

»Ich weiß nicht, was ich bin. Vielleicht stehe ich schon immer auf Frauen und Männer. Keine Ahnung, ich habe nie darüber nachgedacht. Ich weiß nur, dass du mich nicht kalt lässt, dass du etwas mit mir machst, das mich zwar verwirrt, aber unglaublich anmacht. Und ich will herausfinden, was das zwischen uns ist.«

»Diese Anziehung, das Knistern …«, bestätigte ich seine Worte, da ich unsere körperliche Reaktion aufeinander von Anfang an gespürt hatte. Bedeutete das aber, dass ich wieder kopflos sein und es einfach geschehen lassen sollte?

»Denk nicht zu viel darüber nach.«

»Und wenn es ein Fehler ist?« Vielleicht nicht für ihn. Er könnte es als kleines Abenteuer abtun und dann frohen Mutes zur nächsten Frau weitergehen. Ich jedoch wäre zutiefst getroffen.

»Riley, küss mich noch einmal. Ich … muss es wissen …«, flüsterte Jason mit heiserer Stimme, sein Mund so nahe, dass ich seinen Atem auf meinen Lippen spüren konnte, beinahe wie bei einem Kuss. Mist, ich würde jeden Moment einknicken, weil ich ein egoistischer, im Moment lebender Typ war.

»Lass mich nicht darum betteln.« Seine Augen blickten tief in meine, und seine Miene wurde weich. Er öffnete sich mir und zeigte seine Gefühle: Neben Erregung waren dort genauso viel Verwirrung und brennende Neugierde. »Bitte.«

Mit diesem einen Wort hatte er mich. Ich verstand sein Gefühlschaos, denn ich war schuld daran. Ich hatte ihm diese Richtung gewiesen, willentlich oder nicht, aber wir waren wegen mir und meiner Anziehung zu ihm hier gelandet und nun veränderte sich sein bisheriges Weltbild. Zumindest seiner Bitte konnte ich nachgeben, damit er anfangen konnte herauszufinden, wer er wirklich war. Alles, was ich tun konnte, war sicherzugehen, dass es sich für ihn lohnte.

»Scheiße …«, murmelte ich, lehnte mich nach vorne und küsste seine Unterlippe. »Du spielst nicht fair!«

Sein rechter Mundwinkel hob sich grinsend. »Habe ich nie behauptet. Im Spiel und –«

»Ja, ja, ist alles erlaubt, ich weiß. Und jetzt halt den Mund. Ich muss einen frechen Typen küssen.«

»Gefällt mir, deine Einstellung –«

»Klappe, Jason«, knurrte ich und drückte einen schnellen Kuss auf seinen Mund. Dann stieß ich mich vom Waschbecken ab und lehnte mich gegen ihn. Mein Mund wanderte seinen Kiefer entlang, ich leckte über die Stoppeln und fand schließlich eine Stelle unter seinem Kinn, an der er stöhnte, als ich an ihr knabberte. Die musste ich mir für später merken. Wenn es denn ein Später gäbe. Den Gedanken verscheuchend, arbeitete ich mich zu seinem Mund zurück und küsste ihn schließlich richtig. Unsere Zungen trafen aufeinander und spielten miteinander, als gehörten sie zusammen. Der Geruch seines Duschgels lag in der Luft. Hüllte uns ein wie eine perfekte Blase, in der es nur uns beide und diese Gefühle gab, die in uns brodelten.

»Du riechst so gut«, murmelte ich, und Jason antwortete verschmitzt: »Wie tanzende Feen?«

»Wie sehr sexy, heiße tanzende Feen«, bestätigte ich wahrheitsgemäß, denn er machte mich unglaublich an, genau wie sein ganz eigener Geruch, der mich hart werden ließ. Oder seine fiebrigen Berührungen, die über meinen Körper wanderten und ungeduldig an meinem Shirt zupften.

Um mit Jason gleichzuziehen, befreite ich mich mit einem Ruck aus dem Shirt und genoss, wie seine Fingerspitzen über meine erhitzte Haut strichen. Dann drängte ich ihn, während wir uns küssten, weiter zurück und steuerte die Wand links von ihm an. Mein Plan sah vor, ihn wie gestern festzunageln, um mich an ihm zu reiben, wobei ich ein besonderes Augenmerk auf sein bestes Stück haben würde. Bevor wir unser Ziel erreichten, wirbelte mich Jason plötzlich herum und drückte stattdessen mich mit seinem harten Körper gegen die Fliesenwand. Von wegen langsames Herantasten! Jason war fordernder, als ich angenommen hatte.

»Nettes Manöver«, murmelte ich an seinen Lippen, gleichzeitig schob ich meine Hüfte seiner entgegen und krallte meine Hände in seinen Arsch, was ihm ein Zischen entlockte. Unsere harten Schwänze rieben durch die Stoffschichten aneinander, trotzdem fühlte es sich schon jetzt berauschend gut an. Wie mir auch Jasons stockender Atem verriet. Grinsend biss ich ihm in die Unterlippe. »Fühlt sich das gut an?«

Ein zustimmendes Brummen rumpelte über seine Lippen, die sich meinen Kiefer entlang küssten, bis zu meinem Ohrläppchen. Während er mich mit der ganzen Länge seines Körpers an die Wand drückte, glitten seine Hände meinen nackten Oberkörper empor und in meine Haare. Er schob sie aus dem Weg und leckte an einer Stelle direkt unter meinem Ohr. Okay, das war neu, aber nicht schlecht, sondern aufregend neu. Je länger er dort knabberte und abwechselnd an meinem Ohrläppchen saugte, desto härter wurde ich. Wer hätte gedacht, dass so eine unbedeutende Stelle so erogen sein konnte. Wenn er so weitermachte und wie jetzt im stetigen Rhythmus mit der Hüfte gegen meine stieß, würde ich vor ihm, und früher als geplant, kommen. Das konnte ich nicht zulassen, immerhin sollte das hier sein erotisches Abenteuer werden.

Deshalb griff ich zwischen uns und strich den Bund seiner schwarzen Jogginghose entlang, was ihn für einen Moment angespannt innehalten ließ. Er sah mir in die Augen, und ich wartete seine Entscheidung ab – weitergehen oder bei den Küssen bleiben. Mit einem erregten Zittern nickte er und presste wieder seine Lippen auf meinen Mund. In den Kuss vertieft entspannte er sich, und ich glitt mit der Hand tiefer in seine Hose, um ihn zu umfassen. Ein Keuchen drang aus Jasons Mund, das ich gierig aufsaugte. Ich streichelte an seiner Länge langsam auf und ab. Sein Schwanz war prall, seidig über der Härte und einfach perfekt.

»Du fühlst dich fantastisch an. Ich könnte kommen, nur wenn ich dir einen runterhole«, flüsterte ich, woraufhin Jason erregt fluchte.

»Verdammt … Riley!«

Seine Finger nestelten am Bund meiner Jeans, weshalb ich kurz von ihm abließ, um mich selbst zu befreien. Bevor er die Finger um mich legen konnte, hielt ich ihn zurück. »Warte … das hier wird dir gefallen. Sieh zu und lerne, mein Padawan.«

»Nicht dein Ernst, jetzt mit Star Wars anzufangen«, stöhnte Jason, als ich gleichzeitig unsere Schwänze in eine Hand nahm. Erneut streichelte ich auf und ab, während sie mit Feuchtigkeit überzogen aneinanderrieben.

»Ja, scheiße … das tu ich. Star Wars geht immer … und, o ja, das fühlt sich gut an … Scheiße.«

Keine Ahnung, was Jason erwidern wollte, aber seine Worte wurden von seinem abgehackten Keuchen verschluckt, das ich ihm von den Lippen küsste. Ich erhöhte das Tempo, da ich nicht genug von dem Gefühl bekommen konnte, ihn Haut an Haut an mir zu spüren, bis ich jeglichen weiteren Gedanken verlor. Es war wie ein Rausch, von dem ich nicht wollte, dass er endete. Viel zu früh prickelte es an meiner Wirbelsäule und mein Bauch spannte sich vor Erregung an.

Auf einmal zuckte Jason in meinen Armen und kam mit einem heiseren Fluch auf meinem Bauch. Sein Laut, der Geruch und die Empfindungen schickten mich vollends über die Klippe, und ich entlud mich wenige Sekunden nach ihm. Köstliche Benommenheit herrschte in meinem Schädel. Scheiße, wenn ich nicht aufpasste, bekam ich beim Orgasmus mit Jason noch einen Hirnschlag.

»Heiliger … Strohsack«, seufzte ich befriedigt und biss mir auf die Unterlippe.

Jason schnaubte und schnappte sich ein Handtuch, um uns beide zu säubern. Zuvor drückte er mir einen schnellen Kuss auf die Lippe, auf die ich mir gebissen hatte. »Mann, das kannst du laut sagen. Schätze, du hattest recht. Es hat mir gefallen. So schnell komme ich normalerweise nicht.«

Ich hatte kein Problem, das mit ihm zu üben. Stattdessen feixte ich: »Das kannst du zwar jetzt behaupten, aber wir haben keine forensischen Beweise.«

Lässig trat Jason näher und tippte mit dem Finger auf meine Brust. »Beim nächsten Mal werde ich es dir zeigen.«

Es würde also ein nächstes Mal geben? Damit hatte ich nicht gerechnet, dennoch prickelte mein ganzer Körper vor Vorfreude. Für mich hatte es sich unglaublich angefühlt. Nicht, dass ich Jason mit seinen sandfarbenen, abstehenden Haaren und den tiefgründigen Augen nicht schon von Anfang an attraktiv gefunden hätte. Aber es war mehr als das. Mit ihm zusammen zu sein, die Nähe, machte nicht nur Spaß und fühlte sich unglaublich erregend, sondern beruhigend und zufriedenstellend an – wie unter einem warmen Sommerregen. Heiß, aber erfrischend zugleich mit einer Portion Glücklichsein wie in dem Song von Pink und ihrer Tochter. Okay, scheiße, jetzt wurde ich gefühlsduselig.

Während wir unsere Hosen richteten und uns wuschen, alberten wir einige Minuten miteinander herum. Waren vollkommen entspannt, was mich mehr überraschte als die Sache zuvor. Ich hatte mit einer peinlichen Stimmung zwischen uns gerechnet, doch die trat nicht ein.

»Das heißt also, du willst eine Challenge daraus machen, wer länger durchhält?«, fragte ich schließlich vorsichtig, während mein Puls unruhig pochte und ich begann mir mein Shirt überzustreifen. »Und wann soll das nächste Mal sein?«

Mit einer Hand hielt er meinen Arm fest, um mich daran zu hindern. »Ich würde sagen, die erste Testphase haben wir gut überstanden. Jetzt ist auch schon alles egal, und wir können zur zweiten übergehen. Wie klingt für dich ‚in zehn Minuten'?«

Ha! Ich hatte mir also einen Nimmersatt angelacht. Gut zu wissen. Wenn Jason etwas begann, zog er es anscheinend voll durch. Lachend ließ ich das Shirt zu Boden fallen. »So lange brauchst du also, um wieder auf Hochtouren zu kommen? Eine Schande.«

Selbstsicher schnappte ich mir seine Hand, und gemeinsam gingen wir zum Sofa im Wohnzimmer. Für das, was ich als Nächstes mit ihm vorhatte, konnte er es sich auf dem Rücken bequem machen. »Leg dich hin.«

Protestierend ließ er sich auf die Couch fallen, als ich ihm einen Schubs gab. »Hey, ich will nur nicht, dass es anschließend heißt, ich hätte nur länger durchgehalten, weil ich erst vor wenigen Minuten gekommen bin. Ich schaffe das auch so.«

»Keine Sorge, ich weiß das«, entgegnete ich. »Ich werde schon dafür sorgen, dass wir beide länger etwas davon haben.«

Die Erinnerung an den Abend, an dem Jason zwei Frauen mitgenommen hatte, blitzte in meinem Kopf auf. Daran wollte ich jetzt nicht denken, nicht wenn er erwartungsvoll direkt vor mir lag und ich seinen Geschmack auf meinen Lippen haben wollte. Und nicht nur den von seinem Mund. Diesmal wollte ich es langsamer angehen.

»Große Worte. Zeig lieber, was du kannst«, meinte Jason mit einem Zwinkern und ließ sich mit hinter dem Kopf verschränkten Armen entspannt in die Kissen sinken. Frecher Kerl. »Das wird ein Spaß.«

»Für uns beide, Mann, für uns beide.« Von seiner Unsicherheit, Verwirrung oder Zerrissenheit, die ich zuvor bemerkt hatte, war nichts mehr übrig. Nun gingen nur noch Neugierde und erwartungsvolle Anspannung von ihm aus.

Mit neuem Kribbeln im Magen beugte ich mich über ihn und begann ihn langsam, aber tief zu küssen, was erneut ein rumpelndes Stöhnen aus seiner Brust lockte. Gleichzeitig strich ich über die harten, klaren Konturen seiner Muskeln. Die feste Brust, die definierten Bauchmuskeln, bis hinunter zu den ausgeprägten Linien an seinen Hüften und zum gesegneten Land. Voller Erwartung griff ich erneut nach dem Bund seiner Jogginghose und zog sie ganz nach unten. Sein bereits wieder steifer Schwanz sprang mir entgegen. Ein Anblick, der mir das Wasser im Mund zusammenlaufen ließ. Jason hatte keine Ahnung, was ihn erwartete, denn es würde tatsächlich ein Spaß werden. Ein großer für mich, wenn ich ihn langsam leiden, ihn sich winden lassen würde, bis er um Erlösung bettelte.

Unter mir zappelte Jason hin und her. »Okay, langsam machst du mir Angst, dass du hier mehr Spaß haben könntest als ich. Mach endlich, Riley, sonst kann ich für nichts garantieren.«

»Ganz ruhig, entspann dich einfach, du wirst es nicht bereuen.«

Grinsend bückte ich mich zu seinem besten Stück hinunter. Dann blies ich auf seine bereits feuchte Schwanzspitze, woraufhin Jason zischend die Luft ausstieß. »Verdammt …«

Gerade als ich meinen Mund um seinen Penis legte und Jason aufstöhnte, hämmerte plötzlich jemand gegen unsere Tür. Erschrocken wich ich zurück, und Jason sprang in eine sitzende Position, während das Gepolter weiterging. Gleich darauf hörte ich Denvers Stimme: »Hey, Leute, seid ihr schon wach? Macht auf, ich habe Katerfrühstück für uns mitgebracht! Hallo, hallo? Ist hier jemand? Ich habe auch noch jemanden mit im Gepäck. Und wir gehen nicht weg, bis ihr aufmacht.«

»Scheiße«, murmelte ich und sah in Jasons Gesicht, aus dem jegliche Farbe gewichen war. Er mied meinen Blick. Doppelte Scheiße. Ich hatte es geahnt.

Um mich von dem Schmerz in meiner Brust abzulenken, kam ich auf die Füße und eilte ins Badezimmer, um mein Shirt zu suchen. Indessen hörte ich Jasons heisere Stimme: »Kommen gleich.«

Sobald ich hastig in mein Shirt geschlüpft war, lief ich zur Tür, vergewisserte mich kurz, dass Jason nicht mehr halbnackt im Zimmer saß, und öffnete die Tür. Denver stand davor und präsentierte mir ein Sixpack Bier in der einen und mehrere Tüten Chips in der anderen Hand. »Ich habe Essen für uns mitgebracht.«

Allein bei dem Anblick drehte sich mir der Magen um. Oder gab es einen anderen Grund dafür? Neben ihm stand Suzzi und winkte mir zu.

»Oh, hey. Danke, kommt rein. Hi, Suzzi.«

Hinter ihr schloss ich die Tür und drehte mich zu unseren Gästen und Jason um. Denver war bereits beim Sofa angekommen, auf dem Jason lag, als wäre nichts passiert. Vollständig bekleidet und mit einem Buch auf dem Schoß. War er Houdini, oder wo hatte er das hergezaubert?

Denver stellte seine Fracht auf dem Couchtisch ab, dann kratzte er sich am Hinterkopf. »Seit wann liest du?«

»Was soll der Scheiß? Natürlich lese ich.«

»Ja, aber immer nur Lehrbücher oder tiermedizinische Fachzeitschriften, weil du ein Streber mit Einserschnitt bist. Ich habe dich noch nie zum Spaß … Star Wars lesen sehen.«

Jetzt wurde ich hellhörig und spähte über Denvers Schulter zu Jason, der mein Buch in den Händen über seinem Schoß hielt. Vermutlich war es das Erstbeste, das er gefunden hatte, um seine Erektion unter der Jogginghose zu verbergen. Statt die Augen zu verdrehen, kam ich ihm zur Hilfe. »Wir haben vorhin darüber diskutiert, und ich meinte, er soll zumindest ein Kapitel versuchen, bevor er es komplett ablehnt.«

»Oh, das ist gut. Immer offen sein für Neues und sich ausprobieren. Das find ich großartig.« Denver griff nach einer Chipstüte, das Thema damit abgehakt.

Währenddessen nickte Jason. »Genau, so bin ich eben. Immer offen für Neues.«

Bei seinen Worten drehte er den Kopf in meine Richtung, sagte aber nichts weiter und sah nach wie vor blass aus, als wäre ihm übel. Kotzübel. Mir selbst war etwas schwindelig, obwohl es mir egal war, wenn man uns erwischt hätte. Ich war – im Gegensatz zu Jason – bei beiden geoutet. Dementsprechend konnte ich mir vorstellen, dass er das gern erst mal mit sich selbst klären wollte.

Gerade als ich mich neben Denver setzen wollte, klopfte es erneut. Was war heute los, Tag der offenen Tür? »Ich geh schon.«

Dieses Mal lächelten mir meine Schwester und Emma entgegen. »Hi, Riley. Was habt ihr heute vor? Ich dachte, wir hängen ein bisschen zusammen ab.«

Ähm, vor wenigen Minuten hatte ich noch vorgehabt, Jasons Schwanz zu lutschen, bis er fluchend explodierte. Nun hatte ich keinen Schimmer mehr, was ich machen wollte. »Hallo. Nichts Besonderes. Denver und Suzzi sind gerade hier. Vermutlich Playstation spielen? Wollt ihr bleiben?«

»Oh, gern, danke.« Erfreut trat Grace ein und drückte mir im Vorbeigehen eine Ananas und eine Tüte voller Kiwis, Äpfel und Birnen in die Arme.

Stirnrunzelnd blickte ich auf das Obst. »Was soll ich damit?«

»Ich habe gestern mit Mum telefoniert. Sie will, dass du genügend Vitamine zu dir nimmst. Was ich nur bestätigen kann. Und bevor du dich beschwert, ich würde dich bemuttern – sei froh, dass ich es nicht schon geschnitten habe.«

Das wäre gar keine so schlechte Idee gewesen. Statt zu murren, blieb ich in der Küche, während die beiden zu den Jungs rübergingen, wobei Grace Jason zwar zunickte, sich aber ans andere Ende der Couch setzte, mit Denver und Emma zwischen ihnen. Zumindest etwas, kleine Schritte und so. Nachdem ich meine Hände gewaschen hatte, schnippelte ich selbst einen Obstsalat für alle, um meine Finger beschäftigt zu halten.

Suzzi gesellte sich zu mir, während ich versuchte, mich so normal wie möglich zu verhalten und vorsichtig Jasons Blick aufzufangen. Zumindest ein kleiner Moment zwischen uns wäre nett gewesen, aus dem ich hätte schließen können, dass zwischen uns alles okay war. Diesen Gefallen tat er mir nicht und starrte stattdessen auf seinen Block, auf dem er herumkritzelte. Gleichzeitig gab er Denver knappe Antworten. Dieser hatte lässig die Füße auf den Tisch gelegt und den Playstation-Controller schon in der

Hand, um ein Spiel einzustellen. Dabei plauderte er mit Grace und Emma, die er zum Lachen brachte.

»Alles okay?«, fragte mich Suzzi und riss mich aus meinen Gedanken.

»Ja, klar, wieso?«

»Du hackst das Obst ziemlich klein. Ich frag nur. Erinnert mich an Hackfleisch, und daran will ich nicht denken, wenn ich Obst esse.«

Irritiert schüttelte ich den Kopf und lachte, während sie sich umdrehte und zu den anderen ging. Puh, das würde ein langer Nachmittag werden. Sehnsüchtig sah ich zu Jason. Als ich seinen Blick auffing, suchte ich vergeblich nach dem gleichen Gefühl darin. Stattdessen traf mich nichts als kühle Distanz. Ich spürte eine neue Kluft, die sich eisig zwischen uns auftat.

11. Zeit, alle Optionen zu überprüfen

Jason

Je länger ich auf der Couch herumsaß und die Leute neben mir plapperten oder zockten, desto unruhiger wurde ich. Wie ein stetiges Jucken auf der Haut, ohne die Möglichkeit, sich zu kratzen. Völlig unnötig, das war mir verdammt noch mal selbst klar. Ich würde jetzt nicht durchdrehen. Ich sollte durchdrehen, oder? Zumindest hatte ich das Gefühl, es zu müssen, was verflucht idiotisch war. Vor zwei Stunden hatte ich zum ersten Mal in meinem Leben so richtig mit einem Typen rumgemacht, obwohl ich zuvor gedacht hatte, hetero zu sein. So gesehen war ich verpflichtet, jetzt durchzudrehen, oder nicht?

Was ich war, war verwirrt. Hatte sich nun alles verändert oder nur die Sache zwischen Riley und mir? Oder stand ich nun generell auf Männer? Und was war mit Frauen, interessierten sie mich jetzt überhaupt nicht mehr? Verflucht, ich wusste es nicht. Vor meinem inneren Auge spielte ich den Porno von neulich ab, dachte dabei besonders an die Frau, was mich leicht erregte. Dann drehte ich den Kopf zu Riley, und schon beschleunigte sich mein Herzschlag weiter, wobei ich nur die nackten Zehen und schließlich seine Hände auf den Knien seiner zerrissenen Bluejeans ansah. Er hatte lange, grazile Finger, wie die eines Pianisten, wohingegen ich wusste, wie fest sie zupacken konnten und wie sie sich auf meiner Haut anfühlten. Sofort wand ich mich, um die Erregung, die sich bei der Erinnerung in mir emporschlängelte, abzubremsen. Kein guter Ort, nicht der richtige Zeitpunkt.

»Verflucht«, brummte ich, und sofort starrten mich vier Augenpaare an. Nur Rileys Blick blieb auf den Bildschirm geheftet, statt wie zuvor meinen zu suchen, was ich ignoriert hatte. Was spielten wir nur für ein verdammtes Spiel?

»Alles klar, Kumpel? Willst du auch eine Runde fahren? Das beruhigt.« Einladend hielt mir Denver den Controller hin, da er das aktuelle Rennen gerade gegen Emma verloren hatte.

Sie warf mir ein Grinsen zu. »Ja, mein Lieber. Zeig mal, ob du besser bist als Sunnyboy hier.«

Sunny!, schoss es mir durch den Kopf, und eine Idee formte sich. Ich hatte heute sowieso nach dem Hund sehen wollen, den wir gestern versorgt hatten. »Gutes Stichwort. Ich muss zu Sunny. Tut mir leid, aber ich muss los. Habe ich voll vergessen. Mein Mitbewohner muss allein die Rolle des Gastgebers spielen.«

Ich sprang auf, um ein paar Sachen aus meinem Zimmer zu holen. Dort angekommen hörte ich Grace sticheln: »Keine Sorgen, der macht das eh besser.«

Bevor ich zu ihnen zurückging, sah ich durch den Spalt, wie Riley ihr einen bösen Blick zuwarf. »Lass das.«

»Ich sag ja nur. Viel hat er heute nicht mit uns geredet, als wollte er gar nicht, dass wir hier sind.«

Damit hatte sie vollkommen recht. Wären sie nicht gekommen, sähe unser Nachmittag ganz anders aus. Wir hätten die Sache zwischen uns weiter erforscht, darüber geredet, und ich hätte das alles jetzt nicht allein hinterfragen müssen. Außerdem wusste ich, wie Grace über mich dachte, und ihre Anwesenheit erinnerte mich immer daran, woher ich kam. Welche Meinung die meisten Studenten hinter meinem Rücken über mich hatten, obwohl sie mir ins Gesicht lächelten.

»Ich auch nicht, oder?«, meinte Riley knapp.

Denver reichte Grace den Controller und plumpste auf meinen alten Platz, wo er sich ausbreitete. »Wir sind Männer, Grace. Wir plappern nicht so viel. Das ist so ein Männlichkeitsding. Das lässt uns sexy und mysteriös wirken.«

Alle drei Frauen lachten gleichzeitig los, bis Emma sich in seine Richtung wandte. »Du quasselst die ganze Zeit. Du hörst dich nur selbst nicht oder verdrängst es. Aber du hast die ganze Zeit den Mund offen.«

»Vielleicht habe ich ja eine andere Taktik. Oder ich hoffe, dass sich eine von euch dreien meiner erbarmt und mir als Stopper die Zunge in den Hals steckt. Wie wäre es mit dir, Grace?« Er wackelte mit den Augenbrauen in ihre Richtung.

»Nein, danke. Muss nicht sein.«

Emma und Suzzi lachten, Riley schien es weniger lustig zu finden. »Hey, sie ist meine Schwester. Finger weg.«

»Was denn, sie ist süß!«

»Danke«, entgegnete Grace lächelnd, gleichzeitig schüttelte Riley den Kopf und verzog das Gesicht.

»Nein, Alter. Einfach nur nein.«

»Aber –«

»Nein!«

»Na schön«, brummte Denver und widmete sich wieder dem Spiel, als ich ins Zimmer zurückkam.

Grace tätschelte gerade sein Knie. »Liegt nicht an dir. Ich habe eben erst einen süßen Typen kennengelernt. Unser Date war spitze, da kommt so schnell kein anderer mehr ran.«

»Erzähl«, quietschten Emma und Suzzi.

Riley rutschte tiefer in die Kissen. Als seine Schwester anfing, von ihrem Date zu erzählen, spürte ich, dass seine Aufmerksamkeit mir und nicht ihr galt. Unschlüssig stand ich zwischen Wohnzimmercouch und Tür. Sollte ich wirklich gehen und das durchziehen? Würde er mich aufhalten, wenn er wüsste, was ich vorhatte, und würde das einen Unterschied machen?

Da niemand mehr etwas zu mir sagte, marschierte ich mit einer kurzen Verabschiedung aus der Wohnung. Beim Schließen der Tür spürte ich Rileys Blick auf mir, sowie das schlechte Gewissen, das dumpf zwischen meinen Rippen pochte. Dann war ich weg.

Bei Sunnys angekommen tauschte ich ein paar Worte mit dem diensthabenden Tierarzt. Wie bereits gestern prognostiziert, ging es dem Streuner gut und er würde bald wieder rauskönnen. Ich hatte angeboten, ein Inserat für ihn auf die Website zu stellen. Deswegen marschierte ich mit einer Kamera in den hinteren Bereich mit den geräumigen Käfigen, wo mich die Hunde schwanzwedelnd begrüßten. Es verging beinahe eine Stunde, bis ich bei allen Tieren vorbeigesehen, sie gestreichelt und von dem Streuner, den ich insgeheim Bobbie getauft hatte, ein Foto geschossen hatte. Danach setzte ich mich in das Studentenzimmer, in dem gerade mal ein Schreibtisch und ein Bett Platz hatten. Für die Ärzte gab es einen luxuriöseren Raum zum Schlafen.

Mit dem überarbeiteten Bild von Bobbie machte ich mich an die Arbeit. Falls wir in den nächsten Tagen niemanden finden würden, käme er ins Tierheim. Bei dem Gedanken verzog ich zwar den Mund, stellte das Inserat aber mit einem hoffnungsvollen Gefühl ein und schloss die Website der Tierarztpraxis.

Anschließend trommelte ich mit den Fingern auf die Tischplatte. Vermutlich um Zeit zu schinden, bevor ich eine Sache herausfand, die einen großen Teil meines bisherigen Lebens auf den Kopf stellen würde. Egal, ich musste es erledigen. Ich sprang vom Stuhl, sperrte die Tür ab, und sobald ich meine Kopfhörer in den Laptop gesteckt hatte, besuchte ich eine Pornoseite. Anstelle des Altbekannten mit einem Haufen heißer Frauen oder Gruppensex mit mehreren Pärchen, öffnete ich ein Video mit zwei Männern. Zuerst fühlte es sich komisch an, beinahe verboten, wie ich hier saß und zwei Männern beim Sex zuschaute. Ich erwartete beinahe, dass mein Grandpa oder mein Bruder Mike jeden Moment hereinspazierten und mich anschließend anpöbelten, welchen Scheiß ich mir da reinzog.

Eine Erinnerung an genau solch eine Situation erwachte in meinem Kopf. Nur war ich damals ungefähr dreizehn gewesen und unabsichtlich auf die Pornoseite gestoßen, da der Computer meinem sieben Jahre älteren Bruder Mike gehört und er sie nicht geschlossen hatte. Neugierig, wie ich war, hatte ich mich durch die Filmchen geklickt und war schließlich auch auf Männer gestoßen, die es miteinander trieben. Was mich nicht nur aus Neugierde hatte innehalten lassen, sondern weil es eine Reaktion meines Körpers ausgelöst hatte. Genauso wie die anderen Videos mit den Frauen, aber die hatte ich vorher schon mal gesehen, als ich mich in Mikes Zimmer geschlichen hatte. Das mit den Männern war mir neu. Und Neues war schon immer interessanter gewesen.

Zum Glück hatte ich mich nicht angefasst – noch nicht –, denn plötzlich war Mike ins Zimmer gestürzt und hatte mich zuerst zur Sau gemacht, weil ich seinen Computer benutzte, und dann, weil ich einen Schwulenporno guckte. Nachdem Grandpa den Wirbel mitbekommen hatte, schimpfte er mich ebenfalls aus, weil ich ungefragt an Mikes Computer gegangen war und mir so einen scheußlichen Mist angesehen hatte. Danach hatte ich drei Wochen Hausarrest und Fernsehverbot bekommen. Und nie wieder einen Porno mit Männern angeklickt, weil ich jedes Mal das Gefühl gehabt hatte, etwas Falsches zu tun, was ich mir erst jetzt erklären konnte.

War mir diese Abneigung, oder einfach die Ausklammerung von Männern, unbewusst eingeimpft worden? Wäre ich heute schwul oder bisexuell und hätte ohne Probleme eine Beziehung mit einem Typen gehabt, wenn das nicht passiert wäre? Verdammt, kannte ich mich überhaupt, noch oder lebte ich eine Lüge?

Wütend stieß ich gegen den Tisch, wobei der Laptop gefährlich wackelte und meine Aufmerksamkeit erneut auf den Film gelenkt wurde, in dem der eine Kerl dem anderen einen blies und beide laut stöhnten. Bei der Szene musste ich an heute Morgen denken, an die Sachen, die Riley und ich getan hatten. Daran, wie er mich ebenfalls in den Mund nehmen und gerade zur Sache kommen wollte. Mein halbsteifer Schwanz wurde erst recht verdammt hart. Nun, damit dürfte geklärt sein, dass ich genauso auf Männer, insbesondere auf Riley, stand. Wäre noch die Sache mit den Frauen offen. Wenn ich schon die eine Sache hinterfragt hatte, konnte ich mit der zweiten gleich weitermachen.

Ich scrollte durch die Kontakte und wählte Mayas Nummer. Beim zweiten Klingeln hob sie ab. »Hey, hier ist Jason. Hast du Lust, dich spontan zu treffen?«

»Oh, hallo. Schön, von dir zu hören. Was willst du denn machen?«

Wollte sie dieses Spielchen wirklich spielen? Müde rieb ich mir die Augen, versuchte aber Begeisterung in meine Stimme zu legen. »Kannst du dir das nicht denken? Ich habe Lust auf einen unverbindlichen Nachschlag, was aber nichts zwischen uns ändern würde. Bist du trotzdem dabei?«

»Ähm … ja, klar. Wo? Bei dir oder mir? Wann?«

»Bei dir. Jetzt gleich. Schick mir deine Adresse.«

Nach dem Gespräch starrte ich auf das Handy. Nicht weil ich so erpicht darauf war, mich endlich auf den Weg zu machen, sondern weil ich mir nicht sicher war, ob ich das wirklich durchziehen sollte. Andererseits hatten Riley und ich nur rumgemacht und uns nichts versprochen. Genau genommen konnte ich tun, worauf und mit wem ich Lust hatte. Wie sonst sollte ich herausfinden, wie ich in Zukunft leben wollte?

Riley

Wie ich erwartet hatte, kam Jason die ganze Nacht nicht nach Hause. Nicht, dass ich wegen ihm nicht schlafen konnte. Das lag ganz allein an mir und meinen verkorksten Erinnerungen. Zwei Mal wachte ich auf. Beim ersten Mal erinnerte ich mich an den Traum, der mich schweißgebadet aufschrecken ließ. Ein dunkler, verlassener Parkplatz, Schreie, Fäuste in meinem Gesicht, meinem Magen, und Tritte gegen meinen Kopf, Blut aus Mund und Nase. Wenn ich diese Szene nicht selbst erlebt hätte, würde ich anzweifeln, dass jemand eine derartige Attacke überlebte. Dank Wes und seiner Footballfreunde wusste ich es besser.

Und dank der Dinge, die ich gestern mit Jason angestellt hatte und die ziemlich heiß gewesen waren, erkannte mein Geist Parallelen zu meiner Vergangenheit. Ich musste kein Genie sein, um selbst daraufzukommen. Wes und ich hatten beim gemeinsamen Lernen angefangen, nicht nur die Bücher zu studieren, sondern auch uns gegenseitig. In seinem Zimmer, in meinem, in der Jungsumkleide, in einem abgesperrten Abstellraum in der Schule – es war egal, wo, solange niemand etwas bemerkte. Bis zum Abend, an dem ich verprügelt worden war, hatten wir unsere Beziehung geheim gehalten, weil Wes nicht bereit gewesen war, sich öffentlich zu outen, und ich zu verliebt, um ihm deswegen den Laufpass zu geben. Ich hatte vor ihm kurze Beziehungen gehabt und erste Erfahrungen in einem Schwulenlokal in der nächsten Stadt gesammelt. Alles nicht erwähnenswerte, herantastende Küsse, bis ich mich in Wes verliebt und alles für ihn riskiert hatte. Denn Wes, Wes war etwas Besonderes gewesen. War das nicht immer so bei der ersten großen Liebe? Nun, bis diese einem das Herz brach – oder in meinem Fall noch mehr.

Seitdem war über ein Jahr vergangen, in dem ich keinen Typen mehr so berührt hatte wie gestern Jason. Kein Wunder, dass ich den Kopf verlor und meine Emotionen überschäumten. Das war eine große Sache für mich, und eigentlich würde ich darüber mit Grace reden, doch sie hasste Jason. Oder sagen wir, sie tolerierte ihn, seit ich mit ihm die Studentenwohnung teilte. Wenn sie erfuhr, dass er mein erster Schwarm nach der Sache mit Wes war, konnte ich mir schon jetzt ihre eindringliche Predigt vorstellen. Darauf hatte ich so viel Lust wie auf einen Splitter unter dem Fingernagel.

Mit der Hand rieb ich mir über den Magen, um das ungute Gefühl darin zu vertreiben, während ich gemeinsam mit Suzzi über den grünen Campus ging. Neugierig sah sie im Gehen zu mir auf. »Alles klar? Du wirkst heute irgendwie abgelenkt. Das ist mir auch schon heute Morgen in Chemie aufgefallen. Was mich bei keinem anderen wundern würde, weil – sorry – Chemie dazu einlädt, an etwas anderes zu denken. Für gewöhnlich schreibst du dort aber immer wie ein Wilder mit.«

Ohne unseren Schritt zu verlangsamen, marschierten wir weiter über den schattigen Weg unter den hohen Bäumen des Campusparks Richtung Fitnesscenter, das sich neben der Bluewell befand. »Alles gut, danke. Nur schlecht geschlafen.«

»Wegen etwas Bestimmtem, oder warst du nervös, weil wir heute den Kurs machen?«

Ich hielt ihr die gläserne Eingangstür des Fitnesscenters auf, bevor wir beide hineingingen. »Nein, nur so. Ich denke, der Kurs wird mir helfen, mich in Zukunft besser zu fühlen. Es ist gut zu wissen, was man in bestimmten Situationen tun kann, um sich selbst zu schützen.«

Obwohl dieses Wissen nicht meine Gefühle schützte, die wegen Jason in Aufruhr waren. Das war jedoch etwas, worüber ich im Moment nicht nachdenken wollte.

»Damit hast du recht. Das hätten die Typen gestern in der neuesten Folge von Vikings wohl auch gern gewusst. Dort ist es ganz schön abgegangen«, erzählte mir Suzzi mit einem Grinsen. Genau wie Denver war sie ein kleiner Serienjunkie, obwohl man ihr das nicht ansah, besonders ihre Vorliebe für richtige Splatter- und Horrorserien, mit und ohne historischem Setting. Vikings gehörte wohl in eine dieser Kategorie. Ich sah sie nicht, weil mir hier ganz einfach die Laserschwerter und Raumschiffe fehlten.

Auf der linken Seite hinter dem Eingang befand sich eine helle Rezeption, auf die Suzzi und ich zusteuerten. Sie fungierte genauso als Getränkebar, an der Barhocker standen und man Säfte oder Proteinshakes in verschiedensten Geschmacksrichtungen bekam. Der Geruch nach frischem Schweiß, ein wenig Desinfektionsmittel und einem blumigen Hauch, der alles durch die Klimaanlage überdecken sollte, lag in der Luft. Es fühlte sich wie ein Zuhause an. Sicher, die Umkleidekabinen und Trainingslager beim Fußball waren nicht so sauber und hipp eingerichtet, wie es in diesem speziellen Fitnesscenter der Fall war, der Schweißgeruch war aber überall derselbe. Nun gut, ein Haufen pubertierender Jungs nach einem schweißtreibenden Training stank um einiges heftiger.

Ein junge Frau, ungefähr in unserem Alter, mit wilden, braunen Locken, die mit einem neonpinken Band zurückgehalten wurden und mich an die Achtzigerjahre erinnerten, begrüßte uns. »Hallo, ihr zwei, ich bin Cora. Was darf ich für euch tun?«

»Wir haben uns für einen Probemonat und den Selbstverteidigungskurs angemeldet, der immer montags abgehalten wird.« Damit zückten Suzzi und ich unsere Studentenausweise sowie unsere Anmeldeformulare, bevor Cora uns danach fragen konnte. In der Unizeitung hatten wir über die speziellen Angebote und Preise für Studenten gelesen. Sie nahm unsere Daten auf und lächelte uns anschließend zu.

»Alles klar, ich gebe euch sofort eine Karte, mit der ihr in alle Bereiche kommt und bezahlen könnt, wie die Getränke hier an der Bar, das Solarium, die Infrarotkabinen und dergleichen.« Sie deutete mit der Hand zur rechten Thekenseite, dann hielt sie uns zwei schwarze Checkkarten hin. »Ende des Monats wird abgerechnet. Bar oder mit Kreditkarte. Alles klar?«

»Glasklar«, pflichtete ich ihr bei. Suzzi nickte und nahm unsere Karten entgegen, wobei sie mir eine zusteckte. Wir hatten alle Informationen längst auf der Homepage des Fitnesscenters gelesen.

»Gut, dann viel Spaß. Bei Fragen wendet euch an mich oder die anderen Mitarbeiter, die an dem weißen Shirt mit dem grünvioletten Logo zu erkennen sind.«

»Danke, das werden wir.« Oder auch nicht, da Suzzi und ich beide keine Neulinge waren. Wir machten Platz für die Studenten, die hinter uns warteten. Anscheinend waren wir nicht die

Einzigen, die heute trainieren oder in den Selbstverteidigungskurs gehen wollten, der in einer halben Stunde startete.

»Also dann, lass uns mal die Männerhintern abchecken«, verkündete Suzzi einige Minuten später fröhlich, nachdem wir uns umgezogen hatten. Ihre Schritte Richtung Trainingsgeräte hatten eine federnde Leichtigkeit an sich.

Feixend stieß ich ihr leicht den Ellbogen in die Seite. »Dachte, wir wären zum Trainieren hier und um zu lernen, uns selbst zu verteidigen.«

»Das auch, mein Lieber, das auch. Aber Fleischbeschau geht nebenbei.«

»Jepp, das geht nebenbei. Dann also Training mit Augenbuffet. Mit welchem Gerät möchtest du anfangen?«

»Ergometer, leichter Einstieg. Glaubst du etwa, ich möchte komplett durchgeschwitzt sein, wenn wir später den Kurs haben?« Demonstrativ rümpfte sie die Nase und brachte mich damit zum Lachen.

»Suzzi, später wird keiner mehr riechen, von wem welcher Schweiß kommt. Hier dunsten alle. Ist der Sinn dahinter, unter anderem, weißt du.«

Die Zunge rausgestreckt, winkte sie mir mit den Fingerspitzen zu und ging zu einem Ergometer. Ich hingegen ließ die Ausdauersportgeräte hinter mir und marschierte zu den Hantelstangen. Ein wenig Krafttraining würde vor dem Kurs nicht schaden, solange ich es nicht übertrieb. Zum Aufwärmen nahm ich mir ein Springseil, mit dem ich ein paar Minuten auf der Stelle hüpfte. Anschließend bestückte ich die Langhantel mit den passenden Gewichten und stemmte sie auf der Bank liegend nach oben.

Während ich Wiederholung um Wiederholung vollführte, driftete mein Geist ab. Jasons Gesicht tauchte in meinen Gedanken auf, und ein schmerzhafter, eifersüchtiger Stich ließ meine Brust brennen. Ich konnte mir denken, wo er die letzte Nacht sprichwörtlich gesteckt hatte. Natürlich könnte es auch sein, dass er in der Tierarztpraxis geschlafen hatte, aber ich hatte die Reue, das Vorhaben in seinen Augen, gesehen, als er gestern Nachmittag so abrupt verschwunden war. Wie ein Mann auf einer Mission.

Obwohl wir miteinander rumgemacht hatten, war er mir nichts schuldig. Dennoch fühlte sich der Gedanke an Jason mit einer Frau grauenhaft falsch an. Nicht nur, weil ich auf ihn stand, sondern weil wir uns gestern zusammen viel zu richtig angefühlt hatten. Und das hatte auf Gegenseitigkeit beruht, das war zu spüren gewesen. Aber was sollte ich deswegen unternehmen? Es war seine Entscheidung, und er konnte tun und lassen, was er wollte. Ich entschied nur, was ich damit anfing, und ich hatte nicht vor, mich ein weiteres Mal dieser Pein auszusetzen. Ich hatte einmal eine einseitige Beziehung geführt und wollte nicht von der einen in die nächste abrutschen. Wenn es so einfach wäre. Oder Entscheidungen des Kopfes mit den Entscheidungen des Herzens im Einklang wären. Jason war Jason, und ich wollte ihn, egal was ich mir vormachte. Mistkerl!

Besagter Mistkerl erschien in meinem Blickfeld, und ich keuchte erschrocken auf. »Scheiße! Mist! Was machst du denn hier?«

Schnell legte ich die Hantel über mir ab, bevor sie mir auf den Kopf fiel, wobei mir Jason Hilfestellung gab, dann setzte ich mich auf. »Hi.«

Immer schön vage bleiben. Ich überließ es ihm, was als Nächstes passieren sollte.

»Hey, Mann. Was machst du hier? Das ist eigentlich das Fitnesscenter, in dem ich abhänge. Wusste nicht, dass du neben Klettern auch mit Gewichten trainierst. Wobei, das hätte ich mir denken können«, meinte Jason locker und wirkte erst bei genauerer Betrachtung nervöser, als seine Worte vermuten ließen. Kurz zuckte sein Blick durchs Studio, vermutlich zur Kontrolle, ob uns jemand beobachtete. Nachdem er mir eben geholfen hatte, stand er nun wieder ungefähr eineinhalb Meter entfernt und deutete auf das Gym um uns herum. »Ich bin übrigens Trainer hier.« Dann auf sein weißes Shirt. »Und ich gebe einen Selbstverteidigungskurs.«

Ah, er wollte also die Kumpelnummer durchziehen. Ernsthaft, wollte er mich veraschen? Ich unterdrückte ein genervtes Schnauben und atmete tief durch, um mich zu beruhigen. Na schön, auch gut. Für den Moment. Wenn er extra cool mit der Sache umgehen wollte, würde ich sicher keine Szene machen. Dann erinnerte ich mich an das gestrige Gespräch und zählte eins und eins zusammen.

»Das ist also deine hochgelobte Erklärung für die Verletzungen von den geheimen Studentenkämpfen? Ein Selbstverteidigungskurs?«, fragte ich ungläubig und konnte die Schärfe in meiner Stimme nicht ganz zurückhalten. »Und wer bitte schön hat dir eine auf deine Breitseite gegeben, der Dummy, oder was?«

Beim lieben Yoda, wie gern wollte ich dieser Dummy sein. Ihm eine zu verpassen, musste sich unglaublich befriedigend anfühlen, obwohl ich gegen Gewalt war. Ich deutete auf seine langsam verheilende Unterlippe und das Veilchen auf seiner rechten Gesichtshälfte. Der Rest seiner Verletzungen war unter dem Shirt verborgen.

Da er nichts erwiderte, außer »Unfälle passieren«, stand ich grimmig auf. Denn ich hatte genug von dem Mist, wischte mir mit dem Handtuch Schweiß von der Stirn und deutete auf Suzzi. »Wir sind extra wegen des Selbstverteidigungskurses hier. Ich hatte keine Ahnung, dass du ihn gibst. Dachte, du arbeitest bei Sunny, wenn du nicht an der Uni bist.«

Oder lässt dir ins Gesicht schlagen, wenn wir schon dabei sind. Diesen Kommentar verkniff ich mir, auch wenn Jason ihn mir wohl vom Gesicht ablas.

Er kniff die Lippen zusammen. »Tja, ich mach dieses und jenes. Geld ist Geld. Und hier kann ich mir, bis auf den Selbstverteidigungskurs, die Stunden frei einteilen, je nachdem wie viel Zeit ich neben dem Lernen habe. Sobald die stressige Prüfungszeit anfängt, werde ich etwas kürzertreten.«

»Oder auch nicht«, mischte sich auf einmal Rockster ein, der neben uns erschien. »Jason ist wie diese Duracell-Häschen. Immer weiter und weiter, ohne Pause. Kein Wunder, dass er so gut bei Frauen ankommt, wenn man so ausdauernd ist und mehrere Nummern hintereinander schieben kann.«

Kumpelhaft klopfte er Jason auf die Schulter, der sich verspannte, bevor Rockster zu mir kam, um mir eine halbe Umarmung zu geben. »Hi, Riley. Scheint Schicksal zu sein, dass wir uns ständig über den Weg laufen. Ich trainiere auch hier.« Sein Lächeln war echt, dann wurde er ernst, als er zurücktrat, zwischen mich und Jason, der die Augen zusammengekniffen hatte, jedoch stumm blieb. »Schade, dass du Samstag schon so früh weg bist.«

»Hey, ja, tut mir auch leid. Es war einfach zu viel los.«

»Ja, ja, ich weiß, was du meinst. Auf solchen Studentenpartys kann es manchmal heiß hergehen«, entgegnete Rockster, und ich konnte diese Aussage nur bestätigen. Samstag war es definitiv heiß geworden, und Sonntag hatte ich beinahe lichterloh gebrannt. Bei der Erinnerung sah ich zu Jason, der meinen Blick wissend erwiderte. Jepp, wir hatten beide Feuer gefangen.

Rockster räusperte sich in unser Schweigen, das vermutlich länger gedauert hatte, als angenommen. Mist, reiß dich zusammen, Riley!

Bevor ich etwas sagen konnte, tänzelte Suzzi zu unserer Runde. »Hallo, Leute.« In den Händen hielt sie ihr Handy und tippte darauf herum. »Deine Schwester erreicht dich nicht. Deshalb hat sie mich gefragt, ob wir nächste Woche mit ihr und Emma und ein paar anderen Freunden in den Bergen wandern gehen wollen. Hast du Lust?«

»Klar, wieso nicht«, antwortete ich automatisch, da es schön klang, ein bisschen die Gegend zu erkunden. Immerhin war ich nicht wie Jason aus demselben Bundesstaat und hatte gefühlt tausend Jobs im Nacken.

»Wollt ihr ebenfalls mitkommen?«, fragte ich in der Erwartung eines Neins. Wandern war nicht besonders spannend, und wie es aussah, bereute Jason die Sache zwischen uns, deshalb würde er mir in nächster Zeit sowieso aus dem Weg gehen.

In Rocksters Augen hingegen blitzte Vorfreude auf, als er mir zuzwinkerte. »Zu gern, hört sich spannend an.«

»Sicher, bin dabei«, fügte Jason zu meiner Überraschung schnell hinzu und verschränkte die Arme vor der Brust.

Skeptisch hob ich eine Augenbraue, beließ es aber dabei. »Cool, ähm … Dann werde ich auch Denver fragen. Er wird sicher mitkommen wollen.«

»Worauf du wetten kannst. Allein bleibt er nie zurück«, meinte Jason, nun wieder mit dem ersten richtigen, breiten Lächeln seit unserer Nummer im Badezimmer. Es fühlte sich an, als wäre sie Monate und nicht Stunden her. Seine leichten Grübchen, die sich zeigten, wenn er breit lächelte, brachten mich ebenfalls zum Grinsen. »Nie und nimmer, er will doch nicht der Blitz sein.«

Erneut räusperte sich Rockster, um meine Aufmerksamkeit auf sich zu ziehen. »Also, wegen dem Wandern. Das hört sich perfekt an, und ich kann mir vorstellen, wie hungrig man nach so einem Tag mit Bewegung an der frischen Luft ist. Wir könnten ja danach zu zweit etwas Ess-«

»Oh, hoppla. Schaut mal, wie spät es schon ist! Der Kurs fängt gleich an. Ihr solltet euch bereit machen«, mischte sich Jason ein, ohne sich für seine Unterbrechung zu entschuldigen. Ein schneller Blick auf die Uhr zeigte mir, dass der Kurs erst in vier Minuten anfangen sollte, aber alle waren zu überrumpelt, um es zu bemerken. Also folgten wir Jason in einen weiteren Raum.

Zuvor verabschiedete ich mich von Rockster und meinte etwas zu erleichtert: »Tut mir leid, er hat recht. Wir können später noch darüber reden. Wir schreiben.«

Trotz schlechten Gewissens gegenüber Rockster war ich mächtig froh über diese Ablenkung. Ich sollte mich über die offensichtliche Einladung zum Essen freuen und begeistert zusagen. Rockster war ein netter Kerl. Offen, witzig, freundlich, aber er verursachte kein Knistern, kein Kribbeln in meinen Eingeweiden. Ein Blick auf Jason genügte, um all meine Nervenden zu spüren. Ich konnte nichts an meinen Gefühlen ändern, obwohl ich wusste, dass ich die Finger von ihm lassen sollte. Ganz offensichtlich hatten wir keine Zukunft, es würde nie ein Wir geben, also musste ich mir Jason aus dem Kopf schlagen. Verfluchter Blaster!

Mit diesen Gedanken stellte ich mich gemeinsam mit Suzzi in dem Kursraum auf, in dem bereits einige Studenten warteten. Jason stellte sich breitbeinig vor die Leute, begrüßte sie fachmännisch und zeigte uns bereits wenige Minuten später die ersten Handgriffe bei der Selbstverteidigung.

Während des Kurses musste ich mich zusammenreißen, um nicht ständig mit dem Blick an seinem Bizeps hängen zu bleiben oder mich von seiner tiefen, kratzigen Stimme einlullen zu lassen. Es war regelrecht harte Arbeit, auf die Aufgabenstellungen fokussiert zu bleiben. Ich fühlte mich wie ein Alkoholiker, der nach Jahren Abstinenz einen mundenden Rotwein gekostet hatte, nur um im nächsten Moment davon abzulassen und sich auf etwas anderes zu konzentrieren, obwohl der Wein nach wie vor offen vor seiner Nase stand. Ein Ding der Unmöglichkeit. Ich stöhnte innerlich. Das würde eine lange, lange Stunde werden. Nach der ich im Anschluss wahrscheinlich eine kalte Dusche bräuchte, um meinen Körper, meinen Kopf und mein Herz von Jasons Einfluss reinzuwaschen.

12. Verschlossene Türen öffnen

Jason

Der Tag hatte sich angefühlt, als hätte ich nicht erst den Montag hinter mich gebracht, sondern die gesamte Woche. Zuerst hatte ich bis zum Nachmittag Uni gehabt, wobei uns Prof. Perkins im Kurs zu Kleintieranatomie alle zu einem Vortrag verdonnert hatte.

Daher war ich anschließend in die Bibliothek gegangen, um damit zu starten und die Zeit bis zu meinem Selbstverteidigungskurs zu überbrücken. Bei dem ich Riley getroffen hatte, was ein aufgeregtes Kribbeln in meinem Magen ausgelöst hatte. Und dann war auch noch Rockster aufgetaucht und hätte ihn beinahe um ein Date gebeten, was mein Kribbeln zu einem harten Klumpen verwandelt hatte.

Müde steckte ich den Schlüssel ins Türschloss und sperrte unsere Wohnung auf. Vermutlich pennte Riley schon, worüber ich gleichzeitig erleichtert und enttäuscht war. Wegen ihm war ich so verdammt hin- und hergerissen, und ich hasste dieses Gefühl.

Ansonsten gab es in meinem Leben klare Linien, nicht dieses Chaos, das in meinem Kopf, aber vor allem in meinem Herzen herrschte. Sobald ich in der Wohnung war, hörte ich den Fön aus dem Badezimmer, dessen Tür einen Spalt breit offen stand. Sofort zerbrach der harte Klumpen in meinem Bauch zu unzähligen Schmetterlinge.

Im Badezimmer stand Riley nur in ein Handtuch gewickelt, das tief auf seinen Hüften hing. Einmal kurz daran ziehen, und es würde zu Boden fallen, um seinen nackten Körper zu zeigen. Der Gedanke beschleunigte meine Atmung, genauso wie der Anblick, der sich mir bot. Seine hochgewachsene, gebräunte Gestalt, wie sich die Muskeln bewegten, während er seine dunklen Haare föhnte, war wunderschön, sexy und zum Anbeißen.

Sofort kribbelte mein Magen heftiger, und ich fühlte mich wie einer dieser sabbernden Hunde, denen man ein Stück saftiges Fleisch hinschmiss. Mir schossen einige gute Ideen durch den Kopf, was ich mit seinem Fleisch machen könnte. Küssen, lecken, beißen, saugen.

Letzte Nacht hatte ich einige meiner Fragen beantwortet, andere waren hinzugekommen. Wollte ich wirklich mit einem Mann, mit Riley, zusammen sein? War ich überhaupt bereit für eine feste Beziehung, egal ob mit einer Frau oder einem Mann, und hatte ich die Zeit dafür? Bei seinem Anblick und den Gefühlen, die in mir erwachten, wurde mir klar, dass ich mir nichts vormachen konnte. Die Antworten darauf waren nämlich: Auf jeden Fall. Ich wollte es versuchen, mehr als alles andere.

In diesem Moment schaltete Riley den Fön ab, ging aus dem Badezimmer und bemerkte mich mitten im Raum stehend. »Oh, hi. Hab dich gar nicht gehört.«

»Ja, bin gerade gekommen. War ein langer Tag.«

Nickend ging er weiter, holte sich ein Glas Wasser aus der Küche und wandte sich in die Richtung seines Zimmers. »Kannst du laut sagen. Guter Kurs heute, Suzzi und ich werden wiederkommen.«

»Danke, freut mich zu hören. Und ihr kommt wieder, weil er so gut war oder weil ihr die zehn Stunden schon im Voraus bezahlt habt?«

»Beides.« Ein schmales Lächeln erschien auf seinen Lippen, es wirkte jedoch angespannt. »Na dann, ich werde jetzt schlafen gehen. Gute Nacht.«

Mit diesen Worten ließ er mich hier wie angewurzelt stehen. Was zur verdammten Hölle? Wollte er jetzt einfach so abhauen, ohne über das zu reden, was passiert war? Ich war zwar kein Typ, der lange über seine Gefühle quatschte, das zwischen uns war aber eine besondere Sache.

»Könntest du einen Moment warten, um über das zu reden, was gestern passiert ist?«

»Da gibt es nichts zu reden«, kam es prompt von Riley, als wäre er sauer, noch mehr als am Nachmittag.

»Das denke ich schon.«

Langsam verwandelte sich meine Irritation in richtig miese Laune. Fühlten sich so die ganzen Frauen, wenn sie mit mir über eine Beziehung reden wollten und ich ständig abblockte? Es war frustrierend, und das schlechte Gewissen mischte sich zu meiner Wut. So sehr, dass ich den Wunsch verspürte, gegen die nächste verfluchte Wand zu schlagen.

»Na schön, eine Frage: Warst du bei einer Frau?«, wollte Riley wissen, der im Türrahmen stand und sich dagegen lehnte, als wäre er todmüde.

Mit dieser Frage hatte er mich kalt erwischt. Schuldbewusst zog ich den Kopf ein und starrte einen Moment auf seine Füße. Gleich würde er wissen wollen, was ich gestern so alles getan hatte. Er war kein Idiot und hatte sich die Dinge selbst zusammengereimt.

»Hast du mit ihr geschlafen?«

»Riley, ich –«

»Nein«, unterbrach er mich, sichtlich gleichgültig gegenüber meiner Antwort. Ich konnte förmlich sehen, dass er einfach nur wegwollte.

»Wir sind nicht zusammen, Jason, ich weiß. Die Sache war für dich ein Herumexperimentieren, und das verstehe ich. Wirklich. Wir hatten ein wenig Spaß, jetzt ist es vorbei. Schließlich sind wir an der Uni, um Erfahrungen zu machen. Es ist wie es ist. Du kannst machen und schlafen, mit wem du willst, das ist deine Sache. Aber ich kann mich dafür entscheiden, mit wem ich zusammen sein oder meine Zeit verbringen möchte. Und im Moment will ich dir lieber aus dem Weg gehen. Ganz einfach.«

Mit diesen Worten drehte er sich um, schloss die Tür und sperrte sie geräuschvoll ab. Ganz einfach, verdammt! Zwischen uns war überhaupt nichts einfach. Außerdem hatte mich bisher niemand vor die Tür gesetzt. Oder, in diesem Fall, mir die Tür vor der Nase zugeschlagen. Aber es war nicht mein verletzter Stolz, der mich antrieb, sondern meine Gefühle für Riley.

Brummend marschierte ich zu seiner Tür und hämmerte wild dagegen. »Riley Davis, mach diese verdammte Tür auf, sonst schwör ich dir, trete ich sie ein. Ich will mit dir reden, jetzt.«

»Ich aber nicht mit dir. Lass mich in Ruhe.« Seine Stimme klang weiter weg, als läge er bereits im Bett und hätte tatsächlich nicht vor, mich reinzulassen. Verflucht!

Ein weiteres Mal klopfte ich an die Tür und lehnte mich gegen das kühle Holz, um mich zu beruhigen. »Lass mich rein, komm schon.«

»Nein. Bitte verschwinde, Jason. Für heute habe ich genug«, gab er zu und klang dabei so müde, wie ich mich fühlte. Dieses Wechselspiel der Emotionen konnte einen vollkommen kirre machen. Ich wusste aber, dass ich ihn sehen musste, mit ihm reden, um es ihm zu erklären, und das musste ich von Angesicht zu Angesicht tun.

Na schön, wie er wollte, ich konnte auch anders. Wäre doch gelacht. Mit neuer Energie stieß ich mich von dem Holz ab, stampfte zu meinem Zimmer, zog den Schlüssel ab und kehrte zu Rileys Tür zurück. Dort steckte ich den Schlüssel in das Schloss, rüttelte herum, bis seiner rausfiel, und sperrte schließlich auf.

Triumphierend trat ich mit ausgestreckten Armen und einem übertriebenen Grinsen wie das eines Zirkusdirektors in sein Zimmer. »Tadaaa. Ich kann zaubern. Mein bester und bisher einziger Zaubertrick. Du stehst doch so auf Fantasy!«

»Was soll der Scheiß, Jason!«, fauchte mich Riley aus dem Bett springend an. »Außerdem lese ich Star Wars, das ist Science Fiction, Himmel, Herrgott!«

»Und Fantasy, immerhin können die doch zaubern. Dinge schweben lassen und so ein Zeug«, hielt ich dagegen, obwohl es völlig egal war. Dennoch bestand ich darauf, mit beschleunigter Atmung und die Hände in die Hüften gestemmt. Sich über Nichtigkeiten anzubrüllen, war viel einfacher, als über das, was wichtig war: uns.

Skeptisch beäugte er den Schlüssel, der am Boden in seinem Zimmer lag, dann zuckte sein Blick hoch zum Schloss. »Sag mir nicht, dass dein Schlüssel auch meine Tür aufsperrt.«

»Wie man sieht, ja. Anscheinend ist der Univerwaltung unsere Privatsphäre egal. Haben sich nicht die Mühe gemacht, für jedes Zimmer ein eigenes Schloss mit passendem Schüssel einzubauen.«

Stirnrunzelnd hob ich Rileys Schlüssel vom Boden auf und zog meinen aus dem Schloss. »Würde mich nicht wundern, wenn die auch bei Emma oder Grace passen. Je weniger Aufwand, desto besser.«

Kopfschüttelnd legte ich sie auf den kleinen Nachttisch, der neben der Tür am Fußende von Rileys Bett stand. »Wir könnten es ausprobieren. Dann wissen wir zumindest, ob die Schlüssel nur pro Wohnung identisch sind, pro Wohnhaus oder für alle am Campus gleich.«

»Ja, dann wissen wir zumindest das«, bestätigte Riley kühl, schien aber nicht sonderlich daran interessiert. Im Grunde sah er so aus, als wollte er im Moment ganz woanders und vor allem mich los sein. Kein Wunder, ich war selbst schuld daran – ebenfalls keine Überraschung. Verbockte ich nicht alles in meinem Leben, um es anschließend wieder zu richten? Das Leben flicken, Versprechen einhalten, Erwartungen erfüllen, um nicht wieder Schande über die Familie zu bringen oder Freunde nicht beschützen zu können. Verdammt, ich war ein wandelnder Zerstörer und hatte mehr mit meinem joblosen, abhängigen Vater gemein, als ich mir verflucht noch mal eingestand.

Das hier wollte ich aber hinbekommen, oder wenigstens die Chance haben, zu sehen, ob daraus etwas werden könnte. Etwas Großes, Echtes. »Riley. Du sollst wissen, dass ich gestern mit keiner Frau geschlafen habe, obwohl ich zugebe, dass ich mit dem Gedanken gespielt habe. Und auch nicht mit einem anderen Mann, um das klarzustellen. Ich weiß, ich war ein wenig von der Rolle, aber weniger, als ich erwartet hatte. Trotzdem musste ich zuerst ein paar meiner Fragen für mich selbst beantworten.«

»Und du hast diese Antworten gefunden, während du nicht mit einer Frau oder einem anderen Mann geschlafen hast. Die ganze Nacht«, fasste er wenig überzeugt zusammen. Ungerührt verschränkte er die Arme vor der Brust. Eine Bewegung, die meine Aufmerksamkeit auf seine Muskeln unter der weichen Haut auf sich zog und darauf, wie wenig Riley nach wie vor anhatte. Statt dem umgewickelten Handtuch trug er Boxershorts, die schwarzen Haaren hingen ihm locker bis zum Kinn. So gern ich ihn auch berührt hätte, wusste ich ganz genau, dass es besser war, im Moment meine Finger bei mir zu behalten. Wer wusste schon, ob ich mir sonst nicht die Hände verbrennen oder er sie mir abbeißen würde.

»Du hast recht, ich habe mehr als das gemacht.«

Also schilderte ich ihm zuerst meinen Besuch bei Sunny, um nach dem Hund zu sehen. Dann meine Experimente mit den Pornos. Kopfschüttelnd seufzte ich, weil ich mich allein schon für den Gedanken daran schämte. »Schließlich habe ich mich mit Maya getroffen, der Studentin, die du beim Fußballmatch gesehen hast, weil ich gedacht habe, die Reaktionen meines Körpers testen zu müssen. Als wäre ich mir das schuldig. Aber ich habe es nicht durchgezogen, ich schwöre dir, wir haben nicht miteinander geschlafen. Wir haben uns geküsst und sie wollte mich gerade anfassen, aber ich habe die Sache beendet. Mehr ist nicht passiert.«

»Warum? Du hättest es durchziehen können. Du schuldest mir nichts.«

Nein, tat ich nicht, aber er mir. Und zwar, dass er mir zuhörte, bis zum Schluss.

»Weil es sich trotz der leichten Erregung falsch angefühlt hat und ich ständig an dich denken musste.«

Vorsichtig trat ich einen Schritt näher, wobei mich Riley musternd auf Abstand hielt und keine Emotionen verriet. Ich hasste es. Ich wollte wieder das lodernde blaue Feuer in seinen Augen sehen.

»Ich bin erregt gewesen, als ich mir die Pornos mit den Männern und mit den Frauen angesehen habe. Ich bin bei Maya erregt gewesen. Aber das alles ist nur ein lauer Abklatsch meiner Erregung, als ich dich berührt habe.«

Noch zwei Schritte in seine Richtung. »Dafür weiß ich nun, dass ich zwar auf Frauen und auf Männer stehe, aber im Moment stehe ich ausschließlich und ganz besonders auf dich, Riley.«

Einen Moment war es, als hätte er vergessen zu atmen. Dann ließ er Luft aus seinem Mund strömen, glotzte mich perplex an, während seine Arme locker neben seine Hüften fielen. Automatisch sah ich nach unten und erst jetzt genauer auf seine Boxershorts. Darauf waren erneut Star-Wars-Motive im Manga-Stil gedruckt. Dieses Mal war auf beiden Seiten ein schwebender Yoda in konzentrierter Pose zu sehen. Unter ihm stand der Text: »It's not about the size.«

Typisch Riley, mein sexy Nerd. Um nicht zu lachen, biss ich mir fest auf die Lippe. Ich spürte, wie sie erneut aufsprang, und schmeckte mein eigenes Blut.

»O nein, Scheiße«, murmelte Riley, und ich sah schnell hoch in sein Gesicht. Erwartete, dass er angeekelt war, weil ich wie ein Perversling auf seinen Schritt gaffte. Stattdessen hielt er ein Taschentuch in der Hand, das er von irgendwo hergezaubert haben musste.

»Du blutest wieder«, informierte er mich, als würde mich das interessieren.

Anscheinend hatte er beim Anblick meines Blutes vergessen, sauer auf mich zu sein. Denn er kam näher, drückte mich auf die Bettkante hinunter und presste mir das Tuch auf die blutende Lippe, während er vor mir stehen blieb. Dabei war er mir viel zu nahe, seine nackte, feste Haut wenige Zentimeter von meinen gierigen Fingern, meiner neugierigen Zunge entfernt. Verdammt, bald könnte ich mich nicht mehr beherrschen. Seine Nähe, sein Geruch – einfach Riley – lenkten mein Blut zielsicher zwischen meine Beine.

Vorsichtig löste er das Taschentuch, um sich die Lippe anzusehen. »Sehr gut, hört schon wieder auf zu bluten.«

»Kein Wunder, wenn mein ganzes Blut gerade in eine ganz andere Körperregion abwandert«, meinte ich im Halbscherz, da ich spürte, wie ich immer steifer wurde. Trotz verletzter Unterlippe grinste ich schief zu ihm hoch.

»Du findest also, die Größe zählt nicht? In allen Belangen, oder machst du bei manchen Situationen eine Ausnahme?«

»Macht du jetzt einen auf Suzzi mit deinem abrupten Themenwechsel?«

»Nein, ich meine das hier.« Vorsichtig hob ich die Hand. Mit dem Zeigefinger strich ich langsam von seiner rechten Hüfte abwärts über den Stoff der Shorts. Bei der leichten Berührung sog er scharf die Luft ein, im nächsten Moment sah ich, wie sein verhüllter Penis hart wurde. Der steife Schwanz hinter dem dünnen, seidigen Stoff hatte auf mich die gleiche Wirkung wie eine feuchte Scheide unter einem Stringtanga, der leicht zur Seite zu schieben war: Mir lief das Wasser im Mund zusammen, und ich wollte mit der Zunge darüber lecken. Aber egal ob bei Frauen oder Männern, ich nahm mir erst nach deren Einwilligung, was ich wollte. Ja, genau, zuerst immer schön fragen, bevor man die Zügel fallen ließ.

Mit den Händen am Rand seines Bundes verharrend sah ich zu ihm hoch. Unsere Blicke trafen sich, eine unausgesprochene Frage hing in der knisternden Luft, die ich herauspflückte und ihm vor die Füße warf. »Darf ich?«

»Hätte nicht gedacht, dass du vorher fragen würdest.«

»Hey, ich bin ein Arschloch, aber ein höfliches Arschloch.«

Zuerst verzog sich sein Gesicht schmerzvoll, und ich wollte bereits von ihm ablassen. Doch zu meiner Überraschung nickte er mit schmalen Lippen. Intensiv musterte er mich mit diesem verdammten dunklen Blau, das ein erregtes Feuer in sich trug. Ein Blick, der mich brandmarkte und bei dem ich noch härter wurde. Besonders, als ich ihm endlich die Hose nach unten zog und mir sein langer Schwanz vor der Nase entgegensprang. Ohne lange nachzudenken, öffnete ich den Mund und nahm seine Spitze zwischen meine Lippen. Leckte darüber, kostete ihn und machte mich mit diesem neuen Spiel bekannt, das sich vertrauter als erwartet anfühlte. Es war vollkommen natürlich, so wie es schon immer sein sollte.

Rileys heiseres Stöhnen drang an mein Ohr, während ich seinen Penis in meinem Mund vor- und zurückgleiten ließ. »Ja, weiter so … Du fühlst dich perfekt an … Lutsch ihn härter … Zieh an den Eiern … wow, ja. Scheiße …«

Die ganze Zeit, während ich ihn bearbeitete, hauchte er erregte Befehle, fluchte vor sich hin oder versicherte mir in seinem vernebelten Zustand, wie gut es sich anfühlte. Kurz verzog ich die Lippen zu einem Grinsen. Nie im Leben hätte ich gedacht, dass Riley Davis, wenn es zur Sache ging, ein Dirty Talker war. Das hatte mich bisher nicht angemacht, es war mir egal gewesen. Aber jetzt, hier mit Riley, baute sich meine Erregung durch seinen Geschmack, seinen Geruch und die geflüsterten Worte noch weiter auf. Wenn er nicht bald kam, würde ich vor ihm dran sein, ohne mich anzufassen. Verdammt surreal.

Deswegen strich ich mit den Händen über seinen festen Arsch, knetete ihn und glitt mit den Fingerspitzen weiter nach hinten. Im Porno hatte es der Typ, der dem anderen einen geblasen hatte, auch so gemacht. Er hatte ihm den Finger in den Hintern gesteckt, und sofort war der Kerl abgegangen wie eine Rakete.

Wie sollte ich das angehen? Vorher Gleitmittel holen? Aber dazu müsste ich aufstehen, und ich wollte jetzt nicht weg von ihm.

Oder ginge es auch, wenn ich meine Finger einfach ableckte? Ich hatte keine verfluchte Ahnung.

Auf einmal legte sich Rileys Hand um meinen Kiefer, und brachte mich dazu, zu ihm aufzusehen. »Mach dir nicht zu viele Gedanken. Du bist … der Wahnsinn. Ehrlich, mach einfach weiter mit dem, was sich gut anfühlt. Ich komme sowieso jeden Moment.«

Seine entwaffnende Ehrlichkeit schürte meine Zuversicht, und ich ließ das Denken sein. Tat die guten Dinge, die mich normalerweise selbst über den Rand der Klippe schickten. Mit einer Hand massierte ich seine Eier, die andere legte ich fest um seinen Schaft. Dann setzte ich wieder den Mund an seinen Schwanz, um ihn ganz tief in mir aufzunehmen, saugte, leckte, fuhr vor und zurück, während die ganze Zeit meine Hand der Richtung meines Mundes folgte und pumpte. Unter meinen Fingern und auf meiner Zunge spürte ich, wie Riley noch eine Spur weiter anschwoll. Es folgten gekeuchte Flüche, bevor er bebend kam, wobei meine Eier selbst am Rande der Explosion standen. Ich konnte mich nicht erinnern, je so erregt oder mich so mächtig und zufrieden gefühlt zu haben.

Langsam kam Riley wieder zu sich, seine Atmung wurde regelmäßiger und er legte mir die Hände auf die Schultern. Ein kurzer Kuss auf meine Wange folgte, dann auf meine Stirn. »Du warst … das war … grandios.«

»War mir ein Vergnügen. Glaub mir. Ich habe nichts lieber getan als das.«

»Und ich würde jetzt nichts lieber tun, als mich zu revanchieren.«

O Mann, der Gedanke an Rileys Lippen um meinen Schwanz war beinahe zu viel, trotzdem feixte ich. »Dann möchte ich dich nicht enttäuschen. Mal sehen, wer es besser draufhat.«

Voller Elan sprang ich in seinem Bett bis zum Kopfende zurück, legte mich locker auf den Rücken und verschränkte die Arme hinter dem Kopf. »Bitte schön, das Dessert ist für dich angerichtet. Ich bin bereit.«

»Du liegst vollständig bekleidet in meinem Bett. Das nenne ich nicht bereit.«

Ich war so was von bereit. Was er sehen würde, wenn ich nackt wäre. Um ihm entgegenzukommen, zog ich mir mit einem Ruck das Shirt über den Kopf. »Fertig. Jetzt bist du dran.«

Riley seufzte gespielt übertrieben, grinste aber verschlagen, als er nackt zu mir auf das Bett kletterte. Vor mir kniend, löste er meinen Gürtel, anschließend knöpfte er barsch die Hose auf. »Alter, trägst du nie Unterwäsche?«

»Zeitsparend. Ich bin eben effektiv.«

Er lachte, dann riss er den rauen Jeansstoff nach unten, wobei mein Schwanz gegen meinen Bauch wippte und ich ein Zischen ausstieß. Er war nicht zimperlich. Verdammt, ich stand auf seine fordernde Tour. Nachdem Riley die Jeans durch den Raum gepfeffert hatte, rutschte er zu mir hoch. Ein verheißungsvoller Blick, dann drückte er mir die Lippen hart auf den Mund, drang in der nächsten Sekunde mit seiner Zunge ein, und wir küssten uns, als hinge unser Leben davon ab. Gleichzeitig rieb er mit seinem erneut harten Glied gegen meines.

Bevor ich zu schnell kam, ließ er von uns ab, schob sich an meinem Körper hinunter und küsste einen Weg meinen Bauch entlang zu meinem Mörderständer. Sobald er ihn fest zwischen seine Lippen gesogen hatte, war ich ihm vollkommen ausgeliefert. Ich war so erregt, es war so heiß, ich sah beinahe Sterne. Hätte mich nicht gewundert, wenn jeden Moment ein Engelschor im Zimmer Hallelujah anstimmte. Statt über diesen absurden

Gedanken zu schmunzeln, sagte ich: »Ah, ja, verdammt, genau so! Versöhnungssex ist eben doch … der beste.«

Kurz ließ Riley von mir ab. »Wer sagt, dass wir uns vertragen?«

»Du hast meinen Schwanz in deinem Mund. Das ist ein sicheres Zeichen.« Zur Verdeutlichung stieß ich in seinen Mund und griff fest in seine offenen Haare, zog an ihnen, bis er aufstöhnte. Um meinen Schwanz herum nuschelte Riley: »Das bedeutet nicht … dass ich nicht noch sauer auf … dich bin. Und wer weiß … vielleicht zahl ich es dir noch heim.«

Bei seinen Worten schrammten seine Zähne leicht über meine Penisspitze, gleichzeitig zog dieser Schuft schroff an meinen Eiern. Ein leichter Schmerz, der mir direkt in die Lenden fuhr, meine Wirbelsäule prickeln und mich stöhnend kommen ließ. Während ich kam und kam, saugte Riley an meinem Schwanz und verlängerte damit meinen Orgasmus, bis ich glaubte, die Besinnung zu verlieren. Es fühlte sich so gut an wie noch nie in meinem Leben. Ich musste mehrmals die Augen schließen und wieder öffnen, um zur Besinnung zu kommen.

Als es vorbei war, zog ich Riley zutiefst befriedigt zu mir heran, damit er sich neben mich legte. Nach Atem ringend starrte ich an die Decke, mein Lächeln breit und echt. »Nun, das war … Gott, verdammt … ganz okay, würde ich sagen.«

Riley kicherte neben mir, da er wusste, dass es mehr, viel mehr gewesen war. »Klar, ganz okay. Deshalb hast du auch ständig, O Gott, o Gott‘ gerufen, als du gekommen bist.«

Wirklich? Hatte ich das? Dabei war ich nicht einmal gläubig.

Lässig zuckte ich mit den Schultern. »Ich wollte, dass du dich gut fühlst. Damit du nicht mehr sauer auf mich sein kannst.«

»Und du denkst, das funktioniert, wenn du stöhnst wie in einem Billigfilm?«

Riley drehte sich mir zugewandt auf die Seite. Ich tat es ihm gleich, wodurch wir uns anschauen konnten. Noch nie im Leben hatte ich mich so gut, so ausgeglichen gefühlt. Dabei ging es noch nicht einmal um den geilen Orgasmus eben, sondern um das hier. Dass wir offen miteinander sprachen, das leicht veralbernde Necken. Meine Geilheit auf ihn war sicherlich genauso ein Faktor, die körperliche Anziehung zu ihm konnte ich nicht leugnen. Und sie steigerte sich durch einen Kuss oder eine Berührung bloß. Aber vor allem mochte ich den Menschen dahinter. Seinen Humor, seine witzige Besessenheit von Star Wars, seine manchmal nerdigen Sprüche. Seine unbefangene Art, die mich Leichtigkeit spüren ließ, als hätte ich zum ersten Mal Luft zum Atmen bekommen.

»Mann, du bist nicht mehr sauer auf mich, sonst hättest du mich längst aus deinem Bett geworfen.« Langsam strich ich mit den Fingerspitzen seinen Oberkörper entlang bis zur Hüfte. Gänsehaut folgte meiner Spur, obwohl es im Zimmer warm war. »Komm schon, sag, dass du nicht mehr böse bist und mir verziehen hast.«

»Na gut, bin ich nicht. Aber das liegt nicht an deinen Stöhnkünsten, sondern weil ich ein Idiot bin und zu schnell vergebe. Außerdem fühle ich mich im Moment viel zu gut, um noch böse zu sein.«

»Liegt das vielleicht an meiner Präsenz in deinem Bett? Habe gehört, ich soll diese Wirkung auf andere haben«, neckte ich ihn und zwickte ihn sachte in den Nippel.

»Das bedeutet aber nicht, dass du jedes Mal in mein Zimmer einbrechen kannst, wenn wir Streit haben. Das nennt man übergriffig.« Trotz seiner Warnung rutschte er näher, mein Mund wenige Zentimeter von seinem entfernt. Unsere Glieder, die erneut hart waren, berührten sich leicht an den Spitzen. Ich musste meine gesamte Willenskraft aufbringen, um nicht mit der Hüfte zu zucken oder mich zu winden.

»Das heißt also, ich darf reinkommen, wenn du nicht abgesperrt hast?«

»Eigentlich sperre ich mein Zimmer grundsätzlich nicht ab.«

Aha, war das jetzt eine Aufforderung? Keine Ahnung. Ach, scheiß drauf, verflucht. Ich stieß mit der Hüfte nach vorne, rieb an seinem Glied entlang, und wir stöhnten erneut auf. Was für mich Einladung genug war. Mit einer Hand griff ich nach Rileys Hinterkopf, zog ihn zu einem intensiven Kuss heran. Meine andere Hand glitt zwischen uns, um unsere Schwänze zu ergreifen und sie gleichzeitig zu reiben.

Keuchend verzogen sich Rileys Lippen zu einem Lächeln. »Das hat dir beim letzten Mal wohl gefallen, stimmt's?«

»Es war ganz okay …«

»Haha, ganz okay. Ich wette, du bist jetzt ganz besessen davon.«

Ich rieb fester. Er hatte nicht unrecht. Es war ein geiles Gefühl, seinen harten Schwanz pulsierend an meinem zu spüren. »Okay, okay, ich geb's zu. Ich steh drauf. So wie bei allem, was mit dir zu tun hat.«

Dann küsste ich ihn, weil ich einfach nicht genug von Riley Davis bekam. Ich hatte keine Ahnung, wie ich je wieder aufhören sollte, ihn zu küssen, zu berühren, ihm nahe zu sein. Es war, als hätte Riley für alle Zeit etwas Grundlegendes in meiner Körperchemie verändert. Und es störte mich nicht einmal, da sich im Moment alles nur gut anfühlte. Mehr als das, ich war glücklich, hier in diesem Bett mit Riley.

Zufrieden vertiefte ich den Kuss. Danach sprachen wir eine verdammt lange Zeit nicht mehr miteinander, sondern ließen es langsam angehen. Prägten uns die Linien und den Geschmack des anderen ein, bis wir schlussendlich zutiefst befriedigt in seinem Bett einnickten. Mein letzter Gedanke war, bevor mich der Schlaf holte, dass dies einer der besten Abende in meinem bisherigen Leben gewesen war.

Riley

Eben träumte ich von einem riesigen, weichen Wasserbett, das sich den stoßenden Bewegungen unter Jason und mir anpasste, als mich seine raue Stimme aus dem feuchten Traum riss.

»Verfluchte Scheiße!«

Okay, shit, beim heiligen Yoda. Der Morgen danach hatte anscheinend begonnen. Sah so aus, als wäre Jason wach geworden und hätte sich an die ganzen unanständigen Dinge erinnert, die wir gestern miteinander angestellt hatten. Das waren nicht wenige, besonders nicht jugendfreie gewesen. Bei dem Gedanken daran verhärtete sich meine Morgenlatte.

Ich vermutete, das traf auf meinen Bettgefährten nicht zu, da er sich gerade panisch aufsetzte, anstatt sich an mich zu kuscheln, wie ich es mir gewünscht hätte. Mist, das könnte unangenehm werden, mehr noch, richtig scheiße. Innerlich wappnete ich mich gegen den Schlag auf mein Herz. Äußerlich gähnte ich verschlafen und öffnete blinzelnd die Augen gegen das strahlende Morgenlicht. Erst jetzt wurde ich mir bewusst, dass ich die ganze Nacht durchgeschlafen hatte. Kein einziger Albtraum hatte mich hochschrecken lassen. Kein Schatten hatte aus der Dunkelheit nach mir gegriffen, und keine imaginären Schläge waren auf meinen Schädel niedergegangen. Allein dafür war ich Jason dankbar.

Egal was jetzt kommen oder er mir vorwerfen würde, ich war bereit. Deswegen blieb ich ungerührt im Bett liegen und sagte mit einer von Sarkasmus getränkten Stimme: »Dir auch einen schönen guten Morgen, Sonnenschein.«

Mit rudernden Armen zeigte er im Raum herum. »Verdammt, dein Zimmer …«

Er wirkte sichtlich verwirrt, oder sprachlos? Ganz konnte ich ihm nicht folgen.

»Jepp, genau. Das ist mein Zimmer, und ja, du hast die ganze Nacht hier gepennt. In meinem Bett, an mich gekuschelt, falls du dich erinnerst. Aus freien Stücken.«

Sofort drehte Jason sich zu mir um und verdrehte grinsend die Augen. »Mir ist klar, wo ich gestern eingeschlafen bin, oder bei wem. Nicht das verwirrt mich, du Pappnase.«

Er lachte bellend, weshalb ich ihm seine Worte nicht krummnahm und mich Erleichterung durchflutete. Erneut fuchtelte er mit den Armen. »Hast du diese ganzen Bücher, diese kleinen Figuren, das Han-Solo-Poster gesehen? Und, Scheiße, dort drüben hängen Laserschwerter an der Wand, und der Kopf von Darth Vader liegt auf deiner Kommode! Verdammt abgedreht.«

Oh, das meinte er. Na dann, wenn es nichts Schlimmeres war. »Erstens ist das Darth Vaders Helm, nicht sein Kopf, mein unwissender Padawan. Zweitens ist das Zeug schon gestern Abend in meinem Zimmer gewesen, als du eingebrochen bist.«

»Da war es Nacht, und ich habe es nicht gesehen.«

»Das Licht war an«, hielt ich grinsend dagegen und schloss die Augen. Lachte über die Absurdität seiner Verwunderung in mich hinein.

»Tja, gestern war mein Fokus auf dich gerichtet … und auf deine Star-Wars-Unterwäsche!«, gab Jason zu, woraufhin wir beide lachten. Danach legte er sich endlich zu mir unter die flauschige Decke und drückte mir einen Kuss auf den Mund. »Kann ja niemand ahnen, dass dein ganzes Zimmer mit dem Zeug vollgestopft ist. Dir ebenfalls einen guten Morgen, mein nerdiger, fußballbegeisterter Chemiestudent.«

Nebeneinander gekuschelt blickten wir an die Decke, beobachteten das Lichterspiel der einfallenden Sonnenstrahlen durch den schimmernden weißen Vorhang. Hier fühlte ich mich wohl. In meinem Bett, in meinem nerdigen Zimmer und mit Jasons warmer Haut an meiner Seite. Gäbe es irgendwo einen Pause-Knopf, um das Leben für einen Moment anzuhalten und das hier länger zu genießen, würde ich nicht zögern, ihn zu drücken. Wir waren in unserer eigenen Blase, in unserer eigenen Welt. Und dazu brauchte ich nicht einmal ein Raumschiff oder einen anderen Planeten. Mit Jason fühlte es sich einfach anders, besser an.

Scheiße ... Mist, Mist, Mist, so durfte ich nicht denken. Wir hatten nur Spaß. Jason hatte selbst gesagt, dass er im Moment auf mich stand. Bei seinem Ruf konnte ich mir ausmalen, wie lange seine Begeisterung für mich anhalten würde. Einige Tage, vielleicht ein paar Wochen, wenn ich Glück hatte. Mir war klar, dass ich selbst die Reißleine ziehen sollte, um mein verwundetes Herz vor einem weiteren Schlag zu schützen. Aber es war so verdammt schwer, vernünftig zu sein, während Jason an mich gekuschelt neben mir lag. Ich steckte in einer Zwickmühle. Und mir dämmerte, dass ich nicht die Kraft finden würde, mich von ihm abzuwenden, solange er mich wollte.

»Das nennt man Widerspruch gegenüber gängigen Klischees, beziehungsweise Vielschichtigkeit«, entgegnete ich trotz meiner tristen Gedanken, um bei leichten Themen wie fußballliebende Chemiestudenten zu bleiben und nicht länger über das kommende Ende nachzudenken. »Ist wie bei dir. Du bist nach außen hin ein Schläger, der grimmig schaut, aber im Inneren hast du eine loyale Seite und bist gut zu Tieren. Du gibst dich unbekümmert, gleichzeitig versuchst du deine Familie und Freunde zu beschützen und gibst dir selbst die Schuld, wenn etwas schiefläuft. Der Meinung aller nach bist du ein Womanizer und hattest noch nie etwas mit einem Mann, dennoch bläst du astronomisch gut. Du nimmst dir Zeit, gehst auf deinen Gegenüber ein. Das tun nicht viele. Außerdem bist du echt, loyal, ehrlich. Und du bist ein Kuschler. Ich möchte mich ja nicht beklagen, aber du hast mich gestern als lebende Decke benutzt.«

Mein Exfreund Wes war anders gewesen, zumindest zu mir. Während der gemeinsamen Zeit mit ihm war es mir nicht aufgefallen, aber Wes hatte immer nur genommen, zuerst an sich selbst und seine Bedürfnisse gedacht.

Bei meinen Worten hatte sich Jason zuerst versteift, nun kicherte er, als wollte er sie nicht zu ernst nehmen. Vermutlich hätte ich nicht so viel sagen und die Klappe halten sollen. Doch so war ich nicht. Noch nie gewesen. »Logisch, dass du das Wort astronomisch verwendest. Aber ich will dir nicht widersprechen, ich bin nämlich wirklich so gut. In allem … zumindest im Bett.«

Lächelnd lehnte er sich an die Wand. Ich hatte ihn in all der ganzen Zeit vor der gestrigen Nacht nicht so oft lächeln sehen wie in diesen wenigen Stunden hier in meinem Zimmer. Das gab mir Hoffnung. Vielleicht auf mehr als das hier.

»Jetzt bin ich dran mit Zusammenfassen: Du siehst aus wie ein lässiger Fußballspieler, trägst Shirts wie die nerdigen Typen aus Big Bang Theory und stehst auf Star Wars, als wäre es deine Religion, du bist eigentlich ein offener Mensch, hast aber nur wenige Freunde, aber mit diesen gehst du durch dick und dünn. Du lässt dich von deiner Schwester bemuttern, obwohl es dich nervt, das konnte ich sehen, aber du lässt es sie tun, weil sie sich dann besser fühlt und du Grace bedingungslos liebst. Außerdem bist du der intelligenteste Typ, was das ganze Zeug mit Chemie angeht, ohne damit zu prahlen. Du gibst dich nach außen hin sexuell eher zurückhaltend, um niemandem auf den Schlips zu treten, aber wenn es heiß wird, bist du ein schmutziger Sexy Talker. Und zu guter Letzt: Du bläst wie ein Weltmeister.«

Jetzt war es an mir, überrascht zu sein und schließlich loszulachen. »Okay, ich scheine ein sehr angenehmer Zeitgenosse zu sein. Und ich wette, am besten gefällt dir mein Weltmeister-Talent!«

»Es gehört zu den Top Drei«, stimmte Jason gut gelaunt zu.

Ich beugte mich vor, um ihn zu küssen, während er mir auf halbem Weg entgegenkam. Kurz schrillten meine Alarmglocken, da wir uns anziehen und für die Uni fertig machen sollten. Aber ich war hier mit ihm, er war warm und mindestens genauso scharf wie ich, wie ich gerade bemerkte, als die Decke hinunterrutschte. Unsere Lippen berührten sich, und sein Geschmack war besser als jeder Kaffee am Morgen. Ungeduldig griff ich in sein Haar, zog daran und lehnte mich ihm entgegen, wobei ich sein bestes Stück mit der Hüfte streifte. Jason stöhnte in meinen Mund, richtete sich über mir auf, als plötzlich ein Handy einen Kings-of-Leon-Song schmetterte und vibrierend über den Parkettboden klapperte.

»Scheiße, verdammt. Sorry, warte kurz.« Hastig, beinahe übertrieben kurzatmig und nervös sprang er aus dem Bett und fischte nach dem Telefon. Eine Sekunde später nahm er den Anruf an und setzte sich auf die Bettkante. »Hey, Denver. Morgen. Alles klar bei dir?«

Einen Moment lauschte er, die Besorgnis tief in seine Stirn gegraben, die verschwand, sobald Denver ihm etwas geantwortet hatte. Jason atmete tief aus, und seine Anspannung löste sich.

Zuerst hatte ich gedacht, er wäre wegen mir so angespannt, aus Angst, ich könnte einen Ton von mir geben. Doch dann dämmerte mir, dass ich das gleiche Verhalten bei ihm schon öfter beobachtet hatte. Er wurde nicht oft angerufen, aber immer, wenn er einen Anruf bekam, zuckte er im ersten Moment zusammen. Ganz so, als erwartete er eine schlimme Nachricht und entspannte sich erst, nachdem die andere Person auf seine Frage »Alles klar?« geantwortet hatte. Eindeutig hatte Jason ein Päckchen mit sich herumzutragen, genauso wie ich.

Bevor ich mir nähere Gedanken machen konnte, beendete Jason sein Gespräch und stand auf. Erneut trug er diese neutrale Maske, jene, mit der er sich von anderen abschottete. Der Typ, mit dem ich die Nacht verbracht und heute Morgen gescherzt hatte, war verschwunden. Es sollte wehtun, aber irgendwie fühlte ich nichts als Resignation. Ob ich es trotzdem wieder tun würde? Vermutlich schon. Ja, auf jeden Fall. Vollkommen absurd!

Seufzend legte ich mich zurück. »Du musst los. Wie spät ist es?«

Statt mich anzusehen, packte er seine Sachen zusammen. »Ja, muss ich. Ich wollte mich vor der Uni noch mit Denver treffen. Er braucht ein Lehrbuch von mir. Es ist fast acht.«

»Mist«, stöhnte ich und sprang ebenfalls auf, da wir wirklich spät dran waren. Mein erster Kurs startete um halb neun, und heute stand Mikrobiologie auf dem Plan. Worauf ich mich eigentlich gestern Abend noch hatte vorbereiten wollen. Durch mein Zimmer stolpernd, um alles in meinen Rucksack zu packen, stieß ich mit Jason zusammen, der sich gerade in die Jeans quetschte. »Sorry«, murmelte ich.

Statt sich sofort wieder abzuwenden, griff Jason nach meinem Arm und lächelte leicht. »Nichts passiert.« Dann drückte er mir einen kurzen Kuss auf den Mund und drehte sich um. »Bis heute Abend, mein nerdiger Sexy Talker.«

»Bis später, mein astronomischer Bläser«, rief ich ihm halb angezogen hinterher, nun wieder mit einem Lächeln auf den Lippen. Vielleicht, vielleicht war es doch kein einmaliges Erlebnis gewesen. Den Gedanken, dass diese Sache mit Jason genauso begann wie damals mit Wes, ignorierte ich vehement. Zumindest würde ich alles daran setzen, dass es nicht auf die gleiche Weise endete.

Ich sollte recht behalten. Es war keine einmalige, unüberlegte Sache zwischen Jason und mir. Wann immer wir in den nächsten Wochen allein waren – und Mann, das waren wir oft –, konnten wir die Finger nicht voneinander lassen. Wir waren beide nicht nur Weltmeister im Blasen, wir machten eine eigene Disziplin daraus. Besonders wenn es schnell gehen musste, wir uns an der Uni kurz in einen Raum sperrten, um danach wieder klar denken zu können. Zu Hause nahmen wir uns mehr Zeit füreinander, genossen das langsame Erkunden und erforschten die Reaktionen des anderen. Wir taten, was sich gut anfühlte. Die restliche Zeit, wenn meine Schwester mit Emma, Denver oder Suzzi bei uns waren, spielten wir die Kumpelnummer. Wir waren gut darin, uns vor den anderen nichts anmerken zu lassen.

Zumindest dachte ich das, bis ich mich eines Morgens mit Suzzi vor dem Unigebäude traf. Sie hielt in der Hand einen Kaffeebecher für mich parat. Hinter ihrem Ohr zwischen den blonden Strähnen steckte ein Kuli. Den Kopf hatte sie schief gelegt und blickte mit zusammengekniffenen Augen in die Richtung, in die Jason gerade gegangen war. Er hatte mir mit den Worten: »Bis später, Mann. Wir sehen uns, Suzzi«, auf die Schulter geklopft und war verschwunden, in seinen letzten

Kursvormittag für diese Woche. Es war Freitag, das Wochenende rief nach uns.

Langsam drehte ich mich um, konnte aber nichts entdecken, was Suzzis stummes Starren erklären würde. Wir waren allein, bis auf die wuselnden Studenten, die sich über die gepflasterten Wege beeilten, zum richtigen Gebäude zu kommen. Mit hochgezogener Augenbraue sah ich zurück zu meiner Freundin. »Alles klar bei dir? Oder hast du plötzlich deine Zunge verschluckt?«

»Nö, nichts von beidem. Ich rätsle nur.«

»Worüber rätselst du? Vielleicht kann ich behilflich sein. Und könntest du bitte aufhören, mich mit schief gelegtem Kopf anzustarren, als wolltest du mich sezieren wie einen Frosch im Biologieunterricht?«

Das bescherte mir ein breites Grinsen, und zum Glück richtete sie sich wieder auf. Das war langsam echt gruselig geworden. »Ich frage mich nur, wann du vorhattest, es mir zu sagen. Und ja, nur du kannst mir behilflich sein.«

»Okay, das klingt jetzt überhaupt nicht kryptisch. Schieß einfach los.«

Unbekümmert zuckte sie mit den Schultern, als wäre die nächste Frage kein großes Ding. »Seit wann läuft da was zwischen dir und ihm?«

Sofort huschten meine Gedanken zu Rockster. Natürlich konnte sie nur ihn meinen, immerhin hatte ich ihr von den SMS erzählt. In den letzten Tagen hatte ich hin und wieder mit ihm geschrieben, rein freundschaftlich, obwohl er mich wiederholt um ein Date gebeten hatte. Ich hatte ihm gesagt, dass wir nur Freunde sein konnten. Jason wusste davon, hielt mich aber nicht davon ab, mit Rockster zu simsen. Vermutlich hatte er Angst, dass ich auf eine öffentliche Beziehung mit ihm drängte, wenn er sich beschwerte. Doch dazu war er noch nicht bereit.

Dieses Thema sprachen wir zwar nicht offen an, aber das war mir auch so klar. Solange wir unter uns waren, lief alles perfekt. Sobald andere ins Spiel kamen, verschloss er sich. Nein, er brauchte mehr Zeit. Es war eine Sache, zu akzeptieren, wer man war, aber eine völlig andere, diese Akzeptanz bei den Menschen zu suchen, die einem wichtig waren. Bis dahin spielten wir nach außen unsere Rollen. Ich, der Single, der ein wenig mit Rockster schrieb. Er, der verruchte Schläger aus dem höheren Semester, der Bad Boy bei den jüngeren Studentinnen, die immer wieder seine Aufmerksamkeit suchten.

Es war ätzend. Ich wollte endlich eine normale, offene Beziehung führen, von der alle wussten. Bei der ich händchenhaltend mit meinem Partner über den Campus schlenderte, wir Dates in einem Restaurant hatten und uns küssten, ohne Angst zu haben, gesehen zu werden. Und das alles wollte ich vor allem mit Jason. Doch die derzeitige Situation war nicht zu ändern. Zumindest im Moment nicht.

»Suzzi, ich habe es dir schon gesagt, wir sind nicht zusammen. Rockster und ich schreiben uns hin und wieder. Wir sind befreundet, das ist alles.«

Und das war gut so. Obwohl er ein netter Typ war, wollte ich nicht mit Rockster zusammen sein.

»Vielleicht solltest du dir selbst einen Vikings-Verschnitt suchen?«, schlug ich vor, da ihre Faszination für Rockster sicher mit seinem Bart und den Haaren zusammenhing.

»Haha, ich brauche keinen Wikinger, ich brauche einen Typen, der weiß, was er will. Aber erstens geht es nicht um mich und zweitens meinte ich nicht Rockster, sondern Jason!«

Prompt verschluckte ich mich an meinem ersten genüsslichen Schluck Kaffee am Morgen, gefolgt von verbrannten Fingern an der heißen Brühe, da ich den Becher schief gehalten hatte. Hastig suchte ich nach einem Taschentuch und murmelte zeitschindend vor mich hin: »Scheiße! War der heiß.«

Was sollte ich ihr sagen? Jason würde einen Anfall bekommen, wenn das mit uns rauskäme. Aber Suzzi war meine Freundin, ich würde sie nicht belügen. Gab es eine Ausrede, die keine direkte Lüge war? Mist! Mist! Mist! Meine Gedanken flogen wild durch meinen Schädel.

»Hör auf, dir den Kopf zu zermartern, was du mir erzählen sollst. Ich sag es nicht weiter, versprochen.«

Erleichterung durchflutete mich, und ich stieß den angehaltenen Atem aus. Entschuldigend schloss ich sie in eine halbe Umarmung. »Tut mir leid, ich konnte nichts sagen, weil es nicht nur mein Geheimnis ist. Bist du sauer auf mich?«

»Ein wenig, wenn ich daran denke, dass du mich für so begriffsstützig hältst, um es nicht zu merken. Aber wenn ich mir euch beide zusammen vorstelle, bin ich es nicht mehr. Ihr seid ziemlich heiß zusammen, und das meine ich rein platonisch.«

Erneut musste ich schlucken, dieses Mal ohne Kaffee. »Ich hatte keine Ahnung, dass du zu den Frauen gehörst, die auf Jason stehen.«

»Ich würde ihn dir nicht wegnehmen, keine Angst.« Sie grinste. »Aber ich habe Augen im Kopf. Und gemeinsam gebt ihr ein heißes Pärchen ab. Genug vom Schleim, ich will jetzt Fakten hören, aber flott.«

»Ähm. Danke für das Kompliment.« Keine Ahnung, ob sich meine Wangen rot färbten, aber ich konnte spüren, wie meine Ohren warm wurden. »Wie hast du es rausgefunden?«

»Ich bin eine Frau, wir haben so etwas, das nennt sich Intuition. Um es in deinen Worten zu sagen, die Macht ist mit uns.«

Nun grinste ich breit. »Ah, jetzt verstehe ich es, du hast deine Jedi-Kräfte verwendet. Dem ist nichts entgegenzustellen.

Hat sonst noch jemand solche Kräfte? Grace vielleicht? Oder Emma? Denver?«

Mist, wenn Denver etwas bemerkte, wäre er richtig sauer, weil wir es vor ihm verheimlichten. Auf Jason noch viel mehr, da sie schon so lange befreundet waren. Das alles könnte uns mächtig um die Ohren fliegen.

Beruhigend legte mir Suzzi die Hand auf den Unterarm, dann spazierten wir los in Richtung unseres Freitagskurses. »Vielleicht ahnt Grace, dass du dich mit jemandem triffst, da du in den letzten Tagen wenig zu sehen gewesen bist und immer was vorgehabt hast. Aber ich denke, sie vermutet was zwischen dir und Rockster. Ich habe gestern gehört, wie sie mit Emma in der Mensa geredet hat. Darüber, dass du ihn für die Wanderung morgen eingeladen hast und dass sie vor wenigen Tagen mit ihm darüber gesprochen hat.«

Die Wanderung war eigentlich vor zwei Wochen geplant gewesen. Da an dem Wochenende aber Regen angesagt gewesen war, hatten wir sie auf diesen Samstag verschoben. Für Ende Oktober war es überraschend warm geworden. Das Wetter wollten wir nutzen, um noch einmal für längere Zeit an die frische Luft zu kommen.

»Und? Das war doch nicht alles, oder?«, hakte ich nach.

»Nö. Sie hat Rockster erzählt, wie sehr du dich schon darauf freust. Vielleicht sieht sich Grace als kleine Kupplerin oder so.«

Dieser Gedanke schien Suzzi zu erheitern, da sie leise lachte, anstatt auf mein Elend einzugehen. Ich stöhnte, obwohl ich am liebsten mit dem Kopf gegen die nächste Wand geknallt wäre. »Ich habe Grace gesagt, dass wir nur Freunde sind. Rockster weiß das ebenfalls, ich habe es ihm schon mehrmals mitgeteilt. Ich weiß nicht, warum sie mich damit nicht in Ruhe lassen kann.«

Im Prinzip wusste ich es schon. Sie wollte, dass ich glücklich war und mischte sich daher in mein Leben ein. Nichtsdestotrotz konnte jede Fürsorge manchmal auch anstrengend sein. Ich war glücklich mit Jason. So gut es eben ging, wenn man seine Zuneigung geheim halten musste.

»Ich würde ihr gern von Jason und mir erzählen. Aber damit muss ich warten, bis er bereit dazu ist.«

»Das kann ich verstehen. Dennoch, wartet nicht zu lange. Auch nicht bei Denver. Er sieht mehr, als man denkt.«

Das schlechte Gewissen bohrte sich tief in meine Brust. Sie hatte mit allem vollkommen recht, und ich war mir dessen trotz der schönen Blase stets bewusst gewesen. Aber die Kraft der Verdrängung war während der schönen Momente gemeinsam mit Jason viel größer als die Vernunft. Ich würde Klartext mit ihm reden müssen, bald. Ich hoffte nur, wir wären dann noch ein Wir.

13. Anstrengungen zahlen sich am Ende aus

Jason

Etwas lag in der Luft, die kühl durch die Tannenwipfel rund um den Wanderweg blies. Eine Veränderung, Wolken, die aufzogen und einen herannahenden Sturm ankündigten. Es war definitiv mehr als Mayas blumiges Parfum, bei dem ich jedes Mal widerstehen musste, nicht zu niesen und das Gesicht zu verziehen, während wir als Gruppe den Berg hinaufwanderten. Der Duft nach frischer Brise und dunklem Sandelholz hatte mich endgültig für alle anderen Gerüche verdorben.

Unauffällig linste ich zu Riley, der weiter vorne neben Suzzi den schmalen Weg zwischen den Bäumen hinaufging. Hinter ihnen folgte Rockster, der alle paar Meter eine Bemerkung machte, die Riley und Suzzi dazu veranlasste, sich umzudrehen, zu grinsen oder etwas zu kontern, was Rockster schallend lachen ließ. Jedes Mal zuckte ich beinahe zusammen oder musste mich am Riemen reißen, um keine Laserpfeile aus meinen Augen abzuschießen. Was ich bestimmt draufgehabt hätte, so sehr ärgerte mich dieser Typ.

Vielleicht sollte ich mir einfach die verfluchte Darth-Vader-Maske von Riley aufsetzen und mir eines seiner Laserschwerter schnappen. Zick, zack, seine roten Haare ab. Verdammt, Riley hatte mich mit diesem ganzen Laserschwert-Star-Wars-Zeug furchtbar angesteckt. Dabei hatte ich nicht einmal alle Filme gesehen. Bei dem Gedanken daran, sie gemeinsam mit Riley auf der Couch unter eine Decke gekuschelt anzusehen, wurde mir ganz warm im Bauch. Das musste ich ihm bei nächster Gelegenheit unbedingt vorschlagen. Ich freute mich bereits jetzt auf sein freudig überraschtes Gesicht. Diese Vorstellung wärmte meine Brust und brachte mich zum Lächeln.

»Also, hast du heute Abend Lust darauf? Das wird der Hammer. Claire kommt auch mit, wenn du verstehst, was ich meine.«

Verwirrt sah ich Maya an, die neben mir herlief und immer wieder nach meinem Unterarm griff, wie eine lästige Mücke, die nicht abzuschütteln war. Sofort erlosch mein Lächeln. Ich hatte keine Ahnung, wer Maya zu unserer Bergwanderung eingeladen hatte. Sie war gemeinsam mit zwei Freundinnen heute Morgen am Parkplatz aufgetaucht. Neben Grace und Emma waren fünf andere von ihrer Band dabei, die sich uns angeschlossen hatten. Alle mit einem großen Rucksack beladen.

»Ähm … wie bitte?«

Ich wollte heute Abend meine Ruhe haben und meine wenige freie Zeit für Riley oder dafür nutzen, in der Tierarztpraxis vorbeizuschauen. Bobbie war noch immer nicht vermittelt worden, und langsam machte Dr. Sunny Stress, ihn ins Tierheim abzugeben. Er brauchte Auslauf und jemanden, der sich in der Zwischenzeit um ihn kümmerte.

»In den Club? Ich habe gefragt, ob du Lust hast, mit in den Club zu kommen?«

»Welcher Club? Wieso?«, fragte ich dümmlich nach, da ich anscheinend einen längeren Teil des Gesprächs verpasst hatte.

Vor uns kicherte Denver, der sich zu Maya umdrehte. »Ich fürchte, Jason ist heute zu kaputt, um Party zu machen. Egal in welcher Form. Zu viel Arbeit, zu viel Lernen. Aber wie wäre es mit uns beiden Hübschen?«

Lasziv wackelte er mit den Augenbrauen, was ihm ein Schnauben von Maya einbrachte, die sich umdrehte und sich ihren Freundinnen weiter hinten anschloss. Sobald sie außer Hörweite war, wandte ich mich an ihn. »Danke, hast was gut bei mir. Was hättest du gemacht, wenn sie darauf eingegangen wäre?«

»Dann hätte ich später einfach die Kotze bekommen. Und glaub mir, Frauen wollen nicht mit Typen ausgehen, die ihr Essen ausspucken.«

Lachend klopfte ich ihm auf die Schulter. »Du weiß schon, dass wir Kerle das genauso wenig wollen. Weil das eklig ist.«

»Hey, was soll das heißen?«, beschwerte sich mein bester Freund. »Du würdest mir also nicht die Haare aus dem Gesicht halten, wenn ich kotzen müsste?«

»Mann, so lang sind deine Locken nicht, und du hast das bisher immer gut allein hinbekommen.«

Bei meinen Worten musste ich an Rileys lange Haare denken. Bei ihm würde es mir nichts ausmachen, sie ihm aus dem Gesicht zu halten, wenn es ihm schlecht ging.

Nun strahlte Denver wieder und hob den Zeigefinger. »Stimmt, mein Bester. Selbst ist der Mann, ich brauche zum Kotzen keine Hilfe. Danke für die Erinnerung.«

»Immer wieder gern.« Ich zwinkerte ihm zu, während wir weitermarschierten. Mein Blick huschte nach oben und blieb erneut an Rileys Rücken hängen, beziehungsweise an seinen hochgebundenen Haaren, da mir Rockster die Sicht auf ihn versperrte.

»Alles klar, Kumpel?«, riss mich Denver aus dem laserabfeuernden Starren.

»Klar, wieso?«

»Dachte, ich hätte dich knurren gehört.«

Verdammt, ich musste in Denvers Nähe besser aufpassen. »Muss mein Magen gewesen sein.«

»Oh, guter Hinweis«, meinte er und rief dann den anderen zu: »Zeit für eine Pause! Die Männer brauchen Nahrung. Frauen, deckt den Tisch!«

Gelächter und Sprüche von »Träum weiter«, »Du hast sie ja nicht mehr alle« oder »Mach's dir selbst« bis hin zu »Pause klingt gut!« folgten. Grinsend stieg ich hinter den anderen weiter hinauf, bis Denver eine Lichtung am Rande des Weges entdeckte, die nicht nur Platz für uns alle bot, sondern sogar mit einigen Aussichtsbänken und Tischen versehen war. Bevor ich mich neben ihn auf eine Holzbank plumpsen ließ, bemerkte ich eine Wanderkarten-App auf seinem Smartphone. So ganz verpeilt, wie er gern tat, war er also doch nicht, still und heimlich hatte er uns zu diesem Platz geführt.

»Coole Aussicht. Danke, dass du den Weg für uns gesucht hast«, lobte ich ihn und genoss den Blick hinunter ins Tal.

Mit einem Schulterzucken tat er es ab. »Ach, war nur Zufall. Aber ist schon nett hier, was?«

»Absolut«, bekräftigte ich. Unzählige Nadelhölzer und naturbelassene Wiesen verwandelten den Aufstieg in einen grünen Teppich. In der Ferne zeichnete sich der New River ab, der sich durch die Berge wand wie eine Schlange durch das Unterholz. Wir hatten heute traumhaftes Wetter erwischt, und die Sonne stand strahlend am hellblauen Horizont. Es bot sich eine klare, weite Sicht, keine Wolke war am Himmel, es duftete nach frischem Gras und Wildblumen, während Vögel neben uns zwitscherten. Idyllisch, beruhigend, energiefüllend. Warum hatten wir das früher nie gemacht? Ach ja, weil mein Dad lieber an Whiskeyflaschen gehangen oder mein Grandpa zusätzliche Schichten in der Tierarztpraxis geschoben hatte, um Mike und mich durchzufüttern. Einfach wandern zu gehen, war nie drin gewesen. Immer hatte etwas anderes angestanden, etwas, um damit Geld zu verdienen. Dabei ging es nur ums verdammte Wandern und nicht um einen Besuch im Country Club, doch nicht einmal das war Grandpa, Mike und mir vergönnt gewesen. Zum Dank für all seine Strapazen hatte ich Grandpa auch noch einen Schlaganfall beschert. Was für ein toller Enkel ich doch war!

Scheiße, warum ich ausgerechnet jetzt an meine Familie denken musste, war nicht schwer zu erraten. Heute Morgen, noch bevor wir aufgebrochen waren, hatte mich mein Bruder Mike mit den Worten »Dad hat sich gemeldet« angerufen. Wider besseres Wissen war mir die Frage, wie es ihm ginge, herausgeplatzt, anstelle der, was Billie Jenkins wollte – vermutlich wie immer Geld. Noch mehr Geld, das er für seine Sucht ausgeben konnte. Das hatte Mike laut fluchen lassen. »Verdammte Scheiße, Jason. Uns kümmert es nicht, wie es diesem Scheißdrogensüchtigen geht. Beschissener Schlappschwanz.«

»Danke«, hatte ich daraufhin zusammenzuckend mit einem Stich in der Brust gedacht, vermutlich leise gemurmelt, da Mike erneut geflucht hatte.

»Sorry, kleiner Bruder. So meinte ich das nicht. Du weißt, dass ich Sean wie einen kleinen Bruder liebe, egal welche Orientierung er hat. Das war blöd dahingesagt, tut mir leid.«

»Ich weiß.« Im Grunde waren Sean, Denver und ich mit Mike als großes Vorbild aufgewachsen. Und obwohl Mikes Stimme bei seiner Entschuldigung Zuneigung gezeigt hatte, hatte sein Fluchen einen schalen, bitteren Geschmack in meinem Mund hinterlassen, gemeinsam mit einem flauen Magen. Das spürte ich bis jetzt, die gleiche dumpfe Aushöhlung in meinem Bauch, als grabe sich ein Maulwurf durch meine Eingeweide. Ein Teil lag sicher an der homofeindlichen Beschimpfung, die ich mein Leben lang aus unterschiedlichen Mündern gehört hatte. Der andere Teil daran, dass mein Dad Mike nach Geld angepumpt und mich mein Bruder vorgewarnt hatte, Billie könnte sich auch bei mir melden. Es war leichter, wenn Billie mich anpumpte, um Drogen zu kaufen, anstatt mein Vater. Beides stimmte und war einfach nur scheiße.

Mit einem Mal wieder griesgrämig, biss ich in mein Sandwich, das ich aus meinem Rucksack geholt hatte, und lauschte schweigend dem Stimmengewirr um uns herum. Am anderen Tisch saßen Riley, Suzzi, Rockster, Emma, Grace und zwei von der Band beisammen. Neben mir unterhielt sich Denver mit Maya und den anderen Frauen. Ich bekam nicht viel mit, obwohl ich hin und wieder nickte und lächelte.

Um mit meiner Laune nicht allen anderen den Tag zu verderben, klinkte ich mich aus. Geistesabwesend griff ich in den Rucksack, holte Block und Bleistift heraus und kritzelte eine schnelle Skizze. Wenig überraschend handelte sie von Riley und Rockster. Kurz grinste ich darüber, dann packte ich den Block schlecht gelaunt wieder ein. Es wurde auch nicht besser, als wir langsam alle zusammenpackten und Riley den Weg vorausging, gefolgt von Rockster. Natürlich, als wäre er sein verdammter Schatten. Ich knirschte mit den Zähnen, um nicht laut loszubrüllen. Das gefiel mir ganz und gar nicht.

Da die anderen damit beschäftigt waren, sich gegenseitig aufzuziehen und die Reste des Abfalls einzusammeln, machte ich mich klammheimlich auf, um Riley und Rockster zu folgen. Nur, um sicherzugehen, dass sie sich auf dem bewaldeten Berg nicht verliefen. Na klar.

Der Weg zwischen den Bäumen hinauf wurde nach wenigen Minuten breiter und öffnete sich zu einer weiteren großen Lichtung. Anscheinend hatten wir einen Bergkamm erreicht. Rechts ging es weiter hinauf, links plätscherte ein Fluss entlang. Dem Geräusch nach zu urteilen, musste er in ein tieferes Wasserbecken stürzen. Daneben lehnten Riley und Rockster auf einem umgestürzten Baumstamm. Sie blickten auf den schmalen Fluss und unterhielten sich, während Riley flache Steine hineinwarf. Mir fiel auf, wie nahe Rockster ihm war.

Bisher hatten wir nicht darüber geredet, was aus uns werden sollte. Jegliche Gespräche über eine Beziehung vermieden wir beide. Einerseits hatten wir sprichwörtlich alle Hände voll zu tun, sobald wir am Abend endlich nach einem langen Unitag allein in unserem Wohnheim waren. Andererseits ahnten wir beide, dass dieses Gespräch vermutlich nicht positiv enden würde.

Ich konnte spüren, dass Riley nicht glücklich mit der Situation war, da er Ähnliches bereits durchgemacht hatte und ich ihn nun in die gleiche unglückliche Situation trieb, ein Geheimnis daraus zu machen. Gleichzeitig war ich noch nicht bereit, über meinen Schatten zu springen und der Welt zu offenbaren, wer ich war. Sie hatten schon jetzt genügend Stoff, um sich ihr Maul über mich zu zerreißen, da musste ich nicht noch Öl ins Feuer kippen. Ich war gerade erst dabei, für mich selbst zu akzeptieren, dass ich bi war, wie sollte ich es dann schon anderen auf die Nase binden? Und was würde passieren, wenn es meine Familie, mein Bruder Mike, Grandpa oder mein Vater erfuhren?

Es sollte mir egal sein, was mein Dad über mich dachte, seit Jahren hatte ich ihn nur sporadisch gesehen, und diese Treffen verliefen nie harmonisch. Ich sollte darauf vertrauen, dass Grandpa und mein großer Bruder mich danach nicht anders sähen. Ich sollte mir ihrer Liebe trotz aller Umstände sicher sein, aber so war es eben nicht. Im Moment konnte ich noch nicht den Rest meiner zerbröckelten Familie verlieren.

Den Blick auf Riley und Rockster geheftet, ging ich dichter heran und trat dabei prompt auf einen Ast. Verdammt. Mein Herz pochte in meiner Brust. Schnell sah ich mich um, ob sie mich gehört hatten. Dem war zum Glück nicht so, da sich Rockster just in diesem Moment nach vorne beugte und eine Hand um Rileys Wange legte. Dann küsste er ihn. Einfach so.

Scheiße. Verdammte Scheiße noch mal! Mein Herz polterte drauflos, und ein stumpfer Schlag in meinen Magen ließ mich lautlos die Luft ausstoßen, als mich Schwindel überkam. Am liebsten hätte ich mich gekrümmt, um auf den Boden zu kotzen, doch ich konnte jetzt nicht gehen, ich musste wissen, was als Nächstes passierte.

Sachte und mit einem entschuldigenden Lächeln löste sich Riley von Rockster. Wenigstens etwas, dennoch starb ich gerade tausend Tode. Jedenfalls fühlte es sich so an. Ein Kloß in meinem Hals, der mir die Luft zuschnürte. Eine Hand, die sich in meine Eingeweide gegraben hatte und sie fest zusammendrückte. Mir war nach wie vor zum Kotzen. Zum Glück hatte ich kurze Haare, sodass sie mir niemand zurückhalten musste.

Von meiner Position aus hörte ich genuschelte Worte, die ich aber nicht verstand, als ich nun energischer weiterging, um absichtlich von ihnen gehört zu werden. In ihre Richtung, aber knapp an ihnen vorbei. Gelassen winkte ich den beiden Turteltäubchen mit den Worten »Alles klar?« zu.

Beim Klang meiner Stimme zuckte Riley sichtlich zusammen, und ich marschierte links von ihnen weiter, auf den Abhang zu, an dem der Fluss hinabstürzte. Ich hatte recht gehabt. Vor mir lag ein Wasserfall, der circa zwei Meter in die Tiefe in einen naturgespeisten See stürzte. Hoch genug, um den Untergrund rund um den Wasserfall sicher tief genug ausgehöhlt zu haben. Rechts gab es eine Böschung, über die man wieder leicht zu diesem Aussichtspunkt hier gelangte. Für einen flüchtigen Moment sah ich über die Schulter zu den beiden anderen, doch Riley hatte den Blick auf seine Schuhe gesenkt. Aha, erwischt. Verdammt.

Vielleicht hatte es ihm gefallen? Womöglich hatte er genug von einem griesgrämigen Schläger, der eher mit Tieren reden konnte als mit normalen Menschen? Verflucht, vermutlich war er mit Rockster sowieso besser dran. Er war witzig, freundlich und hatte immer gute Laune. Außerdem stand er problemlos zu seiner Orientierung, womit er mir meilenweit voraus war. Ich machte mir ständig Sorgen, plante meine Arbeitswoche neben der Uni genauestens, kritzelte nervös meine Sketches und bekam kaum den Mund auf. Am besten ging es mir immer nur, wenn ich allein, bei meinem besten Freund, bei Tieren sein konnte … oder bei Riley. Den ich wegen meiner eigenen Schuld bald verlieren würde. Verdammter Dreck! Ich musste weg, mich ablenken, das Hirn freibekommen.

Missmutig zog ich mir das Shirt über den Kopf, riss die Bermudas nach unten und schlüpfte aus meinen Sportschuhen, gefolgt von den Socken. Zum Glück hatte ich heute eine Ausnahme gemacht und Unterwäsche angezogen.

Hinter mir hörte ich Rileys besorgte Stimme. »Ähm, Alter, was machst du da?«

»Eine Runde schwimmen gehen. Ich brauche eine Abkühlung. Und ihr seht so aus, als wolltet ihr nicht gestört werden.«

Ohne auf seine Erwiderung zu warten, sprang ich von der Kante. Luft sauste um meine Ohren, zog an meinen Haaren und strich kühl über meine nackte Haut, während ich mit einem Jauchzen auf die Wasseroberfläche zusteuerte. Eine Sekunde voller Adrenalin und in einem Rausch, der meine erstickten, verdrehten Gefühle für einen Moment beiseiteschob. Mit den Füßen voraus verschluckte mich das kalte, kristallklare Wasser, und ich tauchte unter. Es war, als würden kleine Nadeln auf meine erhitzte Haut einstechen. Mein Herz raste. Dann paddelte ich an die Oberfläche und sog dort angekommen gierig die Luft ein. Es war saukalt, aber wenn ich mich bewegte und kleine Runden schwamm, war es auszuhalten. Außerdem half es mir, meine Gefühle zu betäuben. Solange ich keine zuließ, war alles gut. Ich schwamm Richtung Rand, um eine kleine Pause einzulegen.

Plötzlich platschte ein zweiter Körper in den Teich, und Wasser spritzte mir ins Gesicht. Einige Sekunden später tauchte Riley neben mir auf. Die schwarzen Haare klebten in seinem Gesicht. Im ersten Moment wollte ich auflachen, weil er wie ein begossener Pudel aussah, und vor Freude, da er mir gefolgt war. Dann regte sich Besorgnis in meiner Brust, und mein Blick schoss nach oben zu dem hohen Absprung. Ich erinnerte mich an seine Worte wegen der Kopfverletzung.

»Verdammter Dreck, Riley! Was soll der Scheiß, was tust du hier unten …? Bist du irre! Ich dachte, du hättest …«, schnauzte ich ihn an, bevor ich mir schnell die nächsten Worte verbiss.

»Was? Angst?« Er lachte freudlos. »Ich habe nicht immer Angst. Nur vor dunklen, engen Gassen oder wenn ich bedroht werde. Hast du vor, mich zu bedrohen, mich zu bedrängen?«

Bedrängen klang gar nicht so schlecht, wenn es bedeutete, dass er mir wieder ganz nahe war. Aber es musste freiwillig passieren. Immer freiwillig. Darum ging es im Moment jedoch nicht. Energisch schüttelte ich den Kopf. »Nein, das meine ich nicht. Ich wollte sagen, ich dachte, du hättest mehr Grips als ich, immerhin bist du superklug und springst nicht einfach so in ungesicherte Gewässer. Das ist verflucht gefährlich. Ich habe mir um deine Verletzung Sorgen gemacht. Und wo ist eigentlich dein

Freund Rockster? Wundert mich, dass er dich allein hier runterspringen lässt.«

Sofort veränderte sich Rileys Miene, wurde weicher, nahbarer. »Du klingst eifersüchtig. Das gefällt mir. Sogar sehr, viel besser als meine Gefühle, als ich dich mit Maya und den anderen Frauen gesehen habe, die um dich herumscharwenzelt sind, als wärst du ein Rockstar.«

Da waren noch andere gewesen? Ich hatte nur Maya wahrgenommen, und das bloß nebenbei. Wie sehr ich mich doch von einem Ex-Fußballer ablenken ließ. Bevor ich antworten konnte, schwamm Riley um den Wasserfall herum und verschwand aus meinem Sichtfeld. Mit einem Blick nach oben versicherte ich mich, dass wir allein waren, dann folgte ich ihm. Hinter dem Wasserfall war eine kleine Ausbuchtung im Felsen, die eine natürliche Höhle erschuf. Über den feuchten Stein nach oben wanden sich Kletterpflanzen und weiches Moos.

Mit einer Hand an einem kleinen Felsvorsprung strampelte Riley träge im Wasser, sein Blick neugierig auf mich geheftet. »Also, sag mir. Hat dir die Aufmerksamkeit der Frauen heute gefallen?«

Klang er tatsächlich eifersüchtig? »Ich habe nur mit ihnen geredet, um nicht unhöflich zu sein. Am liebsten wäre ich mit dir den Berg hinaufgegangen, das weißt du.«

»Weiß ich das?« Er seufzte, schloss die Augen und lehnte sich mit dem Rücken an das Moos. »Vergiss es, ich will dir keinen Druck machen. Darin war ich noch nie gut.«

Was sollte das jetzt heißen, hatte er mich abgeschrieben? War's das? Mein Magen schlingerte wie während einer Achterbahnfahrt. Langsam schwamm ich auf ihn zu, platzierte die Hände links und rechts von ihm. Diese Position hatte mir schon einmal Glück gebracht. Und ich konnte jedes verdammte Glück gebrauchen.

»Ich würde am liebsten den ganzen Tag nur mit dir verbringen, auf der Couch rumliegen, während wir Playstation spielen oder alle Star-Wars-Filme hintereinander gucken. Egal was, solange wir es gemeinsam machen. Diese Frauen interessieren mich nicht. Glaubst du mir?«

Riley öffnete die Lider, und ich war froh, mich festzuhalten, sonst wäre ich in sein tiefes Blau gefallen. Vielleicht war ich das längst?

»Sogar die ganze Star-Wars-Reihe?«, fragte er mit hochgezogener Braue, was mich schmunzeln ließ.

»Klar, die ganze verdammte Reihe und alle Spin-offs, solange du neben mir liegst. Am besten ganz dicht, Haut an Haut.«

Ein Knistern lag in der Luft, das mich von innen wärmte, obwohl die Wassertemperatur nicht gestiegen war. Wir waren wieder auf einer Wellenlänge. Trotzdem musste eines noch gesagt werden. »Und wie sieht es bei dir aus? Bist du gern mit Rockster zusammen? Ich habe euch beide gesehen. Den Kuss. Ich kann dir sagen, das hat sich hundertmal schlimmer angefühlt, als mich zu beobachten, wie ich die Frauen abgewimmelt habe.«

Riley lachte auf. »Das glaubst du. Ich muss nicht nur gegen andere Männer konkurrieren, sondern auch gegen einen Haufen Frauen, die sich dir an den Hals werfen, weil du diesen blöden Bad-Boy-Charme versprühst.«

Meine Lippen verzogen sich zu einem schrägen Grinsen. Mit einer Fingerspitze strich ich unter Wasser über Rileys Brustwarze, dann weiter Richtung Bund seiner Boxershorts. »Ach, Bad Boy. Bist du deshalb mit mir zusammen, wegen meines verruchten Charmes? Da kann Rockster wohl nicht mithalten, ist zu sehr Sunnyboy dafür.«

Na dann, wenigstens etwas, das ich draufhatte.

»Nein, ich bin mit dir zusammen, weil ich dich mag, weil du mich anziehst wie niemand sonst. Ich habe Rockster nicht zurückgeküsst. Zwischen uns ist nicht dieses Knistern, kein Funke. Das spüre ich nur bei dir.«

Wie immer verblüffte mich Rileys offene Art, seine Gefühle auszusprechen, vollkommen ohne Angst. Davon konnte ich mir gut und gern eine Scheibe abschneiden.

»Mir geht es genauso«, gab ich langsam zu und rutschte näher heran, Brust an Brust. Da ich schon mal dabei war, dieses neue Ding des Gefühle Ansprechens auszuprobieren, machte ich damit weiter. »Im Ernst. Es tut mir zwar leid, dass ich dir nicht vertraut habe und euch aus Neugierde gefolgt bin. Aber es hat mir nicht gefallen, dich gemeinsam mit Rockster zu sehen, wie er die Hand an deine Wange gelegt, wie er dich geküsst hat … Das war schlimm. Ich habe Gefühle für dich … ernste Gefühle. Das hatte ich bisher noch nie in diesem Ausmaß.«

Für einen Moment überbekam mich bei diesem Eingeständnis Panik, dann schluckte ich sie weg, da es stimmte. Niemand hatte mich das fühlen lassen, was Riley bereits mit kleinen Gesten in mir auslöste.Ich legte ihm eine Hand an die Wange. Mit dem Daumen strich ich über seinen Mund und hinterließ eine feuchte Spur. »Und es macht mich immer noch unbeschreiblich fertig, dass Rockster seine Lippen auf deinem Mund hatte.«

Rileys Zunge schnellte hervor und leckte über meine Daumenspitze. Blitzartig durchzuckte es meine Lenden. Eine Augenbraue hatte er frech nach oben gezogen, als wüsste er genau, wie schwer mir mein Geständnis gefallen war, und wollte nun für Leichtigkeit sorgen. »Dann vertreib dieses Bild und küss mich, als würde ich dir gehören.«

Wie er wollte. Gierig presste ich meinen Mund auf seinen, spürte die Wärme seines Atems, nahm seinen unverwechselbaren Duft auf.

»Ja. Du gehörst mir«, knurrte ich, und Riley stöhnte in meinen Mund, als ich gleichzeitig mit der Hüfte gegen seine stieß. Mein ganzer Körper prickelte vorfreudig, so wie immer, wenn ich ihm nahe war, wir uns küssten. Es fühlte sich an, als wären wir eine Einheit, einfach richtig. Wir waren gut miteinander, vollkommen. Und je öfter wir uns küssten und miteinander rummachten, desto größer wurde mein Verlangen, einen Schritt weiterzugehen. Den Schritt, den ich noch nicht gewagt hatte.

Zwar hatten wir bereits Sex gehabt, was großartig gewesen war, bisher aber ausschließlich miteinander geschlafen, wenn ich Top und Riley Bottom gewesen war. Das war es, was ich kannte, worin ich gut war, wenngleich Sex mit Riley ganz anders, besonders war. Bei ihm war ich vollends ich. Nur diese eine Sache, dass er mich nahm, hatten wir bisher unausgesprochen ausgeklammert. Bis vor wenigen Tagen, als ich das erste Mal Bekanntschaft mit meinem inneren G-Punkt gemacht hatte, nachdem mich Riley vorsichtig und einfühlsam mit dem Finger vorbereitet hatte, während er mir einen geblasen hatte. Die Explosion, die daraufhin gefolgt war, hatte mich beinahe um den Verstand gebracht und machte mich neugierig, wie es wäre, Rileys Härte in mir zu spüren. Vollends eins mit ihm zu sein, während er sich rhythmisch in mir bewegte, immer wieder auf diesen einen magischen Punkt stoßend. Der Gedanke pumpte noch mehr Blut in mein hartes Glied. Wenn wir nicht bald aufhörten, würde ich ihn noch in dieser Arschkälte anbetteln, es hier zu tun.

»Warte … warte«, ermahnte ich uns. »Ich liebe das hier, aber ich will mich nicht flachlegen lassen, wenn deine Schwester in der Nähe ist.«

Daraufhin kicherte Riley. »Nein, darauf kann ich auch verzichten.« Sein Blick bohrte sich in meinen. »Aber willst du das denn? Rummachen und miteinander schlafen, wenn man Top ist, ist noch mal etwas anderes, als sich vögeln zu lassen.«

Seine Worte prickelten über meine Wirbelsäule und lösten eine Mischung aus Erregung und Scham in mir aus. Mir war klar, dass ich einige Dinge für mich klären musste. Gleichzeitig wollte ich mir davon die Sache mit Riley nicht zerstören lassen. Ich musste einen Weg für uns finden, also zuckte ich mit den Schultern. »Ich weiß, ich bin ein mieser Freund, aber ich will, dass wir eine Beziehung haben, obgleich wir sie bitte noch geheim halten. Aber das wird nicht immer so sein. Und ich will nicht nur mit dir schlafen, ich will dich definitiv in mir haben. Wie wäre es mit heute Abend?«

Ein weiteres Mal prasselten Erregung und Nervosität auf mich ein. Ich hatte genug vom Warten. Er wollte mich. Ich wollte ihn. Und wir wollten einander schon zu verdammt lange.

»Okay, heute Abend.« In seinem Blick lag so viel Leidenschaft, dass mein Schwanz zuckte. »Aber ich würde dir raten, Denver von uns zu erzählen. Ich will dir keinen Druck machen, aber wenn er es über andere oder selbst herausfindet, verzeiht er dir das vielleicht nie. Außerdem hat es Suzzi bemerkt, und nach dieser Nummer vorhin nun auch Rockster. Und Grace muss ich ebenfalls bald die Wahrheit sagen. So bin ich nicht, ich will nicht Leute, die mir nahestehen, anlügen. Denver gehört nun auch dazu.«

Altbekannte Übelkeit wogte in meinem Magen hin und her, aber Scheiße, er hatte recht. Ich musste es meinen Freunden und meiner Familie sagen, für mich und für sie. »Was hat Rockster gesagt, als du mir gefolgt bist?«

»Er meinte nur ‚na endlich‘ und ist abgerauscht, als ich dir hinterher bin. Er wirkte nicht verärgert, sondern ziemlich selbstzufrieden.«

Also ganz so, als hätte dieser hinterlistige Fuchs längst etwas geahnt und mich mit dem Kuss manipuliert, um in die Gänge zu kommen. Für dieses Spielchen würde ich ihm eine reinhauen müssen – oder als Dank eine Kiste Bier spendieren.

»Ich rede mit Denver, versprochen. Aber ich möchte nicht, dass es alle an der Uni mitbekommen.«

Für einen Moment wirkte Riley gekränkt, obgleich er nickte. Am liebsten hätte ich mir eine verpasst. Erklärend fügte ich hinzu: »Nicht wegen dir. Die Bluewell liegt nur fast drei Stunden von Lynchburg entfernt, und es sind noch andere Leute von dort an unserer Uni. Ich möchte nicht, dass meine Familie es über Gerede von anderen Leuten hört, sondern ich möchte es ihnen persönlich erzählen, wenn ich sie das nächste Mal sehe. Ehrenwort.«

Vor Thanksgiving würde sich ein Treffen aber nicht ergeben. Außerdem musste ich ihre Gesichter sehen, wenn sie es erfuhren. Ob sie ein Anzeichen von Ekel zeigten, ob sie mich danach anders betrachteten. Mike wahrscheinlich nicht, Grandpa vermutlich auch nicht – oder doch? –, aber Dad? Bei ihm konnte alles passieren. Es sollte mir egal sein. Er war nie mein Held gewesen, sondern das Gegenteil – dennoch. Ein kleiner Funke, das Kind in mir, suchte wohl noch immer nach seiner Bestätigung.

»Wie gesagt, ich will mit dir zusammen sein, ohne Druck. Für den Moment gebe ich mich damit zufrieden. Ich mag es, wie wir zusammen sind. Wie es sich anfühlt.« Er drückte mir einen sanften Kuss auf den Mundwinkel, dann auf das Kinn, bevor er sich löste und zum Ausgang der Wasserfallhöhle schwamm. Ich wollte ihn soeben zurückhalten, als zwei weitere Körper in den Teich stürzten. Unsere Zeit zu zweit war zu Ende.

14. Zeit, Kisten zu verschenken

Riley

Man sollte meinen, dass wir nach einem Tag auf dem Berg vor Müdigkeit halbtot ins Bett fielen, aber nope, dem war nicht so. Stattdessen hatten wir eine Grillparty bei Rocksters kleinem Bungalow gestartet, in dem er mit zwei weiteren Studenten wohnte. Das alte Haus lag zwanzig Minuten von der Uni entfernt und besaß eine riesige Rasenfläche mit Lattenzaun rundherum. Während jemand Fleisch und Gemüse für den Grill besorgt hatte, waren ein paar andere für Bier und andere Getränke losgezogen. In der Zwischenzeit hatten wir Übrigen uns auf den Rasen gepflanzt oder eine lockere Runde Fußball vor dem Haus gespielt. Irgendwann hatte jemand aus der Band eine Soundbox angeschleppt, und nun hatte sich daraus eine entspannte Freiluftparty entwickelt. Vollkommen natürlich, ohne Zwang und mit viel guter Laune.

Ich selbst hatte ebenfalls vorsichtig mitgekickt, bis ich mich auf die Terrassenstufe gesetzt hatte, um eine Flasche Wasser zu trinken. Während des Spiels hatte mir Jason nervöse Blicke zugeworfen. Ich würde darauf wetten, dass er einen Hirnschlag bekommen hätte, wenn ich mit dem Kopf auch nur in die Nähe des Balles gekommen wäre. Er war immer besorgt, um mich und um jeden, der ihm nahestand. Jason war der Typ, dem es vor allem wichtig war, dass es den anderen gut ging. Eine Eigenschaft, die ich mitunter am meisten an ihm schätzte. Es erinnerte mich an Grace. Wenn die beiden wüssten, wie ähnlich sie sich in dieser Hinsicht waren, hätten sie mir nicht geglaubt.

Wenn man vom Teufel sprach. Soeben half Jason beim Abladen weiterer Getränke von einem Truck. Ich bemerkte, wie er einem der Studenten einen Geldschein zusteckte, sich anschließend eine Kiste Bier schnappte und damit auf Rockster zumarschierte, der gegen einen Baumstamm lehnte und dem Fußballspiel zuschaute. Vor ihm stellte Jason die Kiste ab, anschließend wechselten sie ein paar Worte, bis sie miteinander einschlugen und Jason sich mit einem Nicken abwandte. Okay, interessant.

Leider war Suzzi nicht in der Nähe, um das Geschehene mit mir zu kommentieren. Vor wenigen Minuten waren sie und Denver losgezogen, um Wasserpistolen zu besorgen. Ganz klar Denvers Idee.

Vor mir erschien eine eisgekühlte Flasche Radler. Kondensiertes Wasser perlte von der Glasflasche und versprach sprudelnde Frische. Dankbar griff ich danach. »Besten Dank. Ich dachte, du magst es nicht, wenn ich trinke?« Ich zwinkerte Jason zu, da ich an unsere erste Begegnung in der Wohnung denken musste.

Er grinste zurück und ließ sich mit seinem Radler neben mich fallen. »Das ist nur Bier mit Zitronenlimonade. Eine Flasche Radler wird uns nicht umbringen. Wein mitten in der Nacht als Schlafhilfe ist ein anderes Kaliber.«

Ich stieß ihm den Ellbogen in die Rippen. »Ich weiß, danke.« Wir prosteten uns zu und nahmen einen Schluck. Kühler, fruchtiger Hopfen rann meine Kehle hinunter. Fantastisch. Mit dem Kinn deutete ich auf den Gastgeber. »Was war das mit Rockster?«

»Hab ihm eine Kiste Bier geschenkt.«

»Scherzkeks. Das habe ich gesehen. Wieso? Bestechungsgeld, damit er die Klappe hält?«

»Nein, als Dank, dass er mir den richtigen Wink gegeben hat. Ich habe alles ernst gemeint, was ich heute unter dem Wasserfall gesagt habe. Aber kann gut sein, dass es mit Rocksters Hilfe ein wenig schneller über meine Lippen gekommen ist. Und er wird schweigen.«

Erneut nahm ich einen Schluck von meinem Getränk. »Das war nett von ihm.«

»War es«, stimmte mir Jason zu und streifte mich seitlich, als er seine Flasche an den Mund führte. Ein Tropfen Wasser lief von seiner Unterlippe, über sein Kinn und hinunter bis zu seiner Kehle. Eines der schönsten und heißesten Dinge, die ich je gesehen hatte. Ich unterdrückte ein Stöhnen, als ich mir vorstellte, die Linie des Tropfens mit der Zunge nachzufahren.

»Mann, wenn du mich noch länger so anstarrst, als würdest du mich gleich auffressen, verschlepp ich dich hinter den nächsten Busch«, raunte Jason warnend.

»Sorry«, hüstelte ich. »Der Geist ist willig, aber das Fleisch ist schwach.«

Jason lachte leise und stieß spielerisch mit dem Knie gegen meines. »Jetzt mache ich mir ernsthafte Sorgen, wenn du anstelle von Star Wars die Bibel zitierst.«

»Dann hör du auf, mich so heißzumachen.« Ich stach ihm mit dem Finger in die Seite, was ihn lachend zusammenzucken ließ. Mit geübtem Griff schnappte er sich mein Handgelenk, um mich aufzuhalten. »Hey, ich trink hier nur mein Bier.«

»Ja, ja, nur ein Bier, schon klar.«

Sobald ich aufhörte ihn zu necken, drückte Jason mein Handgelenk, bevor er mich losließ. Sofort vermisste ich die Wärme seiner Hand auf meiner Haut.

Plötzlich regte sich Jason und rückte unauffällig von mir ab. Dann sprang er geschmeidig auf und reichte mir sein halb volles Bier. »Hier, pass für mich darauf auf. Ich spiele noch eine Runde mit.«

Bevor ich fragen konnte, was los war, sah ich Grace einige Meter entfernt direkt auf mich zukommen. Okay, alles klar.

»Angst?«, fragte ich feixend.

»Puh, sagen wir so – ich würde es lieber mit einem Dutzend hungriger Bären aufnehmen als mit deiner Schwester.«

»Das habe ich gehört, Jenkins!«, rief meine Schwester Jason hinterher und stemmte die Hände in die Hüften. »Frecher Kerl.«

Bei mir angelangt legte sie die Hände an meinen Kopf und drückte mir einen Kuss auf die Haare. »Was habe ich verpasst, Kleiner?«

»Wenn du mich so fragst, gar nichts, ältere Schwester«, konterte ich und hob die Hand, um mit Daumen und Zeigefinger zehn Zentimeter anzuzeigen, die ich größer war. Gegen die untergehende Sonne sah ich zu ihr hoch und zog sie neben mich auf die Stufen.

Fragend deutete sie auf die Flaschen. »Darf ich?«

»Hier, du kannst meine haben.«

Die von Jason behielt ich, um davon zu trinken. Nebenbei beobachtete ich das Spiel, wobei mein Augenmerk ganz automatisch auf Jasons athletischer Gestalt blieb, der gerade einen Pass zu einer Studentin abgab, die vorne im Sturm spielte.

»Na schön, wie geht es dir und was gibt es für Neuigkeiten, mein größerer, jüngerer Padawan?«

Grinsend zwinkerte ich ihr zu. »Schon besser. Was willst du wissen, meine Jedi-Meisterin? An der Uni geht es mir gut, ich habe für die ersten Prüfungen ein sicheres Gefühl und über mein Sozialleben kann ich mich auch nicht beschweren. Ich habe guten

Anschluss gefunden. Mehr als ich erhofft habe. Wirklich, alles läuft viel besser, als ich gedacht habe.«

Und das sagte ich nicht nur so daher, um Grace zu beruhigen. Zwar konnte ich meine Freunde – Suzzi, Denver, Jason und auch Rockster – an einer Hand abzählen. Aber es kam nicht auf die Menge an, sondern wie wichtig diese Menschen für einen waren. Und diese vier, gemeinsam mit Grace und Emma, waren mir unglaublich wichtig, machten mein Leben bunter und abwechslungsreich. Ich wusste, auf sie konnte ich mich verlassen, bedingungslos. Das war vielleicht mehr, als andere mit einer großen Clique von sich behaupten konnten. Es zählte nur, wie ich mich fühlte – und zwar gut, viel besser als seit langer Zeit. Glücklich.

»Das ist schön zu hören, Riley. Ich freu mich, dass es dir hier gut geht. Mum hat auch gemeint, dass du dich wieder fröhlicher anhörst, mehr wie du selbst, mehr wie du vor …«

»Ja, wie ich vor der Sache war. So fühl ich mich auch«, gab ich mit einem Lächeln in ihre Richtung zu.

Grace legte mir einen Arm um den Rücken und drückte mich. »Ich freue mich so für dich, und dass es die richtige Entscheidung gewesen ist, mit mir an die Bluewell zu kommen.«

Eine Weile lehnte sie an meiner Seite, und wir beobachteten in behaglicher Zweisamkeit, wie früher auf der Couch bei unseren Filmabenden, das Juxspiel vor uns, bei dem manchmal mehr gelacht, als wirklich gespielt wurde. Was vermutlich daran lag, dass Denver soeben mit Wasserpistolen beladen durch die Menge eilte und um sich feuerte. Seiner kindlichen Dreistigkeit mit dem schelmischen Grinsen konnte man nicht böse sein, sondern musste man beneiden. Bald wurde aus dem Fußballspiel eine Wasserpistolenschlacht, bei der Grace und ich auf den Treppen direkt vor dem Haus verschont blieben. Rockster sauste an uns vorbei, eine pinke, kleine Pistole in der Hand, und winkte uns zu. Einen Finger legte er an die Lippen, als sollten wir nicht verraten, dass gerade ein fast zwei Meter großer Kerl mit rotem Haar an uns vorbeigesaust war – nein, überhaupt nicht auffällig.

»Vollpfosten«, lachte ich amüsiert, und Grace kicherte neben mir, dann richtete sie sich wieder auf, als würde sie sich für etwas wappnen.

»Rockster ist wirklich nett. Ich habe heute ein wenig mit ihm geplaudert, und er scheint dich gern zu haben.«

Uff, genau das, was Suzzi schon angedeutet hatte. Grace vermutete tatsächlich, dass ich etwas mit Rockster am Laufen hatte und deshalb so glücklich war. »Sorry, wenn ich dich enttäuschen muss, aber ich bin nicht mit Rockster zusammen«, erklärte ich unumwunden.

»Mit wem dann?«, fragte sie, mich von der Seite musternd, als hätte ihre Schwesternintuition auf höchste Stufe geschaltet.

Mist, hatte ich mich verplappert, oder kannte sie mich so gut? »Wie kommst du jetzt überhaupt darauf?«

»Du hast so verträumt gelächelt und nicht gesagt, dass du mit niemandem zusammen bist, sondern nur, dass du nicht mit Rockster zusammen bist.«

»Na schön, gut kombiniert, Yoda.«

»Lenk nicht ab, sag schon. Wer ist es? Kenn ich ihn? O Gott, ja, ich kenne ihn, stimmt's? Wie aufregend.«

Ihre Stimme wurde vor Begeisterung immer schriller, obwohl sie leise sprach. Bald würde sich diese wieder legen. Jason würde es nicht gefallen, wenn neben Suzzi und Rockster nun auch Grace Bescheid wüsste. Aber ich konnte meine Schwester nicht anlügen. Also stand ich auf und bedeutete ihr, mir zu folgen. Gemeinsam umrundeten wir das Haus zum hinteren Teil des Garten, der im Grunde nur aus einem schmalen Grasstreifen bestand. Hier war es ruhiger, da alle Partygäste entweder vorne auf der Veranda oder im großen Garten waren.

»Ja, du kennst ihn, aber … aber du darfst es niemandem verraten. Es ist noch ganz frisch, und er muss … er muss seine neue Rolle erst annehmen. Es ist kompliziert …«

Grace schluckte, und ich spürte, wie sie einen Fluch hinunterwürgte. Statt etwas zu sagen, starrten wir erneut an die Ecke der Fassade gelehnt mehrere Minuten schweigend auf das Durcheinander von Wasser- und Fußballspiel auf der anderen Seite des Grundstücks. Mir war klar, dass ich mehr dazu sagen musste, also hob ich die Flasche an den Mund und trank den letzten Schluck aus. Dann drehte ich mich zu Grace um.

»Mir geht es gut. Er macht mich glücklich. Okay? Zerbrich dir nicht den Kopf darüber, wer es ist. Zum gegebenen Zeitpunkt werde ich es dir sagen, aber ich kann ihn nicht für dich outen.«

»Na schön. Mir gefällt das zwar nicht, aber ich verstehe es. Wie du willst. Aber pass auf dich auf, Riley.« Ihre Hand fand meinen Unterarm. Grace drückte mich, um ihren Zuspruch zu untermauern, bevor sie losließ und weitersprach. »Es freut mich wirklich, dass er dich glücklich macht, aber ich hatte mir für dich einen Freund erhofft, der geoutet ist und sich damit in seiner Umgebung wohlfühlt. Wie Rockster, nicht wieder jemanden wie deinen Ex.«

Die Warnung, dass ich mir die gleiche Suppe wie damals mit Wes einschenkte, war deutlich, genauso wie ihre Besorgnis.

»Mach ich, versprochen. Danke für dein Vertrauen.« Puh, dem Erbauer sei Dank. Da war ich noch mal glimpflich davongekommen.

Just in diesem Moment eilte Jason an uns vorbei, ebenfalls mit einer Wasserpistole bewaffnet, und sein Shirt war komplett nass. Keine Ahnung, ob er Grace einfach nicht sah oder ob es ihm egal war, aber er zwinkerte mir mit einem derart offenen Lächeln zu, dass ich Gänsehaut bekam und seine Zuneigung mir gegenüber deutlich erkennbar war. Oder ich bildete es mir nur ein, weil mich der Kerl einfach immer blendete. Ein Blick auf Grace, nachdem er wieder verschwunden war, ließ diese Hoffnung jäh in sich zusammenfallen. Ups, Scheiße!

Ihr Gesicht war blass geworden, ihre Augen groß, als sie mich anstarrte. »Das ist nicht dein Ernst. Doch nicht Mister ‚Ich reiß jedes Püppchen auf'-Schläger Jason Jenkins! Das ist ein Scherz! Sag mir, dass das ein Scherz ist!«

»Wir haben nicht den ersten April«, versuchte ich es mit einem lahmen Spruch, der sie nicht zum Lächeln brachte. Okay, gleich würde sie wirklich explodieren. Am liebsten würde ich mir wie Luke Skywalker ein Tauntaun suchen, um mich zur Sicherheit darin zu vergraben. Stattdessen seufzte ich. »Beruhig dich, Grace. Du musst dir keine Sorgen machen.«

»Keine Sorgen?«, wiederholte sie. »Er ist nicht gut genug für dich. Er passt nicht zu dir, und was … wieso … Wie kannst du das machen? Wie kannst du es wieder mit jemandem versuchen, der nicht weiß, wer er selbst ist? Hast du denn nichts aus der Sache mit Wes gelernt? Jason ist genauso wenig gut für dich!«

»Schluss jetzt, hör bitte auf, du kennst ihn nicht«, erwiderte ich warnend. Ich brüllte nicht, ich schrie nicht. Aber es lag eine entschiedene Schärfe in meiner Stimme, die sie innehalten ließ. Sie konnte über Wes und meine früheren Entscheidungen sagen, was sie wollte, aber ich würde nicht zulassen, dass sie Jason mit ihm verglich und ihn als jemanden darstelle, der er nicht war.

»Er ist nicht wie Wes. Er ist ganz und gar nicht so. Wes hat immer nur an sich gedacht. Aber Jason ist ganz anders, für ihn kommen andere immer zuerst. Sicher, er hat auch seine Probleme und braucht noch Zeit, aber wer hat kein Päckchen mit sich herumzuschleppen? Außerdem ist es meine Entscheidung, und ich wünsche mir von dir als meine Schwester, dass du diese akzeptierst und es für dich behältst.«

»Das ist alles, was du zu sagen hast? Du willst mit mir nicht weiter darüber diskutieren?«

»Nein.«

»Aber Jason ist –«, versuchte es Grace erneut, doch ich schnitt ihr das Wort ab. »Nein, Grace. Du bist meine Schwester, ich liebe dich, aber da lasse ich mir nicht reinreden. Du kennst ihn nicht.«

»Und wenn ich ein Problem damit habe?«, fragte sie langsam, und Resignation machte sich in mir breit. Grace und ich hatten bisher nie miteinander gestritten, nie auf diese Weise.

»Dann haben wir im Moment nichts miteinander zu bereden.«

Mit der leeren Bierflasche in meiner Hand ging ich davon und ließ zum ersten Mal meine große Schwester stehen. Obwohl sich eine Leere in meinem Bauch ausbreitete, wusste ich, dass ich für Jason und mich einstehen musste. Grace würde sich wieder einkriegen, sobald sie sich an den Gedanken gewöhnt hatte. Hoffentlich. Denn auf Dauer wollte ich die mir beiden wichtigsten Menschen nicht voneinander trennen.

Auf halbem Weg zum vorderen Bereich des Grundstücks kam mir Suzzi entgegen. Bei meiner Miene und einem Blick auf Grace irgendwo hinter mir musste sie gar nicht erst nachfragen. »Oh, oh. Die Katze ist aus dem Sack. Schätze, wir fahren nach Hause?«

»Du schätzt richtig. Außer du möchtest noch bleiben? Ansonsten kann ich dich jetzt mitnehmen.«

»Nein, ich bin sowieso ganz nass von Denvers Wasserschlacht. Soll ich die Jungs fragen, ob sie mitkommen möchten? Treffen wir uns beim Auto?«, fragte sie, weil sie ahnte, dass ich eine Minute für mich brauchte.

Wenn eine Minute reichte. Ich wusste, dass Grace sich nur Sorgen machte, dennoch hatte ich auf mehr Verständnis von ihr gehofft. Ein wenig Menschenkenntnis besaß selbst ich: Jason war einer von den Guten. Das würde auch meine Schwester einsehen, irgendwann.

Bereits in meine Decke gewickelt im Dunkeln liegend, starrte ich ins Nichts, als die Tür aufging. Licht und der Duft nach irischem Frühling strömten durch den Spalt in mein Zimmer. Es folgte Jason, der sich strahlend hell in mein hineinschlich, so wie er es mit meinem Leben getan hatte. Er hatte mich wieder aus der Dunkelheit geholt, war sprichwörtlich mein Licht, bestehend aus Sonne und Wärme. Beinahe hätte ich bei dem Gedanken einen nervösen Lachanfall bekommen. Grace würde sich der Magen umdrehen, wenn sie wüsste, wie ich für ihn empfand. Aber sie ließ mir keine Erklärung, hörte mir nicht zu, sondern war festgefahren in ihrer vorgefertigten Ansicht über Jason. Scheiße, es fühlte sich falsch an, mit Grace im Clinch zu sein.

Grummelnd zog ich die Decke über meinen Kopf. Im nächsten Moment wurde sie weggerissen und Jason lief mit ihr davon.

»Was machst du?«, rief ich ihm hinterer. »Ich will meine Decke zurückhaben!«

Unbekümmert kam Jason, ohne Decke und nur mit schwarzen Boxershorts bekleidet, zurück, um mich mit einer Bewegung von meinem Bett zu scheuchen. »Komm schon, steh auf, Babe. Hör auf zu schmollen und komm mit.«

Zwar hatte ich keine Ahnung, was er wollte, folgte aber seiner Aufforderung, zum Teil aus reiner Neugierde. Sobald ich aufgestanden war, schnappte sich Jason meine Matratze und wuchtete sie aus dem Zimmer. Dabei beobachtete ich das Spiel seiner Muskeln, als ich ihm folgte. »Soll das eine Entführung oder wieder so eine Popeye-Vorführung werden, bei der du mir zeigst, wie stark du bist?«

»Du weißt bereits, wie stark ich bin. Ich sag nur eines: Sieger«, konterte er mit einem Lächeln in der Stimme. Jason hatte recht. Vor ein paar Tagen hatten wir im Bett miteinander gerangelt. Dabei hatten wir versucht, den jeweils anderen unter uns auf die Matratze zu wuchten, ähnlich wie beim Ringen. Nur waren wir beide nackt gewesen, und die Sache war ziemlich bald sehr heiß geworden. Daher: Ja, es hatte mir nichts ausgemacht, unter Jasons Körper festgenagelt worden zu sein und die Sache danach zu genießen.

Schulterzuckend kratzte ich über meinen Dreitagebart. »Ich denke, an jenem Abend waren wir beide Sieger.«

Jason zwinkerte mir zu. »Sind wir das nicht immer?«

Im Wohnzimmer hatte mein charismatischer Mitbewohner das Sofa zur Seite geschoben und seine Matratze auf den Boden gelegt. Meine stemmte er dazwischen, wodurch man über das provisorische Doppelbett am Boden steigen oder über das Sofa klettern musste, um in mein Zimmer zu gelangen.

Bei dem Anblick unserer Matratzen nebeneinander schnürte es mir die Kehle zu, noch bevor Jason erklärte: »Keine Angst, wir brauchen heute Abend nicht miteinander zu schlafen. Ich habe mitbekommen, dass du Streit mit Grace gehabt hast. Vermutlich wegen mir, und sie weiß Bescheid. Das tut mir leid, wirklich, und –«

Zur Beruhigung ging ich schnell dazwischen. »Sie wird nichts verraten, das versichere ich dir.«

»Das weiß ich. Auch wenn sie mich nicht leiden kann, vertraue ich darauf, dass deine Schwester meine Privatsphäre respektiert.«

Er deutete beinahe schüchtern auf das Matratzenlager. »Ich möchte dich heute Nacht nur im Arm halten, ohne Angst haben zu müssen, aus dem Bett zu fallen. Die Einzelbetten zu zweit sind nämlich auf die Dauer nicht sonderlich bequem.«

Ich war gerührt, gleichzeitig drang ein kleines Lachen aus meinem Mund. »Wieso hast du bisher nichts gesagt?«

»Ich wollte nicht kleinlich erscheinen. Und du hast dich auch nicht beschwert.«

»Es hat mich auch nicht gestört«, gab ich zu, dann lachte ich wieder. »Aber es war schon etwas eng mit deinem massigen Körper in meinem Bett. Tja, was soll ich sagen, manchmal sind wir schon zwei.«

»Total«, stimmte Jason lachend ein. Anschließend ließ er sich ins Bett fallen und streckte sich genüsslich darin aus, die Arme hinter dem Kopf verschränkt. »Schon besser. Na los, komm rein. Lass uns kuscheln.«

»Moment, ich hol schnell mein Handy.« Rasch lief ich in mein Zimmer, um es neben ein paar weiteren Kleinigkeiten zu holen.

»Aber ich lass dich keine Sexfotos von mir machen, wenn es das ist, worüber du gerade nachgedacht hast«, rief mir Jason im Scherz hinterher.

»Ich mach nur Fotos von deinem Penis, wenn du pennst«, blaffte ich grinsend zurück.

»Witzig. Wenn du unbedingt ein Bild haben möchtest, kann ich dir eines zeichnen.«

Zurück im Wohnzimmer hielt Jason mich mit einem schelmischen Blick zurück. »Moment, bin gleich damit fertig.« Die andere Hand kritzelte in seinem Block, den er überall mit sich herumtrug. Wie so vieles, liebte ich diese witzige, kreative Ader an ihm. Nachdem er fertig war, klopfte er neben sich auf das Bett und reichte mir den Block. »Hier, nur für dich. Mein Schwanz.«

Auf dem Papier war ein Strichmännchen mit einem riesigen Penis, den es sich selbst rubbelte. Das Bild darunter zeigte, wie der Orgasmus aus dem Strichmännchen mit dem Riesenschwanz herausschoss, und über ihm flog nicht nur das Ejakulat davon, sondern das gesamte Haus. Darunter stand »Bumm« geschrieben.

»Wow, das ist wahre Kunst. Warum machst du keine Ausstellungen? Ich meine, hiermit kann sich jeder Kerl identifizieren«, meinte ich grinsend. Jason krümmte sich vor Lachen, als ich sein schnell gezeichnetes Werk mit blasiertem Tonfall wie ein Kunstkritiker bewertete und hochlobte. Dabei war nicht alles, was ich sagte, im Scherz gemeint. Ich hatte schon andere Bilder von ihm gesehen. Bilder, bei denen er sich mehr Zeit gelassen hatte und die mit dem Kohlestift besonders schattiert und realistisch gezeichnet gewesen waren. Dennoch mochte ich seine kurzen Sketches noch einen Tick lieber. Sie zeigten Ironie, seinen Sarkasmus und Humor.

Irgendwann konnte Jason vor Lachen nicht mehr und biss mir in die Schulter.

»Schluss jetzt, du sexy Kunststudent. Steck das ein, und dann gib Ruhe.« Ruckartig riss er das Blatt ab und reichte es mir. Dadurch fiel mein Blick auf eine weitere Zeichnung, und ich griff nach dem Block.

»Danke. Aber was ist das denn?«

»Nichts, lass los«, forderte Jason. Gegen seinen Protest sah ich mir den Sketch genauer an. Zwar hastig gemalt, aber mit mehr Liebe zum Detail als bei seinem Penisbild, das ich sorgfältig auf den Couchtisch gelegt hatte.

Das erste Bild zeigte zwei Männer, die nebeneinander einen Berg bestiegen. Unschwer zu erkennen: ich und Rockster. Rockster trug eine Keule in der Hand, ähnlich wie sie bei Neandertalern abgebildet waren. Neben ihm ragte der Berg hinauf, und an einer

Kante ruhte ein runder Felsen. Hinter diesem war ein weiterer Mann gezeichnet, muskulös und mit einem dämonischen Grinsen im Gesicht. Okay, das musste dann Jason sein. Im zweiten Bild kicherte Jason mit Blick hinunter auf den schweren Felsen, unter dem Rockster begraben lag. Über der Figur stand eine Sprechblase: »Hoppali und hoppala.« Die letzte Zeichnung zeigte Jason und mich mit Flügeln am Rücken, wie wir gemeinsam der Sonne entgegenflogen. Der Matschhaufen, der Rockster darstellte, stöhnte ein »Autsch«.

»Ich habe Rockster gut getroffen, findest du nicht?«, meinte Jason freundlich, und ich grinste.

»Alter, soll ich mir Sorgen machen, weil du ihn von einem Felsen zerquetschen lassen hast?«

»Was denn?«, fragte er übertrieben verblüfft und zeigte auf das letzte Bild und die Sprechblase. »Er lebt doch, immerhin kann er noch jammern.«

Ich legte den Block weg, stand auf, um das Licht abzudrehen, und setzte mich anschließend wieder auf die Matratzen. Dort strich ich Jason eine sandfarbene Strähne aus der Stirn. »Hat dich die Sache mit Rockster heute wirklich so fertiggemacht? Das tut mir leid.«

»Muss es nicht«, beschwichtigte er mich und küsste meine Handinnenfläche, bevor er mich zu sich in eine liegende Position zog. Gemeinsam starrten wir an die dunkle Decke, das einzige Licht kam von den Straßenlaternen draußen. »Es war nicht seine Schuld, sondern meine eigene. Wir hätten offen miteinander reden sollen. Aber du weißt ja, ich tue mich damit nicht so leicht wie du.«

Das hatte ich schon bemerkt. Mein Herz lag auf meiner Zunge, Jasons war dick eingebettet unter einer zähen Schicht aus Ziegeln und Zement. Ich kuschelte mich dichter an ihn. »Übung macht den Meister. Aber ich gestehe, dass es mir noch nie schwergefallen ist, über meine Gefühle zu reden. Ich möchte nur selbst bestimmen, wann ich etwas erzähle und mit wem ich was teile. Daher verstehe ich dich, wenn du es deiner Familie persönlich erzählen willst.«

»Wann hast du dich geoutet? Bei deiner Familie?«, fragte Jason leise. Ich konnte seine Anspannung spüren.

»Da gab es nicht viel zu outen, Jungs waren für mich schon immer interessanter. Aber Mum erzählt gern die Geschichte, dass ich im Kindergartenalter einmal unerlaubt ferngesehen habe. Dort haben sich zwei Jungs geküsst, und ich sei in die Küche zu Mum gegangen und habe sie gefragt, ob ich auch Jungs küssen dürfe.«

»Was hat sie darauf geantwortet?«

»Dass ich aufhören soll, fernzusehen.« Ich kicherte. »Und mit dem Küssen noch warten soll, bis ich größer bin. Dann dürfte ich küssen, wen ich wollte, solange der andere damit einverstanden ist.«

Jason regte sich neben mir und sah mich an. »Ein guter Ratschlag. Hast du dich daran gehalten?«

»Ne, ich habe im letzten Kindergartenjahr Kennie Stevens in der Kuschelecke geküsst, ohne ihn vorher zu fragen.«

»Oje, wie ist das für dich ausgegangen.«

»Ich habe eine auf die Nase bekommen«, meinte ich ernst, dann grinste ich. »Aber ein paar Jahre später ist er mein erster Freund auf der Highschool gewesen.«

»Ah, also Kennie Stevens, deine erste große Liebe.«

Einen Moment schwieg ich. Wir steuerten bei diesem Gespräch eine Richtung an, die nicht so angenehm enden könnte, wie der Abend begonnen hatte. Ich räusperte mich, denn ich spürte, dass ich bereit war, ihm diesen Teil meiner Vergangenheit anzuvertrauen. »Bei Kennie war es wohl nur Geilheit. Meine erste große Liebe war Wes. Wes Wild West, wie ihn die Leute an der Highschool nannten. Eigentlich hieß er Wesley Miller. Ziemlich unspektakulär, aber er war Footballspieler und sehr beliebt, daher musste ein cooler Name her. Jeder wollte etwas von ihm. Die Mädels, die Spielkameraden, die Zuschauer. Aber er hatte ausgerechnet etwas mit mir, zumindest wenn wir allein waren und niemand etwas davon mitbekam.«

»Die Sache mit uns kommt dir also bekannt vor«, seufzte Jason und spannte sich stärker an, als er sich für die Antwort auf seine nächste Frage wappnete. »Wie schlimm war das Ende?«

»Sehr schlimm. Die Prügelei, von der ich meine Schädelverletzung habe, die meine Fußballkarriere ruiniert hat. So schwer in etwa.«

Jason fuhr zu mir herum und legte mir einen Arm um den Oberkörper, als könnte mich seine Umarmung vor der Vergangenheit schützen. »Verdammt, Scheiße. Nicht dein Ernst! Sag mir nicht, dieser Typ hat dir das angetan. Dieses Arschloch! Dann fahr ich sofort nach … verflucht, woher kommst du genau? Texas?«

»Genau, aus Fouke, im Nordosten von Texas«, half ich ihm.

»Gut, dann fahr ich nach Fouke und knöpfe ihn mir vor. Damit meine ich nicht, dass ich ihn schlage, weil du das nicht magst, aber ich werde ihn zumindest so lange schütteln, bis er mir vor die Füße kotzt und sich glaubwürdig entschuldigt.«

»Musst du nicht, er hat sich entschuldigt. Zumindest mit einem Brief.« Kopfschüttelnd setzte ich mich auf und vermisste sofort die Wärme seiner Umarmung. Aber die Geschehnisse wühlten mich auf, und ich schlang die Arme um meine Knie. »Er war nicht wirklich Teil der Prügelei … Es ist kompliziert.«

Aufgebracht setzte sich Jason ebenfalls auf und lehnte sich mit dem Rücken gegen die Küchentheke, den Blick auf mich geheftet, ohne mich zu berühren, dennoch überwältigend präsent. Seine Stimme war rau, als er mich aufforderte: »Falls du es noch nicht bemerkt hast: Auch ich spreche kompliziert. Also erklär es mir, Riley.«

Gedanklich begab ich mich zurück in jene Nacht. »Die Sache mit Wes und mir lief ungefähr sechs Monate im letzten Highschool-Jahr. Manchmal fühlt es sich rückblickend länger an, dann wieder frage ich mich, warum ich mich für so lange Zeit an der Nase herumführen habe lassen.«

Ich rieb mit dem Daumen über Nasenrücken und Stirn, wie um herannahende Kopfschmerzen zu vertreiben. Ein Phantomschmerz meiner Wunde von damals. Ich erzählte Jason, wie ich mit Wes in der Schwulenbar gefeiert, als ich danach auf die Toilette gemusst und Wes draußen beim Wagen auf mich warten hatte wollen.

Anstatt allein dort zu sein, war er von seinen Footballfreunden umgeben gewesen, die ihn zufällig dort getroffen hatten, ohne zu ahnen, dass er wie ich aus der Schwulenbar gekommen war. Doch mich hatten sie gesehen. Zuerst schikanierten sie mich nur, spuckten mich an und stießen mich von einem zum anderen hin und her, bis bei mir eine Sicherung durchbrannte. Wütend stieß ich einen der Typen an den Schultern zurück und blaffte, sie sollen aufhören, Homosexualität sei in der heutigen Zeit vollkommen normal und man brauche sich dafür nicht zu verstecken. Ich erwartete, dass Wes sich zu mir bekennen würde, mich verbal unterstützen und mir helfen, um sie aufzuhalten. Das war ein Fehler. Ein Fehler, der mein Leben veränderte und mir laut Grace mehr Argwohn gegenüber Menschen einimpfen sollte. Menschen wie Jason. Aber so war ich nicht, würde ich nie sein, egal was mir passiert war. Machte mich das zu einem naiven Träumer? Womöglich.

Seufzend fuhr ich ab dem Punkt nach den ersten Faustschlägen gegen meine Rippen fort. »Jedenfalls fingen die Typen an, auf mich einzuprügeln. Sie waren zu fünft, Wes nicht miteingerechnet, denn er stand einfach nur da und sah zu, ohne ein Wort zu sagen, sich zu regen, mit der verfluchten Wimper zu zucken. Irgendwann ging ich zu Boden und sie traten mit den Füßen auf meinen Brustkorb und dann auf meinen Schädel ein, als heizte sie die Gewalt noch mehr an. Und die ganze Zeit stand Wes nur da und tat nichts, um mir zu helfen. Die hätten mich umbringen können, dennoch schwieg er, handelte nicht, obwohl wir monatelang zusammen gewesen waren. Mein Verstand kam damit einfach nicht klar. Komme ich ehrlich gesagt immer noch nicht: Ich verstehe nicht, wie man zulassen kann, dass einem Menschen, den man augenscheinlich zumindest ein bisschen gemocht hat, so etwas angetan wird. Unvorstellbar.«

Kopfschüttelnd atmete ich mehrmals heftig ein und aus, drängte die Übelkeit zurück, die mich bei der Erinnerung nach wie vor überkam. Ich konnte mich noch genau daran erinnern, wie ich gedacht hatte, ich würde auf dem nassen, dreckigen Asphalt zwischen abgestellten Autos sterben. Mein Kopf rollte nach einem weiteren Hieb zur Seite, Blut sickerte aus meiner Nase und meine Augen fingen an zuzuschwellen, dennoch sah ich Wes hinter den anderen. Er stand versteinert da und fing meinen flehentlichen Blick auf. Die kurze Hoffnung in mir wurde je zerschmettert, als er sich abwandte und zu Boden starrte.

»Das ist das letzte Mal gewesen, dass ich Wes gesehen habe. Danach sind zum Glück andere Leute aus einem Club eingeschritten und haben den Notruf verständigt. Laut Grace kam irgendwann, als ich noch im Krankenhaus lag, ein Brief von ihm. Da sie die Einzige war, die seinen Namen kannte, versteckte sie ihn vor unseren Eltern und gab ihn mir erst zu Hause nach meiner

Reha. Es stand nicht viel drin, außer seiner Entschuldigung und wie leid ihm alles täte. Also, jepp, die Sache hat nicht gut geendet.«

In rascher Abfolge stieß Jason mehrere Flüche aus, bei denen meine Eltern glühende Ohren bekämen, bevor er sich wieder beruhigte. »So ein Arschloch! Und ob er Teil davon gewesen ist! Auch wenn er nicht auf dich eingedroschen hat, hätte er seine Freunde aufhalten sollen. Das hätte er auch geschafft, ohne sich zu outen. Und jetzt kannst du nie wieder professionell Fußball spielen. Am liebsten würde ich diesem Typen den Hals umdrehen.«

Dann rutschte er zu mir herüber und legte die Arme um mich. »Es tut mir so leid, dass dir das passiert ist. Aber ich bin nicht so. Ich würde alles tun, damit dir nichts zustößt. Dich beschützen, egal wovor.«

»Ich weiß«, fiel ich ihm schnell ins Wort. Es war genug darüber geredet worden, ich wollte die Vergangenheit ruhen lassen. Beruhigend zwinkerte ich ihm zu. »Es ist nicht mehr rückgängig zu machen. Es hat mich zwar verändert, aber nicht gebrochen. Außerdem bin ich genauso gut in Chemie wie im Fußball. Ich verfolge jetzt einfach Plan B.«

»Ich weiß, du bist der Letzte, der sich beschwert, und unglaublich flexibel, stark und mutig. Aber das solltest du nicht sein müssen. Es macht mich fertig, zu wissen, dass du dich anpassen musst und dein Leben nicht so leben kannst, wie du es gewollt hättest.«

Mit seinen Lippen küsste er meinen Mundwinkel und sich langsam einen Weg über meine Wange, zu meinem Ohr, bis zu jener Stelle darunter, die mich jedes Mal ganz heiß machte. Dort schob er meine Haare beiseite und knabberte an meiner Haut.

»Das muss es nicht.« Das meinte ich ernst. Gemächlich legte ich mich auf den Rücken und zog Jason mit mir, der sich seitlich neben mir liegend sofort wieder auf meine empfindliche Stelle konzentrierte und mich zum Stöhnen brachte. »Es ist gut so. Ich bin genau dort, wo ich am liebsten sein möchte. Hier, mit dir.«

Scheiße, das war genau das, was ich empfand, und beinahe wäre mir der Satz mit der Liebe rausgerutscht. Dafür waren wir aber beide noch nicht bereit. Es würde uns nur noch mehr unter Druck setzen. Also konzentrierte ich mich tatsächlich auf das Hier und Jetzt. Ließ mich von ihm küssen und die Zärtlichkeit spüren lassen, nach der ich mich sehnte, nachdem ich aus der Dunkelheit zurück ins Licht gekommen war. In sein goldschimmerndes Licht. Mit jedem gehauchten Kuss wuchs mein Verlangen, bis es auf meiner ganzen Haut prickelte. Lange hielt ich das nicht mehr aus, wenn ich nicht das bekam, was mein Körper brauchte. Und zwar Jason – voll und ganz.

»Leg dich auf mich«, forderte ich und zog an seinem Arm.

Statt nachzugeben, drückte er einen letzten Kuss unter mein Ohr. »Vielleicht sollten wir einfach pennen, Riley. Wirklich, wir müssen heute Nacht nicht miteinander schlafen. Du hast viel durchgemacht und aufgearbeitet. Lass dir Zeit, wir haben Zeit. Später.«

»Okay, stimmt, wir müssen nicht. Aber wir wollen. Wir wollen eindeutig – beide. Als Beweismittel A führe ich diese zwei Dinger vor.«

Ungehemmt griff ich nach unten und umfasste unsere beiden Glieder, was mir ein Keuchen aus Jasons Mund bescherte.

»Du spielst nicht fair, Mann. Du weißt, dass ich nicht widerstehen kann, wenn du das machst.«

Genau darauf hatte ich gebaut, dennoch lächelte ich unschuldig, während meine Hand sich auf und ab bewegte. »Echt? Das ist mir vollkommen neu.«

»Pf, als ob«, maulte Jason, stieß aber gleichzeitig in meine Hand, als wäre er wehrlos gegen das Gefühl, das durch unsere Adern rauschte.

»Ich will das zwischen uns nicht nur, Jason. Ich brauche das jetzt, um dem dunklen Ort von damals zu entfliehen, die Erinnerungen wieder in der Kiste zu verstauen. Außer du sagst, du willst nicht, dann können wir aufhören. Aber beende es nicht, weil du glaubst, mich schonen oder beschützen zu müssen, denn so ist es nicht.«

Eindringlich legte ich ihm meine freie Hand an die Wange, suchte seinen Blick. »Und wenn du es dir anders überlegt hast, ist das auch vollkommen okay. Wir machen das in deinem Tempo und können es wie gehabt tun, aber ich brauche das jetzt, diese Verbindung. Uns.«

»Ich dich auch. Immer!«, fiel mir Jason zwischen unsere eng aneinandergepressten Lippen ins Wort. »So sehr. Ich li- ich … ich brauche dich.«

Kurz hatte ich gedacht, er würde das L-Wort benutzen, aber dann war er zurückgerudert. Auch das war okay. Wir hatten unser eigenes Tempo, unsere Beziehung, in der jedem so viel Raum und Zeit zustand, wie er benötigte. Nie würde ich jemanden drängen, besonders nicht Jason, der schon so weit gekommen war, sich geöffnet hatte. Für mich.

Ohne sich länger gegen meine Verführungsversuche zu stemmen – ansonsten hätte ich mir ernsthafte Sorgen um mein Talent gemacht –, drückte er sich gegen mich, küsste mich mit einer Inbrunst, die meiner gleichkam. Während wir uns mit den Hüften im Gleichklang bewegten, leckten unsere Zungen aneinander, stießen gegeneinander. Ohne Raffinesse, ohne Zärtlichkeit, sondern mit roher Leidenschaft. Brutal. Ungehemmt. Und so gut. Im Rausch unseres Kusses ließ ich meine Hand zu seinem

Hintern wandern, streichelte und neckte ihn mit einer Fingerspitze und machte ihn noch fahriger in seinen Bewegungen.

»Sollen wir? Es liegt an dir.«

Nickend betrachtete er mich und ließ von mir ab, um grinsend nach einem Kondom zu angeln. Aufgekratzt vor Vorfreude setzte ich mich auf, und Jason streifte es mir über, bevor ich eine gute Portion Gleitgel verteilte. Das Objekt meiner Begierde blickte zu mir auf, die Arme lässig hinter dem Kopf verschränkt. »Wie immer vorbereitet und vorausschauend gehandelt, wie ich sehe. Vorbildlich.«

»Fast immer. Und jetzt komm her.« Sobald ich mich auf Jason sinken ließ, fiel die lässige Fassade von ihm ab, und er stöhnte erregt auf, wand sich und zappelte unter mir, als würde seine Geduld jeden Moment zu Ende gehen. Er wollte mich, gleichzeitig war er nervös. Ich spürte seine Anspannung, als ich mit einem Finger in ihn eindrang, um ihn mit Gleitgel für mich vorzubereiten. »Lass locker, Süßer. Ich mache, dass es sich gut für dich anfühlt. Vertrau mir.«

»Tue ich«, gestand er. »Dennoch fühlt es sich … ungewohnt an.«

»Ich verstehe das, ich mache ganz langsam.«

Zärtlich küsste ich ihn, während ich ihn zuerst mit einem, dann mit einem weiteren Finger an das neue Gefühl gewöhnte. Nachdem er drei Finger aufgenommen hatte, nahm ich die Hand fort und positionierte mich vorsichtig mit der Schwanzspitze. Um ihm seine Nervosität zu nehmen, küsste ich ihn tiefer, baute seine Lust auf, damit er sich weiter entspannte. Behutsam schob ich mich Stück für Stück hinein und wieder hinaus. Ging dabei so langsam vor, dass mir vor Anstrengung, stillzuhalten, der Schweiß ausbrach, obwohl ich mich vollends in ihm versenken und lospumpen wollte.

»Verdammt, Riley.« Jasons Stimme glich einem grimmigen Knurren.

»Alles in Ordnung? Soll ich aufhören?«

Scheiße, bitte, alles, nur das nicht!

»Ja.«

»Okay.« Sofort stoppte ich meine Bewegungen und starb hundert Tode, während ich mich eigentlich im Glück befand. Wartend zuckte Jason mit der Hüfte, schob sich weiter zurück und wieder nach vorne, gegen mich pressend.

»Nicht damit, Mann. Hör auf, mich zu triezen«, stöhnte er. »Sondern fick mich endlich richtig.« Er lachte, bewegte sich dabei unter mir, um mich zusätzlich mit seinem Körper anzufeuern.

Kopfschüttelnd stimmte ich in sein Lachen ein, weil ich vor Erleichterung keine Worte fand. Bis auf »O Mann«, wobei noch immer ein halbes Lachen aus mir herausgluckerte, bevor sich Jason ungeduldig bewegte und mich verstummen ließ. Und dann tat ich, was er von mir verlangte: Ich schlief mit ihm, wie er es verdiente.

Zuerst mit langen, trägen Stößen, die zustimmendes Stöhnen aus seinem heißen Mund lockten, das ich in einem Kuss auffing. Später glitt ich tiefer, passte meinen Rhythmus seinen drängenden Bewegungen an, was uns beide keuchend schwitzen und uns aneinanderklammern ließ. Ich wollte es hinauszögern, das hier noch so viel länger genießen, aber der Orgasmus baute sich prickelnd immer schneller in mir auf. Mein ganzer Körper bebte, als ich kurz davor war und die Hand zwischen uns gleiten ließ, um während meiner Stöße gleichzeitig sein Glied zu umfassen. Jason stöhnte mehrere Flüche, die meine Ohren klingeln ließen, als seine Flüssigkeit heiß gegen meinen Bauch spritzte und sein Innerstes meinen Penis rhythmisch bearbeitete.

Mehr brauchte es nicht. Mein eigener Orgasmus überrollte mich pulsierend und schoss aus mir heraus, als wäre es das erste Mal, dass ich mit einem Kerl zusammen war. Nun ja, das zumindest stimmte beinahe. Ich hatte noch nie mit einem Mann wie Jason geschlafen, dem nicht nur mein Körper, sondern auch mein ganzes Herz gehörte.

15. Wiedersehen macht Freude – manchmal

Jason

Ein Schaben drang ein mein Ohr, das ich zuerst zu ignorieren versuchte. Meine Muskeln fühlten sich schwer an, und mein Hintern brannte ein wenig, aber auf die gute Art. Das Gefühl von Riley in mir würde ich nie wieder vergessen. Wer hätte gedacht, dass sich in meinem Hintern ein Punkt befand, der einem Orgasmushimmel gleichkam. Jeder Stoß ein verfluchtes Halleluja.

Mit geschlossenen Augen griff ich auf die andere Bettseite, die zu meiner Enttäuschung leer war. Daher öffnete ich die Augen. In Unterwäsche gekleidet, saß Riley beim Couchtisch und kritzelte dort herum.

»Was machst du?« Selbst in meinen Ohren klang meine Stimme rau und kratzig vom Schlaf.

Riley wandte sich in meine Richtung, winkte, bevor er mit zwei Blatt Papier und einer Kleberolle aufstand. »Dir auch einen guten Morgen, Sonnenschein. Ich habe deine Kunst aufgewertet.«

Grinsend kletterte er über die Couch und klebte die Blätter an die Wand zu seinem Zimmer.

»Muss das sein? Kannst du die nicht irgendwo in eine Schublade stecken? Das sind nur blöde Kritzeleien, die keinen interessieren.«

»Das sind meine Bilder, du hast sie mir geschenkt. Ergo kann ich mit ihnen machen, was ich will.«

Es war mir unangenehm, meine Skizzen frei herumzuzeigen. Solange sie jedoch in unserer Bude hingen, kam ich wohl damit klar, wenn es ihn glücklich machte.

»Deine Entscheidung«, brummte ich und verkroch mich unter der Decke, zog das Kissen über den Kopf.

»Willst du nicht aufstehen? Kaffee trinken, frühstücken, wie normale Menschen?«, stichelte Riley irgendwo über mir.

»Normale Menschen schlafen an einem Sonntag aus, also schwing deinen Hintern hier rein und kuschle mit mir.«

»Okay, wenn du mich so nett darum bittest.« Die Matratze bewegte sich neben mir, dann zog er mir die Decke vom Körper. Kälte strich über meinen nackten Rücken. Gerade beschwerte ich mich: »Hey, meine Decke!«, da warf Riley sich lachend auf mich, und ich verbesserte mich: »Na schön, du bist besser als eine Decke.«

»Finde ich auch.«

Nun vollkommen wach, drehte ich mich zu ihm herum und holte mir einen Kuss. Einen, bei dem er sich der Länge nach an mich presste und ich bereits wusste, wie ich den Morgen verbringen wollte.

Lautes Pochen hallte von der Tür ausgehend durch den Raum.

»Guten Morgen! Hallo, Jason, bist du da?«

»Ja, verdammt«, rief ich automatisch zurück, so wie seit Kindertagen, wenn ich Denvers Stimme hörte. Erst danach durchschoss mich die Erkenntnis, was für ein Bild wir abgaben, und ein ungutes Gefühl zwickte in meiner Brust.

Riley sprang auf und suchte nach seinem Shirt, während er flüsterte: »Er hat echt ein beschissenes Timing. Wir hätten uns auch schlafend stellen können.«

»In der Theorie«, zischte ich leise. »Denver gibt nicht so leicht auf. Der hätte bis zum Abend an die Tür geklopft, weil meistens einer von uns da ist. Außerdem war es ein Reflex.«

Mit dem Bein kickte ich die Decken zur Seite auf eine Matratze, dann schnappte ich mir meine und trug sie im Laufschritt in mein Zimmer. Dort schlüpfte ich in ein Shirt und eine Sporthose. Auf dem Weg zurück ins Wohnzimmer ertönte Denvers Stimme durch die Tür. »Ähm, Leute. Macht mir auch jemand die Tür auf, oder was? Ich mag nicht den ganzen Tag herumstehen und die Tür anstarren. Das ist öde.«

»Ja«, brüllten Riley und ich gleichzeitig, als hätten wir uns abgesprochen. Ich zuckte zusammen, bildete mir aber hoffentlich nur ein, dass wir uns ertappt anhörten. Konnte man sich ertappt anhören? Nein, das war Blödsinn. Ein Blick zu Riley zeigte mir, dass er soeben seine Matratze in sein Zimmer trug. Gleichzeitig scheuchte er mich mit dem Kinn Richtung Tür, um sie zu öffnen. Wenn wir länger warteten, wäre das noch auffälliger.

Ich drehte den Schlüssel und öffnete schwungvoll die Tür. Vor mir stand Denver, der mir grinsend das Skript aus Allgemeiner Betriebswirtschaft gegen die Brust knallte.

»Morgen, Kumpel, wurde aber auch Zeit.« Nach einer kurzen Inspektion runzelte er die Stirn. »Dein Shirt ist auf links gedreht.«

Verdammt, das hatte mir gerade noch gefehlt.

»Hoppla«, stammelte ich und verwünschte mich selbst. »Hast mich auch mitten aus dem Schlaf gerissen.«

»Echt? Du klingst gar nicht verschlafen.« Er reckte sich und winkte Riley. »Morgen.« Anschließend wandte er sich mir zu, da ich mich keinen Schritt von der Tür wegbewegt hatte. »Ähm, darf ich kurz rein? Ich habe sogar eine Überraschung für euch, obwohl ihr heute ein wenig unfreundlich seid, um das zu erwähnen.«

»Wir sind nur müde«, verteidigte Riley uns von der Küche aus, wo er Kaffee für uns zubereitete. Mittlerweile hatte er sich Socken, Jeans und ein buntes Star-Wars-Shirt übergezogen, ich hingegen stand noch immer mit kurzer Hose und links gedrehtem T-Shirt da.

Ich schlüpfte aus dem Ding, und ging zur Küchentheke, während ich das Shirt mühsam umdrehte. »Komm schon rein, Denver.«

Als ich halbnackt vor der Küchenzeile stand, hörte ich eine weibliche Stimme hinter mir. »Überraschung!«

Verdutzt drehte ich mich um, dann rief Riley überrascht: »Mum! Dad! Was macht ihr denn hier?«

Scheiße, verdammte Scheiße. Seine Eltern waren da! Während ich ohne Shirt herumstand? Wenige Stunden nachdem ihr Sohn mich um den Verstand gevögelt hatte. Verflucht. Schamesröte kroch mir in die Wangen, während ich wie belämmert bei der Küche stand und dem Geschehen zusah.

Seine Mutter hatte lange blonde Haare, deren Oberhaar zu einem unordentlichen Flechtzopf zusammengebunden war, während die unteren Strähnen locker über ihre Schultern fielen. Ihr Kleid war mit bunten Blumen bedruckt und bestand aus unzähligen Fransen, die flatterten, wenn sie sich bewegte. Die dunkelblauen Augen, mit denen sie ihren Sohn liebevoll ansah, bevor sie ihn umarmte, erinnerten mich an Rileys. Neben ihnen stand ein Mann, fast einen halben Kopf kleiner als seine Frau, mit mittelbrauner Haut. Er hatte dunkle Augen, dunkles Haar mit vereinzelten weißen Strähnen darin und trug einen Schnurr- und Spitzbart, was mich an einen quirligen Musketier denken ließ. Im Gegensatz zu seiner Frau war er unauffällig in schwarze Hose und graues Hemd gekleidet, wie ein Bürohengst.

Man spürte die tiefe Liebe, die von den dreien ausging, und ein kleiner Kloß setzte sich in meinem Hals fest.

Nachdem Riley seinen Dad ebenfalls umarmt hatte, bat er seine Eltern herein und schloss die Tür hinter ihnen. »Im Ernst, was macht ihr hier? Wie seid ihr hergekommen? Und warum habt ihr nicht Bescheid gegeben?«

»Na, warum wohl, wir wollten euch sehen! Wir sind gestern früh gelandet. Ein Freund von uns hat dieses Wochenende eine Ausstellung in der nächsten Stadt. Wir haben ihn besucht und sind dann mit einem Mietwagen zur Bluewell weitergefahren, um euch zu überraschen. Grace wusste ebenfalls nichts davon. Sie macht sich gerade fertig und kommt dann hoch.«

Milde lächelnd schüttelte Riley den Kopf. »Euch ist schon klar, dass es einer der Vorteile für die Kinder ist, die in flugweiter Distanz studieren, dass die Eltern nicht überraschend vor der Tür stehen.«

»Papperlapapp, wir sind eure Eltern, wir können tun und lassen, was wir wollen«, lachte seine Mutter strahlend, während sein Vater milde den Kopf schüttelte.

»Du kennst doch deine Mutter. Sie hatte die Idee und ließ sich nicht davon abbringen.«

»Als ob du es versucht hättest, Dad«, sagte Riley lachend, der genau wusste, wie sehr seine Eltern sich liebten, sich gegenseitig respektierten. Die beiden könnten Werbung für Ehen machen, so sehr strahlten sie sich an, mit einem liebevollen Lächeln im Gesicht. So etwas hatte ich nie gekannt, und ein wehmütiges Gefühl beschlich mich. Nicht nur, weil ich meine Mum nie richtig kennengelernt hatte, sondern auch, weil ich wusste, dass meine Eltern nie dieses Bild abgegeben hätten.

Plötzlich richtete seine Mum ihre Aufmerksamkeit auf mich und Denver, der sich neben mir an die Theke gelehnt hatte. Was ich erst jetzt bemerkte, ebenso wie, dass ich das Shirt nach wie vor in den Händen hielt, statt es überzuziehen. Und zwar, weil mir Rileys Mutter demonstrativ auf die nackte Brust sah.

»Welch nette Aussichten es hier gibt. Da will man doch gleich wieder studieren gehen«, scherzte sie mit einem Zwinkern, was mich aus der Erstarrung riss.

Rasch zog ich den Stoff über den Kopf und ging mit ausgestreckter Hand zu ihnen. »Tut mir leid. War ein langer Abend gestern. Schön, Sie kennenzulernen. Ich bin Jason. Jason Jenkins.«

Während seine Mum »Ebenfalls, freut mich« antwortete, rief sein Vater »Oh, wie schön« aus. Begeistert rieb er sich die Hände. »Zuerst ein Denver Davenport und jetzt ein Jason Jenkins. Ich liebe alliterative Namen. Ich wollte meine Kinder auch Darleen und Daimon Davis taufen, aber meine Frau hat sich aus mir unerklärlichen Gründen dagegen entschieden.«

»Zum Glück. Danke, Mum«, flüsterte Riley in ihre Richtung.

Sie tätschelte ihm zwinkernd die Schulter. »Er kann nichts dafür. Er liest zu viele Bücher.«

Sein Vater ließ sich von den Sticheleien nicht beirren. »War das von Ihren beiden Eltern so beabsichtigt? Das würde mich brennend interessieren.«

Verdutzt zuckte ich mit den Schultern. »Bei mir war es sicherlich keine Absicht, sondern ist einfach passiert. Mehr wie ein ‚Hoppla, das passt ja'. Aber bei Denver war es von vornherein so geplant.«

Sofort fuchtelte Denver theatralisch mit den Händen und lächelte breit. »Ja, genau. Meine Eltern sind extra nach Denver gefahren, um mich dort zu zeugen. Sie wissen schon – ein Liebeswochenende in einem schicken Hotel mit Zimmerservice. Sie sollten wissen, ich war schon vor meiner Geburt etwas Besonderes.«

Riley lachte und stellte sich neben mich. Nicht zu nahe, aber dennoch in meine Nähe, was mich eine Spur beruhigte. »Okay, nun, das sind meine Eltern, Lora und Ricardo. Eltern, die normalerweise anrufen, bevor sie erscheinen.«

»Ihr könnt uns gern beim Vornamen nennen, Jungs.«

»Denver der Besondere würde gern einen Kaffee trinken, bevor er euch allein lässt und wieder abrauscht.«

»Gern«, bot ich mich an und fragte in die Runde, wer noch einen wollte. Sobald ich an der Maschine beschäftigt war, vertieften sich Riley und seine Eltern in ein Gespräch.

Denver tauchte neben mir auf. »Wieso liegen eure Decken auf der Couch, und warum habt ihr die verschoben?«

Gute Frage. Riley hatte uns gehört und sprang ein. »Weil ich heute Morgen dort gepennt habe. Ähm, mein Bett, also mein Lattenrost, knarrt ständig, und da kann ich nicht schlafen.«

»Aber mit zwei Decken?«, fragte Denver verwirrt weiter.

»Ihm war kalt, und ich schlafe sowieso immer ohne«, erklärte ich. Das klang hoffentlich logisch, denn Denvers neugieriger Blick entging mir nicht.

Zum Glück wechselte Rileys Mutter das Thema, als sie hinter der Couch an der Wand meine Skizzen betrachtete. Nun war sie es, die begeistert klang. »Oh, interessante Bilder. Wer hat die gemalt, Schatz?«

»Jason hat sie skizziert. Das macht er manchmal, wenn ihm langweilig ist. Er packt einen besonderen Humor in die Bilder.«

»Das stimmt. Ich mag den Sarkasmus darin. Großartig.«

Unangenehme Wärme kroch am Nacken meinen Hals hinauf, während die Davis' meine Bilder musterten und ich die Kaffees auf die Theke stellte.

»Kaffee ist fertig«, rief ich laut in die Runde, um sie von meinen Sketches wegzulocken. Sofort versammelten sich alle davor und tranken aus ihren jeweiligen Tassen.

Riley stieß mit seiner Schulter die seiner Mutter an. »Tut mir leid, Mum ist Künstlerin. Sie hatte selbst schon einige Ausstellungen und arbeitet mit einigen Zeitschriften zusammen.«

»Das ist beeindruckend«, stellte ich fest, doch seine Mum winkte ab. Stattdessen deutete Lora auf die Bilder, die Riley mit dem Klebestreifen an der Wand befestigt hatte. »Die Sketches sind wirklich originell. Du hast ein Talent, mit wenigen Strichen eine Geschichte zu erzählen.«

»Danke«, gab ich knapp zurück, während sich Riley gespielt übertrieben beschwerte. »Hey, und was ist mit mir? Ich habe sie bunt angemalt.«

O Mann! Eine genauere Betrachtung der Bilder bestätigte es. Das Ejakulat war jetzt gelb, der Penis rosa und das Dach des Hauses hatte einen roten Anstrich bekommen. Beim zweiten Bild waren die Haare der Figuren farblich passend angemalt worden. Obwohl mir die Bilder vor seinen Eltern peinlich waren, musste ich Riley über die Theke hinweg angrinsen, der mir ein breites Lächeln schenkte. Vermutlich konnte er in meinem Blick das liebevolle ‚Knalltüte' lesen, und ich hätte ihn dafür am liebsten in den Schwitzkasten genommen.

Lora bekam von unserem Blickkontakt nichts mit, denn sie klopfte Riley auf die Schulter. »Wunderschön, Schatz. Und du, Jason, zeichnest du auch andere Bilder? Hattest du schon eine Ausstellung? Tut mir leid, wenn ich dich so löchere, wie Riley gesagt hat – ich bin aus der Branche, und das ist eine Berufskrankheit.«

Ich lachte leise und schüttelte den Kopf. »Kein Problem. Nein, Ma'am. Ich zeichne für mich selbst. Ein Hobby, das keinen interessiert. Eigentlich studiere ich Veterinärmedizin.«

Anerkennend klopfte mir Ricardo auf die Schulter. »Ich liebe Tiere. Wir selbst haben zwei Hunde und vier Katzen. Wäre ich kein Apotheker, wäre Tierarzt meine Wahl gewesen.«

»Wow«, kicherte Denver neben mir. »Scheinst ja mit Rileys Eltern echt viel gemein zu haben.«

Puh, ja, das war mir ebenfalls aufgefallen. Denver schien das zu belustigen, ich selbst fühlte mich platt und überrumpelt. Keine Ahnung, ob auf die gute oder schlechte Art. Rileys Eltern waren komplett anders als meine. Und von Müttern hatte ich sowieso keine Ahnung.

»Warum kommt ihr heute Abend nicht mit uns zum Essen?«, schlug Lora vor und wandte sich an ihren Sohn. »Vorher bekommen wir hoffentlich eine Führung von Grace und dir über den Campus und durch die Gegend.«

»Natürlich, Mum. Wenn ihr schon hier seid, zeig ich euch alles. Aber nur, wenn ihr das nächste Mal Bescheid gebt, bevor ihr kommt.«

»Ja, ja, natürlich. Ihr Kinder mit euren Smartphones und Kalenderfunktionen habt keinen Sinn mehr für Überraschungen. Also, wie sieht es mit euch Jungs aus, dürfen wir euch zum Abendessen einladen?«

Was sollte man darauf sagen, wenn eine Dame so nett fragte? Bevor ich antworten konnte, wandte sich Riley an seine Mutter. »Wird Grace auch kommen und jemanden mitnehmen?«

»Natürlich. Wir waren vorhin bei ihr. Emma wird dabei sein. Deshalb möchten wir auch gern deine Freunde kennenlernen.«

Loras Lächeln war offen und breit, dennoch meinte ich, eine Spur Besorgnis in ihren Augen, in den Fältchen drumherum, zu erkennen. Das war nicht überraschend nach dem, was Riley passiert war, und nur normal, dass seine Eltern sich persönlich davon überzeugen wollten, ob es ihm gut ging.

»Ihr müsst nicht, wenn ihr etwas anderes vorhabt«, schaltete sich Riley ein. Sein Blick war eindeutig auf mich gerichtet, wie um mir zu sagen, dass es okay wäre zu kneifen. Ein Essen mit Rileys Schwester, die mich nicht mochte, und seinen Eltern, die nichts von der Beziehung wussten, könnte nach hinten losgehen. Mein erster Impuls war, mir eine Ausrede zu überlegen. Doch dann sah ich Riley an und wusste, dass es ihm viel bedeuten würde, wenn ich seine Eltern besser kennenlernte. Mein neues Ich, jenes, das langsam immer mehr seine Gefühle zuließ, erkannte es in seiner Miene und drückte sich nicht länger vor möglicherweise unangenehmen Situationen.

Denver kam mir zuvor und entschuldigte sich, dann konzentrierte sich Riley auf mich. »Geht klar. Ich kann morgen lernen und vor dem Abendessen bei Bobbie vorbeischauen.«

»Wer ist Bobbie?«, schaltete sich Lora ein.

»Ein Hund bei uns in der Tierpraxis. Riley hat ihn … ähm, gefunden.«

Denver rümpfte neben mir die Nase. »Du hast den Hund Bobbie getauft? Hattest du keine Alternativen, Kumpel?«

»Zum Beispiel?«, fragte ich, und Riley mischte sich ein.

»Tja, er war doch ziemlich haarig. Wie wäre es mit Chewie?«

Denver und ich lachten gleichzeitig. »Wie überraschend. Aber so haarig wie Chewbacca ist er auch wieder nicht.«

»Ich finde den Namen gut.« Riley verschränkte die Arme vor der Brust.

Sorglos trank Denver den Kaffee aus und stellte die leere Tasse in die Spüle. »Eure Entscheidung. Aber Chewie ist besser als Bobbie.«

»Na schön, dann eben Chewie«, seufzte ich mit den Armen in der Luft, während Denver und Riley mit Fistbump einschlugen.

Rileys Eltern verabschiedeten sich und verließen gemeinsam mit ihm die Wohnung. Zuvor hatten wir einen Treffpunkt bei einem Restaurant in der Nähe des Campus ausgemacht. Erst einige Minuten später dämmerte mir, dass ich so was wie ein erstes Date mit Riley hatte. Eines, bei dem seine Eltern dabei waren. Verdammt, was hatte ich mir da eingebrockt?

Zwei Stunden später war ich mit Denver und Bobbie, der nun Chewie hieß, in einem nahegelegenen Park spazieren und warf Stöcke für den Hund. »Also, schieß los, was liegt dir auf dem Herzen? Wir machen hier doch einen auf Idyllisch, weil du mir was zu erzählen hast, richtig?«, fragte Denver aus heiterem Himmel.

Unbehaglich rieb ich mir den Nacken und seufzte, als ich zu ihm aufsah. »Ist das so offensichtlich?«

»Wenn man dich kennt, schon, also spuck's aus, Großer. Jetzt bin ich neugierig.«

Wann war er das nicht? Langsam stieß ich den Atem aus, versuchte meine Anspannung bei dem Gedanken, Denver gleich die Wahrheit über meinen Lebenswandel zu erzählen, zu lösen.

»Ist was mit deiner Familie?«, fragte er vorsichtig, um mich zum Reden zu bringen. Er kannte meine Verhältnisse, als einer der wenigen. Deshalb scherzte er manchmal, ich könne mir seine Mum hin und wieder ausborgen, wenn ich eine bräuchte. Oder lud mich, seit wir klein waren, zu sich ein, damit ich erfuhr, wie es war, in einer großen Familie aufzuwachsen. An den Feiertagen hatte ich immer abgelehnt, sonst wären Mike und Grandpa nur zu zweit gewesen. Dad an einem der Feiertage anzutreffen, war ein Glücks- und Trauerspiel zugleich.

»Ähm, danke. Mike und Grandpa geht es gut, zum Glück. Aber darum geht's nicht, ich muss dir etwas anderes sagen.«

»Dein Dad? O Mann, was hat er für einen Mist gebaut?«

Freundschaftlich rempelte ich ihn mit dem Ellbogen an. »Du kennst mich echt gut, was, Mann?«

Denver lächelte breit. »Hey, wir zwei hängen miteinander ab, seit wir noch nicht einmal einen Bart gehabt haben. Wenn ich nicht Bescheid weiß, dann niemand.«

Verdammt, da hatte er recht, so sollte es sein. Das schlechte Gewissen stach in meine Brust. »Stimmt, Dad hat sich bei Mike gemeldet. Wieder wegen Geld angepumpt, aber ich bin bisher verschont geblieben.«

»Tut mir leid.«

»Danke, macht nichts, ich komme damit klar. Es geht um etwas anderes«, erwiderte ich, nahm Chewie den Stock ab und warf ihn erneut im hohen Bogen. Vermutlich um Zeit zu schinden. Dann sah ich zu meinem besten Freund, der die Hände tief in die Hosentaschen geschoben hatte und mich neugierig und mit offener Miene ansah. Wenn nicht jetzt, wann dann?

»Ich bin mit jemandem zusammen. Es ist zwar nicht mehr ganz frisch, aber wir möchten es noch für uns behalten.«

»Na endlich, wird Zeit, dass mein bester Freund sesshaft wird. Habe mir schon Sorgen gemacht, du könntest einsam und allein sterben wie dieser alte Knacker, weißt schon – Hugh Hefner und so.«

Vor meinem geistigen Auge erschien das Bild des früheren Inhabers des Playboy-Magazins. Ungläubig hob ich eine Augenbraue. »Ich glaube nicht, dass der einsam gestorben ist. Der hatte genug Hasen im Stall.«

»Sag ich doch. Zu viele, um sich mit einer wirklich und wahrhaftig auszutauschen. Längere Bindung und so, bei der man alles vom anderen weiß.«

»Seit wann bist du so ein Beziehungsexperte?«

»Lenk nicht ab, Kumpel. Das tut hier nichts zur Sache.« Vor meiner Nase schnippte Denver mit den Fingern. »Erzähl mir lieber, wer die Glückliche ist. Ich werde schon ganz hibbelig.«

Zur Verdeutlichung hüpfte er federnd auf und ab und schüttelte seine Arme aus, als würde er sich auf einen Kampf vorbereiten. Das hatte er früher immer vor einem Fußballmatch gemacht. Tja, da waren wir also, die Stunde der Wahrheit hatte geschlagen. »Es ist keine sie. Ich bin mit Riley zusammen.«

»Oh, scheiße!«, rief Denver aus, und mein Magen verkrampfte sich schlagartig. »Und ich hatte schon ein klitzekleines bisschen befürchtet, du würdest jetzt Maya sagen. Puh, noch einmal Glück gehabt.«

»Bitte, was? Darüber machst du dir Sorgen? Über Maya? Bist du nicht … überrascht?«

»Klingt es besserwisserisch, wenn ich im Nachhinein sage, ich habe es geahnt?« Nachdenklich kratzte er sich an der Nase, bevor er mich ansah. »Egal, du kannst Suzzi fragen. Ich habe ihr gesagt, dass ich glaube, da gibt es eine sexuelle Spannung zwischen dir und Riley.«

Völlig verdutzt über seine Reaktion fragte ich: »Und was hat sie gesagt?«

»Hm, wenn ich jetzt so darüber nachdenke, hat sie mir daraufhin eine Fußballfrage gestellt?«

»Und dann?«

»Dann haben wir eine halbe Stunde über Fußball geredet.« Plötzlich wurden seine Augen groß, als dämmerte ihm etwas. »So ein Mist, die Kleine hat mich einfach abgelenkt, um nicht antworten zu müssen. Wow, das zahl ich ihr heim, Kumpel.«

Suzzi und er waren schon eine Nummer für sich. Glucksend warf ich ein weiteres Mal den Stock, den Chewie mir schwanzwedelnd in die Hand drückte. »Seit wann hast du den Braten gerochen?«

»Zuerst beim Wandern. Dort habe ich gesehen, wie Riley mit Rockster verschwunden ist und du ihnen hinterher bist. Danach ist Rockster allein zurückgekommen, und ihr beide seid weg gewesen. Aber spätestens seit heute Morgen. Das mit der Decke war schon ein wenig auffällig.«

»Dachte nicht, dass du so genau auf uns achtest?«

»Warum, weil ich immer für einen Scherz zu haben bin? Das bedeutet nicht, dass ich die Augen nicht offen halte. Außerdem kenne ich dich. Du kannst mir nichts verheimlichen.«

»Nein, kann ich nicht. Es tut mir leid, dass ich es dir nicht gleich gesagt habe, aber ich musste selbst erst damit zurechtkommen. Außerdem möchte ich es noch geheim halten, damit es nicht die Runde macht und Grandpa oder Mike etwas davon mitbekommen. Ich möchte es ihnen persönlich erzählen«, erklärte ich ihm, und Denver nickte verständnisvoll.

Eine Sache, die er gesagt hatte, ließ mich nicht los. »Und das heute Morgen, war das sehr auffällig? Also auch für die Eltern auffällig?«, fragte ich, in der Hoffnung, es könnte ihnen entgangen sein.

»Wenn sie nicht vollkommen unaufmerksam waren, wovon ich nicht ausgehe, nachdem ich sie kennengelernt habe, dann ahnen sie es wohl ebenfalls.«

»Verdammt!«, stöhnte ich und rieb mir über das Gesicht, was Denver noch amüsanter fand. Er gab mir einen freundschaftlichen Klaps auf die Schulter.

»Tja, sieht so aus, als hättest du heute ein Essen mit deinen Schwiegis. Wow, Kumpel. So viele Schritte in so kurzer Zeit. Hut ab.«

»Freut mich, dich zu unterhalten. Wenigstens hast du etwas von meinem Leid.«

Denver lachte und pfiff Chewie zu uns, um den Stock zu werfen. »Du bist immer für Unterhaltung gut, Jason. Mit dir wird es nie langweilig.«

»Dito«, gab ich zurück, während mich die Erleichterung immer noch durchströmte, wie gut er mit dieser Neuigkeit umging. Sobald wir allein waren und Chewie beobachteten, der dem Stock hinterhersauste, schluckte ich den Kloß in meiner Kehle hinunter. »Danke, Mann. Es bedeutet mir viel, wie du damit umgehst. Und es stört dich kein bisschen, dass ich was mit einem Kerl habe?«

»Bist du glücklich?«, stellte Denver mir die Gegenfrage.

»Bin ich.« Die Antwort war eindeutig. Ich hätte nie mit Riley gerechnet, aber jetzt, da es mit uns passiert war, würde ich es nicht mehr ändern wollen.

»Das ist alles, was ich hören will, Kumpel. Aber eine Frage habe ich noch.«

»Die wäre?«, hakte ich nach, und Denver wackelte mit den Augenbrauen.

»Ist der Sex mit Riley wirklich so gut, dass du in Zukunft alle Frauen verschmähst?«

»Mann, ich bin bi, ich stehe einfach auf beides. Ich verschmähe gar nichts.« Lachend verdrehte ich die Augen und verpasste ihm einen Stoß gegen die Schulter. »Der Sex ist echt bombastisch. Unterschätze nie die Kraft deiner Prostata. Ich würde dir dringendst empfehlen, dir eine aufgeschlossene Frau zu suchen, die sich mit der Materie auskennt.«

Denver heulte auf und wirkte, als würde er sich am liebsten Notizen machen. »Ich höre dir zu. Weiter.«

»Das ist alles, was ich dazu sage.« Dann holte ich Luft und gestand ihm: »Es ist nicht nur der Sex. Mit Riley fühlt es sich richtig an. Wir haben Spaß miteinander. Nicht nur im Bett, auch sonst. Ich kann gut mit ihm reden, er hört mir zu, völlig unvoreingenommen. Manchmal ist es so, als könnte er mehr in meinen Worten hören, als ich zugeben möchte. Wenn er nicht da ist, muss ich an ihn denken, und das macht mich manchmal fertig. Er ist wie … wie ein …«

»… wie ein bester Freund. Das tut weh, Kumpel«, jammerte Denver und griff sich an die Brust. Er zwinkerte mir zu, und ich verpasste ihm eine Kopfnuss.

»Blödsinn, du wirst immer mein bester Freund sein.«

Denver lachte japsend. »Ich weiß. Niemand kann mir das Wasser reichen.«

»Nein, du bist der Beste. Danke.«

»Gern.«

Und damit hatten wir uns ausgesprochen, einfach so.

Mehrere Stunden später erreichte ich mit verschwitzten Händen und rasendem Herzschlag das vereinbarte Restaurant. Das lag nicht daran, dass ich locker hierher gejoggt war, anstatt den Bus zu nehmen, um Geld zu sparen. Ich musste mir eingestehen, dass ich ein wenig nervös vor dem Essen war. Zum hundertsten Mal richtete ich die Krawatte, strich meine Haare zurück und sah an mir hinab, ob der Anzug okay war. Das Teil hatte ich mir von Denver geborgt, da ich außer einem weißen Hemd und dunklen Schuhen nichts Passendes für diesen schicken Laden im Schrank hatte. Wem erzählte ich was? Ich hatte nicht einmal zu Hause einen Anzug.

Seufzend sammelte ich mich und öffnete die Tür. Ob seine Eltern es ahnten oder nicht, ich war nicht hier, um mich als neuer Schwiegersohn vorzustellen. Ich war einfach ein Freund von Riley, den sie kennenlernen wollten, weil wir gemeinsam wohnten. Das war alles. Ganz easy.

Ein Blick in Grace' zusammengekniffene Augen, als sie mich am Rande des Saals auf ihren Tisch zukommen sah, versprach das Gegenteil. Verdammt, ich hätte bei Chewie bleiben sollen. Ein wenig Hundesabber und Dreck auf meiner Jeans wären mir hundertmal lieber als ein schickes Essen mit jemandem, der mich nicht leiden konnte. Dann drehte sich Riley um und schenkte mir ein breites, atemberaubendes Lächeln, bei dem mir beinahe die Knie weich wurden. Mit einem Mal war mir der Rest egal, solange ich den Abend mit ihm verbringen konnte.

»Schönen Abend.« Ich nickte in die Runde und setzte mich auf den freien Platz neben Riley. »Danke noch einmal für die Einladung. Das ist sehr nett.«

Rileys Mutter Lora strahlte. »Ist doch selbstverständlich, Schätzchen.«

Nein, ist es nicht, dachte ich, schluckte die bitteren Worte aber hinunter. Mein Dad hätte sich eher jeden einzelnen Zehennagel ausgerissen, als fremde Personen zum Essen einzuladen. Der nächste Rausch, der nächste Schuss waren ihm viel wichtiger.

Während ich in Gedanken an meine Familie abdriftete, gingen die Gespräche bei Tisch weiter. Plötzlich stellte der Kellner jeweils ein Bierglas vor mir und Riley ab, der mir zulächelte. »Habe schon mal die Getränke bestellt. Sind nur Radler.«

Wir bestellten unser Essen, und ich wählte Pasta mit Tomatensauce aus. Das war nach einem schnellen Blick auf die Karte noch so ziemlich das Billigste.

Sobald der Kellner weg war, nahm ich einen Schluck aus dem Glas. Bier mit frischer Zitrusnote umspülte meinen trockenen Mund.

»Danke, Mann. Als hättest du geahnt, dass ich nach dem Lauf hierher durstig bin.«

Überrascht zog Riley die Augenbraue hoch. »Bist du etwa hierhergelaufen?«

»Soll ich jetzt beleidigt sein, weil du mir das körperlich nicht zutraust, oder hätte ich lieber mit einem Raumschiff herfliegen sollen?«

Bei der kleinen Star-Wars-Stichelei streckte er mir grinsend die Zunge raus. »Nein, du Besserwisser. Ich bin schon ein paar Mal mit dir Laufen gewesen und weiß, wie fit du bist, aber es gibt so etwas wie einen Bus.«

Salopp winkte ich ab. »Das Geld kann ich mir sparen, solange ich gesunde Beine habe.«

»Gute Einstellung, junger Mann«, mischte sich Rileys Dad ein. »Ich versuche ebenfalls, jeden Tag so viele Schritte wie möglich zu gehen.«

Grace prustete los. »Genau, Dad. Du gehst nicht, du läufst. Und das, seit ich denken kann. Wann ist dein nächster Marathon geplant?«

Nun, das erklärte seine drahtige Figur. Ricardo lächelte breit, wobei sein Bart zuckte. »In eineinhalb Monaten. Die Vorbereitungen laufen gut.«

»Das freut mich zu hören, Sir.«

Wir plauderten gut gelaunt weiter. Die Davis' schwärmten von der Uni sowie ihrer Führung über den Campus. In dem Moment, als das Essen an den Tisch gebracht wurde, ertönte das Lied Phantom of the Opera von meinem Handy. Verdammt, den Klingelton hatte ich meinem Dad zugewiesen. Der normalerweise nie anrief. Schnell drückte ich ihn weg. »Tut mir leid.«

»Kein Problem, Schätzchen«, teilte mir Lora mit und bedachte mich mit einem interessierten Blick. »Übrigens sind wir vorhin noch einmal in eurer Wohnung gewesen. Und ich habe Riley angebettelt, mir noch ein paar deiner Bilder und Skizzen zu zeigen.«

Sofort schoss mein Blick zu Riley, der ein wenig verlegen und mit sichtbar schlechtem Gewissen die Arme hob, bevor er sein

Steak anschnitt. »Tut mir leid, dass ich dich nicht um Erlaubnis gefragt habe. Aber ich habe ihr nur drei, vier Skizzen gezeigt, weil sie keine Ruhe gegeben hat. Nicht die ganze Mappe.«

»Schon okay«, gab ich ehrlich zurück. »Es sind nur Zeichnungen und Kritzeleien darin. Nichts Besonderes. Du kannst ihr die ganze Mappe zeigen.«

Es machte mich zwar etwas verlegen, aber wenn sich jemand wirklich dafür interessierte, störte es mich nicht. Nun ja, nicht sehr. Es fühlte sich einfach komisch an, weil ich bisher gedacht hatte, alle würden diese Sketches öde anstatt interessant finden. Es waren nur Bilder mit ein paar Strichen und kleinen Sprechblasen, die intuitiv entstanden waren, ohne viel darüber nachzudenken. Es war meine Art, den Kopf freizubekommen.

Doch Lora erkannte mehr darin, und ihre Augen leuchteten auf. »Das wäre toll. Würdest du mir ein paar Fotos von deinen Bildern machen oder sie mir scannen?«

»Ähm … klar, wie Sie wollen«, stammelte ich, während mir vor Verlegenheit die Röte über den Hals kroch.

»Mum, muss das sein? Jetzt willst du ihm auch noch Arbeit aufhalsen. Jason hat schon genug zu ackern. Wenn es ihm nichts ausmacht, kann ich dir ein paar Fotos davon machen, wenn du so neugierig bist. Aber das reicht dann, okay?«

»Schon gut, schon gut, Schätzchen. Das klingt perfekt, danke. Ich höre schon auf zu nerven.« Fürsorglich legte sie mir eine Hand auf den Unterarm. »Danke, Jason. Ich freue mich darauf.«

Ich spürte Rileys Knie, das sich gegen meines drückte, als wollte er sich entschuldigen oder mir beistehen, weil er befürchtete, dass ich mich unwohl fühlen könnte. Das war es nicht per se. Ich war hauptsächlich verwirrt. Was nicht besser wurde, als gegen Ende des Essens ein weiteres Mal mein Handy Phantom of the Opera anstimmte. Verflucht, was war heute los?

»Entschuldigung«, murmelte ich und schaltete das Handy auf Vibration.

Neugierig wurde ich von allen Seiten betrachtet, bis Riley fragte: »Ist es wichtig?«

»Nein, nur mein Dad.«

Lora tätschelte erneut mit ihrer Super-Mum-Ausstrahlung meinen Arm. »Oh, du kannst gern abheben. Vielleicht ist es wichtig, wenn es dein Vater ist.«

»Danke, aber ich habe ihm nichts zu sagen«, antwortete ich unüberlegt. Als ich die überraschten Gesichter dieser heilen Familie bemerkte, fügte ich rasch hinzu: »Im Moment. Ich melde mich später bei ihm.« Womit ich gerade noch die Kurve bekam.

»Hast du keinen guten Kontakt zu deinem Vater?«, fragte Lora nach, und Riley zuckte an meiner statt zusammen. Bevor er sich deswegen beschweren konnte, drückte ich unter dem Tisch beruhigend seine Hand. »Nein, Lora. Ich wurde von meinem Grandpa und meinem älteren Bruder Mike großgezogen.«

»Oh, das tut mir leid. Und deine Mutter?«

»Ist leider gestorben, als ich klein gewesen bin. Aber was man nie gekannt hat, kann man auch nicht vermissen.«

Zur Rückendeckung drückte Riley noch einmal meine Hand, bevor er sie vorsichtig losließ. Sein Bein an meinem blieb. Lora sah mich so bekümmert an, als überlegte sie, mich an ihre Brust zu drücken, um mich wie ein Kleinkind zu wiegen. Stattdessen seufzte sie leise.

»Ach, Junge. Ob du sie gekannt hast oder nicht, ob es eine gute Mutter ist oder nicht, jeder vermisst seine Mum. Alle von uns sehnen sich nach ihrer Liebe, ihrer Wertschätzung. Mütter gehen bereits vor der Geburt eine besondere Verbindung ein, die auch danach weiterbesteht. Es tut mir sehr leid für dich, dass dir das genommen worden ist.«

Meine Kehle wurde mir eng, und ich nickte, dankbar für ihre verständnisvollen Worte, wenngleich ich lieber nicht mehr im Mittelpunkt stehen wollte. Schon gar nicht bei diesem Thema.

Als hätte Riley es gespürt, fragte er Grace und Emma nach ihrem letzten Auftritt mit der Band. Sofort richtete sich die Aufmerksamkeit auf die beiden. Nach wie vor spürte ich Rileys Bein an meinem. Eine wärmende Präsenz, als wollte er mir stumm sagen, dass er für mich da war.

Während wir die Nachspeise aßen, vibrierte mein Handy mehrmals. Jedes Mal zuckte ich leicht zusammen, versuchte mir aber nichts anmerken zu lassen. Wegen Grandpa wollte ich es nicht auf stumm stellen, ich musste immer erreichbar sein.

Als ich es das nächste Mal herausholte, sah ich, dass ich neben einem Anruf von Dad eine Nachricht von ihm, drei Nachrichten von Muffin und eine von Denver bekommen hatte. Die SMS von meinem Dad öffnete ich zuerst, obwohl ich dafür im Moment keine Nerven hatte. Ignorieren konnte ich es nicht, vielleicht saß er tatsächlich in der Klemme.

»Hey, mein Kleiner, ich hoffe, es geht dir gut. Ich weiß, ich war ein miserabler Vater, aber bitte, ich bin in Schwierigkeiten. Kannst du mir Geld borgen, bitte? Ich brauche es dringend. Sonst könnte es das letzte Mal sein. Bitte, Kiddo, hilf deinem alten Dad.«

Grummelnd biss ich die Zähne zusammen. Der hatte Nerven. Meldete sich nur sporadisch, war meistens abwesend, und wenn, dann ging es ihm nur um Geld für seinen nächsten Rausch oder Höhenflug. Dass er nach Mike auch mich erneut anpumpte, grenzte an eine bodenlose Frechheit. Aber so war mein Dad eben – herzallerliebst.

Die nächste Nachricht war von Muffin, der mir gesimst hatte, dass heute ein hochdotierter Kampf mit Studenten aus anderen Unis anstehe, weshalb das Preisgeld dreimal so hoch ausfalle. Wiederholt fragte er, ob ich gegen neun dort sein könne. In der letzten Nachricht schrieb er nur noch:

»ALTER, sechstausend Kröten fix!!! Der Rest kommt auf die Wetten an und kann noch höher werden! WAS ist nun???«

Anscheinend hatte Muffin Denver Bescheid gegeben, der mich in seiner Nachricht fragte, ob er mich hinbringen solle. Verdammt, das Geld würde mir ein gutes Polster verschaffen. Ein riesiges. Und vielleicht konnte ich einen Teil an meinen Dad überweisen, um mich von ihm freizukaufen, wie traurig das auch klang.

»Alles okay?«, fragte Riley, sich zu mir hinüberbeugend. Mit dem Kinn deutete er auf mein Handy, das ich beinahe zwischen meinen weißen Fingern zerquetschte. Ohne zu antworten, wählte ich Muffins Nachrichten aus und zeigte sie ihm unter dem Tisch. Als er die Gewinnsumme las, fluchte er leise. »Soll ich dich fahren?«

»Nein, ich bleibe. Ich kann nicht einfach verschwinden.«

»Das ist in Ordnung, wirklich.«

»Gibt es ein Problem?« Lora beäugte uns beide.

Bevor ich antworten konnte, schaltete sich Riley ein. »Ja, ein kleines Problem mit einem Freund. Wäre es okay, wenn wir früher gehen?«

Ich wusste, wie sehr er Gewalt oder diese Kämpfe hasste, und dennoch wollte er mitgehen, um mich zu unterstützen. Aber das würde ich auf keinen Fall zulassen. »Nein, schon gut, ich gehe allein. Du bleibst hier bei deinen Eltern. Wirklich, ich komme schon dorthin, das ist meine Sache.«

Er sah nicht glücklich aus, dennoch nickte Riley. Schnell schrieb ich Muffin ein »Komme« und bat Denver, mich zu holen und eine Jeans und Sportschuhe mitzunehmen. Sobald ich sein »Klar, bin auf dem Weg, Kumpel« bekam, steckte ich das Handy weg.

Nach ein paar Minuten angespannten Small Talks stand ich auf, um mich zu verabschieden. Zuerst schüttelte ich Rileys Eltern die Hand und bedankte mich noch einmal für das Essen. Dann winkte ich Emma und Grace. Als ich mich zu Riley drehte, stockte ich einen Moment. Beinahe hätte ich mich zu ihm runtergebeugt und ihm einen Abschiedskuss gegeben, wie das jedes normale Pärchen tat. Stattdessen räusperte ich mich und drückte kurz seine Schulter. »Bis später, Mann. Wir sehen uns später.«

Bei meiner Geste huschte ein seltsamer Ausdruck über sein Gesicht, als wäre er enttäuscht oder so. »Okay, geht klar. Ich komme nach. Wir werden auch bald die Fahnen hissen.«

»Nein. Wir sehen uns in der Wohnung. Du kommst nicht dorthin. Ist nicht nötig«, sagte ich bestimmt, um seine Eltern nicht nervös zu machen. Ich wollte auf keinen Fall, dass Riley dort Ärger bekam. Viele Studenten, Alkohol und eine verlassene Fabrik, das war nicht der richtige Ort für Riley. Bestimmt nicht.

Nach einem Nicken von ihm, das Erleichterung durch meinen Körper schickte, stürmte ich sprichwörtlich aus dem Laden und verfluchte mich stumm selbst für mein arschiges Verhalten.

»Warte, Jason«, rief Lora, die mir aus dem Restaurant gefolgt war. »Ich wollte dir noch etwas sagen.«

Jetzt kam es, sie würde mich bitten, Riley nicht tiefer in mein Loch zu ziehen. Vermutlich hätte ich bei Tisch nicht bei jedem eingehenden Anruf meines alten Herrn fluchen sollen. So was machte einfach keinen guten Eindruck.

»Danke! Danke, dass du meinen Jungen wieder wie einen Stern zum Strahlen gebracht hast. Ich habe ihn schon lange nicht mehr so oft lächeln und so glücklich gesehen. Und ich denke, dass ein Teil davon dir geschuldet ist. Daher vielen Dank.«

Perplex starrte ich sie an, bis ich endlich Worte mit meinem Mund formte. »Ähm … ich habe nichts getan. Riley ist einfach Riley. Er ist … der strahlendste Stern, den ich kenne, um Ihre Worte zu verwenden. Das liegt nicht an mir.«

»Da irrst du dich, Schätzchen«, fuhr seine Mutter lächelnd fort und drückte meine Schulter. »Pass auf dich auf. Wenn du einmal Hilfe oder einen Rückzugsort brauchst, melde dich. Die Freunde unserer Kinder sind auch unsere Freunde und immer herzlich willkommen.«

»Danke, das ist sehr freundlich. Sie sind eine sehr nette Familie. Wie im Bilderbuch«, sprudelte es aus mir heraus, weil sie einfach so überschwänglich liebenswürdig war. Das musste man erst einmal verkraften.

Daraufhin kicherte sie wie ein kleines Mädchen. »Hach, weit davon entfernt. Wir sind unglaublich neugierig und mischen uns überall ein, aber wir halten zusammen. Das ist viel wert. Schönen Abend noch, Jason.«

»Ebenfalls, vielen Dank und gute Nacht.«

Damit wandte sie sich ab und ließ mich verdattert am Straßenrand zurück. Wenige Minuten später hielt Denver mit quietschenden Reifen neben mir. Schlagartig durchströmte mich Adrenalin, und ich sprang in das Auto, dann düsten wir los Richtung Fabrik. Wir hatten nicht mehr viel Zeit, und ich musste mich auf einen Kampf vorbereiten.

16. An manchen Tagen bekommt man die volle Breitseite

Riley

Unruhig rutschte ich auf dem Autositz hin und her, bis ich auf dem Parkplatz der Fabrik ankam, dessen Adresse mir Denver gegeben hatte. Nach Jasons Abgang hatte ich noch eine Dreiviertelstunde ausharren müssen, bevor ich mich ebenfalls von meinen Eltern verabschiedet hatte. Sie hatten gespürt, dass etwas nicht stimmte und zum Glück nicht weiter nachgebohrt. Nach Grace' besorgten Blicken zu schließen, als ich gegangen war, roch sie den Braten. Doch statt mich aufzuhalten, hatte sie aus ihrem vorherigen Verhalten gelernt und nur stumm mit den Lippen »Pass auf« geformt.

Der Parkplatz, bei dem ich ausstieg, war gerammelt voll, obwohl dahinter ein stillgelegtes Gebäude lag. Selbst die Straße hierher hatte verwahrlost gewirkt, und die Laternen rundherum waren längst nicht mehr funktionstüchtig. Ein kalter Wind pfiff über die verlassene Gegend, und ich steckte die Hände tief in meine Jackentasche, während ich zwischen den Autos hindurch zur alten Fabrik lief. Dabei rieselte eine Gänsehaut über meinen Rücken, die nicht der Kälte geschuldet war. Ich fühlte mich beobachtet, und mein Herzschlag setzte mit dem Adrenalin, das mein Körper ausstieß, einige Takte aus. Scheiße, ich hasste dieses Gefühl, diese Angst, obwohl ich nur allein über einen dunklen Parkplatz hastete. Eigentlich hieß es ja, Mut bestünde darin, das zu tun, wovor man Angst hatte. Von wegen. Andererseits würde ich über einen dreimal so großen dunklen Parkplatz gehen, wenn ich danach zu Jason gelangte. Ergo machten Gefühle einen mutiger – oder einfach leichtsinniger.

Kopfschüttelnd beschleunigte ich meine Schritte, als ich bereits Geräusche aus dem Gebäude hörte. Musik wummerte nach draußen, genauso wie lautes Gejohle und begeisterte Pfiffe. Mist, vermutlich hatten die Kämpfe längst angefangen. Ich konnte nur hoffen, Jason vorher zu sehen oder wenigstens während und direkt nach dem Kampf für ihn da zu sein. Zwar hasste ich die Kämpfe, aber ich wollte ihm beistehen.

In diesem Moment flog die Tür auf. Ein Lichtstrahl fiel nach draußen, in dem mehrere Typen aus dem Gebäude traten. Einer von ihnen klopfte mir beim Vorbeigehen auf die Schulter. Ein freundschaftlicher Klaps, dennoch zuckte ich zusammen, als mich seine Bierfahne im Gesicht traf. »Bist ein bisschen spät dran, was, Kleiner? Hast ein paar gute Kämpfe verpasst. Hammer.«

Sofort wurde ich noch unruhiger. Beim beschissenen Sith Lord, hoffentlich kam ich nicht zu spät. Der Typ und seine Freunde waren mir komplett unbekannt, was nichts heißen musste. Aber ein Blick nach unten auf ihre Shirts mit dem Logo des Sweet Briar Colleges, bewies mir, dass es auswärtige Studenten waren.

Ich drückte mich an ihnen vorbei, um die Fabrik zu betreten. Ein großer, hoher Raum aus rostigem Metall, ein wenig Holz und alten Deckenleuchten begrüßte mich. Jemand hatte für Strom gesorgt, da in einer Ecke dieser Typ, Muffin, stand und Musik auflegte, wenn er nicht gerade in ein Mikro quasselte. Neben einer bunten Lichtershow, die jemand an den hohen, weißen Säulen montiert hatte, hatten sie einige Tische mit Getränken aufgestellt.

Die meisten Leute tummelten sich an den Biertischen, um sich Nachschub zu besorgen, oder pferchten sich in der Mitte des Raums zusammen, von wo aus Rufe und schmerzhaftes Stöhnen über die Menge zu mir herüberschwappte. Eine verlassene Fabrik, hauptsächlich ältere, männliche Studenten, viel Alkohol und illegale Kämpfe, eine wahrlich explosive Mischung. Dagegen kam mir die Stimmung damals auf der Gartenparty richtiggehend friedlich vor.

»Hey, da bist du ja, Kumpel«, begrüßte mich Denver von der Seite, als hätte er nach mir Ausschau gehalten. »Du kommst gerade rechtzeitig.«

»Hi, danke, dass du mir die Adresse geschickt hast. Von Jason hätte ich die nicht bekommen. Wann ist er dran?«

»Es sind noch zwei vor ihm. Willst du zum Ring vorgehen?«

»Nein«, entgegnete ich grimmig. »Ich will Jason sehen. Wo ist er?«

Denver schien hin- und hergerissen zu sein. »Denke nicht, dass es eine gute Idee ist, wenn er dich vor dem Kampf sieht. Könnte ihn durcheinanderbringen. Und er muss fokussiert sein. Wenn er gewinnt, bekommt er eine Menge Geld.«

»Ich weiß. Aber meinst du nicht, es wäre während des Kampfes noch blöder, wenn er mich am Rand stehen sieht? Ablenkung, Überraschung und so weiter?«

»Stimmt, da ist was dran, Kumpel. Verdammt.«

Seine Bemerkung ließ mich nicht los, und ich hob eine Augenbraue. »Warum denkst du überhaupt, dass ich ihn durcheinanderbringen könnte?«

»Weil er vielleicht nicht will, dass du siehst, wie er geschlagen wird? Würde mir auch nicht gefallen, wenn meine Freundin das sieht, und bevor du gleich umkippst – du bist nämlich ganz blass: Ich weiß über euch Bescheid.«

Okay, wie bitte? Hatte ich gerade richtig gehört?

»Du weißt es?«, fragte ich tonlos nach. »Von wem?«

Ich würde Suzzis dünnen Hals umdrehen, wenn sie sich verplappert hatte.

»Na, von Jason. Ich bin sein bester Freund. Logisch, dass er es mir erzählt.«

Bitte, was? Ich konnte nichts gegen mein verliebtes Grinsen tun, als die Neuigkeit in mein Hirn sickerte. Jason hatte tatsächlich seinem besten Freund von uns erzählt, er hatte sich zu uns bekannt. Wow, mein Schädel fühlte sich fünf Kilo leichter an, als würde er schweben. Zumindest bis mich Denver zurück auf den Boden der Tatsachen holte. »Also los, wenn wir uns beeilen, siehst du ihn noch vor dem Kampf.«

»Ja, genau, richtig. Der Kampf. Bring mich zu ihm. Danke, Denver. Du bist der Beste. Und tut mir leid, dass ich dir nichts gesagt habe, aber das musste Jason erledigen.«

»Weiß ich doch, alles geregelt.« Er gluckste. »Und nun hopp, hopp. Jemand muss doch die Turteltäubchen zusammenbringen, bevor die Veilchen verteilt werden.«

Denver lotste mich, nachdem wir den großen Saal verlassen hatten, einen Flur entlang. Bei der dritten Tür rechts klopfte er dreimal schnell und öffnete sie anschließend. Dahinter befand sich ein halb gefliester Raum mit mehreren Spinden, die der Reihe nach aufgefädelt waren, sowie zwei länglichen Tischen und einigen Stühlen. »Hey, Kumpel. Hab dir ein Geschenk mitgebracht. Überraschung.«

Jason sah nicht auf, sondern saß halb mit dem Rücken zu uns gedreht auf einem Tisch und band sich gerade weiße, abgenutzte Boxbandagen um die Hand. »Sorry, Mann, aber die haben meistens nichts Gutes zu bedeuten«, murmelte Jason verhalten. »Außerdem hatte ich heute schon genügend schlechte Überraschungen.«

Er war allein, trug bloß eine Jeans und Sportschuhe. In einer Ecke erkannte ich den schwarzen Anzug von heute Abend, der sorgfältig zusammengelegt worden war. Auf dem Kleiderstapel lag Jasons Handy.

»Nun, vielleicht bin ich ja eine gute Überraschung«, mischte ich mich ein.

Ruckartig sprang Jason vom Tisch und starrte mich an. »Verdammt, Riley, was zum Henker machst du denn hier? Ich habe gesagt, du sollst nach Hause gehen. Warum hörst du nie auf mich?!«

»Komisch, irgendwie kommt mir das alles bekannt vor. Und du weißt sicherlich, wie es beim letzten Mal in der Gartenhütte weitergegangen ist«, scherzte ich, um ihn auf andere Gedanken zu bringen. »Jetzt kann ich es dir ja sagen, das war richtig heiß.«

Es fühlte sich unglaublich an, diese Worte laut auszusprechen. Besonders als Lust in seiner Miene aufleuchtete, und weil ich es aussprechen konnte, obwohl wir nicht allein waren. Denver hingegen fand es weniger prickelnd und räusperte sich. »Ähm, na schön, ich lass euch das mal unter euch ausdiskutieren. Beeilt euch. Noch ein Kampf, dann bist du dran, Jason.«

»Danke, Denver.« Mein Freund nickte ihm zu, dann richtete er den durchdringenden Blick seiner hellbraunen Augen auf mich. Es war unmöglich, sich dieser Intensität zu entziehen.

»Du!«, stieß er zwischen zusammengebissenen Zähnen aus. Anschließend marschierte er schnurstracks wie eine Dampflok auf mich zu und griff mit beiden Händen nach meiner Anzugjacke. »Hast Glück, dass ich dir jetzt nicht die Hölle heiß mache, weil ich so froh bin, dich zu sehen. Was mich zu einem egoistischen Arschloch macht.«

Dann zog Jason mich zu sich heran und drückte die Lippen hart auf meinen Mund. Er küsste mich, als hätte er mich Ewigkeiten nicht gesehen, als wollte er uns verbrennen. Ich war kurz davor, in der Glut zu vergehen. Deshalb rückte ich von ihm ab. »Ganz ruhig, Süßer. Wir haben den Rest der Nacht für uns. Zuerst musst du da rausgehen und so einem Studenten eins auf die Nase geben. Du bist nicht egoistisch, sondern eher leidenschaftlich.«

»Das heißt, ich bin also ein Arschloch?«

»Jeder ist mal ein Arschloch«, gab ich mit einem leichten Lächeln zurück.

»Du nicht.«

»Sicher, ich habe genauso meine Arschloch-Momente.«

»Klar. Wenn du unausgeschlafen bist oder dein Lieblings-Star-Wars-Shirt nicht finden kannst«, neckte mich Jason glucksend.

»Ich habe mehrere Lieblings-Star-Wars-Shirt, und außerdem ist das nur einmal passiert, weil ich es wirklich dringend gebraucht habe.«

Und zwar vor ein paar Tagen, als ich bereits fast zu spät zur Vorlesung gewesen war und mein Shirt mit Han Solo und Chewbacca in einer Kneipe mit einem Krug Bier in den Händen nicht gefunden hatte. Gut möglich, dass einige Flüche über meine Lippen gekommen waren, bei denen meine Mutter rot angelaufen wäre, und ich meine und Jasons Klamotten wild durch die Gegend geschleudert hatte, um das Shirt darunter zu suchen.

»Siehst du«, hielt Jason dagegen und küsste mich auf die Nase, bevor er sich abwandte, um das Ende der Bandage umzulegen.

Gerade wollte ich ihn fragen, wie es ihm ging, ob er nervös war, als sein Handy vibrierte. Mit zusammengekniffenen Augen starrte er darauf, bis er schließlich seufzend abnahm.

»Was gibt es, Billie? Ich habe dir schon gesimst, dass ich dir etwas Geld überweisen werde, damit du mich endlich in Ruhe lässt.«

Er verstummte und lauschte der anderen Stimme, dann brach ein freudloses Lachen aus ihm heraus. »Ist das dein Ernst? Du willst darüber verhandeln, wie viel ich dir überweise? Ich bräuchte dir gar nichts geben, verdammt.«

Nach einer weiteren Pause fragte Jason grimmig: »Wie schlimm ist es, wie tief steckst du in der Scheiße?«

Wieder hörte er zu, wobei die Stimme seines Gegenübers so laut wurde, dass selbst ich einige Fetzen verstehen konnte. Dabei herrschten Schimpftiraden vor wie »Arschlecker« und »schwule Wichser«, bei denen Jason jedes Mal zusammenzuckte. Während er zuhörte, rieb er sich über die Stirn, die er immer weiter zusammenzog, bis er schließlich resigniert seufzte. »Na schön. Ich schaue, was ich machen kann, damit dich niemand aufknüpft. Wenn ich Glück habe und alles gut geht, kann ich dir drei verfluchte Riesen überweisen. Aber danach ist Schluss. Ich habe meine eigenen Rechnungen zu bezahlen.«

Anschließend winkte er ab, als sein Dad etwas sagte, was Jason ein ungläubiges Schnauben entlockte. »Jaja, klar, Billie. Du willst dich nach dieser Sache ändern, und du gibst es mir zurück. Nein, musst du nicht. Sieh einfach zu, dass du deine Angelegenheiten auf die Reihe bekommst und mich nicht wieder anpumpst. Sag Mike oder Grandpa nichts davon, sie müssen es nicht wissen. Und außerdem: Hör auf ständig so viel Mist zu sagen. Ein Arschlecker hat mehr Rückgrat als du, der Charakter hat nichts mit seiner Orientierung zu tun, du homofeindlicher Sack. Mach's gut, und melde dich erst wieder, wenn du dein Leben und deine Einstellung geändert hast. In der Zwischenzeit betrachte mich für dich als gestorben.«

Scheiße, das war, minder gesagt, schlecht gelaufen. Ich wusste nicht, was mich an dem Telefonat mehr schockierte. Der Sprachgebrauch von Jasons Dad, das Anpumpen um Geld oder Jasons Zurechtweisung am Ende. Er konnte stolz darauf sein, ihm die Stirn geboten zu haben, gleichzeitig war es traurig, dass er das überhaupt musste. Erneut wurde mir vor Augen geführt, wie gesegnet wir mit unseren Eltern waren.

»Hat es dir die Sprache verschlagen?«, witzelte Jason ohne jeden Funken Humor. »Ein spezielles Talent meines Dads.«

Statt auf ihn zuzugehen und ihn zu umarmen, wie ich es gern wollte, setzte ich mich auf eine Bank. Er brauchte erst mal Freiraum, um durchzuatmen. »Warum nennst du ihn Billie?«

»Weil er das Recht, Dad genannt zu werden, schon vor Jahren verwirkt hat. Kennst du die Serie Shameless? Er entspricht ziemlich gut dem Vater, nur dass er nicht Frank Gallagher, sondern Billie heißt und Alkohol nicht seine einzige Sucht ist. Alkohol, Drogen, Glücksspiel – such dir was aus. Ansonsten, voilà.«

»Scheiße«, fluchte ich. »Und ihm willst du die Hälfte deines Gewinns vom heutigen Kampf geben?«

Von seinem Sieg ging ich aus, ansonsten würde ich hier nicht äußerlich ruhig sitzen. Jeden Schlag, den er heute abbekam, würde ich ebenfalls spüren.

»Ja, ziemlich blöd von mir, nicht wahr? Aber ich kann nicht anders. Dad hat es schon immer geschafft, mich zu Dingen zu überreden, die ich eigentlich nicht tun will. Ich bin ein hoffnungsloser Fall«, schimpfte er und schlug mit der bandagierten Hand gegen den Spind. »Es ist frustrierend.«

Ein lautes Krachen hallte durch den kleinen Raum, als Jason ein weiteres Mal zuschlug. »Er macht mich so wütend!«

Und noch einmal. Wumms. Wumms.

Ich sprang auf und hielt ihn am Ellbogen zurück. »Lass das. Du brauchst deine Fäuste gleich, am besten unverletzt. Vergiss deinen Dad erst mal, konzentriere dich auf den Kampf.«

Während meiner Worte entspannten sich Jasons Muskeln ein wenig, gleichzeitig drehte er sich in meine Richtung, um vom Spind abzulassen. Mit den Händen wanderte ich hinauf in seinen Nacken, ergriff seine Wangen und legte die Stirn an seine. Seine Luft war meine, und für ein paar Sekunden atmeten wir im Einklang. Es funktionierte, und Jason beruhigte sich. Schließlich lächelte er sogar und legte die Hände auf meine. »Was für ein Schlamassel. Nicht nur, dass du wegen mir bei einem Kampf dabei bist, du musst mich auch noch beruhigen. Tut mir leid, dass ich ausgetickt bin.«

Für dich würde ich noch viel mehr auf mich nehmen, schoss es mir durch den Kopf. Stattdessen antwortete ich leichthin: »Mach dir deswegen keine Gedanken. Dafür ist ein Freund da, und wie es aussieht, hast du nicht nur einen grandiosen besten Freund, sondern auch den besten festen Freund.«

Mein Plan ging auf, und Jason gluckste, bevor er mir einen Kuss auf die Lippen drückte. »Voll und ganz. Ihr seid die Besten überhaupt. Danke, Babe.«

Der Kosename tat gut, so richtig.

Jason richtete sich vollständig auf, schüttelte die Arme aus und hüpfte leicht auf der Stelle, um sich neu zu motivieren. »Also dann, gehen wir es an.«

»Machen wir«, pflichtete ich ihm bei, ohne auf das Rumoren in meinem Magen zu achten. Erneut trübten Sorgen seine strahlenden Augen.

»Bleib bitte in Denvers Nähe. Und wenn es geht, schau nicht die ganze Zeit hin.«

»Wenn es hässlich wird, soll ich mich also hinter Denvers Schulter verstecken?«

»Nicht ganz. Du könntest einfach die Hände vor die Augen legen«, bestätigte Jason zwinkernd und erinnerte mich an einen gemeinsamen Filmabend. Er hatte mich, statt Star Wars zu gucken, zu der Neuverfilmung von Friedhof der Kuscheltiere überredet. Ein Fehler. Ich hatte mir dabei fast in die Hosen gemacht. Dafür hatten wir eng aneinandergekuschelt auf der Couch gelegen, und ich hatte mein Gesicht an seinem Oberkörper vergraben, also hatte es auch seine Vorteile gehabt.

»Okay, ich werde es versuchen.«

»Danke.«

Ein weiterer schneller Kuss, dann hämmerte Denver an die Tür. »Es geht los, Leute!«

Jason lief voraus, und ich folgte den beiden durch die grölende Menge. Keine Ahnung, wie er das durchstand, aber mir brach in dem aufgestauten Gedränge der Schweiß aus. Überall stank es nach billigem Bier, schwitzenden Körpern, Staub und Schimmel.

Noch bevor ich meinen Platz am Rand des Ringes neben Denver eingenommen hatte, gab Muffin das Signal. Sofort schoss Jasons Gegner auf ihn los. Er war stämmiger gebaut und hatte vor, ihn zu überrumpeln. Glücklicherweise wich Jason aus, drehte sich und verpasste dem Typen einen Schlag gegen die Rippen. Danach ging es hin und her. Fäuste flogen, Ächzen ertönte von den beiden, während die Menge um uns herum vor erregter Spannung beinahe wie eine stürmische See hin- und herwogte. Es war genauso abstoßend wie beim letzten Mal, dennoch stand ich hier und drückte Jason die Daumen. Drei, vier schlimme Schläge bekam er ab, bei denen ich selbst die Luft anhielt. Einmal meinte ich sogar, seinen Kiefer bis hierher knacken zu hören. Scheiße … Das war einfach nur scheiße. Trotzdem sah ich die ganze Zeit zu, Versprechen hin oder her. Ich musste wissen, auf welche Körperstellen ich besonders achten und später versorgen musste.

Plötzlich schlug sein Kontrahent Jason mit solch einer Wucht ins Gesicht, dass Blut spritzte und Jason bäuchlings zu Boden geschleudert wurde. Mir wurde kotzübel. Meine Atmung beschleunigte sich, und ich wäre beinahe in den Ring gesprungen. Denver war schneller und ergriff meinen Unterarm. »Nicht.«

Ich fluchte laut, hielt mich aber zurück. Ein Raunen war bei dem Schlag durch die Menge gegangen, einige Anhänger von Jasons Gegner jubelten, sich über den Ausgang des Kampfes bereits sicher. In dem Moment, als sich sein Kampfpartner Jason näherte, drehte der sich blitzschnell herum, schwang sein Bein über den Boden und kickte den anderen um, wodurch dieser keuchend auf dem Rücken zum Liegen kam. Bevor er kapierte, was los war, sprang Jason auf ihn und schlug mehrmals mit präzisen Schlägen auf ihn ein. Mir drehte es den Magen um, und ich war kurz davor zu kotzen, bis sein Kontrahent endlich japsend mit der flachen Hand auf den Asphalt klopfte. Der Kampf war beendet.

Sofort sprang Jason von ihm runter. Er hatte gesiegt und dabei erneut einige Prellungen, eine blutende Nase und eine aufgesprungene Augenbraue abbekommen. Aber es war vorbei und es ging ihm den Umständen entsprechend gut. Erleichtert sickerte diese Gewissheit in meinen Schädel. Am liebsten hätte ich meine Arme um Jason gelegt und ihn fest an mich gedrückt, doch das ging nicht. Wie auch? Dutzende Studenten hüpften aufgeregt um ihn herum, schlugen ihm auf die Schulter oder grölten seinen Namen, während er von Muffin aus dem Ring geführt wurde. Ich fühlte mich beinahe wie bei der Invasion von Naboo. Überall Leute, dicht gedrängt, und obwohl sich leichte Panik in mir festsetzte, lenkte mich die Sorge um Jason weitestgehend ab. Dennoch wollte ich weg.

Denver und ich eilten hinter Muffin und Jason her zur gefliesten Garderobe, in der er sich vor dem Kampf vorbereitet hatte.

Durch die angelehnte Tür war das Ende einer Konversation zu hören, als Muffins Stimme zu uns drang. »Bist du dir sicher? Wenn du jetzt aussteigst, entgeht dir 'ne Menge Kohle. Uns beiden. Die Leute sind heiß auf dich.«

»Das ist mir egal. Ich habe es dir nicht zum ersten Mal gesagt, das war's für mich. Ich höre auf. Endgültig.«

Ungläubiges Schnauben von Muffin, gefolgt von seinem Lachen, während Denver und ich uns auf dem Flur vor dem Zimmer unwohl anstarrten. Wir wollten nicht lauschen, aber auch nicht mitten in die Diskussion platzen, deren Ausgang Jason selbst bestimmen musste. Klar, ich hasste die Kämpfe, den Gedanken, wie er verletzt wurde, aber er musste das für sich selbst entscheiden.

Schließlich beendete Muffin sein blödes Gelächter und riss die Tür auf, ohne uns zu sehen. Sein Blick war auf den Stapel Scheine geheftet, mit dem er sich zufächelte. »Wir werden sehen, Großer. Wenn das Geld erneut ruft, kommen sie alle angekrochen. Glaub mir, ich mache das lange genug.«

»Verschwinde, Muffin«, ächzte Jason aus dem Raum, als hätte er Schmerzen, was mein Stichwort war, um nach vorn zu preschen.

»Hey, und ciao, Muffin«, war alles, was ich zu ihm sagte, als ich an ihm vorbeieilte, gefolgt von Denver. Jason stand vor einem Wandspiegel und schob eine Nadel mit einem pinzettenartigen Ding durch die Augenbraue. Eine Blutspur zog sich über seine Wange und Schläfe bis zum Kinn.

»Scheiße«, stöhnte ich auf und griff mir an den Magen, als schwindelerregende Übelkeit in mir hochschwappte. Statt zu ihm zu gehen, ließ ich mich schwer auf die Bank fallen. »Sag mir nicht, dass du dich gerade selbst nähst?«

»Dann sag ich es nicht«, hörte ich seine belustigte Stimme, gefolgt von einem weiteren Stöhnen, mit dem er seine Schmerzen hinunterschluckte.

Denver stellte sich zu ihm, um ihm über die Schulter zu sehen. »Kumpel, du hast ja schon viel krasse Scheiße veranstaltet, aber das toppt noch mal alles. Willst du nicht besser zu einem Arzt fahren? Komm schon, ich bring dich.«

»Mann, ich bin kein Anfänger. Ich habe es zuvor vereist und kann nähen, seit ich zehn bin. Frag meinen Grandpa.« Ungerührt zog Jason den Faden durch die Braue und stach dann ein weiteres Mal hinein, was mich schnell wegsehen ließ, bevor ich noch auf den Boden kotzte.

Zum Glück führte Denver das Gespräch, zu dem ich im Moment nicht fähig war. »An Tieren! Nicht an dir selbst und noch dazu in deinem Gesicht. Das ist nicht cool.«

Grinsend nahm Jason eine kleine Arztschere und schnitt den Faden direkt an der Braue ab, wusch sich die Hände und tätschelte Denvers Wange. »Mach dir keine Sorgen um mich, mein Gesicht ist auch mit einer kleinen Narbe noch anbetungswürdig genug. Nicht wahr, Riley? Sag es ihm.«

Beide grinsten sich an, als auch Denver kopfschüttelnd lachte, bis sie sich umdrehten und mich mit wahrscheinlich kalkweißem Gesicht dasitzen sahen. Sofort war der Spaß verflogen, und Jason kniete besorgt vor mir, eine Hand an meinem Knie. »Hey, Babe. Alles okay? Wie geht es dir?«

»Alles gut«, murmelte ich, hob die Hand, um sie auf seine Wange zu legen, schaffte es aber nicht und ließ sie auf seine Schulter sinken. »Mir ist nur übel. Das ganze … Blut.«

Mehr musste ich nicht sagen, als er fluchend aufsprang, um zum Waschbecken zu laufen. »Scheiße, entschuldige. Ich habe nicht nachgedacht. Sorry. Es tut mir leid.« Schnell wusch er sich sein Gesicht, bis es sauber war. Und es half. Bald schon verschwanden die Übelkeit und das Schwindelgefühl in meinem Schädel, aber die Erkenntnis dessen, was passiert war und passieren hätte können, prasselte wie Regentropfen auf mich ein.

»Hast du das ernst gemeint, dass du aussteigen willst und es dein letzter Kampf gewesen ist?«, fragte ich heiser, woraufhin sich Denver kurz durch die verstrubbelten blonden Haare fuhr und dann zu Jason sah.

»Ähm, ich glaube, ich hau dann mal ab.«

»Danke, Mann, für dein Verständnis und deine Hilfe heute Abend«, sagte Jason und griff nach dem Anzug. »Auch für den hier. Die nächsten Wochen bin ich für Bier und Pizza zuständig, versprochen.«

»Und ob du das bist, immerhin ist das mein Lieblingsanzug. Wir sehen uns, Leute.« Denver grinste breit, dann salutierte er, um im nächsten Moment aus der Tür zu verschwinden.

»Geht's wieder? Das wollte ich nicht«, entschuldigte Jason sich ein weiteres Mal und drückte meine Schulter, woraufhin ich dankbar nickte.

»Alles gut, mir tut es leid. Ich bekomme das irgendwann in den Griff. Selbst Darth Vader hat am Ende seine Dämonen besiegt und ist zu einem Guten geworden, also schaff ich das auch. Und? Bekomme ich eine Antwort auf meine Frage?«

»Ja. Die Antwort ist: Ja, ich habe es ernst gemeint, ich will diesen Scheiß schon seit einiger Zeit nicht mehr, egal wie verlockend das Angebot ist. Und nun, da wir zusammen sind, will ich dich dem nicht länger aussetzen. Wie gesagt, ich will schon länger aufhören, aber du hast mir den letzten Schubs gegeben, den ich gebraucht habe. Es reicht. Ich muss einen anderen Weg finden oder mit meinem Bruder und Grandpa reden.«

Nachdenklich strich er sich über den Nacken, als wäre das eine beschlossene Sache. Dann schenkte er mir ein warmes

Lächeln. »Und ob du das schaffst, was auch immer das mit Darth Vader zu tun hat.« Grinsend zog mich Jason auf die Füße, legte seine Lippen auf meine, als ich gerade zu einer Erklärung ansetzen wollte. Doch der Kontakt zu seinem forschen Mund und seine Hände auf meinem Körper ließen alle Gedanken an Star Wars verpuffen. Diese Wirkung hatte nur Jason auf mich.

Als wir aus dem Flur Stimmen hörten, löste sich Jason von mir. »Na los, komm. Lass uns nach Hause fahren.«

»Wenn das kein Code dafür ist, dass du mir an die Wäsche willst«, gab ich flüsternd zurück.

»Du kennst mich zu gut.« Vielsagend wackelte er mit den Augenbrauen. Obwohl es wehtun musste, lachte ich.

»Jepp, das tue ich. Du bist unersättlich.«

»Genauso, wie du mich haben willst.« Auch Jason lachte und klopfte mir auf die Schulter, um uns aus dem Raum und hinaus in die Nacht zu treiben.

Minuten später hatten wir es aus dem überfüllten Gebäude geschafft. Aus der geschlossenen Tür drangen immer noch gedämpfte Jubelrufe oder Flüche. Alles, was ich wollte, war, in unserem Wohnheimzimmer zu Bett zu gehen, mich an ihn zu kuscheln und zu wissen, dass wir in Ordnung waren.

»Alles klar?«, riss mich Jason aus meinen Gedanken, während wir zum Wagen gingen. Zumindest ich ging, Jason humpelte leicht, obwohl er versuchte, es zu verstecken. Mein Blick glitt über seine Züge. Ein geschwollenes Auge, eine Prellung am Kiefer, die genähte Augenbraue. Kurz erinnerte ich mich an das viele Blut. Ich musste schwer schlucken.

»Das fragst du mich? Ich habe keine Schläge auf meinen gesamten Körper einstecken müssen. Sollen wir dich nicht doch besser zu einem Arzt bringen?«

»Nein, das wird wieder. Eine Nacht darüber schlafen, und morgen sieht die Sache schon besser aus.«

»Hoffentlich.« Ich vertraute auf seine Worte.

Erleichtert sperrte ich den Ford Mustang auf, als wir den Wagen erreichten. Obwohl ich die Geschehnisse mit meiner Therapeutin aufgearbeitet hatte, bescherte mir ein dunkler Parkplatz trotz Begleitung und gut gelaunten Stimmen von Leuten, die hier in Gruppen standen, quatschten oder Musik hörten, eine gewisse Anspannung.

Plötzlich spürte ich Jasons Hand im Nacken und seinen Mund dicht an meinem Ohr. »Ganz bestimmt, Riley, mach dir keine Sorgen. Um es dir zu beweisen, würde ich dir ja zu gern einen blasen, aber das muss wohl warten, bis wir zu Hause sind.«

Er löste sich von mir und spazierte pfeifend um das Auto herum, um zum Beifahrersitz zu gelangen. Dabei musste er einer Gruppe von vier Typen ausweichen, die aus der anderen Richtung gekommen waren und auf einmal stehen blieben, als sie Jason sahen.

»Hey, du, dich kenn ich doch!«, rief einer von ihnen aus und griff nach Jasons Arm, der abrupt stehen blieb. Der Kerl war bullig gebaut, hatte kurz geschorene Haare und dunkle Augen. Sofort krampfte sich mein Körper zusammen, als befände ich mich in einer anderen Zeit, auf einem anderen dunklen Parkplatz, wo Hass und Schmerz meine Welt verändert hatten. Hatten sie Jason und mich gesehen? Hatten wir irgendetwas Auffälliges gemacht?

Statt sich zu wehren, grinste Jason den Typen an und klopfte ihm auf die Schulter. »Hi, ich dich auch. Du warst in der ersten Runde, nicht wahr? Guter Kampf, toller Sieg!«

»Wusste ich es doch! Ebenfalls, gut gekämpft. Deiner war auch nicht ohne!«

Beide schlugen ein, und schlagartig wich die Anspannung aus meinem Körper, als sie über ihre jeweiligen Kämpfe fachsimpelten. Dabei stellte sich heraus, dass Brandon hierhergewechselt und dies sein zweiter Kampf war. Die Stimmung war locker, und da ich nicht unhöflich an der Seite des Wagens stehen bleiben wollte, schlenderte ich zu ihnen rüber.

Im selben Moment, in dem ich ein unbefangenes »Hey, Leute« in die Runde warf und für einen Moment auf mein Handy blickte, fragte plötzlich eine ungläubige Stimme: »Riley?« Sie verursachte mir eine Gänsehaut, und als ich aufsah, wäre mir beinahe das Handy aus den klammen Fingern gerutscht.

Vor mir, live und in Farbe, stand Wes. Im Sinne von meinem Ex Wes, den ich seit der besagten Nacht auf dem Parkplatz nicht mehr gesehen hatte. Seine Haare waren länger als früher, das Kinn markanter und sein Körper breiter, aber es war unverkennbar Wes. Dessen Entschuldigungsbrief ich zwar gelesen, der mich aber im Stich gelassen hatte, als es darauf angekommen war. Während mich seine Freunde fast totgeprügelt hatten.

Ich zuckte zurück und starrte ihn ungläubig an, meine Stimme ein Zischen, das mir selbst eine Gänsehaut bereitete. »Was machst du hier, zum Teufel?«

»Riley, hey, es tut mir leid. Ich wusste nicht … ich dachte … ich hatte keine Ahnung. Wirklich. Es tut mir leid. Von ganzem Herzen, das musst du mir glauben. Ich –«

»Was verdammt noch mal geht hier vor?«, schaltete sich Jason ein, und erst jetzt bemerkte ich, dass er nicht mehr locker am Bug des Wagens, sondern zwischen den anderen und mir stand. Wie als Puffer. Seine Nähe, nur eine Armeslänge von mir entfernt, beruhigte meine Nerven, und ich konnte wieder klar denken.

Wes war hier. Und wie es aussah, war er genauso überrascht. Okay. Es war keine Absicht, niemand hatte mir nachgestellt, sondern reiner, beschissener Zufall. Wenn ich ihn genauer betrachtete, wirkte er viel mehr durch den Wind als ich. Zwar hatte er an Masse zugelegt, war reifer geworden und zog sich schicker an als früher, aber er schien vollkommen verwirrt, voller Scham und Bestürzung. Vorhin hatte er eine Hand in meine Richtung gestreckt, die er nun in seine Jeanstasche stopfte, während Brandon ihm besitzergreifend einen Arm um die Schulter legte.

»Ihr kennt euch, Schatz?«, fragte Brandon und drückte ihn noch dichter an seine Seite.

»Alte Freunde«, antwortete Wes, während ich gleichzeitig ausstieß: »Wir kennen uns von der Highschool.« Als erklärte das alles. Vermutlich für jene, die eingeweiht waren, schon, denn nicht nur in Jasons Miene veränderte sich etwas, sondern auch in Brandons. Also hatte Wes ihm von dem Schandfleck in seinem Leben erzählt. Interessant.

Zu meiner Überraschung war es ausgerechnet der glatzköpfige Brandon, der mit einem breiten Lächeln die Situation beim Namen nannte. »Na, sieh einer an. Wes' Exfreund. Schön, dich kennenzulernen. Es tut mir leid, genauso wie ihm, was damals passiert ist. Aber Wes ist nicht mehr derselbe. Wir sind zusammen und haben gemeinsam hierhergewechselt. Ich kann mir vorstellen, wie verkackt diese Situation für dich sein muss, aber shit, manchmal läuft es einfach so.«

Unbehaglich rang er nach Worten, dann lächelte er breit, als würde das alles wettmachen. Brandon ließ seinen Freund los und schüttelte mir allen Ernstes die Hand, bevor er sich zurück zu Wes stellte, einen Arm um seine Hüfte schlingend. Jepp, eindeutig besitzergreifend, wie ein Hund, der sein Eigentum anpinkelte. Verwundert sah ich zu Wes auf, den das alles nicht zu stören schien. Anders als damals, als ich im Schulflur nicht mal in seine Richtung sehen durfte, aus Angst, jemand könnte die Verbindung zwischen uns erkennen.

Als könnte Wes meine wirren Gedanken lesen, räusperte er sich. »Das stimmt, es tut mir leid. Es war furchtbar, und ich war ein Feigling. Ich habe mich seitdem geändert, Riley. Wirklich. Ich habe keinen Kontakt mehr zu meinen damaligen Freunden, die dir das angetan haben, und ich bin wie gesagt offiziell geoutet und mit Brandon zusammen. Das verdanke ich dir, obwohl ich es jeden einzelnen Tag bereue, wie das damals passiert ist. Ich habe nicht deine Stärke, deine Kraft gehabt, für die ich dich immer bewundert habe. Und wie ich sehe, hast du zum Glück nichts davon verloren. Du siehst toll aus, also ich meine … gesund, fit und stark.«

Meine Kehle war ganz trocken, ich wusste nicht, was ich sagen oder denken sollte. An der Highschool hatte ich mir diese Worte von ihm gewünscht, sein Coming-out, sein Zugeständnis an uns. Stattdessen hatte ich Schläge und Tritte bekommen, damit er einen imaginären Schubs erhielt, um endlich zu sich selbst zu stehen. Aber zu spät. Und nun wirkte er glücklich, als hätte er alles, was er immer wollte. Er hatte dafür eine Tragödie auf meine Kosten gebraucht.

Mir war schlecht. Verflucht, ich wollte nicht so sein. Ich war nicht gehässig oder wünschte Leuten etwas Schlechtes, aber es war schwer, diese Neuigkeiten, seine Entschuldigung zu verarbeiten. Gleichzeitig wusste ich, dass es für uns beide schwer gewesen war, denn ich kannte Wes' perfektes Elternhaus. Dort gab es keinen Makel, und niemand fiel aus der Norm. Darüber hatte ich bereits in den Monaten meiner Genesung lange nachgedacht.

Trotz allem war ich froh, wie er sein Leben verändert hatte. Was passiert war, konnte man nicht ändern, nur wohlwollend in die Zukunft blicken. Wie sagte Jason immer? Ich konnte niemandem lange böse sein. Tja, wie es aussah, hatte er recht.

Obwohl mich die nächsten Worte Überwindung kosteten, meinte ich sie so: »Schon okay, ich habe es überstanden und komme damit klar. Es ist nicht zu ändern und hat mich stärker gemacht. Aber schön zu hören, dass du dein Glück gefunden hast und du selbst sein kannst.«

»Das habe ich, danke«, antwortete er schüchtern und schenkte mir und dann Brandon ein Lächeln, das so offenherzig war, wie ich es mir bei ihm gegenüber einem Mann nie hatte vorstellen können.

»Also dann, weiterhin alles Gute, ciao«, verabschiedete ich mich, als Wes mir nachrief.

»Hey, warte. Wollen wir mal einen Kaffee trinken gehen und darüber reden? Ich will mich wirklich dafür entschuldigen, was ich getan habe, welche Rolle ich dabei gespielt habe. Wirklich, Riley … Das wäre mir sehr, sehr wichtig, bitte.«

Einige Momente lang sah ich ihn an und erinnerte mich an früher. Damals war er nicht dazu bereit gewesen, sich öffentlich mit einem Kerl zu zeigen, aber jetzt? Jetzt hatte er es eingesehen. Vielleicht machte es das Ganze nicht in Ordnung, aber ich wollte nicht nachtragend sein oder in der Vergangenheit leben. So war ich einfach nicht. Außerdem waren wir beide gewachsen aus der Sache hervorgegangen. Und dass es mich vollkommen überrumpelte, ihn wiederzusehen und von ihm nach einem Treffen gefragt zu werden, trug das Übrige dazu bei. »Geht klar … ähm … Ich habe die alte Nummer von damals, falls du die noch hast.«

»Ja, habe ich. Danke, danke, das bedeutet mir viel und –«

»So, das könnt ihr ja später klären. Es ist spät«, mischte sich plötzlich Jason brummend ein und machte ein Gesicht, als würde er Beton zerbeißen. »Ich habe einen Kampf hinter mir, und mein

Schädel brummt. Ich muss mit ein paar Schmerztabletten ins Bett. Sorry, Mann.«

Kurz war ich irritiert, dennoch verabschiedeten wir uns kurz angebunden und fuhren schließlich vom Parkplatz Richtung Unigelände. Es herrschte angespannte Stimmung im dunklen Wagen, während die Lichter der Stadt am Fenster vorbeizogen, bis ich die Hand an sein Knie legte. »Hey, du musst dir keine Sorgen machen oder eifersüchtig sein. Es ist nur Wes.«

Das war meine einzige Erklärung für sein abweisendes Verhalten gegenüber den anderen Typen. Mit einem Ruck fuhr Jason zu mir herum. »Ich bin nicht eifersüchtig. Aber ich verstehe nicht, wie du mit ihm auf einen Kaffee gehen kannst, nach allem, was er dir angetan hat. Das ist … Ich versteh nicht, wie du ihm das verzeihen kannst! So einfach und schnell.«

Gelassen zuckte ich mit den Schultern. »Erstens hatte ich in den letzten Monaten viel Zeit, darüber nachzudenken, zweitens bringt mir mein Groll nichts, außer mich selbst zu belasten. Ich habe mit der Sache abgeschlossen, sie liegt hinter mir. Vielleicht braucht er dieses Treffen, um das auch zu können.«

»Und warum solltest ausgerechnet du ihm dabei helfen? Kannst du mir das erklären?« Ich spürte die Wut unter seiner Haut brodeln, wie hitzige Wärme, die sich von seinem Körper ausbreitete. Genau diese Leidenschaft und Impulsivität liebte ich ansonsten an ihm, nur eben nicht auf diese Weise.

»Weil ich ein guter Mensch bin?«, fragte ich übertrieben breit grinsend und wackelte mit den Augenbrauen in seine Richtung. »Außerdem bin ich glücklich und gut drauf, und dann vergebe ich noch schneller als sonst, wie du weißt.«

Widerwillig lehnte sich Jason zurück, um sich zu entspannen. Er wusste, dass es keinen Sinn hatte, mit mir darüber zu diskutieren. Schließlich legte er seine Hand auf meine, verschränkte unsere

Finger miteinander und strich über meine Haut. »Du bist also glücklich, was?«

»Jepp, glücklich genau deswegen«, antwortete ich und drückte seine Hand. »Und gut drauf, weil ich zu Hause das einfordern werde, was du mir beim Parkplatz versprochen hast.«

»Und das wäre, Babe?« Während er diese Frage stellte, lehnte er sich zu mir herüber, strich kurz mit der Zunge über mein Ohr und ein Schauer überkam mich. Diese Wirkung hatte Wes nicht einmal in meiner größten Verliebtheit auf mich gehabt. Das musste ihm doch klar sein, oder? Es war nämlich wahr, er musste nicht eifersüchtig auf Wes sein. Niemand hatte mich je so angemacht und mir so viel bedeutet wie Jason. Nur musste ich ihm das wohl erst begreiflich machen. Und das würde ich, heute und auch jeden kommenden Abend.

17. Ups and Downs

Jason

Die Zeit nach dem Kampf wurde zu einer gleichmäßigen Routine. Tage wurden zu Wochen, die dahinzogen, während wir unseren Kursen hinterherliefen und die Prüfungswochen über uns ergehen ließen, nachdem wir die meiste Zeit in der Bibliothek oder zu Hause beim Lernen verbracht hatten. Und dieses ganze Pensum neben meinem Job bei Dr. Sunny und dem Selbstverteidigungskurs, den ich nach wie vor im Fitnesscenter gab.

Obwohl Riley und ich uns jeden Tag sahen, wir miteinander in den kurzen Lern- und Arbeitspausen abhingen oder uns körperlich nahe waren, hatte sich ein kleiner Riss zwischen uns aufgetan, den ich zuerst nicht bemerkt hatte, der mich aber nun vor den Feiertagen zu Thanksgiving unruhig werden ließ. Eigentlich lief es richtig gut zwischen uns, bis auf zwei Tatsachen, die uns die Suppe versalzten: Wes und unsere Heimlichtuerei.

Seit jenem Abend nach dem Kampf hatten die beiden wieder Kontakt, weshalb Wes und Brandon über uns Bescheid wussten, aber die Klappe hielten. Riley und Wes trafen sich hin und wieder auf einen Kaffee am Campus, und Wes tauchte manchmal allein oder gemeinsam mit Brandon in der Bibliothek zum Lernen auf. Brandon und ich täuschten beide ein fröhliches Gesicht zur versöhnten Situation vor. Aber man musste nicht Psychologie studieren, um hinter Brandons brodelnden Blicken zu lesen, wie sehr ihn das Ganze anpisste. Immerhin konnte ich ihn verstehen, denn mir ging es insgeheim genauso, wenngleich meine schauspielerische Leistung besser als die seine war. Doch wer gab mir das Recht, mich deswegen zu beschweren, wenn wir nicht einmal öffentlich zusammen waren?

Daher ja, alles lief gut, bis auf die zwei Themen, die wir beide außen vor ließen, nicht ansprachen, als existierten sie nicht. Doch sie waren da, allgegenwärtig, und Tag für Tag zerrte das Unausgesprochene mehr an meinen Nerven. Dazu kam, dass ich immer wieder Nachrichten von meinem Dad bekommen hatte, da ich seine Anrufe ignorierte. Zu meiner Überraschung pumpte er mich nicht länger um Geld an, sondern bedankte sich wiederholt für die dreitausend Riesen, was, zugegeben, nicht verkehrt war. Aber es passte nicht zu meinem Dad, dass er nicht mehr forderte. Stattdessen schrieb er mir in den Nachrichten, dass er sich bessern wollte, sich Hilfe suchte, um sein Leben umzukrempeln und sich irgendwann die Liebe seiner Kinder zu verdienen. Die ersten SMS dieser Art hatte ich umgehend gelöscht, da sie wie die Nachrichten eines betrunkenen Mannes geklungen hatten, der gerade eine schwierige Zeit durchmachte, die seit Jahren andauerte. Die neueren hatte ich zwar nicht gelöscht, aber auch nicht beantwortet.

Ich fieberte den Feiertagen entgegen. Danach würde endlich alles anders werden. Ich wollte Mike und Grandpa von Riley erzählen und im Anschluss an der Uni geoutet leben. Also nicht mit einem Fanfarenscheiß oder regenbogenfarbenen Schleifen und einer Fahne, die ich hinter mir herzog, sondern ganz einfach händchenhaltend mit Riley über den Campus latschen. Ihm einen Abschiedskuss in der Mensa geben, bevor ich mich in den nächsten Kurs begab. Kleine Dinge, und doch so bedeutend – für

Riley, für mich und vielleicht auch für andere, die sich noch nicht trauten, den Weg in die Öffentlichkeit zu gehen.

Ich hatte meine Zeit gebraucht, um diesen Teil von mir offen zu akzeptieren, und ich konnte jeden verstehen, der sein eigenes Tempo dafür hatte. Nicht nur die Anfeindung gegen Sean hatte ich miterlebt, auch Riley hatte Schlimmes durchgemacht. Es war falsch, es war grauenhaft und dennoch für viele immer noch die bittere Realität. Für Riley war ich bereit, diese auch für mich wahr werden zu lassen, um mit ihm zusammen sein zu können. Denn für wen, wenn nicht für denjenigen, den man liebte, würde man sich der Härte der Welt entgegenstellen?

Und ja, ich liebte Riley, wenngleich ich es ihm noch nie gesagt hatte. Das kam mir heuchlerisch vor, bevor ich mich nicht geoutet und zu ihm bekannt hatte. Ich konnte es nicht mehr abwarten, gleichzeitig hatte ich Schiss vor den Reaktionen. Aber ich käme damit klar. Bestimmt.

Was mich mehr stresste, war die lange Trennung von Riley. Gemeinsam mit Grace würde er bereits morgen nach Hause fahren, da ihr Weg einige Stunden länger als der von mir und Denver war. Er packte gerade, während ich auf seinem Bett lag, mit verschränkten Händen im Nacken, und ihn dabei beobachtete. Manchmal sah er zu mir auf, öffnete den Mund, um etwas zu sagen, aber dann kam ein Scherz über seine Lippen, anstelle dessen, was ihn wirklich beschäftigte. Zumindest kam es mir so vor. Was untypisch für ihn war. Riley sagte sonst immer, was er dachte.

Mit gerunzelter Stirn musterte ich ihn und grinste frech, als ich ihn erneut beim Spähen in meine Richtung ertappte. »Was gibt's, Babe? Vermisst du mich schon, obwohl du noch gar nicht weg bist? Ich fürchte, mir geht es ähnlich. Zum Glück habe ich eine Doppelschicht bei Sunny und noch einmal einen Selbstverteidigungskurs, um die Zeit schneller rumzukriegen.«

Seufzend streckte ich mich und fuhr mir über die müden Augen, die sich vom Lernen und den Prüfungen der letzten Tage ganz trocken anfühlen. Es war mein Ernst gewesen. Die Zeit ohne ihn würde hart werden.

Plötzlich sank die Matratze neben mir ein, und im nächsten Moment umhüllte mich sein schwerer Körper, genauso wie sein würziger Duft. Ich spürte seine Lippen an meinem Hals, während meine Hände längst auf Wanderschaft über seinen sehnigen Körper gingen. Dabei griff ich nach seinem festen Hintern, drückte ihn, und mir entfuhr ein Stöhnen, als sich seine Härte gegen meinen Bauch drückte. Das hier liebte ich, ich liebte uns, wie wir waren.

»Und ob ich dich vermissen werde. Aber nicht nur wegen dem hier«, stöhnte Riley an meinem Mund, während seine seidigen, schwarzen Haare meine Wange kitzelten. Ich lächelte träge in mich hinein, genoss die Hitze zwischen unseren Leibern, die drängender wurde.

»Nicht? Sieht aber so aus, Mann.«

»Nein, ich werde deine blöden Kommentare vermissen, wenn wir Star Wars gucken. Den Geruch deines Duschgels. Die Art, wie du meinen Kaffee mitmachst, ohne zu fragen, weil du weißt, dass ich einen brauche. Deine Stimme, deinen Mund, deine charismatische Präsenz. Einfach alles«, gab Riley zurück, strich sich die langen Haare aus dem Gesicht und sah mich durchdringend mit diesen umwerfenden tiefblauen Augen an. »Ich werde dich vermissen, Jason. Weil ich dich liebe.«

Verdammte Scheiße! Diese drei Worte hatten in meiner bisherigen Welt nicht so viel Gewicht gehabt, aber sie nun tatsächlich von Riley zu hören, brachte sie dazu, sich schwindelerregend vor Freude zu drehen. Das war es also, was er mir die ganze Zeit hatte sagen wollen. Mein Herz pochte wild in meiner

Brust in einem stetigen Stakkato, das nicht von der Erregung stammte, sondern meinem unbändigen Glück. Obwohl ich genauso für ihn empfand und ihm das ebenfalls sagen wollte, brachte ich die gleichen Worte nicht über die Lippen. Nicht, bevor ich meinen Scheiß geregelt hatte und geoutet war. Das hatte er verdient.

Also küsste ich ihn wild, hauchte ein »Dito« in seinen willigen Mund und zog ihn an mich, um ihm zu geben, was ihm gehörte, jeden Tag, immer. Ihm zu zeigen, wie viel er mir bedeutete. Wenn schon nicht mit Worten, dann mit Gesten. Es schien zu wirken, denn sobald wir in Fahrt kamen, redeten wir für eine sehr lange Zeit nicht mehr, da unsere Münder mit anderen, großen Dingen beschäftigt waren.

Wie besprochen, nahm mich Denver in seinem Auto mit nach Hause. Suzzi war ebenfalls dabei, da ihre Eltern geschäftlich unterwegs waren und sie die Feiertage bei Denvers Familie verbringen würde. Natürlich nur als Freunde, wie mir beide versicherten. Dennoch bemerkte ich Denvers verräterisch rote Wangen und Suzzis noch schnelleres Geplapper als üblich. In mich hineingrinsend freute ich mich für die beiden, besonders für Denver. Er hatte alles Glück der Welt verdient.

Obwohl die Fahrt nur knapp drei Stunde dauerte, war ich seit Semesterbeginn nicht mehr zu Hause gewesen. Das schlechte Gewissen meldete sich, sobald ich das Haus erblickte, in dem uns Grandpa großgezogen hatte. Nachdem ich mich bedankt und verabschiedet hatte, betrat ich die drei Steinstufen, die hinauf zur Haustür führten. Der kühle Wind blies mir um die Nase und kroch unter die schwarze Lederjacke und mein graues Shirt. Obgleich ich einen

Schlüssel hatte, klopfte ich an die blau lackierte Tür des ansonsten klassischen, weißen Hauses mit dunkelroten Dachschindeln.

Einen Moment wappnete ich mich für das Bild, wie mir Grandpa leicht vornübergebeugt mit einer Gehilfe die Tür öffnete. Dabei dämmerte es mir, dass ich mich aus Angst vor Grandpas voranschreitendem Verfall hiervor gedrückt hatte. Ich wollte nicht sehen, wie er Woche für Woche älter wurde, gebrechlicher und bald vielleicht nur mehr ein Schatten seiner selbst war. Grandpa war all die Jahre unser Fels in der Brandung gewesen. Stark, als seine Tochter gestorben war. Unerschütterlich, als sein Schwiegersohn uns wegen seiner Sucht im Stich gelassen hatte. Egal, was passiert war, er war da gewesen, verlässlich wie ein Betonfundament – immer. Und ich hatte zu ihm aufgesehen, als wäre er Superman höchstpersönlich.

Gedanklich schlug ich mir selbst gegen die Stirn. Ich Feigling hätte öfter hierherkommen müssen. Sicher, ich hatte ständig zu tun und gerade genug Zeit, um so etwas wie eine Beziehung zu führen. Aber wenn ich es wirklich gewollt hätte, wäre ein Besuch drin gewesen. Wie hieß es so schön? Entweder man fand Lösungen oder Ausreden. Zu meiner Schande waren Ausreden in den letzten Monaten mein bevorzugtes Mittel gewesen, doch das würde sich ändern.

In der nächsten Sekunde schwang die Tür so rasch auf, dass ich beinahe einen Satz nach hinten machte. Doch statt eines Axtmörders stand mein großer Bruder Mike im Eingang und grinste mich breit an. Er war mit seinen siebenundzwanzig Jahren eine ältere Version von mir, nur größer, etwas schmächtiger und sein Haar dunkler. »Hey, da ist er ja endlich. Na los, komm schon rein. Du wirst gleich Augen machen!«

Es war gut, ihn zu sehen. »Selber hey. Schön, dass du es nach Hause geschafft hast. Hast du Cassy mitgebracht?«

»Nein, sie ist bei ihrer Familie, aber ich fahre in den nächsten Tagen ebenfalls zu ihren Eltern.«

»Hört sich gut an, bestell ihr schöne Grüße.«

Cassidy und er waren seit der Uni ein Paar, und seit Mike als Anwaltsgehilfe arbeitete, waren sie verlobt. Manchmal verarschte ich ihn damit, dass er bald Kacke abwischen und Fläschchen wärmen würde, was er mit einem Schulterzucken abtat. Was nicht verwunderlich war. Wir hatten durch Dad gesehen, wie man es nicht machte, daher wäre Mike ein großartiger Vater.

Er zog mich in eine Umarmung, und wir klopften uns auf die Schultern.

»Ich freu mich, dich zu sehen, ich habe dich vermisst«, gestand ich, obwohl wir Jenkins-Brüder nicht unbedingt für unsere offene, gefühlsduselige Seite bekannt war. Aber das wollte ich ebenfalls ändern. Dinge sagen, die mir wichtig waren, die Bedeutung hatten.

Überrascht blinzelte er, und sein Lächeln nahm beinahe ein Hundert-Watt-Strahlen an. »Dito, Kleiner. Ich dich auch. Wow, heute ist wohl ein Thanksgiving der Überraschungen!«

»Wie meinst du das? Gute oder schlechte?« Sofort sammelte sich Übelkeit in meinem Magen. Überraschungen, ungeplante Anrufe und dergleichen waren bei uns selten gute Zeichen.

Vertraulich beugte er sich näher. »Es geht um Grandpa. Ob du es glaubst oder nicht, er hat eine Freundin eingeladen. Er kennt sie vom Bridgeabend im nahegelegenen betreuten Seniorenheim.«

Keine Ahnung, warum, aber bei den Worten musste ich an Denver und Suzzi denken. »Du meinst platonische Freunde?«

Mike lachte bellend. »Nein, Kleiner. Bestimmt nicht. Er hat ihr heute schon mindestens vier Küsse gegeben und zwei Mal den Hintern getätschelt.«

Mir fielen fast die Augen aus dem Kopf oder die Ohren vom Schädel, je nachdem. Unser Grandpa hatte in all den Jahren nie eine Frau im Haus gehabt. Es hatte immer nur uns drei gegeben, niemanden sonst. Aber diese Entwicklung klang gut, mehr als das, perfekt.

»Das heißt, Grandpa geht es gut und er ist weiterhin gesund?«, kam es aus meinem Mund, bevor ich mich bremsen konnte.

Zuerst runzelte Mike die Stirn, bevor sein aufmunterndes Lächeln zurückkehrte. »Mehr als das, Bro. Er ist gesund, und er ist glücklich.« Erneut landete seine große Hand auf meiner Schulter, und er drückte sie. »Du kannst ganz entspannt sein und musst dir keine Sorgen machen.«

Bis dahin hatte ich nicht gewusst, wie sehr es mich belastete, aber ihn das sagen zu hören, ließ einen Koloss von meinen Schultern fallen. Als hätte er gehört, dass wir über ihn sprachen, rief mein Grandpa aus der Küche mit kräftiger Stimme: »Jungs, kommt ihr dann mal rein? Ihr könnt auch in der warmen Stube über mich reden, bevor ihr euch an der Tür den Arsch abfriert.«

Lachend schüttelte ich den Kopf und trat ein, um meine Reisetasche im Wohnzimmer abzustellen und, wie zu erwarten, Grandpa in der Küche vorzufinden. Wo er nicht beim Esstisch saß, sondern mit bekleckerten Fingern und hochgekrempelten Ärmeln einen Salat zubereitete. Unter dem dunkelblauen Pulli lugte ein weißer Hemdkragen hervor, seine frisch geschnittenen dunklen Haare wurden immer mehr von weißen Strähnen durchsetzt, und sein Gesicht war rasiert. Der alte Herr sah verdammt schick aus.

»Hallo, Grandpa, schön dich zu sehen, du siehst gut aus, aber für mich hättest du dich nicht so rausputzen müssen«, scherzte ich, umarmte ihn vorsichtig, ohne mich zu bekleckern, und strahlte ihn an. »Wie geht es dir?«

»Bestens. Noch nie so gut«, versicherte er mir und zwinkerte schelmisch, was seine Falten Lügen strafte. Er wirkte trotz seines

Alters wie ein junger Hüpfer. »Und für dich habe ich mich zwar auch, aber hauptsächlich für meine Mona-Lisa herausgeputzt!«

Irritiert sah ich zu Mike, der lachend im Türrahmen lehnte. »Kein Scherz! Sie heißt wirklich Mona-Lisa.«

»Genau, richtig, ihr Süßen!«, trällerte in diesem Moment eine kleine Frau mit spanischem Akzent. Sie musste in Grandpas Alter sein, obwohl ihre zusammengebundenen, lockigen Haare makellos schwarz waren. Trotz einiger Lachfalten hatte sie ein hübsches Gesicht mit großen, dunklen Augen und einem breiten Mund, der vermutlich oft lächelte. Wie im Moment. »Hola, Jason! Schön dich kennenzulernen. Ich bin die Frau an der Seite deines Abuelo! Du kommst genau rechtzeitig zu unserem Festessen. Also, hopp, hopp, alle Hände waschen und dann ab zum Tisch!«

Und das taten wir, ohne Widerworte. Obwohl sie klein und zierlich wirkte, hatte sie Mumm und wusste mit uns Jungs und Grandpa umzugehen, wie ich in den nächsten Stunden feststellte. Die beiden hatten sich wirklich bei den Bridgeabenden, die im Seniorenheim stattfanden, kennen- und später lieben gelernt. Außerdem rückte Grandpa auch damit heraus, dass sie bereits mehrere Monate zusammen waren, er uns davon aber persönlich hatte erzählen wollen. Ihm war es also ähnlich wie mir gegangen, und meine persönliche Zeit kam immer näher. Ich wäre an der Reihe, sobald er fertig war.

Das war er noch lange nicht, denn plötzlich ließ er beim Kürbiskuchen die nächste Bombe platzen: »Jungs, jetzt da ihr Mona-Lisa kennengelernt habt und wir zusammenziehen wollen, möchte ich euch mitteilen, dass ich das Haus verkaufen werde.«

Stille herrschte, in der ich ungelenk den Kuchenbissen hinunterschluckte und Mike einen überraschten Laut ausstieß. Mahnend hob er die Arme, als wüsste Grandpa ganz genau, wie wir jeden Moment mit Fragen um uns schießen würden. »Es ist bereits beschlossene Sache. Ich spare seit Jahren an meinem Rentenkonto, ich bin gut veranlagt, und mit dem Hausverkauf habe ich genügend Rücklagen, um mir bis zu meinem Sterbetag eine kleine Wohnung in dem betreuten Seniorenheim zu leisten. Und diesen Luxus werde ich mir gönnen.«

Perplex starrte ich ihn an, als sich erste Erleichterung darüber zu einem schlechten Gewissen formte. Mike wusste ebenfalls nicht, was er sagen sollte, da er den Mund öffnete und wieder zuklappte, als Grandpa weiterredete. »Na, na, na, lasst mich ausreden, Jungs.«

Beherzt griff er nach Mona-Lisas Hand, und sie schenkte ihm ein warmes Lächeln. »Wir beide werden dort unseren Lebensabend verbringen, in unseren eigenen kleinen Wohnungen, und uns gemeinsam mit den anderen die Tage mit Klettern, Wandern, Malen, Tanzen, Bridge und dergleichen vertreiben. Aber keine Angst, ich habe auch noch ein kleines Konto für euch angelegt. Wofür sonst habe ich die Jahre als Tierarzt so hart geackert, nicht wahr?«

Er wirkte zufrieden mich sich, als er sich eine Gabel, mit Kuchen beladen, in den Mund stopfte. Meiner war ganz trocken, daher trank ich einen Schluck Radler, bevor ich entgeistert das Erstbeste von mir gab. »Ich dachte, du wolltest in diesem Haus sterben?«

Auch wenn dieser Vorschlag perfekt klang, regte sich mein Widerwille. Es fühlte sich so an, als würden wir ihn dorthin abschieben, anstatt ihn den Lebensabend in seinem eigenen Haus verbringen zu lassen.

Grandpa lachte. »Das war einmal. Als Kind wollte ich auch Astronaut werden, aber mein Leben als Tierarzt hat mich glücklicher gemacht. Träume verändern sich. Und das betreute Heim ist kein klassisches Seniorenheim. Es ist offen, man hat viele Freiheiten und wir sind trotzdem versorgt, sollte es einmal so weit sein und man die Hilfe brauchen.«

Das klang zu gut, um wahr zu sein, und war vermutlich auch schweineteuer. Erneut trübten Sorgen meine erste Erleichterung. »Aber … wie … Bist du dir sicher, dass du dir das leisten kannst? Brauchst du Geld dafür? Ich habe dafür gespart, falls es so sein sollte.«

»Ich ebenfalls«, kam es prompt von Mike, der wie ich mit den neuen Informationen zu kämpfen hatte. Ich hatte angenommen, gemeinsam mit Mike für seinen Lebensabend finanziell zuständig zu sein. Das hatte mir jahrelang schwer im Magen gelegen, besonders nach seinem Schlaganfall. Und nun sollte das alles vom Tisch sein? Mir schwirrte der verdammte Schädel.

Mit ernster Miene legte Grandpa die Gabel zur Seite. »Ich habe Fehler gemacht, habe wie ein Irrer gearbeitet und euch nicht die Kindheit geboten, die ihr verdient habt. Die Trauer um eure Mutter hat mich in die Arbeit gestürzt, anstatt mit euch Ausflüge zu machen. Dennoch habe ich es so gut gemacht, wie es mir möglich gewesen ist.«

Er seufzte, und sofort griffen Mike und ich ein, um ihm zu versichern, dass er es großartig gemacht hatte, doch Grandpa wollte nichts davon hören. »Schluss, ich weiß, dass hätte besser sein können. Und es tut mir leid, dass ihr euch Sorgen um mich gemacht habt. Gesundheitlich und finanziell.«

Sein Blick war ernst, als er tief seufzte. »Ich weiß, ich hätte euch mehr unterstützen sollen. Mehr unter die Arme greifen, aber mit dem Hausverkauf wird das in Zukunft kein Problem mehr sein. Die Uni«, sagte er in meine Richtung, dann schwenkte sein Blick zu Mike, »und die Hochzeit sind abgedeckt. Versprochen.«

»Du musst das nicht übernehmen«, warf ich ein. Wenn ich mein eigenes Geld nur für mich selbst hatte, blieb ohne Druck genügend übrig. Dafür hatten die Stunden bei Dr. Sunny, meine Arbeit im Fitnesscenter und das Geld aus den Untergrundkämpfen gesorgt.

»Ich will es aber so. Und damit ist das Thema beendet, Jungs.«

Nickend stimmte Mike zu, und als ich noch einmal den Mund aufmachen wollte, um zu widersprechen, hob Grandpa warnend den Zeigefinger. »Bitte, Jason. Lass es damit gut sein. Tu mir den Gefallen, es würde mir viel bedeuten.«

Widerstrebend gab ich klein bei, obwohl ich nicht so recht wusste, wie ich so ein riesiges Geschenk annehmen sollte. Gleichzeitig musste ich vor Dankbarkeit und Erleichterung schwer schluckend, bis ich aufstand, mich zu ihm beugte und Grandpa von hinten umarmte. »Danke, Grandpa. Hab dich lieb.«

Keine zwei Sekunden später tat Mike es mir gleich und lachte in unsere verhedderten Arme hinein, womit er uns alle ansteckte und wir ein Knäuel aus kichernden Leibern waren.

Auf einmal blitzte es, und wir drei sahen gleichzeitig auf. Mona-Lisa wurde rot, lächelte aber diebisch. »Tut mir leid, aber das war zu süß, um es nicht zu fotografieren.«

Grandpa räusperte sich gerührt, nachdem wir ihn losgelassen hatten. »Nun, ähm, Jungs. Ich liebe euch, und ich bin froh, dass wir eine so wunderbare Familie sind. So, und jetzt lasst uns das Spiel im Fernsehen ansehen. Das waren genug Enthüllungen für einen Abend. Ich fühle mich schon ganz rührselig.«

Das sah ich nicht so. Es war Thanksgiving, ich hatte genau auf diesen Tag gewartet und noch immer kein Wort über meine Beziehung verloren. Nun war ich an der Reihe, mich zu räuspern. »Noch nicht ganz. Da wäre noch eine wichtige Sache, die ich –«

»Junge, nicht mehr heute. Ich denke, wir haben alle genug. Lasst uns jetzt feiern und die nächsten Tage weiterquatschen. Bitte, Jason.«

Ach, verdammt, damit hatte er mich. Mit diesem kleinen Wort – bitte. Ein schlechtes Gewissen unterdrückend nickte ich. Vielleicht hatte er recht und es wäre morgen besser, um alles zu verarbeiten.

»Okay, heute nicht mehr.«

Grandpa reckte den Daumen in die Höhe und klatschte mir und Mike auf die Schulter, bevor er uns ins Wohnzimmer schob, wo er den Fernseher anmachte. Die nächsten Stunden wären damit beschlossen: Football schauen und Bier trinken.

Riley

So schnell war Thanksgiving wieder vorüber. Ich hatte es mit meiner Familie bei gutem Essen verbracht, während weitere Verwandte zu Besuch gewesen waren. Ein volles Haus mit viel Geplapper, Lachen und schreienden Kindern von Tanten und Onkeln. Und dazwischen ich, der armselig ständig nur an seinen Freund gedacht und diesen vermisst hatte, weil es kaum genügend Zeit gegeben hatte, um in Ruhe zu telefonieren. Daher war ich froh, bereits auf dem Rückweg zur Bluewell zu sein, egal wie schön es gewesen war, die ganze Bande gesehen zu haben.

Unruhig ging ich neben unserem Ford Mustang auf und ab, während ich bei einer Raststation auf Grace wartete. Sie wollte einen Kaffee trinken und unsere Eltern anrufen, um ihnen mitzuteilen, dass es nicht mehr weit bis zurück zur Uni war. Ich hatte sie allein reingeschickt, um in der Zwischenzeit kurz mit Jason zu telefonieren. So wie schon während der letzten Tage. Wobei die Betonung auf kurz lag. Das war wohl der Grund für meine Nervosität, während ich dem Läuten lauschte und darauf wartete, dass er abhob. Für meinen Geschmack war ich zu nervös, nach allem, was wir bisher miteinander erlebt hatten. Dennoch konnte ich nichts dagegen tun. Meine Hand umklammerte das Handy, mit der anderen strich ich fast geistesabwesend über mein graues Shirt, auf dem Darth Vader auf der Toilette saß und eine leere Klopapierrolle in der Hand hielt. Darunter stand der Spruch: ‚Shit happens even in the Empire.'

Irgendwie traf dieser Spruch auch auf mich zu. Gut, das war vielleicht etwas überdramatisch, aber die Beziehung zu Jason fühlte sich an, als wäre etwas in Schieflage geraten. Und das, obwohl wir erst seit wenigen Tagen getrennt waren. Aber wenn ich ehrlich war, hatte es sich bereits beim Abschied distanziert zwischen uns angefühlt.

Ich hatte nur eine Erklärung dafür: Er schob Panik, weil ich das L-Wort benutzt hatte. Es fiel mir schwer, das zu glauben. Wenngleich Jason die Worte nicht erwidert hatte, spürte ich seine Gefühle zu mir in jeder seiner Gesten, in den Nuancen seiner Stimme und in den intensiven Blicken. Dennoch: Er hatte sich seitdem selten gemeldet, und es war bereits der vorletzte Tag, bevor er zur Uni zurückfahren würde. Bisher war kein Wort über sein geplantes Outing bei seiner Familie gefallen. Hatte er es getan oder gekniffen? Oder war es vollkommen in die Hose gegangen und ich trug die Schuld für Streit bei ihm zu Hause?

Es machte mich fertig, es nicht zu wissen oder der Grund für seinen Aufruhr zu sein. So war ich nicht, wegen mir sollte er sich nicht gezwungen fühlen, er musste den Weg aus freien Stücken gehen. Auch wenn sich ein Teil von mir danach sehnte, ungezwungen mit ihm öffentlich zusammen zu sein. Besonders jetzt, wenn ich sah, wie Wes und Brandon ihre Beziehung unbefangen am Campus auslebten. Dabei ignorierte ich Wes' Warnung der letzten Woche, dass er sich selbst in Jason wiedererkannte und er damals genauso wenig dazu bereit gewesen war, sich seine wahre Natur vor den anderen einzugestehen. Hatte Wes recht, und änderte das etwas an meinen Gefühlen zu Jason? Nein, nicht im Geringsten. Fühlte ich mich dennoch zurückgewiesen? Ich sollte es nicht, aber zum Teil war es so. Ach, versithter Sith-Lord-Mist!

Ich fluchte in mich hinein, genau als Jason kurzatmig abhob. »Hey, wie geht's dir, alles klar?«

Sobald ich seine Stimme hörte, wurde ich lockerer, als massierte sie meine angespannten Muskeln. »Ja, danke. Alles klar bei uns. Sind in circa vier Stunden zurück am Campus. Wird wohl spät in der Nacht sein, aber das ist okay. Und bei dir? Warum klingst du so abgehetzt?«

»Grandpa ist passiert«, lachte er auf, und ich spürte seine Erleichterung bei dieser Erklärung. »Er wollte unbedingt mit Mike und mir eine Runde Football spielen, weil wir ja die letzten Tage zu wenig Football hatten. Und jetzt ist er am Verlieren und will es nicht wahrhaben.«

Lächelnd nickte ich. »Hört sich klasse an.« Ich wusste, welch große Sorgen er sich um den Gesundheitszustand seines Grandpas gemacht hatte. Wie es aussah, war dieser wieder quietschfidel. »Das heißt, alles entspannt bei euch? Du weißt schon, wegen der … ähm, Sache.«

Wow, und der erste Preis für Subtilität geht an Riley Davis. Gebt mir ein Laserschwert, um mich zu erstechen.

»Ich konnte es nicht ansprechen. Es gab noch nicht den passenden Moment dafür. Aber ich werde es tun«, versprach Jason, nun wieder ernst.

Die Enttäuschung runterschluckend schüttelte ich den Kopf. »Musst du nicht. Es ist deine Entscheidung, wann und wie du es machst. Ich dränge dich zu nichts und habe mir nur Sorgen gemacht, wie sie reagiert haben, das ist alles.«

»Ich weiß, ich mach es, weil ich es will. Ich –«

»Jason, jetzt komm schon«, hörte ich eine männliche Stimme, die der Jasons ähnelte, durch die Leitung. Vermutlich sein älterer Bruder. »Verabschiede dich von deiner Freundin, und dann lass uns weiterspielen, bevor Grandpa wieder zu Kräften kommt und uns doch noch fertigmacht.«

Jason lachte schnaubend auf, was mir trotz besseren Wissens einen Stich versetzte, da er nichts zu dem Wort ‚Freundin' sagte und nur lapidar zurückbrüllte: »Mach ich gleich, du Arschgeige.«

An mich gewandt murmelte er eine Entschuldigung. »Hey, Babe, tut mir leid, aber die beiden lassen mir keine Ruhe.«

»Hört sich nach Spaß an. Schön, dass es deinem Grandpa besser geht.«

»Ja, das ist es.«

Kurz herrschte angespanntes Schweigen von Dingen, die laut in meinem Schädel brüllten und keiner von uns aussprach. Sie lagen schwer wie Betonsteine zwischen uns, bis sich Jason räusperte. »Tja, also, ich muss wieder. Ich melde mich, wenn Denver und ich morgen in der Früh losfahren. Vielleicht schaffen wir noch ein gemeinsames verspätetes Frühstück. Das würde mich freuen. Genauer gesagt freue ich mich auf dich.«

»Geht mir genauso. Ich kann es kaum erwarten und werde auf dich warten«, gab ich zu, schluckte und fügte hinzu: »Ich liebe dich.«

Sein leicht keuchendes Ausatmen drang durch das Telefon, bevor Jason das Gespräch mit: »Dito. Ich vermisse dich. Ciao«, beendete.

Ein hohles Gefühl machte sich in meiner Brust breit, über die ich mit der flachen Hand strich. Das bedeutete nichts, ich brauchte mir keine Sorgen machen. Ich musste an uns glauben, wie Luke an seine Macht. Ganz einfach.

»Alles klar, fahren wir weiter?«, holte mich Grace aus meinen Gedanken, und ich wirbelte zu ihr herum. Dabei setzte ich schnell eine neutrale Miene auf. Ich hatte keine Lust, mit ihr über meine Beziehungsprobleme zu diskutieren. Zwar hatten wir während der Feiertage ein versöhnendes Gespräch geführt, und Grace und Jason stritten nicht, sondern kamen schweigend miteinander aus, aber Freunde waren die beiden noch lange keine. Daher wartete ich lieber auf Suzzi, die ebenfalls morgen an der Uni sein würde. Und im Grunde gab es nichts zu diskutieren. Unsere Beziehung hatte sich nicht verändert, ich war vollkommen verliebt in Jason, und es war alles in Ordnung. Das Einzige, was ich tun musste, war, den leicht schmerzhaften Stich in meiner Brust loszuwerden, den seine Worte, beziehungsweise sein lautes Schweigen, hervorgerufen hatten. Aber das schaffte ich schon.

Neuen Mutes stieg ich zu Grace ins Auto, schnallte mich an und zwinkerte ihr zu. »Glasklar, Schwesterherz. Ich bin bereit und kann es kaum erwarten, zurück zur Bluewell zu kommen. Auf in die nächsten Chemie- und Biologiekurse!«

»Ach, mein liebster Streber«, murmelte sie und knuffte mich mit einem Glucksen in die Seite, was ich mit einem Lächeln wegsteckte. Alles war gut. Warum nur fühlte sich dann mein Herz so schwer an?

18. Gefangen in einem Albtraum

Riley

Bis auf die Straßenlampen war es stockdunkel, als wir mitten in der Nacht vor dem Cleveland House ankamen. Dort half ich Grace dabei, die Taschen aus dem Wagen zu laden, und streckte meine Hand nach dem Autoschlüssel aus. »Du kannst schon reingehen und dich hinlegen, ich werde den Ford unter die großen Eichen stellen.«

»Das wäre großartig. Danke.« Müde beugte sie sich vor und drückte mir lächelnd einen Kuss auf die Wange. »Gute Nacht.«

Rasch sprang ich in den Wagen und startete ihn, um ihn umzustellen. Anschließend schnappte ich mir meine schwarze Reisetasche und schulterte sie, nachdem ich den Ford abgesperrt hatte.

Gerade als ich zum Wohnheim zurückgehen wollte, hörte ich ein gequältes Stöhnen, bei dem sich mir die Nackenhaare aufstellten. Einen Moment verfiel ich in Schockstarre. Dann schloss ich für eine Sekunde die Augen, wie es mir meine Therapeutin geraten hatte, atmete bewusst ein und aus, um mich im Hier und Jetzt zu verankern. Es half. Mein lieber Yoda, es half, zum Glück. Die verhärteten Muskeln und mein zusammengepresster Kiefer lösten sich, und ich atmete, ohne zu hyperventilieren.

Durch das Rauschen meiner Ohren hörte ich erneutes Stöhnen, gefolgt von einem Würgen, bei dem ich endlich in die

Gänge kam. Schließlich lief ich, ohne zu zögern, auf das Geräusch zu, kniff die Augen zusammen und näherte mich einer dunklen Silhouette, die sich neben einer Bank zusammengekauert hatte. Wie es aussah, ein Typ, der schon bessere Nächte erlebt hatte, denn die heutige hatte er definitiv mit zu viel Alkohol verbracht, so wie er sich übergab und keuchend nach Luft rang.

Mitfühlend kam ich näher. »Hey, Alter. Alles in Ordnung mit dir, brauchst du Hilfe? Kann ich jemanden für dich anrufen oder dich wohin bringen?«, fragte ich in die stöhnenden Geräusche hinein, als er nach Luft schnappte.

Erst da erkannte ich ihn, rannte sofort zu ihm und griff nach seiner Schulter. Als ich direkt vor ihm stand und mich zu ihm bücken wollte, erbrach sich Wes erneut. Direkt auf meinen Hosensaum und meine Converse. Perfekt.

»Riley?«, japste Wes schwerfällig. »O Gott, es tut … mir leid.«

Ein weiteres Mal krümmte er sich und erbrach sich, dieses Mal in die Wiese neben mir, dennoch kräuselte ich die Nase, um dem Gestank zu entgehen. Oder zu ignorieren, dass ich mit Kotze bespritzt war. Okay, ich schaffte das. Was würden Luke oder Han Solo tun? Genau, richtig. Mit anpacken und den Leuten helfen. Han vermutlich mit einem flapsigen Spruch auf den Lippen.

»Na los, komm, ich bring dich hier weg, bevor dich noch die Uni-Security erwischt und du Ärger bekommst.«

»O nein«, stöhnte Wes gequält. »Lass mich einfach hier liegen. Ist … sowieso … alles egal.«

Trotz der Widerworte holte ich eine Wasserflasche aus meiner Tasche, griff nach seinem Oberarm und zog ihn hoch, um mir seinen Arm über die Schulter zu legen. Dabei atmete ich bewusst durch den Mund, um den Geruch so gut es ging auszublenden. Aber wenn Han in einem blutigen Tauntaun hatte schlafen können, schaffte ich es bestimmt, ein wenig Kotze zu ignorieren, die sogar auf mir klebte.

Ich schleifte ihn vom Rasen, langsam, Schritt für Schritt, um seine Übelkeit nicht zu verstärken. Auf dem Weg reichte ich ihm die Wasserflasche, von der er einen vorsichtigen Schluck nahm. »Danke.«

»Wo ist Brandon? Gib mir seine Nummer, dann ruf ich ihn für dich an, damit er dich hier abholt.«

»Oh, den brauchst du nicht anrufen. Der steckt wahrscheinlich noch in einem seiner Verbindungsbrüder.«

Wie bitte, hatte ich richtig gehört?

»Guck nicht so … mitleidig«, ächzte er und hielt sich schmerzerfüllt den Magen, wobei ich nun nicht mehr wusste, ob wegen des Alkohols oder des emotionalen Schmerzes.

»Das tut mir leid. Habt ihr Schluss gemacht?«

»Nope. Bis vor wenigen Stunden waren wir noch zusammen, aber dann habe ich Brandon in flagranti in unserem Wohnheimzimmer erwischt, bin abgehauen und habe mir was zu trinken geholt. Tja, und hier bin ich schließlich gelandet. Auf dem Boden in meiner eigenen Kotze, ohne einen Platz zum Schlafen.«

O Mist, das war definitiv schlimmer, als eine Nacht in einem Tauntaun zu schlafen. Mitfühlend klopfte ich ihm auf die Schulter. »Dann komm mit zu mir. Du kannst in meinem Zimmer pennen, und morgen überlegst du dir was.« Ich hätte ihn auch auf die Couch verfrachten können, aber die war zu unbequem, um eine ganze Nacht darauf zu schlafen, das wollte ich ihm nach dem Erlebten nicht zusätzlich antun.

Ungläubig hob er den Blick. »Ist das dein Ernst? Wir sind zwar wieder befreundet, aber freust du dich nicht insgeheim darüber, nach allem, was du wegen mir erleiden musstest? Karma und so?«

Seine Stimme war weniger vernuschelt, also hatten das Wasser und die Kotzerei geholfen, dennoch wirkte er desorientiert, weshalb ich ihm diese Annahme nicht besonders übel nahm.

»Wes, du kennst mich. So ein Arsch bin ich nicht. Es tut mir aufrichtig leid, was dir passiert ist, und Brandon hat dich nicht verdient, wenn er nicht erkennt, wie großartig du, trotz der Fehler, die du gemacht hast, bist. Vergiss ihn, du hast jemand Besseres als ihn verdient.«

Zu seinen aufgerissenen Augen gesellten sich rote Wangen. »Unfassbar. Du warst schon immer besser als der Rest von uns, Riley. Du bist ein toller Typ, und ich bin ein angsterfüllter Arsch gewesen, der das nicht erkannt hat.«

Er legte die saubere Hand an meine Wange, während sein Blick von meinen Augen zu meinen Lippen wanderte. Geistesabwesend nickte Wes. »Ja, ich habe jemand Besseren als Brandon verdient.«

Leicht schwankend beugte er sich vor, doch ich wich instinktiv zurück, ohne ihn fallen zu lassen. Nicht nur wegen seiner Kotzerei, sondern weil meine Gefühle für Wes vor langer Zeit erloschen waren. »Wes, damit meinte ich nicht mich. Erstens bist du betrunken. Zweitens sind wir nur Freunde. Drittens bin ich mit Jason zusammen, und ich liebe ihn.«

»Verdammt, tut … tut mir leid. Du hast recht«, stammelte er. »Wie gesagt, lass mich hier liegen … einfach da auf dem Asphalt. Das ist genau richtig für mich.« Dabei deutete er auf den harten Boden, und ein Lächeln zuckte über meine Lippen.

»Red keinen Quatsch. Ich lass dich doch nicht einfach hier liegen. Ich sage bloß, dass wir nur Freunde sein können, aber das heißt nicht, dass du nicht bei mir übernachten kannst. Los jetzt.«

An meine Schulter gelehnt, zog ich Wes weiter, hörte sein dankbares Murmeln und schleifte uns schließlich irgendwie hoch in mein Zimmer, ohne das ganze Haus zu wecken. Zwar war ich froh, Wes gefunden und geholfen zu haben, aber wäre glücklich, sobald die Nacht vorbei und Jason endlich wieder bei mir wäre. Mist, ich vermisste ihn furchtbar. Zuvor musste ich diesem betrunkenen Typen helfen, sich zu waschen, und mich dann ebenfalls unter die Dusche stellen, um die Kotze loszuwerden. Bis dahin hieß es durchhalten.

Jason

Die letzten Stunden hatte ich mich auf nichts konzentrieren können. Weder auf das Footballspiel im Garten noch auf die Scherze von Grandpa oder Mike. Verdammt, ich hatte es mit Riley verbockt. Das spürte ich, spürte ich mit jeder Faser meines Seins, seit dem abgehackten, komischen Telefonat, das wir am späten Nachmittag geführt hatten. Seine Enttäuschung war wie zähes Öl durch die Handyverbindung gesickert, weil ich mich noch nicht geoutet hatte. Ständig hatte etwas anderes angestanden, wir waren in der Stadt bei Besorgungen gewesen oder hatten Grandpa beim Haus geholfen, um es vor seinem Verkauf in Schuss zu bringen. Oder ich hatte es bewusst vor mir hergeschoben, verflucht, was Riley gespürt hatte. Auf alle Fälle hätte ich etwas anderes zu ihm sagen soll, ihm ebenfalls meine Liebe gestehen, anstatt über Mikes Freundinnenwitz zu lachen, als wäre unsere Beziehung ebendies: ein Witz.

Grummelnd trank ich ein Bier und starrte zum dämmrigen Horizont, der von hohen Tannenbäumen und einigen Birken gesäumt wurde. Das orangerote Sonnenlicht zwischen den Baumwipfeln wandelte sich von Minute zu Minute mehr ins Lilablaue. Ich saß auf einem Holzstuhl im Garten, um meinen Gedanken nachzuhängen, als zwei weitere Stühle neben mir ins Gras gestellt wurden, auf denen sich Grandpa und Mike niederließen.

»Was gibt's, Junge, worüber grübelst du nach?«

»Ich grüble nicht.« Schnell trank ich einen weiteren Schluck und sah zu meinem Grandpa, der eine Augenbraue hob, doch ich ließ mich nicht beirren. »Ich sitz hier nur ein wenig herum und genieße mein Bier, mehr nicht.«

Mein Bruder stieß ein Lachen aus. »Ein wenig herum? Du sitzt hier bereits seit eineinhalb Stunden und guckst drein, als hätte jemand deinen Lieblingswelpen getreten.«

Bei den Worten zuckte ich zusammen, obwohl ich wusste, dass es Chewie gut ging. Die ersten Interessenten hatten sich nach ihm erkundigt und ihn besucht. Die Chancen standen gut, dass er bald ein anständiges Zuhause fand. Mein Problem war ein ganz anderes, doch bevor ich die Sache mit Riley geradebiegen konnte, musste ich meinen Mann stehen.

Gerade als ich den Mund aufmachte, plapperte Mike freudig drauflos: »Ich meine, wir wissen, dass es nicht um einen Welpen geht. Nicht wahr, Grandpa? Seit ich vorhin deine Freundin erwähnt habe, machst du ein langes Gesicht. Also raus mit der Sprache, wir können dir bei deinem Frauenproblem helfen. Wir zwei sind quasi Experten.«

Er und Grandpa stießen grinsend miteinander an, als hätten Mike als Verlobter und Grandpa als Frischverliebter Paarweisheiten mit Löffeln gefressen. Ermutigend klopfte Grandpa mir auf die Schulter. »Na los, wo hakt es bei deiner Freundin?«

Wenn das nicht mal eine perfekte Steilvorlage war? Jetzt oder nie. Einmal noch atmete ich tief aus, dann sprudelten die Worte, lauter als gewollt, aus meinem Mund, während mein Herz unregelmäßig pochte. »Es ist keine Freundin. Ich habe ein Problem mit meinem Freund. Und zwar nur, weil ich bisher nicht die Eier gehabt habe, zu ihm zu stehen, mich zu ihm zu bekennen, aber ich … ich, nun ja, hatte den Wunsch, euch zuerst von ihm zu erzählen, und jetzt ist es vielleicht zu spät und er hat sich abgewandt, weil ich ein Feigling bin, verdammt. Aber das will ich nicht mehr sein. Es reicht.«

Ich holte tief Luft und fügte hinzu, obwohl das vermutlich unnötig war: »Also ja, ich bin bi, wenn ihr eine genaue Definition braucht, und mit einem Kerl in einer festen Beziehung.«

Obwohl mein Herz raste, trat Stille ein, nur der Verkehrslärm außerhalb des Gartens drang gedämpft an meine Ohren. Erst als Grandpa mir erneut auf den Rücken klopfte, bemerkte ich, dass ich bisher steif Richtung Boden auf das Gras geblickt hatte. Ich hob den Kopf, als er mich anlächelte. »Liebst du diesen Kerl, der dich dazu bringt, aus der Haut zu fahren, wie gerade eben?«

Darüber musste ich nicht lange nachdenken. »Ja, ja, das tue ich. Wenngleich ich zu lange damit gewartet habe, es mir einzugestehen oder es ihm zu sagen.« Einen Moment zögerte ich, dann fasste ich mir ein Herz. »Ist das … okay für dich?«

Sein Lächeln war breit und echt, wie ich es von ihm kannte. »Junge, natürlich. Egal wer es ist, solange du mit demjenigen glücklich bist, bin ich es auch.«

Wow, diese Antwort war wie eine Erlösung und ließ mich tief ausatmen, als wäre eine zentnerschwere Last von meinen Schultern, meiner Brust abgefallen. Trotzdem warf ich einen vorsichtigen Blick zu meinem Bruder. »Und du? Was geht jetzt durch deinen Kopf?«

Nachdenklich rieb er sich den Kiefer. »Hm, ich überlege nur gerade, ob du jetzt noch immer mit mir einen Anzug kaufen gehst oder lieber mit Cassy ein Hochzeitskleid aussuchen wirst.«

Gepresst lachte ich auf, weil ich wusste, dass er mit diesem öden Scherz nur die Stimmung auflockern wollte. Dennoch schlug ich ihm gegen die Schulter. »Hey, sei kein Arsch. Deine Vorurteile kannst du stecken lassen. Ich bin immer noch derselbe wie zuvor. Mit den gleichen Vorlieben, verstanden?«

Zwar färbten sich seine Wangen vor Scham ein wenig rot, aber er nickte aufrichtig lächelnd. »Ist mir klar, du Besserwisser. Das weiß ich doch. Du wirst immer der gleiche, kleine, nervtötende Bruder bleiben.«

»Haha, du bist nicht lustig, sondern immer noch öde«, scherzte ich, war aber froh, dass wir uns ganz unbefangen veräppelten.

»Lustiger als du, Dumpfnase!«

Gerade wollte ich mich lachend auf ihn stürzen, um ihn in den Schwitzkasten zu nehmen, als mich eine Stimme hinter mir erstarren ließ.

»Nun, eigentlich habe ich damit gerechnet, dass mein Erscheinen die Überraschung des Tages ist, aber das ist eine Wendung, die ich nicht habe kommen sehen. Mein Ältester ist verlobt, und mein Jüngster ist in einen Typen verliebt. Wie sich die Dinge verändern …«

Mir entfuhr ein Keuchen, gleichzeitig als Mike neben mir fluchte. Nicht grob, mehr aus Überraschung. Grandpa schien am gefasstesten und stand auf, um meinen verschollen geglaubten, süchtigen Vater zu begrüßen, der gerade um das Haus herum in den Garten kam. Langsam und vorsichtig, als näherte er sich wilden Hunden. Witzig, wenn man bedachte, dass normalerweise er unberechenbar war, je nachdem, welcher Sucht er nachgegeben hatte.

Es musste drei oder vier Jahre her sein, dass ich ihn das letzte Mal gesehen hatte, an einem Weihnachtsmorgen, als Mike und ich mit Grandpa unter dem Baum gesessen und in Pyjamas gekleidet geplaudert hatten. Damals war er reingestürmt, hatte die Kälte des Winters mit sich ins Haus getragen und ein Theater gemacht, warum wir ohne ihn feierten. Warum wir kein Geschenk, im besten Fall Geld, für ihn hatten. Weshalb er kein Teil dieser beschissenen Familie sei, hatte er uns angebrüllt und noch einige weitere Schimpftiraden vom Stapel gelassen, bis wir ihn wieder aus dem Haus bugsiert hatten. Ich vermutete, dass Grandpa seinem Schwiegersohn damals Geld zugesteckt hatte, damit er uns in Ruhe ließ.

Daher spannte ich mich auch in diesem Moment an und wartete auf das Schlimmste. Einen Ausbruch, ein Betteln um Geld oder einfach nur Verhöhnung, nachdem er das gerade erfahren hatte. Zu meiner Verwunderung blieb es aus. Genauso wenig sah er verlottert oder gebrochen aus, wie in all der Zeit, seit ich denken konnte. Nur dunkel gab es eine verschwommene Erinnerung an ihn, bevor Mum gestorben war, in der er uns ein Vater gewesen war. Einer, der den Kindern abends vorlas oder mit ihnen im Garten Fangen spielte. Aber das musste ein Traum gewesen sein, denn Billie Jenkins war nie für andere da, setzte sich selbst stets an erste Stelle. Doch heute wirkte er ruhig, mit sich im Reinen, und trug saubere Kleidung. Außerdem hatte er die Haare geschnitten und, bis auf einen Kinnbart, ein rasiertes Gesicht.

»Billie, du hast es geschafft«, durchbrach Grandpa die Stille und reichte meinem Dad die Hand, was mich noch mehr verwunderte. Mehr als ein paar Worte hatten die beiden nie ausgetauscht, oft mit Schreierei verbunden. Aber nun waren sie zivilisiert, beinahe höfflich. »Ich hatte zwar gehofft, du kämest einen Tag früher, aber schön, dass es dennoch geklappt hat. Und wie es aussieht, war es wohl der perfekte Zeitpunkt.«

Dads Finger zupfte an seinen Jeanstaschen herum, zitterten leicht, was seine innere Anspannung verriet. Er war doch nicht so ruhig, wie er im ersten Augenblick gewirkt hatte. »Ich wollte früher kommen, aber ich hatte gestern später als geplant meine Therapiestunden und darf auch nur für zwölf Stunden raus. Daher habe ich nicht viel Zeit für diesen Besuch, bevor ich zurück in die Klinik muss.«

Klinik, Therapie – hatte ich richtig gehört? Sofort fielen mir die unzähligen Nachrichten von ihm ein, in denen er geläutert geklungen hatte, die ich aber als neue Taktik abgetan hatte, um mehr Geld aus uns herauszupumpen. War es doch ernst gemeint, wollte er an sich arbeiten? Ich schluckte schwer, denn dieser Gedanke weckte Hoffnung in mir, die ich längst begraben hatte.

An uns gewandt meinte Grandpa: »Jungs, in den letzten Wochen haben euer Vater und ich uns ausgetauscht, nachdem er sich selbst dazu entschlossen hat, sein Leben umzukrempeln. Da er bereits seit einigen Wochen in einer Entzugsklinik mit einem Programm zur Wiedereingliederung in den Arbeitsmarkt ist, habe ich zugestimmt, dass er zu Thanksgiving zu Besuch kommen kann. Ich hoffe, das ist in eurem Sinne, da ich denke, dass er es wirklich geschafft hat.«

Wohlwollend klopfte Grandpa ihm auf die Schulter, wie um seine Unterstützung zu unterstreichen, dann setzte er sich auf seinen Stuhl und überließ unserem Dad die Bühne. Zuerst druckste Dad verhalten herum, senkte zwischen seiner Erzählung über die Klinik und das Programm dort immer wieder den Blick, als ertrüge er es nicht, uns in die Augen zu sehen. Er wirkte gebrochen, aber auf eine neue Art. Als wäre er wieder zusammengesetzt worden und ein neuer, anderer Mensch daraus hervorgekommen. Was natürlich Schwachsinn war. Dad war immer derselbe Mensch gewesen, doch die Sucht und der Alkohol hatten einen bösen Schatten über ihn gelegt und sein Wesen verdunkelt, das nun wieder ins Licht trat.

»Es tut mir leid. Alles, was ich euch angetan habe und ihr wegen mir erdulden musstet. Ich weiß, ich habe mir das Recht, euch als meine Kinder und mich als euren Dad zu bezeichnen, in den letzten Jahren verwirkt, aber ich möchte es zurückgewinnen, es mir zukünftig verdienen. Und das werde ich, das verspreche ich euch.«

Bei seinen Worten, mit denen er im nüchternen Zustand überraschend gut umging, erinnerte ich mich an seinen alten Job als Sachbearbeiter in einer Rechtsanwaltskanzlei. Doch das war alles so lange her, ein anderes Leben für ihn und uns. Mein Mund war trocken, meine Handflächen hingegen feucht, während sich meine Gedanken drehten.

Mike fasste sich und stellte die Frage, die mir selbst durch den Kopf ging. »Warum sollten wir dir glauben, jetzt auf einmal? Nach all den Jahren, nachdem du uns nach Mums Tod den Rükken gekehrt hast und genau wie sie einfach verschwunden bist.« In seiner Miene stand nicht nur Zorn, sondern auch Wehmut, und mir wurde klar, dass Mike mehr Jahre mit Mum und unserem Dad gehabt hatte, bevor alles den Bach runtergegangen war. Er konnte sich sehr wohl an einen ‚richtigen' Dad erinnern, der nicht nur durch Abwesenheit glänzte.

»Weil ich euch liebe, auch wenn ich es sehr lange nicht zeigen konnte. Ich habe den Tod eurer Mutter nie verarbeitet, mich stattdessen in die Sucht gestürzt, um den Schmerz nicht zuzulassen.«

»Aber jetzt hast du das, so plötzlich? So einfach?«, ging ich dazwischen, weil seine Worte eine schmerzhafte Hoffnung in meiner Brust weckten, der ich nicht traute.

Dad wandte sich mir zu. »Ja. Aber nichts daran ist einfach oder schnell gewesen. Es hat lange gedauert, bis ich erkannt habe, dass ich mich dem stellen muss. Gemeinsam mit eurem Grandpa, den wenigen Freunden, die mir geblieben sind, und dem Geld, das ihr mir geborgt habt, konnte ich eine Einrichtung finden, die sich auf Sucht- und Trauerbewältigung spezialisiert hat. Sie ist perfekt für mich, wie sich in den letzten Wochen gezeigt hat. Zwar nagt der Verlust eurer Mum immer noch furchtbar an mir und manchmal überkommt mich die Trauer, aber ich habe nun die richtigen, gesunden Werkzeuge in der Hand, um diese Phasen zu überstehen und mein Leben im Griff zu behalten. Das habe ich vorher nicht gehabt, habe nicht einmal versucht, mir Hilfe zu holen. Aber ich habe mich geändert oder, um genau zu sein, zu meinem alten Selbst gefunden.«

Wie angewurzelt standen Mike und ich da, unfähig, dem Gesagten zu viel Glauben zu schenken, obwohl wir es wollten. Verdammt, ich wollte es so verflucht sehr, dass es mich fast erschreckte. Also räusperte ich mich. »Okay.«

»Okay?«, fragte Dad vorsichtig, und alle drei starrten mich an, woraufhin ich die Augen verdrehte, obwohl ich es selbst kaum glauben konnte. Aber wenn ich eines von Riley gelernt hatte, dann, dass es Größe bewies, zu vergeben.

»Okay, im Sinne von: Probieren wir es. Ich werde dir eine Chance geben, wenngleich es die Jahre zuvor nicht unvergessen macht. Wie du selbst gesagt hast, du musst dir unsere Beziehung neu erarbeiten durch Taten und Zeit.«

»Damit kann ich umgehen. Mehr will ich gar nicht von euch. Eine Chance, euch in meinem Leben zu haben, die Dinge zu bereinigen. Danke.« Ein Lächeln erschien auf Dads gepflegtem Gesicht, das eine Erinnerung hervorrief, wie er mich als Kleinkind in die Luft geworfen und lachend wieder gefangen hatte, während Mum uns lächelnd zugesehen hatte, immer ein Lied auf den Lippen. Mit ihren blonden Haaren und dem Duft nach Lavendel. Das Bild brachte mich wehmütig zum Lächeln und zeigte mir gleichzeitig, wie zerbrechlich das Leben war. Wir hatten nur eines – so wunderbar, kurz, beängstigend und wunderschön es auch war – und das wollte ich zusammen mit Riley verbringen.

Mit neuer Entschlossenheit drückte ich Mikes Hand und fühlte mich so … so verdammt ausgeglichen und glücklich. An diesem Wochenende war nun endlich alles ausgesprochen worden, obwohl das verdammt viele Offenbarungen auf einmal gewesen waren. Dennoch, eines fehlte zu meinem perfekten Glück, und ich war derjenige, der es selbst in die Hand nehmen konnte. »Aber jetzt, Leute, muss ich los und etwas Wichtiges erledigen, bevor es wirklich zu spät ist!«

Als ich mich löste, rief Mike mir hinterher: »Wohin?«

»Na, zurück zur Uni natürlich.«

»Jetzt sofort? Ich dachte, du fährst morgen mit Denver?«

Ich zuckte mit der Schulter, während ich rückwärts auf das Haus zuging. Mein Dad sprang mir helfend bei. »Lass ihn gehen und sich seinen Kerl zurückholen. Wir sprechen ein anderes Mal weiter. Jetzt haben wir alle Zeit der Welt, aber seine Liebe sollte man festhalten.«

»Danke, Dad.« Dankbar lächelte ich ihm zu, weil ich wusste, dass er aus eigener trauriger Erfahrung sprach. Automatisch beschleunigte ich mein Tempo, denn ich wollte verflucht noch mal Riley sehen. Ihm von meinem positiven Outing erzählen, ihm meine Liebe gestehen, und zwar sofort, verdammt. Jetzt auf der Stelle.

Man sollte meinen, ein stinkender, alter Bus, in dem ich fast vier Stunden unterwegs gewesen war, nicht geschlafen und Rückenschmerzen davongetragen hatte, sollte mir miese Laune bescheren, aber dem war nicht so. Ich war so gut drauf, wie seit Langem nicht mehr. Beinahe hopsend eilte ich die Treppen des Wohnheims hinauf, um endlich in die Wohnung und zu Riley ins Bett zu kommen. Insgeheim freute ich mich diebisch auf sein überraschtes Gesicht, mich einen Tag früher als geplant zu sehen. Und auf den Wiedersehenssex, der war natürlich ebenfalls nicht zu verachten.

Allein der Gedanke daran, Riley wieder so nahe zu sein, ließ meine Hose eng werden, und ich stöhnte unterdrückt, während ich leise die Tür zu unserer Wohnung aufsperrte. Sobald ich sie hinter mir schloss, hörte ich zwei Dinge gleichzeitig, die mich mitten im Raum zwischen dem Eingang und der offenen Wohnraumküche verharren ließen. Zum einem das Rauschen der Dusche, zum anderen ein Telefonklingelton, den ich nicht kannte. Riley hatte als Klingelton wenig überraschend die Titelmusik von Star Wars. Ein unverkennbarer Sound, bei dem ich immer in mich hineinlächeln musste, weil er so nach Riley klang.

In dieser Nacht tönte ein Song von One Republic durch das Studentenzimmer, gefolgt von einer männlichen Stimme. »Hey, Nora. Danke für den Rückruf, aber nun hat sich alles bereits zum Guten gewendet …«

Wer verdammt noch mal war das, und warum kam die vertraute Stimme ausgerechnet aus Rileys Zimmer? Mir schwirrte der Kopf, als ich sie endlich wiedererkannte, was mich nicht erleichterte, sondern meinen ganzen Körper unter Strom setzte. Verflucht, was trieb Wes, Rileys Ex, in seinem Schlafzimmer, während dieser unter der Dusche stand? Pyjamaparty oder was? Innerlich schnaubend rasten die abstrusesten Ideen durch meinen Kopf, eine schlimmer als die vorherige.

Doch dann schüttelte ich den Kopf, um diese blinde Eifersucht zu vertreiben. Ich kannte Riley, er war kein Typ fürs Fremdgehen. Stattdessen würde er es ansprechen, wenn er unglücklich war und die Sache beenden wollte, um ja niemanden unnötig zu verletzen. Nein, es gab bestimmt eine vernünftige Erklärung für diese Umstände, ganz sicher. Sobald ich mich selbst davon überzeugt hatte und die Fäuste an meinen Seiten öffnete, klang durch das Rauschen meiner Ohren erneut Wes' Stimme, die zuvor von meinen eigenen Gedanken übertönt worden war.

»Jaja, ich weiß, was du meinst, aber du musst dir keine Sorgen machen. Alles ist gut … ja … mhm.«

Keine Ahnung, mit wem er mitten in der Nacht telefonierte, wahrscheinlich mit seiner besten Freundin, ging mich aber auch nichts an. Deswegen blendete ich das Gespräch aus, streckte die Hand aus, um den Schlüssel auf den Küchentresen zu legen, und wollte mich mit einem Räuspern bemerkbar machen, als ich zuerst irgendetwas mit ‚vögeln' und dann Rileys Namen hörte. Mitten in der Bewegung hielt ich inne, ohne den Schlüssel loszulassen. Verdammt, ich atmete nicht einmal mehr, um ja kein Wort von Wes zu verpassen, der fröhlich weitererzählte.

»Ich sag's dir Nora. Das war so … Ich finde gar keine Worte dafür. Aber Riley war großartig, er war unglaublich.« Wes klang peinlich berührt, während ich mit den Zähnen knirschte. Was verflucht meinte er?

»Klar, bin noch in seinem Zimmer, ich kann heute bei ihm schlafen.«

Erneut lauschte er auf seine Freundin am Telefon, während ich im Raum verharrte, um auf mehr Informationsbrocken zu warten, obwohl sich meine Brust mit jedem Atemzug enger zusammenzog.

»Er ist gerade unter der Dusche. Er muss sich die Spuren von mir abwaschen, mit denen ich ihn bekleckert habe.« Wes kicherte wie ein Schulmädchen, und nach und nach sickerte die Bedeutung seiner Worte in meinen Schädel, durch den sich ein roter Nebel wand. Wes, Riley bekleckert, Dusche, Spuren abwaschen.

Keuchend taumelte ich zurück, plötzlich fühlte sich meine Brust an, als hätte ich einen Schlag direkt in den Solarplexus abbekommen, der mir jegliche Luft zum Atmen nahm. Verdammt, hatte ich das wirklich gerade gehört? Riley und Wes. Wie … wie konnte das passieren? Wie war Riley zu so etwas fähig, nur

Stunden nachdem wir miteinander telefoniert und er mir versichert hatte, dass er mich vermisste und liebte?

Ich stockte erneut, denn ich hatte es nicht erwidert. Hatte mich nach all den Wochen nicht einmal zu ihm bekannt. Er wusste nicht, wie ich für ihn empfand, weil ich es ihm nie gesagt hatte. Also was? War ich selbst schuld daran, hatte ich Riley mit meinen Ängsten, meiner Zurückhaltung zurück in Wes' Arme getrieben? Verdammt, nein, jeder hatte einen freien Willen, und ich konnte nichts für Rileys Entscheidungen, die anscheinend verflucht scheiße waren. Ich hatte genug.

Die Schlüssel so fest umklammert, dass Blut über meine Handfläche lief und ein brennender Schmerz mich zurück in die Realität holte, stolperte ich zur Eingangstür zurück, um sie aufzusperren. Diese Nacht würde ich bei Sunny schlafen, und danach musste ich mir eine andere Bleibe suchen, denn hierher käme ich bestimmt nicht mehr. Dieser Zug war abgefahren, so sehr es auch schmerzte, als hätte mich ein Schraubstock im Griff und drehte sich jede Sekunde fester um meine Brust.

Mit letzter Würde trat ich durch die Tür, als ich Rileys gedämpfte Stimme durch die Badezimmertür rufen hörte: »Wes? Alles klar?« Das gab mir den Rest in Form eines stechenden Schmerzes in meiner Brust. Ich hatte keine Ahnung gehabt, wie sehr eine Stimme, von der man wusste, dass man sie vermutlich zum letzten Mal hörte, einem solche Schmerzen zufügen konnte. Aber dem war so. Das würde ich nicht mehr tun – mich verlieben –, denn wenn es vorbei war, tat es verdammt noch mal so verflucht weh, als wollte man sterben. Nein, auf diesen Scheiß hatte ich keine Lust mehr – nie wieder.

19. Plötzlich ist alles anders

Riley

Sobald ich am nächsten Morgen erwachte, fühle ich mich so verkatert, als hätte ich gestern getrunken und nicht Wes, der vermutlich noch in meinem Zimmer pennte. Langsam drehte ich mich in Jasons Bett herum und griff zum Handy, um die Uhrzeit zu checken. Halb zehn. Gut, dann war Jason vielleicht schon unterwegs. Bei dem Gedanken runzelte ich die Stirn. Hatte er mir nicht per Nachricht Bescheid geben wollen, sobald Denver und er losfuhren? Egal, vielleicht hatte er es vergessen.

Gähnend streckte ich mich, stand auf und zog mir ein Shirt und eine kurze Hose über, bevor ich in die Küche stolperte, da ich dringend einen Kaffee brauchte. Die Nacht war eindeutig zu kurz gewesen, nachdem ich nach der Dusche noch gewartet hatte, bis die Waschmaschine fertig gewesen war. Es war keine Option gewesen, meine Hose und die Schuhe erst heute Morgen zu waschen, denn bis dahin wären sie durch den Gestank des Erbrochenen bereits völlig im Eimer gewesen.

Als ich in die Küche blickte, blieb ich erstaunt stehen. Auf dem Tresen standen ein Körbchen mit frischem Gebäck, dazu ein Marmeladenglas, eine Packung Orangensaft und Milch. Der Geruch von frischem Kaffee drang bereits zu mir herüber, und mein Magen grummelte zustimmend. Essen und Koffein!

Daneben saß Wes auf einem Barhocker und tippte auf seinem Handy herum. Er trug eine schwarze Jogginghose und ein Marvel-Shirt von mir, beides hatte ich ihm gestern nach der Dusche geborgt.

Sobald er mich hörte, hob er den Kopf und lächelte mich freundlich an. »Hey, guten Morgen, Samariter. Gut geschlafen?«

»Hi, Morgen. Nenn mich nicht so, ich war nur zur richtigen Zeit zur Stelle. Ganz gut, und du?«

»Den Umständen entsprechend, würde ich sagen. Mein Handy hat zuerst ständig gebimmelt, da Brandon anscheinend herausgefunden hat, dass ich ihn erwischt habe und nun versucht, mich zurückzugewinnen. Habe es ausgeschaltet, um meine Ruhe zu haben.«

»Du gehst doch nicht zu ihm zurück, oder?«

»Nein, auf keinen Fall. Da musst du dir keine Sorgen machen. Ich weiß, wenn ich jemanden loslassen muss, wenngleich es wehtut.«

Er lächelte traurig, und ich konnte seinen Schmerz verstehen. Ich wollte gar nicht wissen, wie es mir ergehen würde, zöge Jason so eine Nummer ab. Es würde mich zerstören, mehr noch als der Angriff und Wes' unterlassene Hilfe damals.

Besorgt stellte ich mich zum Tresen. »Lass es mich wissen, wenn du was brauchst. Eine Bleibe oder sonst was.«

Wes lachte auf und senkte anschließend den Kopf. »Vorerst komme ich bei meiner Freundin Nora unter. Danke. Aber ich denke, du hast vorerst genug getan. Danke für gestern Nacht, und es tut mir leid, dass ich dich in mein Drama hineingezogen habe und ich … ähm, dich angemacht habe. Ich war nicht ganz ich selbst.«

Ich winkte ab. Er war betrunken gewesen und hatte nicht mich gewollt, sondern nach Trost gesucht. »Schon klar, ist für mich gegessen. Apropos, du warst schon einkaufen?«

Wollte er mit mir Frühstück essen, als Dankeschön? Irgendwie kam mir das zu intim vor, was irrsinnig klang nach der erlebten Nacht. Außerdem plante ich, nach dem Kaffee mit dem Frühstück auf Jason zu warten.

Wes nickte und deutete auf das Essen. »Ja, ich bin viel zu aufgekratzt gewesen und schon seit zwei Stunden wach. Daher ist das hier mein Dankeschön. Du hast erwähnt, dass Jason bald zurückkommt, also habe ich gedacht, das wäre passend für euch. Ich verschwinde jetzt gleich zu Nora, habe sowieso keinen Hunger und einen Bagel für später eingepackt.«

Überrascht zog ich die Augenbrauen hoch. »Wow, Alter, danke, das ist nett von dir. Stimmt, Jason und ich wollten gemeinsam frühstücken, sobald er zurück ist. Also danke.«

»Keine Ursache, ich habe zu danken.«

Er verabschiedete sich und verschwand so rasch aus unserem Wohnheimzimmer, wie er gestern Nacht hineingestolpert war. Noch immer überrascht von der netten Geste, starrte ich auf die Brötchen, den frischen Speck und die Eier, die ich nun auch verpackt daneben liegen sah und nur darauf warteten, gebraten zu werden. Wes hatte sich verändert und war ein feiner Kerl geworden, was meine Theorie untermauerte, dass jeder sich zum Besseren ändern konnte, wenn er nur hart genug an sich arbeitete und es wirklich wollte.

Automatisch huschten meine Gedanken zu Jason. Er würde es auch noch schaffen, über seinen Schatten zu springen und zu mir, zu uns zu stehen. Vielleicht noch nicht jetzt an Thanksgiving, aber zu einem späteren Zeitpunkt. Wir würden das hinbekommen, ich gab uns zwei nicht auf, denn Liebe konnte bekanntlich Berge versetzen und meine war groß genug für uns beide. Mit neuer Zuversicht holte ich mir einen Kaffee und setzte mich auf die Couch, ein Skript über Molekularbiologie in der Hand, um auf Jason zu warten.

Aber er kam nicht. Stundenlang saß ich auf dem Sofa herum, drehte mich von einer Position in die nächste, trank vier Tassen Kaffee und sah vor lauter Lernstoff die Buchseite nicht mehr. In der Zwischenzeit starrte ich alle paar Minuten auf das Handydisplay, ohne dass ein Anruf oder eine Nachricht eintrudelte, nur die Stundenanzeige schritt unerbittlich voran.

Es war bereits zwei Uhr mittags, und mein Magen grummelte beleidigt vor sich hin, da ich, statt die Lebensmittel zu essen, die verderblichen vor Stunden in den Kühlschrank geräumt hatte. Nun reichte es mir. Schlecht gelaunt stapfte ich in die Küche, bereitete mir ein Brunch mit extra viel Speck, einer doppelten Portion Eier und extra viel Butter auf meinem Toast zu, während ich immer wieder Jasons Nummer wählte, er aber nicht abhob. Was sollte der Mist? Ich schickte ihm sogar ein Foto von mir beim Frühstück mit dem Untertitel: »Es schmeckt köstlich, wo bleibst du?«

Statt einer Antwort, einer Nachricht oder irgendeinem Lebenszeichen, blieb das Display dunkel. Mit jeder Minute, die verstrich, wurde aus meiner Übellaunigkeit Sorge, und ich fragte mich, ob etwas passiert war. Konnte Denvers Wagen ein technisches Problem haben und sie irgendwo feststecken? Aber das erklärte nicht, warum Jason nicht zu erreichen war. Vor dem nächsten Gedanken graute mir, und am liebsten hätte ich das ganze Essen wieder ausgekotzt, weil ich nicht daran denken wollte, dass sie vielleicht einen Unfall gebaut hatten und deshalb nicht mehr an ihre Handys gehen konnten. Wenn ich nicht bald erfuhr, was los war, würde ich durchdrehen.

Ich rief, statt Jason, Denver an, was ich schon vor Stunden hätte tun sollen, wenn mein verletzter Stolz nicht gewesen wäre.

Denn insgeheim befürchtete ein Teil von mir noch immer, dass Jason Panik schob und mir wegen des L-Worts aus dem Weg ging.

Beim zweiten Klingeln hob Denver ab, seine Stimme barscher, als ich sie je gehört hatte. »Was willst du?«

Verdattert stockte ich. »Was ich will? Wissen, wo ihr seid und warum ich Jason nicht erreiche. Ich habe mir Sorgen gemacht, weil er seit Stunden hier sein wollte und nicht abhebt.«

»Vielleicht hat das einen Grund und er will nicht mit dir reden. Schon mal daran gedacht?«

Wow, was war jetzt los? War ich in einem Paralleluniversum aufgewacht? So hatte ich Denver noch nie erlebt, und das, was er sagte, jagte mir einen eiskalten Schauer über den Rücken. »Was soll der Mist, Denver. Warum verhältst du dich so? Ist Jason bei dir? Ich will mit ihm reden.«

Ich hörte sein Seufzen, als bröckelte seine Wut eine Spur. »Hör zu, ich bin einfach loyal meinem besten Freund gegenüber. Ich stehe ganz klar auf seiner Seite, so schaut's aus.«

»Warum gibt es Seiten? Ich und Jason sind zusammen auf einer Seite, und ich will mit ihm reden.«

Denver stieß ein freudloses Schnauben aus. »Das ist Geschichte, Kumpel. Jason braucht etwas Zeit für sich und wird bei mir oder bei Sunny übernachten, also warte nicht auf ihn.«

Mein Herz klopfte wild und unregelmäßig in meiner stechenden Brust. »Was? Scheiße, Denver! Warte –«

Bevor ich den Satz zu Ende gesprochen hatte, beendete er das Telefonat mit den Worten: »Lass es! Das mit euch ist vorbei.« Sie fühlten sich an wie die Tritte, die ich damals gegen den Kopf, die Brust, die Rippen und in den Bauch bekommen hatte. Überraschenderweise taten diese psychischen Schmerzen mehr weh als die körperlichen, und ich krümmte mich auf der

Couch zusammen. Übelkeit überkam mich. Rasch stürzte ich zur Toilette und erbrach mein Frühstück.

Jason

Die Tage vergingen zäh wie Kaugummi, während der Schmerz in meiner Brust nicht besser, nicht erträglicher, sondern gleich blieb oder gar schlimmer wurde. Jedes Körperteil, mein Herz und mein Geist vermissten Riley mit jeder Stunde mehr, bis es fast nicht mehr auszuhalten war. Doch ich blieb stark, denn jedes Mal, wenn mir der Gedanke kam, zumindest mit ihm zu reden, erinnerte ich mich an Wes' Stimme, an sein ekliges Lachen, als er von den Geschehnissen zwischen Riley und sich erzählt hatte. Das waren die Momente, in denen ich am liebsten etwas zertrümmert oder mich in Fötusstellung zusammengekrümmt hätte.

Stattdessen vergrub ich mich in der Arbeit, nahm so viele zusätzliche Schichten an, wie Dr. Sunny mir unkommentiert, aber mit einer hochgezogenen Augenbraue, gewährte. Gleichzeitig büffelte ich jede freie Minute, um meinen verfluchten Schädel beschäftigt zu halten, während ich online an meinen Kursen teilnahm und auf Denvers Couch herumlungerte. Alles nur, um Riley aus dem Weg zu gehen, denn eines war mir klar: Sobald ich ihn sähe, würde ich einknicken und mit ihm reden. Was absolut scheiße war und er verdammt noch mal nicht verdient hatte, nachdem er mit Wes im Bett gewesen war. Vielleicht war es falsch und ich ein verdammtes, feiges Arschloch, aber ich gewährte in diesem Punkt keine zweite Chance. Nicht bei etwas so Wichtigem wie Fremdgehen und Verrat.

Seitdem waren vier Tage vergangen, die Uni war wieder zum Alltag geworden und alles wie vor der Beziehung mit meinem Zimmergenossen. Zumindest fast. Früher hatte ich nicht dieses Loch in meiner Brust gehabt und immer genügend Luft in meine Lungen bekommen, wenn ich atmete. Nun lag dort ein imaginärer dicker, schwerer Sack und drückte den Sauerstoff aus mir heraus.

Eine weitere Sache hatte sich ebenfalls verändert, denn seit Thanksgiving hatten Grandpa, Mike, Dad und ich eine eigene WhatsApp-Gruppe, die Mike als »The Great Four« betitelt hatte. Jedes Mal, wenn jemand darin schrieb und der Name auf meinem Handy erschien, musste ich trotz allem kopfschüttelnd lächeln. Noch mehr schockierte mich, dass jeden Tag im Chat geschrieben wurde, von uns allen, sogar von Dad, der wie die anderen hinter mir stand und mir durch blöde Witze Trost nach der Trennung spendete. Es fühlte sich an wie eine neue Welt, in der ich plötzlich einen Dad hatte, der sich um uns kümmerte, von unseren Leben erfahren und ein Teil davon sein wollte. Und dieses Gefühl, endlich einen richtigen Dad zu haben, wenngleich wir noch einen langen Weg dorthin hatten, war das einzig Gute im Moment. Der Rest war verflucht scheiße.

Denn Riley … Ach, verdammte Scheiße, ich vermisste ihn derart heftig, dass ich kaum geradeaus sehen konnte. Was vermutlich auch der Grund war, warum ich mich selbst peinigte und am Freitagmittag in die Unimensa ging, obwohl ich keinen Hunger hatte. Dieser Meinung musste auch Denver sein, der neben mir ging, als wollte er mich vor Blicken abschirmen. »Bist du dir sicher, dass das eine gute Idee ist?«

»Ich kann nicht ewig in deiner Studentenbude abhängen.«

»Wieso nicht? Dort ist es schön gemütlich, wir können Fußball zocken und Knabberzeug futtern.«

»Und dabei dick und einsiedlerisch werden. Nein, danke, auch wenn du es gut meinst. Ich muss wieder raus und mich … dem hier stellen.«

Was es genau war, wusste ich nicht, da mein Plan bloß vorgesehen hatte, die Vormittagsvorlesung von Prof. Simmens zu besuchen und anschließend zu essen, bevor ich zu meiner Schicht bei Dr. Sunny ging. Der erste Teil hatte gut funktioniert. Bisher schien auch der zweite Part rund über die Bühne zu gehen, da ich Riley nirgendwo entdeckte. Nicht, dass ich extra nach ihm Ausschau hielt oder so. Verflucht, wem machte ich etwas vor? Denver wusste es, ich wusste es, das verdammte Universum wusste es: Ich war nur hier, um vielleicht einen klitzekleinen Blick auf Riley zu erhaschen, weil ich anscheinend eine masochistische Ader hatte.

Mit dem Tablett in der Hand stellten Denver und ich uns an der Schlange der Studierenden an der Essensausgabe an, als Denvers Kopf herumzuckte, was meine Aufmerksamkeit auf eine zierliche Person mit blond-grünen Haaren richtete. Suzzi. Wenn sie hier war, konnte Riley nicht weit entfernt sein. Automatisch folgte mein Blick der Richtung, in die sie zielstrebig unterwegs war, und da sah ich ihn – Riley, wie er bei einem der Tische saß und in seinem Essen herumstocherte. Er sah so furchtbar aus, wie ich mich fühlte, dünner als vor wenigen Tagen, als könnte er nichts essen. Sein Anblick ließ mich beinahe zurückstolpern. Nicht nur, weil er derart fertig aussah, sondern weil mir die Sehnsucht nach ihm fast mein Herz aus der Brust riss.

Bevor ich bewusst darüber nachdachte, machte ich einen Schritt auf ihn zu, doch Denver hielt mich am Arm zurück. »Nicht.«

Aber es war mir egal. »Ist schon gut. Sollen es doch alle wissen, ist mir schnurzpiepegal.«

»Nicht deswegen«, raunte er mir zu, und plötzlich fiel mein Blick auf Wes, der neben Riley saß. Den Typen hatte ich überhaupt nicht wahrgenommen, doch nun drehte sich mir der Magen um. Lächelnd und wild gestikulierend plapperte er drauflos, was Riley zum Schmunzeln brachte, bevor Wes ihm eine Hand auf den Oberarm legte. Was zum Teufel, echt jetzt?

Unter mir knackte es laut, und als ich nach unten sah, war dort eine lange Bruchstelle in meinem Tablett. Mist. Ruckartig drehte ich mich um, knallte das Tablett auf den Tresen und legte ein paar Scheine darauf. »Tut mir leid, wollte es nicht kaputtmachen.«

Der Typ hinter dem Tresen, der beim Abräumen half, hob abwehrend die Arme und murmelte verdattert: »Äh, alles gut.«

Daraufhin marschierte ich zum Ausgang, konnte aber nicht anders, als einen letzten Blick auf Riley zu riskieren. Über die Köpfe der anderen hinweg starrte ich direkt in seine tiefblauen Augen, die er überrascht aufriss, während sich unsere Blicke miteinander verhakten, als bände uns ein imaginäres Band aneinander. Aus seiner Überraschung wurde zuerst Schmerz, dann Wut, was mich irritiert die Luft einsaugen ließ. Irgendetwas stimmte hier nicht.

Bevor ich den Gedanken, zu ihm zu gehen, um zu reden, zu Ende bringen konnte, erregte erneut Wes meine Aufmerksamkeit, und unser Blickkontakt brach ab. Als würde auch die Verbindung zwischen uns gekappt, konnte ich wieder klar denken, beziehungsweise übernahmen der Schmerz, die Scham und mein Zorn erneut die Führung. Ausgerechnet Wes!

Ich stieß die Luft aus, drehte mich um und ging wieder los, wobei ich beinahe in jemanden hineingelaufen wäre. Vor mir stand Brandon mit mordlüsterner Miene. Er bemerkte mich nicht, sein Blick dorthin geheftet, wo ich Sekunden zuvor hingesehen hatte. Riley und Wes. Er schien über das neue Paar genauso wenig begeistert wie ich.

Ich eilte aus der Mensa und konnte erst wieder Luft holen, nachdem ich das Gebäude verlassen hatte, wenngleich sich meine Lunge nicht ganz füllen wollte. Der Blick aus Rileys Augen ließ mich nicht los, verfolgte mich die restlichen Stunden, den ganzen verdammten Tag.

Riley

Mein Herz hämmerte, mir brach der Schweiß aus, ganz so wie damals, wenn ich mit einem Fußball vor meinen Beinen auf das Tor zugerast war, kurz bevor ich drauflosgeschossen hatte, um ihn ins Netz zu versenken. Doch ich sprintete nicht einem Sieg entgegen, sondern saß wie verdattert auf einem unbequemen Stuhl und starrte Jasons Hinterkopf nach, bis er aus der Tür verschwand. Es hatte wehgetan, ihn zu sehen. Wem machte ich etwas vor, es hatte viel zu sehr wehgetan. In etwa so, wie wenn dir jemand die Brust mit einem Laserschwert aufschlitzte. Das Schwert hätte ich bevorzugt, denn das hätte mehr Sinn ergeben als sein Verhalten.

Ich spielte ernsthaft mit dem Gedanken, ob Jason von Aliens entführt worden oder ich in eine andere Dimension gefallen war, in der er mich plötzlich hasste. Aber nein, das tat er nicht. Ganz deutlich hatte ich in seinen Augen den gleichen Schmerz, die Wut und Sehnsucht gesehen, wie ich sie empfand. Dennoch weigerte sich dieser Arsch, mit mir zu reden, ging mir aus dem Weg, um eine Konfrontation zu vermeiden. Wie er es immer tat, wenn es schwierig wurde. Und das wurmte mich, denn ich hatte geahnt, dass es genauso enden könnte. Wenn es ihm zu viel wurde, wenn er mit seinen Gefühlen nicht mehr umgehen konnte. Nur hatte ich gedacht, über dieses Stadium wäre er längst hinaus und er hätte seine Gefühle für mich akzeptiert. Warum diese Kehrtwende? Es wollte mir nicht in den Kopf, und das lag bestimmt nicht an meiner alten Verletzung.

Wie in Trance verabschiedeten wir uns von Wes, und ich folgte Suzzi zuerst in den Biochemiekurs und später in die Unibibliothek, um zu lernen. Oder den Anschein dessen zu machen, denn meine Gedanken kreisten wie immer um das, was ich verloren hatte. Nicht nur Jasons körperliche Nähe, seine Stimme in meinem Ohr, sondern auch unsere Zukunft, mein Glück, denn er war mein Licht gewesen. Es war, als hätte er all das mitgenommen und mich in der kalten Dunkelheit zurückgelassen, wo es keine Farben, keinen Geschmack und keine Freude gab. Seit Tagen konnte ich nicht mehr essen, lernen oder schlafen, ich fühlte mich wie ein leerer Charakter aus The Walking Dead. Jene, die herumschlurften und Hirne fraßen.

Ich senkte den Kopf, stützte das Kinn in meine Hand und versuchte, Klarheit in den verschwommenen Text vor mir zu bekommen. Doch damit erreichte ich nur, dass mir meine schwarzen Haare ins Gesicht fielen und mich an der Nase kitzelten. Genervt riss ich mir ein Haargummi vom Handgelenk und band die oberen Haare zu einem Man Bun nach oben, obwohl ich den Drang verspürte, sie mir auszureißen. Vielleicht fühlte ich dann wieder etwas und nicht nur diese allesverzehrende Leere in mir?

Mitfühlend blickte Suzzi zu mir auf und seufzte.

»Lass es. Danke, aber ich will es nicht hören«, unterbrach ich den Gedanken, den sie gerade aussprechen wollte.

»Ich will dir keinen Ratschlag geben, glaub mir, die vorherigen Male haben mir gereicht«, antwortete sie direkt wie immer und verdrehte die eisblauen Augen. »Ich wollte nur feststellen, dass die Sache in der Mensa wirklich eigenartig gewesen ist. So, wie ihr euch angesehen habt … weiß nicht, das passt nicht zu seinem Ghosting. Er vermisst dich, aber meidet dich – das ist doch … eigenartig.«

Suzzi und ihre direkte Art, für die ich sie eigentlich liebte – in manchen Situationen jedoch weniger. Wie jetzt. Ich schüttelte den Kopf. »Wir sind nicht eigenartig.«

»Dann eben komisch, merkwürdig oder bizarr, wenn dir das besser gefällt.«

»Tut es nicht, denn das sind alles Synonyme.« Stockend schlug ich das Buch zu, da es sowieso keinen Sinn hatte. »Im Moment gefällt mir ehrlich gesagt gar nichts. Es ist alles Mist, und er ghostet mich eindeutig.«

Ihre Miene wurde mitfühlender, gleichzeitig tippte sie sich nachdenklich an die Lippe, als käme sie nicht auf die Lösung eines Rätsels. Das tat sie schon, seit wir hier waren, während sie immer wieder auf ihrem Handy herumgetippt hatte.

»Was ist los, spuck es aus. Dir geht doch was durch den Kopf.«

Tief ausatmend lehnte sie sich zu mir vor. »Danke, dass du fragst. Irgendetwas stimmt nicht. Ich glaube nicht, dass Jason bloß kalte Füße bekommen hat, wegen seiner tiefen Gefühle für dich.«

Autsch, es tat weh, von Jasons Gefühlen zu hören und gleichzeitig zu wissen, dass es vorbei war. Trotzdem nickte ich, denn mir kam das Ganze ebenfalls äußerst suspekt vor. In seinen Augen hatten so viele Emotionen geschwommen, dass ich selbst noch ganz verwirrt davon war. Außerdem war es nicht so, als könnte ich es dabei belassen. Ich hatte in den letzten Tagen mehrmals versucht ihn anzurufen, doch er hatte nie reagiert. Ich war sogar zu Denver und Dr. Sunny gefahren, um ihn abzufangen, aber überall hatte ich Pech gehabt. »So weit waren wir schon, Suzzi. Aber das hilft uns nicht weiter.«

»Ich habe da so eine Theorie.« Statt weiterzusprechen, lächelte sie mich an und schrieb erneut auf ihrem Handy. Sofort blinkte es in ihrer Hand, und sie warf mir einen triumphierenden Blick zu. »Hatte ich doch recht!«

»Könntest du mich bitte einweihen? Ich bin gerade nicht wirklich auf der Höhe, um deinen Gedanken zu folgen.«

Mit einer harten Linie um den Mund betrachtete sie mich besorgt. »Stimmt, du siehst scheiße aus. Als hättest du seit Tagen nicht geschlafen.«

»Habe ich nicht«, gab ich unumwunden zu, was sie wieder lächeln ließ.

»Das wird sich bald ändern. Wes ist der Grund, beziehungsweise …« Sie trommelte theatralisch mit den Fingern auf den Tisch, was uns einige »Psst« und »Ssscht« von anderen einbrachte, bis sie aufhörte und weiterredete: »Klassische Eifersucht.«

»Wie bitte? Wie kommst du darauf? Jason ist kein eifersüchtiger Typ, und Wes und ich sind nur Freund, das weiß er. Wir sind schon vor Jasons Ghosting befreundet gewesen, er ist sogar dabei gewesen, wenn Wes und ich uns im Café oder in der Bib getroffen haben, ohne sich zu beschweren.«

»Dennoch, irgendetwas muss passiert sein. Und es hat mit Wes zu tun.«

»Warum bist du dir da so sicher?«, fragte ich skeptisch und blickte auf ihr Handy. »Mit wem schreibst du?«

»Mit Denver.«

Überrascht hob ich eine Augenbraue. »Seit wann schreibt ihr euch wieder?«

Denver und Suzzi hatten in den letzten Tagen ebenfalls keinen Kontakt gehabt, weil sie sich gestritten hatten. Ich hatte ein schlechtes Gewissen, dass die beiden wegen uns Probleme miteinander hatten, weil sie gleichermaßen hinter ihren Freunden standen. Was genau zwischen ihnen passiert war, wusste ich nicht, Suzzi hatte nur gemeint, dass sie erst wieder mit ihm reden würde, wenn er sich für die richtige Seite entschied.

Schulterzuckend tat sie meine Frage ab. »Seit heute Mittag. Nach der Sache in der Mensa habe ich mich überwunden und ihm gesimst. Er bildet sich da anscheinend eine Loyalitätsgeschichte zu Jason ein, indem er dir und mir ebenfalls aus dem Weg geht.« Augenverdrehend schüttelte sie den Kopf, als mahnte sie im Stillen ein kleines Kind, das die Regeln der Erwachsenen erst lernen musste.

»Ich weiß, was du meinst. Jedes Mal, wenn er mir am Campus über den Weg läuft, nickt er mir zwar von der Ferne zu, geht aber in eine andere Richtung weiter.«

Einerseits war ich enttäuscht von Denvers Verhalten, andererseits war seine Loyalität bewundernswert. Wenn er sich etwas in den Kopf gesetzt hatte, zog er das Ding durch. Er stand ganz klar auf Jasons Seite und vermied den Kontakt. Außer bei Suzzi, sie war anscheinend seine Schwachstelle. Neugierig hakte ich nach: »Und, was hat er geschrieben?«

»Ich habe ihn gefragt, was Jasons verdammtes Problem ist und was das heute war. Und als er es mir nicht gesagt hat, habe ich geantwortet, ich würde ihm eine Überraschung zeigen, falls er mir irgendetwas verklickern kann. Daraufhin habe ich zurückbekommen: Das soll ich dich und Wes fragen. Sehr subtil, wenn du mich fragst.«

»Zwischen mir und Wes läuft nichts! Wir sind Freunde, und neulich hat er nur bei mir –« Abrupt brach ich ab und atmete schneller. Konnte es sein, dass einer der anderen uns gehört oder gesehen und daraus die falschen Schlüsse gezogen und Jason davon erzählt hatte? Mist, glaubte er tatsächlich, zwischen mir und Wes liefe etwas? Zwar tat der Gedanke weh, dass er mir so etwas zutraute, aber der Schmerz, ihn verloren zu haben, und dass das teilweise auf meine Kappe ging, war viel größer. Ich musste endlich mit ihm reden, ihn irgendwo abfangen.

Schnell blickte ich auf die Uhr. Drei Uhr nachmittags. Vielleicht war er um diese Zeit in unserer Wohnung, weil er nicht damit rechnete, dass ich so früh zu Hause wäre. Immerhin brauchte er irgendwann frische Wäsche oder Skripte aus seinem Zimmer. Oder er war bei Dr. Sunny, im Fitnesscenter oder bei Denver. Diese Orte musste ich alle erneut abklappern, denn diesen Schwebezustand hielt ich nicht länger aus. Ich brauchte Gewissheit, ich brauchte ihn wie die Luft zum Atmen.

»Ich muss los, vielleicht erwische ich ihn und kann ihn endlich zur Rede stellen.«

Anerkennend hob Suzzi eine Hand, um mit mir einzuschlagen. »Richtig so, hol dir deinen Mann. Auf in den Kampf.«

»Du bist schräg.«

»Sagt derjenige, der mit einem Darth-Vader-Shirt herumläuft, der jedem den Hinter zeigt.«

Verdutzt sah ich auf mein bunt gestreiftes Shirt hinab, auf dem tatsächlich die Silhouette von Darth Vaders Hintern zu sehen war, zusammen mit dem Spruch: »Shit happens, even on the Dark Side.« Hoppla, ich hatte wirklich eine Menge solcher Shirts.

»Jason mag sie«, meinte ich, ohne nachzudenken, biss mir auf die Unterlippe und fügte hinzu: »Also, er hat sie gemocht, aber das wird er wieder. Ich regle das.«

Suzzi wedelte mit der Hand in der Luft, als wollte sie eine imaginäre Fliege verscheuchen. »Tu das, mein Lieber. Lauf, Riley, lauf.«

20. Han Solo ist vergessen

Riley

Ich war gelaufen, als wäre Imperator Palpatine persönlich hinter mir her. Völlig außer Atem sprintete ich über den Steinplattenweg zwischen dem Rasen, den Büschen und meterhohen Bäumen hindurch auf das rote Backsteingebäude zu, in dem wir wohnten. Ein ehrwürdiger Anblick, den ich ansonsten würdigte, doch nun hatte ich nicht die Zeit dafür.

Als ich den Blick zum Eingang hob, blieb ich überrascht stehen. Meine Welt schien für eine Sekunde stillzustehen, und alles fokussierte sich auf die Person, die auf den Stufen zum Eingang des Cleveland Houses saß. Jason. Als hätte ich ihn mir hierher gewünscht. Sobald er mich sah, sprang er auf die Beine und ging mir unsicher entgegen. So unsicher, wie ich ihn noch nie gesehen hatte, als fürchtete er die Worte, die aus meinem Mund kommen würden.

Ungefähr zwei Meter von mir entfernt blieb er stehen, und wir starrten uns eine gefühlte Ewigkeit lang an. Nahmen die kleinen Veränderungen des anderen wahr. Seine müden Augen, die blasse Haut und der schmerzverzerrte Blick, als wäre jemand gestorben. Er spiegelte meine eigene Zerrissenheit, als ginge es ihm mit der ganzen Sache kein Stück besser als mir, obwohl es seine Entscheidung gewesen war. Es tat fast körperlich weh, nicht nach ihm zu greifen, um ihn in eine feste Umarmung zu ziehen. Aber das ging nicht mehr, besonders nicht hier in der Öffentlichkeit und nach allem, was vorgefallen war.

Damit war jetzt Schluss, ich musste wissen, was Sache war. Gerade als ich den Mund öffnete und »Glaubst du wirklich, ich habe was mit Wes?« sagte, fragte er mich: »Hast du mit Wes gepennt?«

Perplex klappten wir beide den Mund wieder zu und starrten uns an. Wäre ich nicht derart fertig gewesen und hinge nicht so viel von den Antworten ab, könnte es beinahe witzig sein. Doch das war es nicht, nur verwirrend, traurig, zerreißend. Seine Worte wirkten auf mich wie eine kalte Dusche.

»Was?«, stieß ich aus, halb sprachlos, halb wütend. »Wie kannst du das von mir denken? Woher kommt dieser Mist, wer hat das erzählt?«

Grimmig steckte Jason die Hände in die Taschen seiner schwarzen Jeans, die tief auf seinen Hüften saß. »Niemand. Ich habe selbst gehört, wie Wes es einer Freundin erzählt hat.«

Mir wurde übel, und so musste ich auch aussehen, denn Jason riss einen Arm nach vorne, als wollte er mich stützen, blieb dann aber einen Meter von mir entfernt stehen. Er sah nicht glücklich aus, die Zähne fest zusammengebissen, konnte sich aber auch nicht überwinden, mich anzufassen. Kein Wunder, wenn er glaubte, ich hätte mit meinem Ex geschlafen, obwohl ich Wes nicht zutraute, so was herumzuerzählen. Verwirrt schüttelte ich den Kopf und schluckte die Bitterkeit mit der Übelkeit hinunter.

»Was genau hast du gehört? Wes hat zwar in meinem Bett gepennt, an dem Abend, als Grace und ich zurück zur Uni gekommen sind, aber nur, weil er betrunken gewesen ist und nicht gewusst hat, wo er hinsoll.«

»Na, dann kam es ihm ja sehr gelegen, dass du ihm dein Bett angeboten hast. Praktisch. Ich sehe, wie fürsorglich du bist.« Seine Stimme triefte vor Sarkasmus, und am liebsten hätte ich ihm eine auf die Nase gegeben.

»Er hat in meinem Bett gepennt, während ich in deinem geschlafen habe, um dir nahe zu sein, deinen Duft zu riechen, weil ich dich vermisst habe. Die ganze Nacht über. Zwischen uns ist nichts gelaufen, das schwöre ich.«

Jasons Mauern bröckelten, was ich an seinen cognacbraunen Augen erkannte, in denen Zweifel an der Geschichte aufglommen, die er sich zusammengesponnen hatte. Dennoch blieb seine Miene hart, die Arme vor der breiten Brust verschränkt, bei der ich haargenau wusste, wie es sich anfühlte, wenn ich meinen Kopf dagegen lehnte. Er war mir gleichzeitig so nahe und doch meilenweit entfernt. »Warum hat er dann seiner Freundin erzählt, es wäre ihm beinahe peinlich, wie er dich angekleckert hat, und dass du nun so eingesaut wärst, dass du duschen musst?«

»Was? Das hat er gesagt? Wo hast du das gehört, das ist –« Ich musste mich selbst unterbrechen, da mir vor Absurdität ein Schnauben entwich.

Das weckte erneut Jasons Wut. Er ging einen Schritt auf mich zu und stach mir einen Finger in die Brust. Ein Körperkontakt, immerhin. Es war keine liebevolle Berührung, dennoch erweckte es meine Synapsen, ließ frische Energie in meinen müden Körper schießen. Besonders, als er ganz dicht vor mir murmelte: »Ich war da, an diesem Abend. Ich bin extra in einen verdammten Bus gestiegen, um früher bei dir zu sein, weil ich mich nach dir gesehnt habe. Mitten in der Nacht wollte ich mich in dein Zimmer zu dir ins Bett schleichen, um dich zu überraschen. Du kannst dir meine Überraschung vorstellen, als ich stattdessen Wes' Stimme aus deinem Zimmer das sagen hörte, während das Wasser im Badezimmer rauschte.«

Ich wollte lachen und weinen, weil dieses Missverständnis beinahe alles kaputtgemacht hätte. Aus der Haut fahren, wütend auf ihn sein, während mich die Erleichterung durchflutete, weil ich wusste, dass wir das hinbekämen. »Brandon hat Wes betrogen, weshalb dieser sich volllaufen lassen und mir auf die Schuhe und die Jeans gekotzt hat. Du hast keine Vorstellung, wie eklig das war, natürlich musste ich die Sauerei von mir abwaschen.«

Überrascht sah er mich an, als hätte er sich verhört. »Er hat was … Du … du hast dir seine Kotze abgewaschen? Ist das dein Ernst?«

»Mein voller. Es war furchtbar, aber ich konnte ihn doch nicht draußen auf dem Asphalt liegen lassen.«

Seine Miene wurde weicher, was mein Herz zum Springen brachte. »Ein wenig hättest du ihn schon dort rumliegen lassen können«, raunte Jason mir zu, ein halbes Schmunzeln auf den Lippen.

Obwohl ich froh war, dass Jason wieder zu leichten Scherzen aufgelegt war, stieß ich ein schwermütiges Seufzen aus. »Du hättest mir trotz dieser belastenden Indizien einen Vertrauensvorschuss geben, mit mir reden müssen. Ich liebe dich. Ich habe es mehrmals gesagt, alles getan, um dir das zu beweisen, und bei der ersten Gelegenheit haust du ab.«

»Es tut mir leid, ich weiß! Das ist keiner meiner Glanzmomente gewesen«, gestand Jason zerknirscht. Er senkte den Blick, bevor er schluckte und mir erneut tief in die Augen sah. »Ich habe Panik bekommen. Als ich diesen unglaublichen Schmerz gefühlt habe, ist mir bewusst geworden, wie sehr ich dich brauche, wie stark meine Gefühle für dich sind und auch, wie leicht du mich zerstören kannst. Ich bin nicht nur angepisst, sauer und gekränkt, sondern richtiggehend verstört gewesen. Es tut mir leid, ich hätte mit dir reden sollen, anstatt das

Schlimmste anzunehmen, aber ich habe nur noch Rot gesehen. Ein absoluter Tunnelblick.«

Er trat einen weiteren Schritt vor, und unsere Lippen trennten wenige Zentimeter. Mein ganzer Körper kribbelte, vom Kopf bis zu den Zehenspitzen. Wie stellte er das nur an? Wie gebannt starrte ich auf seine Lippen, lauschte den Worten, die er mir sagte. »Ich habe dich so vermisst, ich habe gelitten wie ein angefahrener Hund. Die ganze Sache hat mich fast umgebracht.«

Schmerz, Sehnsucht und Verwirrung waren auch jetzt in seiner Stimme zu hören, aber sie glitten langsam aus seinem System, wie eine schlimme Krankheit.

»Wie, glaubst du, ist es mir ergangen, als du mich von einem Tag auf den anderen plötzlich gemieden hast, ohne mir einen Grund zu nennen? Ich konnte nicht mehr essen, nicht mehr schlafen, nicht mehr lesen …«

»Das tut mir so leid, Babe. Ich auch nicht. Ich hätte mit dir reden sollen, anstatt abzuhauen. Das war ein riesiger Fehler.« Er wartete, bis ich leicht nickte, woraufhin sich einer seiner Mundwinkel hob. Gleichzeitig streckte Jason vorsichtig den Arm aus, als testete er, wie weit er gehen konnte, und zupfte am Saum meines Shirts. »Nicht mehr lesen, was? Auch nicht Star Wars? Dann muss es dir richtig schlimm ergangen sein.«

Ich wusste, warum er jetzt scherzte: um den Strudel aus zerreißenden, wunden Gefühlen zu vertreiben und wieder Leichtigkeit in unser Beisammensein zu bringen. Trotzdem frustrierte es mich, und meine Stimme wurde lauter. »Scheiße, Jason. Das ist nicht witzig. Natürlich ist es mir grauenhaft gegangen, ich habe gedacht, ich hätte dich für immer verloren, ohne den verdammten Grund zu kennen, weil du einfach weg gewesen bist! Du verfluchter, egomanischer, selbstgerechter Arsch, mach das nie wieder, verstanden? Rede mit mir, wenn dich etwas beschäftigt, du Angst oder Zweifel bekommst. Aber hau nicht wieder ab, verdammte Scheiße!«

Obwohl er zuerst betreten zu Boden sah und nickte, musterte er mich danach amüsiert. Dabei hob er ernst eine Augenbraue, weil ich geflucht hatte, was ich sonst nie tat. »Ganz ruhig. Das werde ich nicht, versprochen. Und wenn auch nur, damit du nicht mehr fluchen musst.«

Trotz seines Lächelns beharrte ich auf meinem Standpunkt. »Ich meine es ernst. Wenn wieder etwas ist, rede mit mir. Ich komme mit fast allem klar, solange ich Bescheid weiß. Und wenn es zwischen uns nicht mehr passen sollte, will ich es wissen und friedlich beenden.«

»Das wird nicht passieren«, hielt Jason dagegen und strich am Rand meiner Jeans entlang, wobei seine Fingerspitzen die Haut an meinem Bauch streiften, was mich erzittern ließ. »Ich werde keine Panik, Zweifel oder sonst was bekommen, sondern dich lieben, wie ich es längst hätte tun sollen.«

Seine großen Hände packten meine Hüften und zogen mich ruckartig an sich. Wir prallten gegeneinander, Brust an Brust, Nasenspitze an Nasenspitze. Und dann drückte er seinen Mund auf meinen. Es war, als würde ich in Flammen aufgehen, mein ganzer Körper zu neuem Leben erwachen. Bevor mein Hirn seinen Dienst wieder antrat, öffnete ich den Mund und küsste ihn, schmeckte ihn mit all meinen Sinnen, während ich ihn meinerseits so nahe an mich heranzog, bis uns kein Zentimeter mehr trennte. Erst als meine Hose zu eng wurde, Jason ebenfalls verräterisch hart war und er ein raues Stöhnen von sich gab, traf mich die Erkenntnis, dass wir mitten auf dem Campus standen. Ruckartig ließ ich von ihm ab. »Mist, sorry, ich habe den Kopf verloren.«

Schnell trat ich einen Schritt zurück und sah mich links und rechts nach den anderen Studenten um. Hatte uns jemand beim

Knutschen beobachtet? Immerhin war es später Nachmittag, und viele waren über den Campus auf dem Weg in ihre jeweiligen Wohnheime. Die Leute steckten allerdings in ihren eigenen Gedanken oder gingen zu zweit oder in Grüppchen plaudernd die Wege entlang. Niemand beachtete uns.

Zu meiner Überraschung lachte Jason vollkommen ungerührt auf. »Mach dir keine Sorgen. Das gehört der Vergangenheit an, Babe. Es ist mir egal, wer uns sieht, was sie sich denken oder sonst was.«

»Dein Ernst?«, stieß ich aus, und Jason nickte.

»Ich habe es zu Thanksgiving meiner Familie erzählt, und nachdem sie mein Outing besser als gedacht aufgenommen haben, ist mir der Rest scheißegal. Nur meine Familie und Freunde zählen. Und du. Daher ist alles in Ordnung, mehr als das, einfach perfekt.«

Stockend holte ich Luft, war mir nicht sicher, ob ich mich verhört hatte. »Du hast es ihnen erzählt. Deinem Grandpa und Mike? Wann?«

»Ganz genau, und meinem Dad. Nachdem wir telefoniert haben.«

Sein Grinsen wurde bei meiner Verwirrung immer breiter, dennoch musste ich nachfragen. »Wie meinst du das, deinem Dad?«

Jason nickte, trat wieder näher und legte erneut die Hände an meine Hüfte. »Witzige Geschichte. Es hat ein paar unglaubliche Offenbarungen gegeben, die ich dir zu gern erzählen würde, nachdem wir uns wieder versöhnt haben. Besonders gern, während wir zusammen über das Unigelände spazieren, Hand in Hand. Und danach bei diesem Italiener am Rande des Campus eine Pizza essen, wo ich dich ungeniert in der Öffentlichkeit küssen werde.«

Meine Brust platzte beinahe vor Freude, dennoch fragte ich herausfordernd nach: »Tatsächlich, wirst du das?«

Sein Grinsen blitzte auf, diebisch, als hätte er etwas vor, das in die Kategorie ‚verboten' gehörte. Der Griff an meiner Hüfte wurde fester, bohrte sich mit einem Schauer in mein Fleisch, als er sich zu meinem Ohr vorbeugte und mit dieser Reibeisenstimme hauchte: »Aber weißt du, was ich davor machen werde? Dich in unser verdammtes Wohnheimzimmer schleifen und mich in dir vergraben, bis du Han Solo vergisst und meinen Namen schreist.«

Mein Bauch schlingerte, und ich schluckte schwer. Nicht, weil er meinen kleinen Faible für den verbrecherischen Raumschiffpiloten erkannt hatte, sondern weil die Aussicht auf harten, leidenschaftlichen Versöhnungssex mit Jason meinen ganzen Körper zum Prickeln brachte. Das Bild, das er mir hier zeichnete, hörte sich zu verlockend an, um abzuwarten. Also schnappte ich mir seine große Hand und zog ihn hinter mir her zum Eingang.

»Na, dann los! Zeig mir, was du draufhast. Ich hoffe, du kannst halten, was du versprichst!«

Sein dröhnendes Lachen folgte mir, als wir Hand in Hand die Stufen hinaufeilten, die verwirrten Blicke der Leute, an denen wir vorbeiliefen, ignorierten, um in unsere vier Wände zu gelangen. Sobald wir durch die Tür waren, sperrte Jason mit einer schnellen Handbewegung ab. Im nächsten Moment war sein Mund auf meinem, und seine Hände rissen mir die Klamotten vom Leib, genauso wie ich an seinen zerrte. Es mussten Zauberkräfte im Spiel gewesen sein, so schnell waren sie verschwunden, und wir streichelten über den nackten Körper des anderen. Jasons feste, warme Haut erhitzte sich weiter unter meinen forschen Bewegungen, als ich an seinen Seiten hinabwanderte, zuerst seinen Hintern knetete, um anschließend nach vorne zu gleiten. Es war, als könnten meine Hände für keinen Moment innehalten, weil sie sich wie mein Mund versichern mussten, dass Jason wirklich hier war, wir weiterhin ein Wir waren.

»Wer ist Top?«, keuchte Jason an meinen Lippen, während ich seine Härte umfasst hielt und einen Moment brauchte, um neben meinen rasenden Gefühlen einen klaren Gedanken zu fassen.

»Ich will dich, egal wie, solange wir vögeln. Jetzt.«

Mein Atem stockte, als sich Jason von mir löste und sein schiefes Grinsen aufblitzte. »Babe, du sagst immer die schönsten Dinge.«

Bevor ich dem Klugscheißer eine Antwort geben konnte, hob er mich dicht an sich gepresst hoch, wobei unsere Glieder gegeneinander rieben, und trug mich schnurstracks in sein Zimmer. Gemeinsam mit mir ließ er sich auf das Bett fallen, was mich gleichzeitig zum Lachen und zum Stöhnen brachte, weil ich mich erregt, glücklich und gut fühlte, und all das machte nur er. Mit schnellen Bewegungen schnappte er sich ein Kondom und Gleitgel aus der Schublade, streifte sich das Gummi über, bevor er sich wieder mir zuwandte, um mich mit Küssen, Berührungen und seiner Liebe zu verbrennen.

Wir waren ein Knäuel aus Armen und Beinen, das von erregtem Stöhnen und abgehacktem Gekicher geschüttelt wurde. Schon bald sollte Jason recht behalten. Ich vergaß Han Solo, das ganze Star-Wars-Universum, und war nur noch im Hier und Jetzt bei Jason und den Dingen, die wir miteinander anstellten, bevor ich seinen Namen rief.

Jason machte nicht nur das eine Versprechen wahr, sondern auch die beiden anderen. Nachdem wir das Wohnheim wieder verlassen hatten, beide mit Knutschflecken und Kratzern auf der Haut gekennzeichnet, spazierten wir wie zwei Frischverliebte über den Campus. Lächelten uns dabei an, gaben uns zwischendurch kurze Küsse, während Jason mir alles von seinem Thanksgiving-Wochenende erzählte. Von seinem Dad und der neuen Beziehung, die sich die Great Four, wie sie sich im Chat nannten, miteinander aufbauten. Ich freute mich so sehr für ihn, dass selbst mir die Worte fehlten. Wir lachten, wir redeten und liefen stundenlang durch die Gegend, bis die Sonne längst untergegangen war und der frische Wind uns dazu zwang, die Arme um uns zu schlingen. Jason machte auch seine Ankündigung mit dem Restaurant wahr, in dem wir uns küssten und ich die beste Pizza meines Lebens aß. Dieser Eindruck könnte vielleicht auch meinem von Endorphinen durchfluteten Gehirn zu verdanken sein. Denn ich war glücklich wie noch nie in meinem Leben. Es war das perfekte Date, der perfekte Abend.

Bis er es plötzlich nicht mehr war.

Wir waren die Letzten gewesen, die das Restaurant verlassen hatten, und anschließend eng umschlungen, die Hand jeweils in der hinteren Jeanstasche des anderen vergraben, durch die Gegend spaziert, hatten über alles und nichts geredet. Solange, bis die Kälte der Nacht schließlich durch unsere Stoffschichten und den Nebel aus Glück geschlichen war und wir den Heimweg antraten.

Ich kicherte gerade über eine freche Bemerkung von Jason, der mir auf die Nase getippt hatte, als eine Bewegung im Hintergrund meine Aufmerksamkeit erregte. Nicht nur, weil derjenige ausgerechnet dann von den Stufen des Cleveland Houses aufstand, als wir dort ankamen, sondern weil die Person schwankte. Seine Umrisse in der Dunkelheit kamen wir vage bekannt vor, eindeutig ein Typ. Da er zu weit vom Lichtschein der diesigen Straßenlaterne entfernt war, versuchte ich blinzelnd mehr zu erkennen.

Erneutes Schwanken, geballte Fäuste und eine Bierflasche in einer Hand. Irgendetwas stimmte hier nicht.

»Warte mal«, flüsterte ich Jason zu, der mir einen Kuss hinters Ohr drückte. Der Klang meiner Stimme ließ ihn innehalten, und sofort ließ er von mir ab und drehte sich angespannt um. Endlich trat der Kerl, der sich als Brandon herausstellte, in den Lichtkegel. Als ein ziemlich schlecht gelaunter, betrunkener Brandon, wie ich auf den zweiten Blick erkannte.

»Hey, Brandon«, grüßte ich ihn stirnrunzelnd, gleichzeitig brummte Jason neben mir: »Was suchst du hier? Vor allem mit einer offen zur Schau gestellten Bierflasche? Hast du Lust, vom Campus zu fliegen?«

»Halt die Fresse!« Brandon stampfte auf uns zu. Mit einem Mal wirkte er wieder stocknüchtern, als seine Augen mich anblitzten, als hätte ich mit einem Laserschwert sein Lieblingshaustier filetiert.

»Ich habe etwas mit ihm zu klären, dich geht das einen Scheiß an!«, giftete er Jason an, während mir vor Schock vermutlich sämtliche Farbe aus dem Gesicht wich. Völlig perplex stand ich da und konnte mich nicht rühren, war wie gelähmt von Brandons Aggressivität.

Dafür bewegte sich Jason und hob warnend eine Hand in Brandons Richtung. »Ganz langsam, Freundchen. Verpiss dich einfach, wir wollen keinen Stress.«

»Mir verfickt egal, was du willst. Halt dich raus, Alter!«

Jason trat zwischen mich und Brandon und baute sich zu seiner einschüchternden Größe auf, versuchte mich dabei unauffällig abzuschirmen. Angstschweiß bildete sich in meinem Nacken, und meine Hände wurden klamm, obwohl sich meine Atmung stockend beschleunigte. Normalerweise wäre ich beeindruckt gewesen, wie gefährlich Jason in voll angespannter Pose aussah, ohne einen Finger zu rühren, wenn es mir nicht gegen den Strich ginge, dass er für mich in die Bresche sprang. Brandon hatte ein Problem mit mir, und ich war trotz meiner körperlichen Reaktionen kein Feigling, um meine Kämpfe von meinem Freund ausfechten zu lassen.

Kaum merklich zitternd trat ich aus Jasons Schatten und suchte Brandons Blick, meine Stimme ruhiger, als ich mich fühlte. »Hey, ich bin hier, du kannst mit mir reden. Wo liegt dein Problem? Ich bin ganz Ohr.«

Egal, was mir das Leben bereits vor die Füße geworfen hatte, ich war überzeugt davon, die Dinge verbal aus dem Weg schaffen zu können. Das Gespräch zu suchen, war immer meine erste Option. Brandon teilte meine Überzeugung anscheinend nicht, denn er stolperte mit erhobener Faust auf mich zu und schwang den Arm. »Du kleines Arschloch! Ich poliere dir die Fresse.«

Mit angehaltenem Atem sprang ich rasch zur Seite, was Brandon unverrichteter Dinge in die Luft schlagen und nach vorne taumeln ließ. Seine brodelnde Wut verpestete die Luft um uns herum, als er zornig zu mir herumwirbelte. »Ich bring dich um!«

»Was soll der Mist? Was habe ich gemacht?«, blaffte ich ihn an, als ich auf die andere Seite auswich, um erneut einem unkoordinierten Schlag zu entgehen.

Brandons Augen blitzten, und er spuckte, als er mich anschrie: »Wegen dir habe ich Wes verloren. Du Arsch hast ihn mir weggenommen.«

Das konnte er nicht ernst meinen? Auflachend schüttelte ich den Kopf. »Nein, Alter. Das geht auf deine Kappe. Du hast mit einem anderen geschlafen. Kein Wunder, dass Wes dich verlassen hat. Das ist deine Schuld, dafür kann ich nichts.«

»Und ob du was dafür kannst, verdammte Scheiße!«, blaffte er. »Seit er dich wiedergesehen hat, ist er anders, schließt mich aus. Es war nur eine Frage der Zeit. Ich habe einfach den Stecker gezogen, bevor er es konnte, weil er bestimmt noch Gefühle für dich hat.«

»Das ist Schwachsinn! Und ich wiederhole mich: Ich kann nichts dafür. Wes und ich hatten nichts miteinander, wir sind platonische Freunde. Wie du siehst und bereits gewusst hast, sind Jason und ich zusammen. Das mit euch geht mich nichts an.«

»Von wegen, du kleiner Scheißer!« Sein Knurren hallte in meinen Ohren wider, als er plötzlich viel zu schnell bei mir war und mir eine gegen die linke Schläfe verpasste. Mein Schädel explodierte in pochendem Schmerz. O Mann, autsch! Scheiße, das hatte wehgetan und mich vollkommen unvorbereitet getroffen.

Neben mir hörte ich einen Faustschlag, als Jason fluchend auf Brandon losging und ihm als Revanche eine verpasste. Während ich mir die schmerzhafte Stelle an meinem Kopf rieb, hatten Jason und Brandon längst mit ihrem Kampf begonnen, bei dem sie sich umkreisten, immer wieder Tritte oder Schläge austeilten, die teilweise geblockt oder mit einem Stöhnen eingesteckt wurden. Alles ging so schnell, mein Herz raste, aber ich wusste, dass ich Jason in so einem Kampf keine Hilfe war. Zwar hatte er unzählige bestritten, aber das hier war kein Schaukampf um Geld, in dem er Brandon normalerweise überlegen wäre. Nun waren sie sich ebenbürtig, weil Brandon es vollkommen ernst meinte und hemmungslos vorging. Er sann auf Rache.

Mit Adrenalin vollgepumpt wählte ich mit verschwitzten Fingern Grace' Nummer. Als sie abhob, fiel ich ihr sofort ins Wort. »Grace, bitte such die Nummer der Campus-Security raus und gib dort Bescheid, dass wir Hilfe beim Cleveland House brauchen. Brandon ist hier und attackiert uns!«

Wenn es darauf ankam, reagierte meine Schwester blitzschnell. Keine zwei Sekunden später öffnete sich ein Fenster im oberen

Stock des Hauses, und Emma und Grace sahen erschrocken nach unten. Grace fluchte und verschwand im Haus, vermutlich um meiner Bitte nachzukommen.

Schmerz schoss durch meinen Kiefer, und meine Lippe brannte wie Feuer. Taumelnd wich ich zurück, bemerkte erst jetzt einen rasenden Brandon, der mir einen Schlag verpasst hatte. Im nächsten Moment sprang Jason auf ihn und schlug zwei, drei Mal so hart zu, dass Brandon aufjaulte. Mühsam befreite er sich von Jason und schüttelte seinen Kopf, um wieder klar sehen zu können.

»Schluss jetzt, verschwinde!«, blaffte Jason und gewährte ihm eine zweite Chance, bevor er zu mir kam. Fluchend betastete er vorsichtig meine Verletzungen und verzog das Gesicht, obwohl er selbst eine blutige Lippe und eine rote Wange von einem Hieb hatte. »Alles gut, Babe?«

»Ja, geht schon, ich –« Mitten im Satz stockte ich, als sich Brandon hinter Jason heranschlich. Mein Puls schoss in die Höhe. »Shit, hinter dir! Pass auf!«

Ein unheilvolles Krachen ertönte, gefolgt von einem Splittern, als Brandon die Bierflasche auf Jason niederfahren ließ und dieser in letzter Sekunde auswich. Dadurch wurde nicht sein Kopf, sondern seine Schulter getroffen, und die Flasche zerbrach am Endstück. Jason fluchte ächzend, wandte sich rasch um, obwohl ich bemerkte, dass er seinen rechten Arm schonte, als hätte er Schmerzen. Mist, ist musste etwas unternehmen, wenngleich Jason trotz seiner Verletzung nicht nachgab und Brandon auf Trab hielt. Aber wie lange noch? Müssten nicht längst die Security oder andere Studenten zur Hilfe da sein, oder war das Telefonat erst wenige Sekunden her?

Mein Kopf schmerzte und meine Gedanken waren diffus. Dennoch war mir klar, dass ich Jason helfen musste, unbedingt.

Denn Brandon hatte einen klaren Vorteil: Er hatte eine zerschlagene Bierflasche in der Hand, mit deren spitzen Kanten er nach Jason schlug. Mein Blick huschte umher, bis er an einem abgebrochenen Ast hängen blieb, der ungefähr einen halben Meter lang war. Rasch griff ich danach und näherte mich erneut dem Kampf.

Als hätte Brandon mich gehört, drehte er sich blitzschnell um und ließ mit dem Schwung seine schwere Faust wie einen Donnerschlag gegen meinen Kiefer krachen. Für eine Sekunde sah ich Sterne, dann verschwamm mein Blickfeld und ich kippte zur Seite. Wie in Slow Motion sah ich nur noch, wie Jason vor Schock starr wurde, was Brandon nutzte, um mit der zerbrochenen Bierflasche auf ihn einzustechen, direkt auf sein Gesicht zu. Mein Mund öffnete sich zu einem entsetzten Schrei, als mein Hinterkopf vor Schmerz glühend heiß explodierte und alles um mich schwarz wurde.

Jason

»Riley! Riley!«, schrie ich, während mir eine klebrige Flüssigkeit von der brennenden Augenbraue tropfte und meine Sicht trübte. Es kümmerte mich nicht. Alles, was ich wollte, war, zu Riley zu gelangen, der nach einem Schlag von Brandon mit dem Kopf auf die Bordsteinkante geknallt war. Seitdem rührte er sich nicht mehr. Hitze, Panik und Angst schnürten mir die Kehle zu, dennoch brüllte ich wie ein Irrer, um von Brandon loszukommen, der immer wieder mit dieser beschissenen Bierflasche vor mir herumwedelte. »Lass mich zu Riley, du verfluchtes Arschloch!«

»Ne, Alter. Soll er doch verrecken.«

Ich sah rot. Gerade als ich mich auf ihn stürzen wollte, packte mich jemand an den Armen und um den Oberkörper, um mich zurückzuhalten, genau wie Brandon. Das mussten andere Studenten sein, die endlich aus dem Wohnheim gelaufen waren. Obwohl sie helfen wollten, versuchte ich sie abzuschütteln. »Lasst mich los, ich muss zu Riley. Und ruft verdammt noch mal einen Rettungswagen!«

Eine Sekunde später war ich frei und lief zu Riley, der sich keinen Zentimeter bewegt hatte. Scheiße. Schnell kniete ich mich neben ihn, drückte vorsichtig meine Hand an seine Kehle und spürte zum Glück einen stetigen, wenngleich schwachen Puls. Erleichterung und Übelkeit mischten sich in meinem Körper, als eine weitere Gestalt sich neben mir fallen ließ. Kurz zuckte ich zurück, da ich mit Brandon rechnete, doch es war Grace. Ihr Gesicht war aschfahl, und die Besorgnis in ihrem Gesicht spiegelte meine wieder, als sie behutsam nach Rileys Stirn tastete. »Was ist passiert? Was sollte das? Warum musstet ihr hier kämpfen, neben Riley, verflucht?«

Ihre Stimme klang anklagend und zitterte zugleich, als stünde sie kurz davor, zu weinen.

»Brandon hat uns aus dem Nichts angegriffen. Ich wollte …« Ich schluckte, da mich das schlechte Gewissen überkam, weil ich versagt, so verdammt übel versagt hatte, gerade bei einem Kampf, bei dem es nicht nur um das verdammte Geld, sondern um alles gegangen war. »Ähm, er … er wollte sich an Riley rächen, weil er glaubte, Wes und er hätten was miteinander.«

»Was? So ein Schwachsinn«, knurrte sie wie die Löwenmutter, die sie einmal sein würde. Wir wagten einen Blick zu dem Tumult, der weiter hinten stattfand, wo sich endlich einige Security-Mitarbeiter um Brandon kümmerten. Studenten, die uns beobachtet hatten, schilderten die Geschehnisse. Es war deutlich zu sehen gewesen, dass Brandon mich und Riley angegriffen und nicht aufgehört hatte.

Grace' Hand strich weiter um Rileys Kopf, bis sie plötzlich erstarrte und mich mit geweiteten Augen ansah.

»Was ist los?«

Langsam zog sie ihre Hand unter seinem Hinterkopf hervor. Ihre Finger waren blutverschmiert. Eine Sekunde starrten wir uns an, bis ich hilfesuchend brüllte: »Wo bleibt der Arzt?! Wir brauchen einen verdammten Arzt! Sofort!«

21. Warten ist die schlimmste Folter

Jason

Ich wusste nicht, wie lange es gedauert hatte, bis ein Rettungssanitäter Riley Hilfe geleistet und sie ihn ins Krankenhaus gebracht hatten. Die Zeit hatte keine Bedeutung mehr, sie dehnte sich an gewissen Stellen aus, während sie an anderen viel zu schnell verrann. Mein Geist spielte ständig die Szene ab, wie Riley umkippte und mit dem Kopf gegen die Kante flog. Ich wusste nur, dass mich Denver hierhergebracht hatte und Suzzi ebenfalls irgendwann aufgetaucht war, bevor Grace sich uns im Wartezimmer angeschlossen hatte. Sie hatte uns nicht viel sagen können, außer dass Riley operiert wurde und wir warten mussten. Dabei hielt sie Emmas Hand, um die Sache durchzustehen, während Denver nervös mit dem Knie wippte und Suzzi ein Sudoku nach dem anderen löste, ohne wirklich hinzusehen.

Ich hingegen starrte ins Leere, fühlte mich wie betäubt, während mich die Frage quälte, warum ich nicht besser aufgepasst hatte. Wie hatte ich Brandon so verflucht nahe an Riley herankommen lassen können? Warum hatte er mit dem Kopf auf die Bordsteinkante fallen müssen, verdammt? Der Gedanke an das Blut, das von Grace' Fingern getropft war, ließ mich erschauern.

»Hey, er wird schon wieder, ganz bestimmt«, ermutigte Denver mich von der Seite.

»Ich weiß, ich … ich kann nur an nichts anderes denken, wie er gefallen ist … wie Brandon ihn geschlagen hat. Ich … ich hätte mehr tun sollen.«

»Du hast alles getan, es war nicht deine Schuld. Brandon ist ein Schläger, der hinter Gitter gehört. Riley ist zäh, vertrau mir.«

»Ich weiß, ich weiß das. Aber das Warten macht mich irre. Ich liebe ihn. Wir waren heute Abend so glücklich, nachdem wir endlich alles geklärt hatten, und dann kommt dieses Arschloch und macht diesen Scheiß.«

Hinter uns zischte jemand ein »Shhht«, vermutlich wegen meines Fluchens. Als ich den Kopf hob und mich entschuldigte, begegnete ich Grace' Blick, der mir dieses Mal nicht auswich, sondern weicher wurde. Irritiert wandte ich mich ab und strich mir seufzend über das Gesicht, was mich schmerzhaft zusammenzucken ließ. Meine Fingerspitzen waren blutverschmiert, was mich daran erinnerte, dass sich jemand meine Augenbraue ansehen sollte.

In diesem Moment kam ein Arzt mit kurzen, schwarzen Haaren und einem Kinnbart in den Wartebereich und fragte nach Angehörigen von Riley Davis. Sofort sprangen wir auf. Der Arzt machte ein finsteres Gesicht, was meine andauernde Übelkeit verstärkte, bis er grimmig meinte: »Nur Familienangehörige, der Rest muss sich wieder setzen.«

»Ich bin seine Schwester. Unsere Eltern sind auf dem Weg.«

»Gut, kommen Sie bitte mit.« Er wandte sich um. Bevor Grace ihm folgte, schenkte sie uns ein entschuldigendes Lächeln.

Angespannt blieb ich an Ort und Stelle stehen, ignorierte Denvers Drängen, mich zu ihnen zu setzen, und folgte mit den Blicken Grace und dem Arzt. Einige Minuten verschwanden sie in einen anderen Flur, was mich kirre machte, da ich zumindest gern ihre Reaktion auf die Worte des Arztes gesehen hätte. Nicht einmal das war mir vergönnt. Schließlich kamen beide zurück. Aus Grace' Miene war nichts zu lesen, weder gute noch schlechte Nachrichten.

Bei uns angelangt, warf mir der Arzt einen gelangweilten Seitenblick zu. »Die Augenbraue sollten Sie nähen lassen.« Dann drehte er sich um und ging.

Seine Worte ignorierend, bombardierte ich Grace mit Fragen: »Was ist mit Riley? Wie geht es ihm? Wo ist er? Was ist mit seiner Verletzung? Wird er wieder gesund? Wann darf er raus?«

Beschwichtigend hob Grace die Arme. »Ganz ruhig. Ich erzähle dir alles, aber zuerst lässt du dir deine Braue flicken. Du siehst furchtbar aus.«

Überrascht holte ich Luft. Nicht nur, weil sie mich nicht länger angiftete, sondern weil sie beinahe fürsorglich mit mir sprach. Folglich musste es Riley gut gehen, oder?

»Was ist mit Riley? Bitte, Grace. Ich drehe hier noch durch.«

Sie seufzte, als wäre ich ein unfolgsames Kind, winkte mich dann aber zu sich. »Na gut, dann komm mit, wir gehen zu ihm. Aber danach lässt du dich ebenfalls untersuchen, versprochen?«

»Alles, ich verspreche es dir.«

Sie wollte mich zu Riley bringen? Gott sei Dank. Erleichterung schwappte durch meinen Körper, und einen Moment lang wurden meine Knie weich, als ich ihr schwankend durch den hell erleuchteten, weißen Korridor folgte. Bei einem Zimmer mit einer Nummer an der Tür blieb sie stehen und öffnete sie leise, um uns beide hineinzulassen. Gedimmtes Licht empfing uns, als wir eintraten, und zuerst sah ich nur ein Bett mit einem piepsenden Gerät daneben, das mit Lichtern blinkte, und überall Schläuche. So viele Schläuche. Und inmitten all dessen – Riley.

Verdammt, er sah so … so gebrochen, verletzt und beinahe leblos in diesem riesigen Bett aus. Meine Erleichterung war fort und Übelkeit packte mich. Bevor ich ein Wort herausbrachte, stürzte ich durch eine Tür neben dem Eingang und erbrach mich in das Waschbecken. Mein Gott, ich konnte das nicht, ich durfte ihn nicht verlieren, ich liebte ihn doch.

Sobald mein Magen leer war, wusch ich mir den Mund und erstarrte, als eine zierliche Hand mir ein Handtuch reichte und Grace mir ein wehmütiges Lächeln schenkte.

»Danke«, flüsterte ich und trocknete mir den Mund und das Kinn ab, während sie mit verschränkten Armen am Türrahmen lehnte.

Skeptisch blickte ich zu ihr hinüber, nicht sicher, wie wir zueinander standen. Vielleicht keine Freunde, aber Verbündete? Oder hasste sie mich immer noch? War jetzt der Moment gekommen, in dem sie mich bat, zu gehen, weil ich Schuld daran trug und ihrer Meinung nach nicht hierhergehörte? Hatte sie mich ihn nur kurz sehen lassen, um ihr schlechtes Gewissen zu besänftigen? Das konnte sie vergessen.

Schnurstracks ging ich an ihr vorbei, schnappte mir einen Stuhl und setzte mich neben Rileys Bett, egal wie sehr mich der Anblick verstörte, mich bis ins Innerste schmerzte.

Mit dem Rücken zu Grace gewandt, brummte ich: »Ich werde nicht gehen, falls du mit dem Gedanken spielst, mich darum zu bitten. Mir ist es egal, was du von mir hältst, aber ich werde Riley nicht allein lassen.«

»Und warum sollte ich dir das erlauben und dich nicht rausschmeißen lassen? Immerhin hattet ihr die letzten Tage Streit.«

Sie klang nicht so schroff, wie ihre Worte vermuten ließen, eher abwägend. Dennoch spannte sich bei ihrer Antwort alles in mir an, aus Angst, sie könnte ihre Drohung wahr machen.

Bedächtig zügelte ich mich und antwortete kühl: »Riley und ich haben das geklärt, es ist ein verdammtes Missverständnis gewesen. Ich will hier nicht mit dir streiten und keine schlechte Stimmung verbreiten, da ich überzeugt davon bin, dass Patienten trotz Betäubung die Schwingungen im Raum spüren. Dass sie durch die Anwesenheit einer geliebten Person schneller genesen. Aber reiz mich nicht, sonst können wir draußen weiter diskutieren.«

Hinter mir hörte ich ihr tiefes Ein- und Ausatmen. »Na schön.« Anschließend zog sie sich den Stuhl auf der anderen Seite zurecht und linste über Rileys Bett zu mir herüber. »Diese Patienten, waren das Menschen oder Tiere?«

Sie war eindeutig Rileys Schwester, klug und nicht auf den Mund gefallen. Mein Mundwinkel zuckte, als ich nickte. »Könnte sein, dass es Hunde oder Katzen waren. Wenn ich nach einer Operation länger bei ihnen gesessen und gewartet habe, hat es bei der Nachbetreuung immer weniger Komplikationen gegeben als bei jenen Tieren, bei denen ich nicht die Zeit dafür gehabt habe.«

Ich tat es mit einem Schulterzucken ab und hoffte, dass sie mich für diesen Vergleich nicht aufziehen würde. Wenn es bei Tieren funktionierte, war es bei Menschen ebenso, davon war ich überzeugt.

Grace lächelte schwach und schüttelte den Kopf. »Okay, Riley hatte recht. In dir steckt mehr, als man zuerst glaubt. Frieden, zumindest solange, bis Riley aufwacht?«

Überrascht und gleichzeitig erfreut über das Angebot nahm ich es an. »Hört sich gut an. Und du bist auch nicht so übel, wenn du mit mir redest, anstatt mich zu ignorieren.«

Mit verkniffener Miene kratzte sie sich an der Nase, ausgerechnet mit dem Mittelfinger, wobei ihre Augen amüsiert funkelten. »Übertreib nicht, sonst überlege ich es mir anders.«

Mir war klar, dass sie das nicht tun würde. Wenn schon nicht für mich, dann zumindest für Riley. Einen Moment saßen wir schweigend bei ihm, betrachteten seine schlafende Gestalt, bis ich mich räusperte, um die entscheidende Frage zu stellen und auch den anderen später Bescheid geben zu können. »Also, ähm. Können die Ärzte abschätzen, wann er wieder aufwacht?«

Ich hatte bewusst das Wort wann und nicht ob verwendet, denn das musste er einfach, oder? Riley musste wieder aufwachen. Für mich, für seine Freunde und Familie.

Da sie nicht sofort antwortete, wiederholte ich meine Worte. Sie schüttelte kurz den Kopf, um ihn zu klären, bevor sie sich über die Wangen strich, um Tränen fortzuwischen. »Tut mir leid, ich … ich war in Gedanken. Nun, er hatte ein Gehirnblutung von dem Sturz. Aber die OP ist gut verlaufen, sie können jetzt nur noch abwarten. Sein Gehirn muss sich selbst regenerieren, und das dauert.«

Eine Blutung in seinem Kopf? Verdammt! Und das nach seiner Verletzung von damals. Hielt sein Kopf das ein zweites Mal aus? Meine Panik musste mir anzusehen sein. »Was bedeutet das? Riley hat mir erzählt, dass er nach seiner damaligen Verletzung nicht mehr Fußball spielen darf, aus Angst vor einer Gehirnerschütterung. Und jetzt hat er eine Blutung! Wie … Was macht das mit seinem Kopf?«

Betrübt senkte Grace den Blick, bevor sie wieder den meinen fand. Erneut schimmerten Tränen in ihren Augen, die sie dieses Mal einfach laufen ließ, sich nicht darum scherte, wer sie sah, was mir die Luft aus den Lungen presste. »Die Ärzte wissen es nicht. Niemand kann sagen, wann, ob und wie Riley wieder aufwacht. Sein Gehirn könnte einen irreparablen Schaden genommen haben … Es kann alles passieren … Ich weiß es nicht. Aber Riley ist stark, er übersteht das. Bestimmt.«

Zum Ende hin zitterte ihre Stimme, obwohl sie versuchte zuversichtlich zu bleiben und sich rasch abwandte.

»Verdammte Scheiße«, stöhnte ich vor Schmerz, der sich in meiner Brust sammelte und strahlartig durch meinen Körper zuckte, mir die Kehle noch weiter zuschnürte. Es bestand die Möglichkeit, dass er beeinträchtigt blieb. Oder vielleicht nie wieder aufwachte. Mein Magen zog sich zusammen, doch dort war nichts mehr, das ich erbrechen konnte. Ich brach zusammen und tat das Einzige, wozu mein Körper fähig war. Ich vergrub das Gesicht in meinen Händen, ließ den Tränen freien Lauf und weinte. Das Blut aus meiner Wunde vermischte sich mit den Tränen auf meiner Haut.

Lange Zeit spürte ich nichts, bis ich Grace neben mir wahrnahm, die ebenfalls weinte und den Arm um meinen Rücken geschlungen hatte. Gemeinsam gaben wir uns einem Moment der Verzweiflung hin, bis wir Kraft sammelten, um für Riley da zu sein. In welcher Form auch immer.

Riley

Mir taten jeder Knochen und die Glieder weh, als hätte man sie auseinandergenommen und anschließend verkehrt herum wieder zusammengeschraubt. Viel schlimmer war mein Kopf. Dieser pochte und pulsierte mit einer Heftigkeit, als würden dort drin Feuerwerksraketen fröhlich bunt vor sich hin schießen. Was stimmte nicht mit mir? Hatte ich einen auf Wes gemacht und den Kummer wegen der Trennung mit Alkohol betäubt? Nein, das passte nicht.

Ich zermarterte mir das Gehirn, doch ich kam auf keine Lösung. Vielmehr beunruhigte mich die Tatsache, wie schwer ich die Lider heben konnte. Irgendwie war ich da, aber auch nicht ganz. Als hätte man einen Teil von mir abgeschnitten oder betäubt. Langsam blinzelte ich. Obwohl das Licht in meinen Augen schmerzte und sich das Pochen in meinem Kopf verstärkte, kämpfte ich darum, die Lider ganz zu öffnen. Da mein Kopf zur Seite geneigt auf dem Kissen lag, war das Erste, was ich erkannte, Grace. Sie saß zusammengesunken auf einem Stuhl neben dem Bett und las in einem Geometriebuch, die Stirn dennoch sorgenvoll gekräuselt. Mist, das kam mir zu bekannt vor. Verwirrt blickte ich an mir hinunter, ignorierte den Schmerz in meinem Kopf und erstarrte, als ich die vielen Kabel sah, die von mir zu diversen Geräten führten. Panik schwappte über mich, und neben mir hörte ich ein unregelmäßiges Piepen. Was war passiert? Wo war ich? Wieso lag ich schon wieder im Krankenhaus?

Das alles erinnerte mich so sehr an damals mit Wes, dass ich fast keine Luft mehr bekam. Auf einmal legte Grace die Hände auf meinen Oberarm und suchte meinen Blick. »Ganz ruhig, Riley! Riley, beruhig dich. Alles ist gut. Wir sind hier.«

»Was … passiert?«, krächzte ich mit lädierter Stimme, die sich anhörte, als hätte ich sie monatelang nicht benutzt. Während Grace mir in knappen Worten die gröbsten Geschehnisse schilderte, hielt sie mir nach einem Hustenanfall ein Glas Wasser mit Strohhalm vor den Mund, aus dem ich gierig trank, um die trockene Kehle zu befeuchten. Mein Kopf arbeitete zu langsam, um ihrer Erklärung zu folgen, nur einzelne Worte blieben hängen. Dennoch regten sich Erinnerungsfetzen. Ein Spaziergang in der Nacht, eine zerbrochene Bierflasche. Jason, der zu mir zurückgekommen war – oder hatte ich mir das nur erträumt? Brandon, der uns angegriffen hatte, wegen Wes. Das war Irrsinn, oder? Wo war Jason jetzt? War er ebenfalls verletzt, oder hatte er sich abgewandt, waren wir gar nicht wieder zusammen und mein

Hirn hatte sich diese Fantasie aus Wunschdenken zusammengesponnen?

»Er ist hier, mach dir keine Sorgen.«

Mein Blick huschte durch den Raum, dann zu Grace. Wir waren allein. Unfähig, meine Gedanken zu sammeln, geschweige denn sie in Worte zu fassen, stieß ich nur ein Wort aus: »Wo?«

»Er ist sich duschen und umziehen gegangen, weil er angefangen hat zu stinken, ich schwöre es dir. Aber er wird bald wieder da sein. So wie Mum, Dad und Jasons Familie.«

Ich musste mich verhört haben – Jasons Familie? –, war aber nicht imstande, nachzufragen, da mich die Müdigkeit mit festem Griff packte. Mehr als ein genuscheltes »Danke« kam nicht über meine Lippen, bevor mich erneut die Schwärze holte.

Als sich mein Geist das nächste Mal aus der Dunkelheit kämpfte, hörte ich mehrere Stimmen, die aufeinander einredeten. Zuerst ergab es keinen Sinn, bis meine Sinne an einer tiefen Stimme hängen blieben, die mir schon des Öfteren eine Gänsehaut beschert hatte. Jason! Doch in diesem Moment klang er nicht zärtlich oder hauchte verruchte Worte in mein Ohr, sondern blaffte jemanden an.

»Ich hätte hier sein müssen, verdammt, nur wegen dieser verfluchten Dusche. Wenn du glaubst, ich gehe noch einmal, hast du dich geschnitten! Ich bleibe, egal wie lang es dauert.«

»Meine Güte, wie kann man so stur sein? Das hält hier keiner mehr aus. Du musst gehen, sonst lasse ich dich aus dem Zimmer eskortieren. Und ich werde nicht zögern, Freundchen!«

Das war eindeutig Grace' Stimme, doch zu meiner Überraschung und trotz ihrer Worte klang sie dabei milde lächelnd. So, wie sie noch nie mit Jason gesprochen hatte.

»Das möchte ich sehen«, meinte er spöttisch, jedoch schwang auch bei ihm eine Liebeswürdigkeit mit, die mir neu war, wenn Grace sich in der Nähe befand. Diese Stimmlage hatte er nur für mich oder Freunde reserviert, und das waren Grace und Jason nicht gewesen, als ich sie das letzte Mal gesehen hatte. Was einige Fragen aufwarf.

Mühsam öffnete ich die Augen und lag erneut in dem sterilen, weißen Zimmer, in dem ich bereits ein- oder zweimal aufgewacht war. Dieses Mal war ich nicht allein oder Grace an meiner Seite, sondern die beiden standen am Fußende des Bettes und diskutierten miteinander, ohne mich zu bemerken.

Ein Kommentar von Grace ließ mich schließlich aufhorchen. »Sei froh, dass du mich hast, sonst würde dich nicht einmal jemand füttern. Jemand muss auf dich aufpassen, wenn du es selbst nicht tust.«

»Pff, du hast mir ein Mal Essen geholt und unter die Nase gehalten. Das macht mich aber noch lange nicht zu deinem Haustier.«

»Mehr als ein Mal, weil du nicht aus diesem Zimmer rausgehst.«

»Weil ich –«, entgegnete Jason genervt, wurde aber von der Stimme meiner Mum unterbrochen, die beim Fenster lehnte.

»Kinder, so amüsant ich euer Geplänkel auch finde, bekomme ich langsam Kopfschmerzen davon. Jason, warum rufst du nicht einfach Denver an, damit er dir einen Waschlappen und frische Klamotten bringt? Dann kannst du dich hier im kleinen Badezimmer waschen. Und du, Grace, sei nicht immer so vorlaut und aufdringlich, wenn du nicht um Hilfe gebeten wirst. Ich weiß, ihr müsst Dampf ablassen, aber dieser Hickhack hilft niemandem weiter.«

»Tut mir leid, Mum, aber er ist einfach so ein gutes Opfer«, entgegnete Grace, verschränkte die Arme und ging zu ihr zum Fenster.

Jason schob die Hände in seine Jeanstaschen und bekam tatsächlich rote Wangen. »Ja, Miss Davis, ich habe schon jemanden für frische Klamotten losgeschickt.«

Unbehaglich wippte er auf den Fersen vor und zurück, bis sein Blick an mir haften blieb, er in mein Gesicht blickte und mit geweiteten Augen stocksteif wurde. Er brauchte zwei Sekunden, bis er sich wieder fing und mit »Riley!« auf seinen Lippen an mein Bett stürzte. »Du bist wach. Babe, wie geht es dir? Wie fühlst du dich? Wie geht es deinem Kopf?«

An der anderen Seite des Bettes liefen Mum und Grace zu mir, beide mit einem breiten Lächeln im Gesicht. »Da bist du ja wieder.«

»Ich wusste gar nicht … dass ich weg war. Aber das war ein doofer Traum … Davon tut mir alles … weh«, stöhnte ich, und schon wieder landete ein Strohhalm mit einem Glas Wasser vor meinen trockenen Lippen.

»Trink das, Babe«, forderte mich Jason auf, mit Erleichterung in der Stimme, als hätte er ohne Hilfe den Mount Doom bestiegen. Während ich schlückchenweise trank, drückten zuerst Grace, dann meine Mum abwechselnd meine Hand und strahlten mich an.

Mum setzte sich zu mir und strich über meine linke Wange. »Wir haben uns Sorgen um dich gemacht. Aber wir wussten, dass du ein Kämpfer bist und es schaffst. Wir haben dich keine Sekunde allein gelassen. Vor allem der nicht. Wir lieben dich.«

Mit dem Kinn deutete sie auf Jason, der meine andere Hand hielt. Zuerst lächelte ich ihn an, dann meine Familie.

»Danke, Mum. Ich liebe euch auch.« Und damit meinte ich jeden in diesem Raum und darüber hinaus.

Als hätte er es gespürt, kam Dad in das Zimmer und lief dann ebenfalls an meine Seite. Jason machte ihm Platz und stellte sich an die Wand neben die Tür. Einige Zeit redeten Grace, Mum und Dad abwechselnd mit mir, und dieses Mal konnte ich ihren Worten auch folgen, die meine Erinnerung an den Abend zurückbrachten, wenn auch mit ein paar Lücken, die Jason füllen würde, sobald wir allein waren. Obwohl ich mich auf meine Familie konzentrierte, glitt mein Blick immer wieder suchend zu ihm, als wollte mein Unterbewusstsein sichergehen, dass er noch da war. Jedes Mal trafen sich unsere Blicke, als ließe er mich ebenfalls keine Sekunde aus den Augen. Ich schenkte ihm ein entschuldigendes Lächeln, was er mit einem Schulterzucken abtat, bis Grace plötzlich vom Bett wegtrat und Mums Hand nahm, um sie ebenfalls hochzuziehen.

»So, wir haben Riley jetzt genug vollgelabert. Lassen wir ihm ein paar Minuten Zeit. Außerdem glaube ich, dass Jason auch gern Hallo sagen würde. Nicht wahr, du stinkender Nervklotz?«

»Herzallerliebst, kleine Nervensäge. Ich stinke nicht. Aber stimmt, das würde ich gern.«

»Eure Freundschaft werde ich nie verstehen«, murmelte mein Dad, der aufstand und bei dem sich meine Mum einhakte, um zur Tür zu gehen.

»Musst du auch nicht, mein Lieber. Das ist die Jugend heutzutage. Solange sie glücklich sind, soll es uns recht sein.«

Mit einem Zwinkern folgte Grace meinen Eltern aus dem Zimmer, und Jason schlenderte langsam zu mir herüber. Sobald er bei mir war, beugte er sich vor, strich über meine Wange und küsste mich. Vorsichtig, langsam, als wäre ich das Kostbarste auf der Welt.

»Du weißt gar nicht, wie lange ich auf diesen Moment gewartet habe«, gab Jason dicht an meinen Lippen zu, bevor er ein Stück zurückwich, um mir in die Augen zu sehen. »Ich habe dich so vermisst. Es war die Hölle.«

»Meinst du meine Küsse oder mein sprudelndes Naturell? Wie lange war ich eigentlich in Karbonit eingesperrt?«

Trotz seiner tiefen Augenringe grinste er schief, worauf ich spekuliert hatte. Es tat gut, die Sorgenfalten verschwinden und ihn lächeln zu sehen. Zum Glück fand er meine Nerdigkeit süß. »Es tut mir leid, dir das sagen zu müssen, aber du bist nicht Han Solo. Du lagst im Koma. Sechs Tage lang. Vor zwei Tagen bist du das erste Mal aufgewacht, aber da ist Grace bei dir gewesen, weil ich duschen gewesen bin.«

Bei dem Gedanken, so lange ausgeknockt gewesen zu sein, wurde mir übel, besonders wenn ich daran dachte, wie es mir an seiner Stelle ergangen wäre. Um die Anspannung aus seiner Miene zu wischen, tat ich so, als würde ich schnüffeln, und verzog gespielt das Gesicht. »Grace hat recht, du hättest dich besser um dich kümmern sollen.«

Mein Blick glitt umher und blieb an den Skripten und seinem Laptop auf dem Tisch hängen, als hätte er hier campiert.

»Habe ich, ich bin schon ein großer Junge.«

»Ja, das bist du. Überall da, wo es ankommt.« Ich lächelte schwach, dennoch brachte es Jason zum Lachen.

»Gerade wach geworden und schon dumme Sprüche klopfen. Das wird dich noch den Kragen kosten.«

Plötzlich schoss mir eine Erinnerung durch den Kopf, die ich nur an den Rändern zu fassen bekam. »Wie geht es dir? Deinem Auge. Hat … hat Brandon nicht auf dein Auge eingestochen?«

»Kannst du dich nicht mehr daran erinnern? Brandon hat es versucht, aber nur meine Braue erwischt, die genäht worden ist. Sie ist so gut wie neu.«

»Nicht mehr an alles. Einiges ist verschwommen. Als bestünde mein Gedächtnis aus Fetzen, die Lücken aufweisen.«

»Das ist ganz normal, haben die Ärzte gesagt. Das kann in den ersten Tagen noch sein, oder die Erinnerungen an den Abend bleiben verschwommen, aber auch das ist egal, dann erzähl ich dir haargenau davon. Solange du und ich wieder gesund sind.«

Kritisch beäugte ich ihn genauer und bemerkte die verletzte Augenbraue, die tatsächlich nicht mehr schlimm aussah. Ganz im Gegensatz zu mir. Vorsichtig hob ich die Hand und tastete um meinen Kopf. Einige Strähnen hingen herab, der Rest war von Bandagen eingewickelt.

»O Mann, sag mir bitte nicht, sie haben mir den halben Schädel rasiert?«

Jason stieß ein liebevolles Kichern aus. »Hey, seit wann bist du denn so oberflächlich? Und wenn es so wäre, um dein Leben zu retten? Du wirst auch mit kurzen Haaren oder einer Glatze immer noch gut aussehen und mein Herz schneller schlagen lassen. Mach dir keine Sorgen, ich liebe dich.«

Glück sauste durch meinen Körper, ließ mich trotz der Medikamente Lebendigkeit fühlen. »Ich liebe dich auch. Ich bin so froh, dass du hier bist und ich nicht allein in diesem Krankenhauszimmer aufwachen musste.«

»Wo sollte ich sonst sein, wenn nicht bei dir?« Sein Mund legte sich erneut auf meinen, dieses Mal mit mehr Druck, und auch seine Zunge forderte Einlass, den ich zu gern gewährte. Ich wollte ihn schmecken, dicht bei mir spüren, ihn nie wieder loslassen.

Plötzlich ging die Tür auf, und wir beide sahen auf. Zwei Männer kamen herein. Ein älterer Mann mit weißen Haaren trug eine Reisetasche, der andere, der eine ältere Version von Jason war, eine Essenstüte und einen Becherhalter mit mehreren Kaffeebechern darin. Waren das …? Das konnte nicht sein. Wie?

»Ah, hey, Dad, Grandpa. Danke schön, dass ihr die Sachen für mich aus dem Wohnheim geholt habt«, rief Jason, gab mir vor aller Augen noch einen Kuss auf die Lippen, was mich schlucken ließ, und ging zu ihnen rüber, um ihnen die Tasche und einen Kaffee abzunehmen. Es war so eine friedliche, paralleluniversumsartige Szene, dass mir der Atem stockte. Denn Jasons Beziehung zu seinem Dad war alles andere als friedlich. Außerdem, was machten sie hier, in meinem Krankenzimmer?

Sein Grandpa und Dad starrten mich einen Moment an, als wäre ich eine Fata Morgana, bevor sie sich räusperten und Jason glücklich meinte: »Er ist endlich wach.«

»Hi, ich bin Riley. Schön, Sie kennenzulernen.«

»Das wissen wir, Junge. Ebenfalls schön, dich endlich persönlich und wach zu sehen.« Sein Grandpa kam an mein Bett und schüttelte meine Hand. Vollkommen unbefangen davon, dass sein Enkel mich gerade geküsst hatte. Hinter ihm folgte sein Dad, wenn auch wesentlich zurückhaltender, und schüttelte mir ebenfalls die Hand. »Freut mich. Ich bin Jasons Dad.«

»Ich weiß, das erkennt man. Ähm, schön, dass sie hier sind«, meinte ich und warf Jason einen Blick zu, der zu uns rüberkam, auf die andere Seite meines Bettes.

»Sie sind seit vorgestern in der Stadt, um mich zu unterstützen.« Er schluckte, bevor er weitersprach und ganz automatisch nach meiner Hand griff. »Die letzten Tage waren nicht ganz einfach.«

»Das freut mich«, platzte ich heraus, fügte aber schnell hinzu: »Dass Sie hier sind, um Jason zu unterstützen, trotz seiner … ähm, Partnerwahl.«

»Natürlich. Wir lieben Jason. Und solange er glücklich ist, sind es wir auch«, meinte sein Grandpa, und sein Dad fügte hinzu, als spräche er aus Erfahrung: »Richtig. Für die Dinge, die einem wichtig sind, muss man kämpfen, wenngleich das nicht immer leicht ist.«

Einen Moment lang glotzte ich sie aus großen Augen an, was Jason kichern und meine Hand fester drücken ließ. Ich musste es erst verdauen, dass er sich bei ihnen geoutet hatte, obwohl sich bei dieser Erkenntnis etwas in meiner Erinnerung regte, das im Nebel verschwunden blieb. Dennoch war es ein Unterschied, zu wissen, dass er sich geoutet hatte, und es im realen Leben zu sehen, zu spüren, dass es okay war. Dass wir nun wirklich beide mit unserer Wahl, so wie jeder andere, frei leben und lieben konnten. So lange hatte ich darauf gewartet, eine normale Beziehung zu führen, und jetzt war es so weit, mit einem Wimpernschlag in ein neues Leben. Und das fühlte sich unglaublich befreiend an, wie eine Welle aus Glück, die durch meine Adern rollte. An dieses Gefühl, mit Jason an meiner Seite, konnte ich mich gewöhnen.

22. In all deinen Farben

Jason

Zehn Monate später

»Kumpel, das ist der Hammer hier!«, flötete Denver enthusiastisch in mein Ohr, einen Arm um meine und Rileys Schulter gelegt, bevor er sich löste und grüne, pinke und blaue Farbe aus seinem grinsenden Gesicht wischte.

»Stimmt, trotz all dieser Farben!«, brüllte ich zurück, um über den Lärm hinweg gehört zu werden, und schüttelte meine mit Farbstaub gesprenkelten Haare. Denver war so voll davon, dass seine Zähne beim Lachen beinahe weiß hervorstachen. Nun ja, wie bei jedem von uns, wenn ich mir unsere feiernde Gruppe genauer ansah, die zu den Beats von David Guetta tanzte, der auf der Haupttribüne auflegte.

Suzzi wippte mit den Hüften und bedachte Denver mit einem gekonnten Blick von oben herab, obwohl sie einen Kopf kleiner als er war. »Habe ich euch doch gesagt. Du musst mehr Kultur in dein Leben bringen, Denver.«

»Alles, was du willst, Schatz.« Mit diesen Worten wirbelte Denver sie herum, bevor er seinen Mund auf ihren drückte, um sie förmlich zu verschlingen. Emma und Grace neben uns lachten, während Sean, Wes und sein neuer Freund zusahen und johlten.

Denver und Suzzi hatten sich in den Sommerferien endlich zusammengerauft und waren nun offiziell ein Paar. Die beiden wollten kommende Woche sogar eine WG mit Sean und einer von Suzzis Freundinnen gründen.

Riley und ich hatten überlegt, mit einzuziehen, wollten uns aber lieber weiterhin im Cleveland House ein Studentenwohnheimzimmer teilen. Es störte mich nicht, auf engerem Raum mit ihm zu wohnen, nein, ich liebte es. Außerdem befand sich Dr. Sunnys Tierklinik auf unserer Seite des Campus, und ich wusste, dass Grace gern in Rileys Nähe war. Und so unglaublich es auch war, mittlerweile kümmerte ich mich sogar um die Wünsche meiner manchmal kratzbürstigen Fast-Schwägerin. Sie war okay und konnte einen beim Poker ziemlich fertigmachen, was ich in Denvers Fall lustig fand. Vor allem liebte sie ihren Bruder, und das hatten wir gemeinsam, was unseren Waffenstillstand besiegelte.

Ich hatte Riley schon vorher geliebt, gewusst, dass ich ohne ihn nicht leben wollte, egal auf welche Widrigkeiten wir stoßen sollten. Ihn beinahe verloren zu haben, ihn tagelang in diesem verfluchten Krankenbett liegen zu sehen, ohnmächtig, ohne etwas tun zu können, hatte meine Sicht auf einige Dinge geändert.

Zuallererst nahm ich mich selbst nicht mehr so wichtig und hatte gelernt, mehr im Jetzt, anstatt fünf oder zehn Jahre in der Zukunft zu leben. Durch die Erfahrung, manche Ereignisse nicht in der Hand zu haben, schätzte ich die kleinen Dinge mehr. Genoss einen Sonnenaufgang, wenn Riley und ich vor der Uni Laufen gingen. Liebte es, wenn wir abends einen Film guckten und ich dabei mit den Händen durch seine langen Haare streichen konnte. Zu seiner Freude waren sie nur an der operierten Stelle abrasiert worden, die gut zu verstecken gewesen war. Seitdem waren sie wieder dicht und eine Spur länger, aber egal wie er sie trug, ich konnte sowieso nie die Finger von ihm lassen, oder umgekehrt. Er war ganz einfach mein Lieblingsmensch und ich der seine.

»Alles klar bei dir?«, fragte er mich just in diesem Moment und griff an meine Hüften, um sich mit mir im Takt der hämmernden Musik zu bewegen. Suzzi hatte uns alle auf das Hill City Pride Fest in Lynchburg aufmerksam gemacht, bei dem auch ein Holi Festival stattfand. Ein Fest, das eigentlich ein traditionell indisches war, um den Frühling willkommen zu heißen. Hier in Amerika feierten wir es im Spätsommer und ehrten damit die LGBTQIA+-Community, die wild und bunt vertreten war. Genauso wie wir, so chaotisch wie das Leben selbst. Außerdem hatten wir die zweite Hälfte des Sommers gemeinsam bei mir zu Hause in Lynchburg verbracht, weshalb es naheliegend gewesen war, gemeinsam hierherzukommen.

Die ersten Sommerwochen war ich bei Riley zu Hause gewesen, um seine Eltern besser kennenzulernen und auch, weil Lora, seine Mum, tatsächlich eine Vernissage für meine Sketches organisiert hatte. Diese hatte vier junge Künstler ausgestellt, und ich hatte neben den Sketches auch einige neuere Kohlezeichnungen von Landschaften, Tieren und Menschen angefertigt. Beide Zeichentechniken machten mir ungeheuren Spaß. Neben der Vernissage hatte Lora ihre Kontakte spielen lassen und es geschafft, meine Sketches in einer kleineren Zeitung abdrucken zu lassen, wodurch jede Woche meine kleine Kunst gedruckt wurde. Es war ziemlich unglaublich, aber so einiges, was im letzten Jahr passiert war, war so unglaublich schön, dass ich manchmal mein verdammtes Glück nicht fassen konnte. Riley war der Mittelpunkt all dessen.

»Alles bestens, Babe. Und bei dir?«

Es gab Zeiten, in denen mich meine Fürsorglichkeit übermannte und mich Sorgen um ihn packten, was Riley meistens störte, aber ich konnte nicht anders. Nach seiner Verletzung hatte er wochenlang mit den Spätfolgen zu kämpfen gehabt, die er neben der Uni hatte durchstehen müssen. Auch wenn sie selten auftraten, litt er noch heute unter pulsierenden Kopfschmerzen. Doch heute schien alles in Ordnung zu sein, da er verneinend den Kopf schüttelte. »Nein, alles gut. Ich könnte einen Laserschwertkampf antreten, wenn ich wollte. So gut geht es mir.«

»Da würdest du einen ziemlich bunten Han Solo abgeben«, scherzte ich, und Riley grinste breit, zupfte dann an meinem dunkelgrauen Shirt. Zumindest war es einmal dunkelgrau gewesen, denn nun war es mit allen Farben bunt besprüht, wie jeder von uns.

»Du siehst nicht anders aus, mein Lieber. Voller Farbe. Macht deinen dunklen, mysteriösen Stil komplett zunichte.«

Ich verzog das Gesicht, als kümmerte mich meine Kleiderwahl. »Ich habe keinen Stil, mysteriös oder nicht.«

»Und ob«, lachte Riley und drückte mir einen Kuss auf die Wange, was seine Lippen mit lila und grüner Farbe sprenkelte. Zum Glück bestanden diese aus einem unbedenklichen Gemisch aus Talk und Lebensmittelfarbe. Nun war ich an der Reihe, breit zu grinsen, während ich durch seine bunten, langen Haare strich und mein Daumen an seinem Mundwinkel liegen blieb. »Jetzt bist du voller Farbe.«

»Echt, und das stört dich nicht? Du und ich in diesem bunten Getümmel?« Seine Augen blitzten auf, und ich wusste genau, dass er nach mehr als diesem Nachmittag fragte. Egal wie cool und offen er sich gab, selbst Riley beschlich manchmal die Unsicherheit. Aber ich wurde es nicht leid, ihn immer wieder daran zu erinnern, dass ich mich bewusst für ihn, für uns beide, entschieden hatte.

»Nein, mich stört überhaupt nichts. Ich bin gern mit dir und den anderen hier und wäre nirgendwo lieber«, gestand ich und drückte mich enger an ihn, als ich Riley intensiv in die Augen sah. »Ich liebe dich, sogar in all diesen Farben.«

Sein offenes Lächeln wurde noch breiter, bevor wir uns zueinander lehnten und uns in einem Kuss versenkten, der uns aus Raum und Zeit befreite. Ich war glücklich, genau dort angekommen, wo und bei wem ich sein sollte. Wenn mein Leben von nun an immer so wäre, dann würde es ein verdammt gutes Leben sein.

ENDE

Danksagung

Ich kann es kaum glauben, aber meine erste queere Geschichte darf endlich das Licht der Welt erblicken, und das nach meiner langen Pause. Aber nun bin ich voll motiviert zurück und so dankbar, wieder das tun zu dürfen, was ich liebe: Geschichten über Menschen schreiben, die sich durchkämpfen und am Ende ihr Glück und die Liebe finden.

Daher geht mein erster Dank an den großartigen Novel Arc Verlag und Janka Ptacek für die Chance, die sie mir und den Jungs gegeben hat. Es tut so gut, zu wissen, dass die beiden hinaus in die Welt dürfen.

Außerdem danke ich auch meiner Familie und meinen Freunden und vor allem meinem Mann, ohne dessen Hilfe ich es nicht geschafft hätte, dieses Buch zu beenden. Danke für deine Unterstützung bei meinem »Hobby«, und dass du mir diese Freiheit lässt, zu träumen.

Ein weiteres dickes Dankeschön und eine feste Umarmung für eure Mithilfe, Begeisterung und Liebe zum Buch an die Testleser und Blogger, die von Anfang an dabei gewesen sind und sich gemeinsam mit den Jungs verliebt haben. Vor allem ein herzliches Dankeschön an Anke Frey und Hannah Schürholz, meine Testleser der ersten Stunde, die mit mir noch an den Rädern gedreht haben, damit es runder wird.

Ebenfalls ein großes Danke an meine Lektorin Mareike Westphal, für alle anregenden Änderungen, die spaßigen Hin- und Her-Kommentare mit viel Herz und für alles, was wir hier

Martina Riemer

The Pain you Give

BLUEWELL UNIVERSITY

Martina Riemer
Bluewell University - The Pain You Give

Instagram: @martina_riemer
TikTok: @martina.riemer

Content Notes:
Hassverbrechen, Schwulenfeindlichkeit, schwulenfeindliche Sprache, Schlaganfall (erwähnt), Drogen (erwähnt), Trauma, Ghosting, Gewalt, Schaukämpfe mit Geldeinsatz, emotionale Erpressung durch Vater, unverblümte Sprache, Verlust, Trauer, Geldsorgen, Alkoholkonsum, Sucht, Blut, Übelkeit und Erbrechen, verletztes Tier, Sex (einvernehmlich).

1. Auflage 2024

Novel Arc Verlag, Kirchenstraße 10, 83413 Fridolfing

www.novelarc.de

Umschlaggestaltung: M. D. Hirt
Sensitivity Reading: Daniela Umlauf, Lektorat Dunkelfunkel
Lektorat und Korrektorat: worttief-Lektorat (Mareike Westphal)
Buchsatz: Novel Arc Verlag
Credits Envato Elements: creativetacos. Adobe Stock: linimasa, Save Jungle, Flavijus Piliponis, veronchick84. Freepik: myimagine2018, janevasileva, freepik, designer_things, juicy_fish, alxyzt, macrovector, xoha, sergey_kandakov.
Druck und Bindung: booksfactory.de
Printed in Poland

Klappenbroschur: 978-3-98942-026-7
E-Book Ausgabe: 978-3-910238-18-3

in der Geschichte gemeinsam erarbeitet haben, damit aus dem Buch ein kleiner Diamant geworden ist. Der gleiche Dank geht an Daniela Umlauf für das Sensitivity Reading. Ebenso ein großes Dankeschön an M. D. Hirt für das schöne Cover. Und natürlich ein riesiges Danke an die talentierte Illustratorin Saskia Weigelt (sasuart) für das wundervolle Bild zu Jason und Riley. Besser hätte man die beiden nicht treffen können. <3

Ebenso ein fettes Dankeschön und Wink in die Runde an alle Blogger und Instagram-Freunde oder Autorenkollegen dort draußen, die mir mit Rat und Tat zur Seite stehen oder die mich mit ihrer Hilfe und Feedback unterstützen – ihr seid toll! Ohne euch und euren Zuspruch, eure Freundschaft und kleinen Aufbau-Nachrichten hätte ich wohl längst aufgegeben. Aber mit euch an meiner Seite kämpfe ich gern weiter. Danke! Vor allem meiner liebsten Trisha Brown für das gegenseitige Cheerleading! Danke an Ann-Kathrin Wolf, die mich mit zwei Kleinkindern so gut versteht. Danke an Ina Taus, Sarah Saxx, Mela Wagner, Magdalena Pauzenberger und Julia Leidenfrost, dass ich euch auch persönlich treffen und herzen kann. Danke schön auch an Ana Woods, Maja Köllinger, und Theresa Sporrer für ihre Hilfe und Einblicke in das Business. Sowie Ian Raine, meinen neuen und sehr lieben Verlagskollegen, der das Sensitivity Reading für die expliziten Szenen übernommen hat – danke! Und, und, und … so vielen mehr. Danke!

Zu guter Letzt danke ich dir. Es war schön, diese Geschichte mit dir zu teilen und dich bei dem gefühlvollen Liebesabenteuer dabeizuhaben. Deshalb geht mein größter Dank an alle Lesenden, die mit Jason und Riley mitgefiebert haben. Ich hoffe, ihr hattet dabei genauso viel Spaß und eine gute Zeit wie ich beim Schreiben.

Meinen herzlichsten Dank an euch alle!

Michelle C. Ahrens

Ten Thousand Miles to My Heart

Eine knisternde Liebesgeschichte, die am Ende tiefer führt als nur bis zum Ende einer Trekkingtour.

360 Seiten, Klappenbroschur

ISBN 978-3-98942-025-0

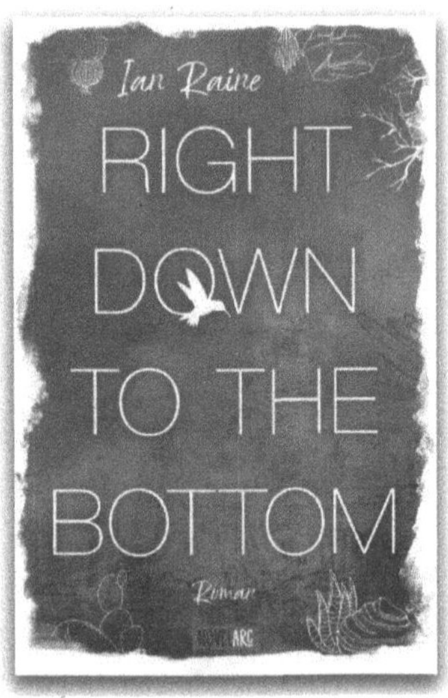

Ian Raine

Right Down to the Bottom

Ein queerer New-Adult-Roman, der auf berührend einfühlsame Weise zeigt, wie leicht und gleichzeitig schwer es in dieser Welt ist, zu leben und zu lieben.

396 Seiten, Klappenbroschur

ISBN 978-3-98942-027-4